해인

해안

차무진 장편소설

엘릭시르

명륜동 나무 소리를 함께 들었던
용규, 지숙, 그리고 성화 형께

차례

프롤로그 · 009

**1장
아둑시니의 밤(夜叉)**
백미륵 · 019
사향 · 026
손각시 · 045
칼을 뽑아 베어도 물은 다시 흐르고 · 079

**2장
아뢰야(無沒)**
펑의 바다 · 205

**3장
대해중(大海中)의 인(印)**
천지불인 · 373
임신할 수 없는 성모 · 465

에필로그 · 493

프롤로그
— 식물인간

1979년 기미己未
10월 28일, 강북 성모병원

여자는 일흔여덟 살로 임종을 맞이하고 있었다.

가습기를 조절하고 자리에 앉은 사내는 털양말을 신은 여자의 발을 주무르기 시작했다. 삼십 대 중반쯤 되는, 손자뻘인 얼굴이었지만 그는 갓 태어난 새끼를 다루는 어미 개처럼 늙은 여자를 만지고 있었다.

단추가 뜯기듯 여자의 입술이 벌어졌다. 사내가 놀라 모니터를 주시했다. 표시되는 그래프의 각도가 점점 줄어들었다. 입술 사이로 공기가 소리 없이 드나들었지만 아무래도 기도 아래까지는 쉬들어가는 것 같지 않아 보였다. 젖은 수건으로 노인의 입술을 적시려던 사내는 생각을 바꾸고 천천히 고개를 낮추었다. 사내의 맑은 입술이 노인의 수득수득하고 마른 입술에 닿았다. 짧고 작은 접촉과 함께 입술이 포개졌다. 그는 혀를 길게 내밀어 노인의 입술을 핥기 시작했다.

노인이 한쪽 눈을 떴다.

동공을 돌리며 천장을 바라보다가 사내에게 시선을 고정시켰다. 사내가 허리를 비틀어 비켜주었다. 창에서 뻗쳐오는 가을 햇살이 노인의 이마에 가득 고였다.

"이제 떠나야 할 시간이오."

사내의 말에 노인은 눈을 한 번 깜박였다. 잘 알아들었다는 뜻이다. 사내는 코에서 비듬하게 빠진 산소 호스를 바로 끼워주고 노인의 흰머리를 천천히 쓰다듬었다.

"걱정 마. 당신이 어디에 있든 다시 찾을 테니."

노인은 다시 눈을 깜박였다.

기다리겠다는 뜻.

사내는 기분이 좋아졌다. 노인을 보는 눈이 사랑스러워졌다. 둘은 얼마간 그렇게 마주보고 있었다. 한참 만에 노인의 입술이 움직인다. "뭐라고?" 사내가 노인의 입술에 귀를 댔다. "뭐라고?"

소곤거리는 말을 다 듣고 난 사내는 노인을 바라보며 고개를 끄덕였다.

"그래, 그래. 걱정하지 마. 우리에게는 아무 일도 일어나지 않을 거야."

사내는 다시 귀를 대고 노인의 속삭이는 말을 더 듣더니 고개를 들었다.

"그래요, 그래. 나도 행복했소. 힘들 테니 이제 더 말하지 마."

사내가 자신이 한 말을 모두 알아들었다는 것을 안 노인은 비로소 오래 둔 감같이 마른 입술을 닫고 목을 길게 뺐다. 그것이 오늘 그녀가 보인 가장 큰 행동이었다. 사내가 수건과 대야를 탁자 위로 옮겼다. 빛이 밀려온다. 햇살이 가을 공기에 차가워진 병실의 시멘트 바닥을 은은하게 데우고 있었지만 노인에게는 그것이 과분했는지 눈두덩이를 자르르 떨었다. 사내는 창가로 걸어가 커튼을 닫아주었다.

2인용 병실이다.

사내는 고개를 돌려 입구 쪽 침대에 누워 있는 환자를 쳐다보았다.

그곳에는 노인 말고도 사내와 비슷한 또래로 보이는 젊은 남자 환자가 누워 있었다. 그의 이마와 가슴에는 뇌파와 심전도를 측정하는 바이오 앰프가 붙어 있고 퉁퉁 부은 손가락에도 두꺼운 튜브 케이블이 끼워져 있었다. 일산화탄소에 중독된 환자였다. 식물인간이었지만 자가 호흡이 가능하기에 호흡기는 차고 있지 않았다.

사내는 한참 동안 환자를 노려보았다.

그를 바라보는 표정은 노인을 바라볼 때와 달리 바닥처럼 반반하게 굳어 있었다. 마치 잘못된 전화를 받았을 때 짓는 표정, 수화기 저쪽에서 들리는 좋지 않은 소식을 깊이 이해했을 때 짓는 차갑고 긴장된 눈이었다.

사내는 몸을 일으켜 입구 쪽 침대로 걸어가 환자를 살폈다. 환자는 아무런 움직임이 없는, 그저 깊은 잠에 빠진 인형 같다. 모니터를 쳐다보던 사내는 머리맡에 걸린 차트를 집어 들었다. 상태를 체크해놓은 질서 없이 늘어선 볼펜 글씨들. 삼십 분 전에 근육 이완제가 투여됐다고 씌어 있었다.

'근육 이완제만?'

의사는 그가 자극에 반응하지 못하고 인지능력도 없는 식물인간 상태지만 뇌간은 건강하게 살아 있다고 말했다. 수면과 각성 주기가 일정하게 유지되며 호흡과 심장 운동의 자율신경도 잘 작동하는 것이다.

그는 환자의 바지를 내린 다음 능숙한 손놀림으로 기저귀를 풀고 대변을 확인했다. 깨끗했다. 유백색 플라스틱 소변 통에도 겨우 바닥이 보일 정도의 소변만이 찰랑거리고 있다. 환자는 하루 십 밀리리터 정도의 소변을 꾸준히 배출하고 있었다. 사내는 소변 줄을 돌려 고정한 다음 근육 이완제가 들어간 링거를 꼼꼼히 살폈다. 수액이 떨어지는 압력도 좋고 간격도 고르다.

'근육 이완제만 들어갔다?'

그는 환자의 머리맡에 놓인 철제 트레이에서 앰풀 하나를 집어 유리 주사기를 꽂았다. 기포가 퍼지며 무색 액체가 주사기에 쏜살같이 밀려들었다. 주사기 몸통을 두어 번 퉁겨 공기를 위로 떠오르게 한 다음 눈금을 이 밀리리터로 맞추면서 천천히 공기를 뺐다. 일반 성인을 기준으로 볼 때 심혈관계 처치 시 사용되는 마취량보다는 조금 많은 수치다. 그는 링거 호스에 주사기를 찔러 넣고 마취제를 주입했다. 사내는 지금 움직이지 못하는 식물인간에게 다량의 마취제를 투여한 것이다.

창가 노인의 침대에서 다급한 기계 소리가 울렸다.

사내는 주사기를 집어던지고 창가 쪽 침대로 달려와 노인의 이마를 만졌다. 쪼그라진 노인의 목젖이 급격히 오르내리고 있었다. 마치 기도에 묻어 있는 무언가를 긁어내리려는 듯 급하고 빠르게 울렁거린다.

이제 정말로 갈 모양이었다.

벨을 쳐다보았다. 간호사를 부를까 생각했지만 그만두었다.

사내는 노인의 이마에 입술을 갖다 대고 속삭였다.

"이제 떠나는 거요. 듣고 있소, 숙지? 맑게 고인 곳을 찾아요. 반드시 중앙성의 빛을 따라가는 거요. 알겠지?"

노인은 대답이 없었다.

"내가 꼭 다시 찾겠소."

사내가 노인의 눈썹과 눈꺼풀을 눈으로 훑었다. 눈가의 주름 사이로 물이 고인 것 같다. 손을 대보았다. 물기를 느낄 수 없었지만 촉촉한 무언가가 느껴졌다. 노인의 몸에서 사향의 아득한 냄새가 아지랑이처럼 올라온다. 그녀가 마지막 삶의 기력을 뽑는 것이다.

삐—.

모니터에서 출력되는 심전도 그래프가 결국 수평을 이루었다. 문이 열리고 간호사 두 명이 달려 들어왔다. 이들은 노인이 오늘 중으로 운명하리란 사실을 말해주고 일찌감치 밖에서 대기하던 참이었다. 간호사들은 커튼을 열고 호흡기를 갈고 노인의 가슴을 풀어 헤쳐 이리저리 청진기를 대보며 바쁘게 손을 놀렸다.

사내는 노인의 손을 이마에 대고 조용히 흐느꼈다.

'잘 가시오. 숙지.'

휴가 같은 것이었다.

두 사람은 한생을 행복하게 보냈다. 그것은 임무를 거스르는 일이었지만 그렇게 하기로 한 바다. 둘은 이번 삶을 오롯이 자신들을 위해서 보냈고 충분히 시간을 가졌다. 그리고 지금 그 행복의 마지막 순간이 끝났다.

"행복했소."

노인은 아이를 가질 수 있는 건강한 몸이었다.

하나 그녀는 이번 생에 아이를 갖지 않았다. 두 사람은 그러지 않기로 약속했다. 다음 생에 노인은 반드시 아이를 가져야만 할 것이다. 꼭 그래야만 한다.

대야의 물이 찰박찰박 소리를 냈다. 간호사들의 분주한 움직임 사이에서 사내는 이마를 박은 채 깊숙하게 가라앉아 있었다.

"어머, 저 환자는 어디 갔지?"

간호사 한 명이 입구 쪽으로 바라보며 중얼거렸다.

흐느끼던 사내가 불쑥 고개를 들었다.

없다. 참말로 없다.

입구 쪽 침대는 텅 비어 있었다. 방금까지만 해도 누워 있던 환자가 보이지 않았다. 사내가 침대로 다가갔다. 소변 통이 엎어져 있었다. 축축한 시트는 방금까지도 누군가의 골반에 눌린 흔적이 뚜렷하게 남은 채 푹 꺼져 있다. 움직이는 것이라고는 일렁이는 먼지와 침대 아래에 대롱거리고 있는 뇌파 측정 튜브뿐.

뒤늦게 환자의 모니터에서 삐 소리가 울렸다.

"젠장맞을."

사내는 그렇게 중얼거리면서도 움직이지 않았다.

그저 올 것이 오고야 말았다는 표정으로 고개를 꺾고 복도의 창으로 보이는 낙산 자락을 바라보았다. 그가 호랑이 등처럼 굽은 저 산속으로 들어가버렸을 리는 만무하지만 단풍 그늘 구석구석을 살피는 사내의 눈에는 절박함이 가득찼다.

"괴물이 사라졌어."

1장

아득시니의 밤(夜叉)

백미륵

— 중앙성 重陽星

1563년 계해癸亥, 명종 18년
운봉 두륜산 동점촌

  사내는 안고 있던 미역을 집어던지고 뻥댓집의 미세기를 급하게 열었다.

  설마,

  날콩 썩는 비린내가 가득 들어찬 너비 여섯 자쯤 되는 직사각형 방안에는 솜이불이 어지럽게 흩어져 있었다. 시커먼 바닥, 그것이 구들에 그을린 자국이 아닌 꾸덕꾸덕하게 군은 피라는 사실을 깨달은 사내는 다짜고짜 불룩한 이불을 젖혔다.

  이불 속에는 펑퍼짐한 반물치마를 어깨까지 덮어쓰고 웅크린 여자가 드러났다. 타분하고 비릿한 피 냄새가 피어올랐다. 사내는 횟대에 걸린 피륙을 걷어 팔에 감고는 반물치마를 조심스럽게 젖했다. 여자의 배가 가로로 길게 갈라져 있었다. 누렇게 부은 내장 사이로 공간이 훤했다. 자궁이 있어야 할 자리다.

'성모聖母가 또 당했다.'

사내는 감은 피륙을 풀어 던지고 맨손으로 성모의 몸을 뒤적거렸다. 팔과 목덜미에는 표식이 없었다. 모코를 벗겼다. 등도 깨끗했다. 그는 중동바지를 벗기고 손칼로 속곳을 잘라냈다.

역시.

허벅지 안쪽에 물크러진 흔적이 보였다. 침을 발라 굳은 피를 걷어내자 도장이 찍힌 흔적이 뚜렷하게 드러났다.

법계도 형태의 문양.

아찔함이 밀려왔다. 분명한 인식印植의 흔적이었다.

인식이란 예언의 진인眞人을 지키는 보호자 박마駁馬가 진인을 낳을 성모를 찾았을 때 하는 의식을 말했다. 박마는 성모를 찾으면 성모의 몸에 신물神物 해인海印을 찍어 흔적을 표시한다. 인식을 하면 성모는 비로소 예언된 진인, 아기장수를 잉태할 수 있었다.

—누군가 성모에게 인식을 한 다음 무참하게 죽여버렸다.

사내는 모래를 씹는 듯 미간을 찌푸렸다.

원래는 삼 년 전에 찾았어야 했다.

별이 뜬 것은 지금으로부터 십육 년 전.

그것은 이 성모가 열여섯 살이라는 말이고, 계산이 맞는다면 그녀는 이미 일 년 전에 아이를 낳았어야 했다. 그런데 이번에도 성모는 어김없이 살해되었다.

악이 떠난 방안은 고요했고 청처짐했다.

사내는 피곤한 표정으로 성모의 까무잡잡한 얼굴을 바라보았다. 옻칠한 듯 반들거리는 이마에 눈썹이 볼록 솟았다. 거기에는 아직 가시지 않은 삶의 빛이 서려 있었다.

'숙지.'

사내는 성모를 끌어안았다. 동백이 떨어지듯 피가 점점이 그의 옷에 번졌지만 아랑곳하지 않았다. 해가 넘어가고 까마귀 소리가 들릴 때까지 그는 죽은 여자를 어르듯 부여안고 서럽게 흔들거렸다.

툇마루로 나오자 그믐치가 그치고 갈맷빛 노을이 내려앉고 있었다. 김치각 근처 그늘에서 새소리가 났다. 까마귀들이 죽은 쥐를 뜯어먹고 있었다. 사내의 시선은 그 까마귀들로, 장독 너머로 말려둔 호박들로, 개다래가 엉긴 비탈로, 비탈 너머 낙엽 쌓인 산기슭으로 빠르게 움직였다. 그는 지형을 살피며 무언가를 찾았다. 산기슭을 따라 이어진 누런 치자나무 군락 위로 커다란 바위 뿌다구니가 눈에 들어왔다.

길도 없는 산비탈을 기어올랐다.

중턱에 오르자 커다란 바위가 눈에 들어왔다.

'역시.'

백미륵이다.

미륵의 사타구니 부분에는 누가 피로 그려놓은 법계도 문양이 뚜렷했다. 이것은 가인假印이었다. 인근 바위에 법계도 문양을 새기는 가인은 하늘을 속이기 위해 성모의 몸에 인식하는 행위를 가짜로 흉내내는 것을 말한다. 가인은 사술邪術이다. 가인은 해인을 이용해서 혼을 바꾸려는 자라면 반드시 해야 하는 행위였다.

필시 누군가 해인을 악하게 사용했다.

분명 성모를 죽인 자가 한 짓이다.

어디선가 땅을 치는 둔탁한 소리가 들렸다.

제단으로 사용하는 편편한 너럭바위 옆. 고개를 빼보니 소리는 서벅돌로 쌓은 탑 뒤에서 났다. 노파가 쭈그리고 앉아 있다.

"아랫집에 죽어 있는 여자, 자네 딸인가?"

사내는 투박한 북쪽 지방 말로 노파에게 물었다.

툭 비어진 눈으로 사내를 물끄러미 쳐다보던 노파는 두려움이 떠올랐다는 듯 갑자기 개처럼 몸을 말았다.

"이것 봐!"

"……아, 아둑시니*다!"

"아둑시니?"

아둑시니라는 소리를 듣는 순간 사내는 범인이 누군지 확실하게 가늠할 수 있었다. 노파는 눈을 찔끔 감고 침을 질질 흘리기 시작했다.

"살려줘. 살려줘. 태아는 가져가지 않겠다고 했잖아!"

실성한 노파는 사람을 구분하지 못하고 있었다. 말투로 짐작해보면 노파는 성모를 죽인 자를 목격한 것이 틀림없다.

사내가 가다귀 같은 노파의 어깨를 세차게 흔들었다.

"죽인 자를 보았지?"

"으악. 만지지 마. 왜 왔어? 죽이지 않겠다고 약속했잖아!"

"이봐, 정신 차려!"

---

* 어둠의 귀신.

"으악. 그런 눈으로 보지 않겠다고 약속했잖아!"

사내는 양 손바닥으로 노파의 얼굴을 감싸고 턱을 세웠다. 노파는 오그라진 턱에 힘을 주며 혀를 씹으려 낑낑거렸다. 사내는 품에서 녹각을 꺼내 노파의 입에 밀어넣고 한차례 뺨을 때렸다.

"보았지? 누구였어? 서방 짓인가?"

"아니야! 무슨 소리야? 그놈 짓이 아니야! 내 아들은 작년에 꺽정패를 따라 불곡산으로 가서 돌아오지를 않았어. 헐, 헐, 헐, 헐. 그놈, 얼마나 착한 놈인데."

"그럼 누구야? 여자의 몸에서 태아를 빼낸 자가 누구냐고!"

"……아둑시니. 아둑시니가…… 내 손자를……."

사내는 더 물으려다 그만 입을 다물고 말았다.

노파의 손에 피가 흥건히 묻어 있었다. 노파는 웅크린 치마 아래로 뭔가를 조몰락거렸다. 사내는 감추고 있던 노파의 반대쪽 손을 들어올렸다. 갈이박이다. 안에는 시뻘건 묵 같은 것이 들어 있다.

"이, 이런, 네미."

사내가 신음했다. 젖은 갈이박 안에 물크러져 있는 붉은 덩어리. 태아다.

"헐, 헐, 헐. 그 아둑시니가…… 버리고 갔어……. 배를 갈라서…… 태어나지도 않은 아이를 쑥 빼내더니, 이렇게 버리고 가부렀어……."

실성한 노파는 눈을 희번덕거리며 들고 있는 돌멩이로 그 진득한 것을 퍽퍽 찧기 시작했다.

"……헐, 헐, 헐. 이미 죽은 걸 어떡하나. 썩기 전에 어여 갈아야지. 갈아서 부처님 몸에라도 발라야지. 비라도 오게. 그렇지 않아? 이 산은 황토산이지라……. 몇 년 전까지만 해도 비가 오면 벌건 물이 줄줄 흘렀어……. 그런데 네놈들이 오고 난 뒤부터…… 네놈들이 부처님 몸을 저렇게 만들고 난 뒤부터 계곡의 물이 싹 말랐어! 아까 온 아둑시니나 이제 온 네놈이나 다 같은 놈이야. 안 그래? 죄다 아둑시니들이야!"

사내는 늙은이를 밀어내고 두 손으로 태아를 그러모았다. 삭정이처럼 가는 뼈들이 흐무러진 살 사이로 번들거린다.

이 태아는 세상을 구할 진인이다. 아기장수라 부르기도 한다.

그는 이번에도 태어나지 못하고 처참하게 죽어버렸다. 사내는 속이 쓰라렸다. 박마인 자신은 이번에도 아기장수를 돕지 못했다.

흙바람이 불었다.

차가운 기운이 팔뚝에 닿자 사내는 고개를 젖히고 토하기 시작했다. 정수리에서 시작된 통증은 어깨를 타고 가슴에 고여 뭉치고 있었다. 갈이박을 내던지고 몸을 일으켜 뒷걸음치다 차가운 바닥에 철퍽 주저앉았다.

침을 삼킬 때마다 일어나는 고통스러운 기운은 날카로운 얼음조각이 몸안에서 각을 비트는 것 같은 아픔이었다. 움켜쥔 옷고름을 뜯었다.

사내를 멍하니 쳐다보던 미친 노파는 낄낄거리기 시작했다.

"……헐, 헐, 헐. 벌을 받는 거여."

사내는 벌벌 떠는 손으로 칼을 꺼내 목 언저리를 쨌다. 혈압이 가슴 아래로 내려가자 두통은 점차 사그라졌지만 살갗에 고인 통증은 여전히 소란스럽게 요동쳤다. 춤에서 거통환 대여섯 알을 꺼내 입에 털어 넣었다. 혀가 말리지 않도록 손수건을 물고 턱에 힘을 주었다. 고통을 잠재울 수 있는 것은 오직 이것, 거통환뿐이다.

이것저것 걸리며 트림이 나왔다. 오래된 폐가 뿜는 날숨에서 탁하고 고약한 냄새가 났다.

아프다. 쓰리다. 고통스럽다.

어찌 설명할까. 온몸에 퍼진 이 고통을.

정말 죽어버렸으면 좋겠다.

사내는 서쪽 하늘을 노려보았다.

'떴구나.'

중양성重陽星은 이미 떠 있었다.

빛은 터질 듯 뚱뚱해지며 굵은 광채를 뿜다가 다시 희미해졌다. 저 별은 늘 질 듯 필 듯 묘한 광채를 낸다.

사내는 지긋지긋하다는 표정을 지었다.

다시 별이 뜬 것이다.

진인을 낳을 성모가 조선 땅 어딘가에 방금 다시 태어났다.

박마인 사내는 다시 찾아야 했다. 그녀를 찾아 인식印植하고 그녀에게서 무사히 진인이 태어날 수 있도록 보살펴야만 한다.

높지거니 보이는 백미륵의 미간에는 작은 실뱀 한 마리가 붙어 있다. 숲 바람이 일자 그것은 으아리나무숲으로 서둘러 사라졌다.

추위를 여는 소한의 너누룩한 하늘에 으스름달이 걸렸다.

사향
— 진홍

십칠 년 후
1580년 경진庚辰, 선조 13년
강화 교동도 빈장포 해안

자시子時가 조금 넘은 시간.
사내는 교동도 빈장포 바닷가에 서 있었다.
협수룩한 관복을 입은 그는 하늘을 쳐다보고 있었다. 희끔한 하늘에서 한줄기 빛이 칼질을 낸 것처럼 번뜩이다 막 사라졌다. 객성客星이 중양성을 범하는 순간이었다.
'고통스럽게 태어난 것일까?'
객성이 자미나 남두육성(궁수좌)을 쳐들어가는 경우는 있지만 오늘처럼 막 생긴 중양성을 깨는 것은 드물었다. 어찌 보면 중양성은 남극성을 닮았다. 둘 다 비슷한 자리에 있기에 그런 것이다.

보통이라면 남극성 하나만 보이지만 중양성이 뜨는 해에는 두 별이 겹쳐 보인다. 다만 저렇게 객성이 둘러치면 다치는 것은 언제나 중양성이었다. 중양성이 유동적이기에 일어나는 현상이다.

새로 생긴 중양성은 꺼질 듯 흔들거리다 곧 자리를 찾고 담담하게 떠 있다. 중양성은 세상을 구할 진인을 낳는다는 성모의 별이다. 이 땅 어디선가에서 성모가 막 태어났다는 뜻이다.

사내는 쪼그리고 앉아 시신을 바라보았다.

불김에 보이는 성모의 시신은 묘했다. 막 고치를 지은 누에 같기도 하고 사람 형상의 옹관 같기도 했다. 몸에 수십 겹의 종이를 똘똘 싸놓았고 노끈으로 이리저리 비껴 묶어놓았다. 종이 표면에 빽빽하게 써놓은 것은 시詩였다. 손톱으로 종이를 긁었다. 허옇고 묽은 종이가 덩케덩케 흘러내리며 사람의 살갗이 드러났다. 고령토를 밀듯 더 깊숙이 긁어냈다. 본도기(번데기) 같은 종이 너머로 허옇게 불은 성모의 얼굴이 드러났다.

"죽은 지 이틀은 되었군."

옆에 있던 호장戶長(지방의 향리)이 혀를 쓸었다.

그랬다. 죽었다. 기가 막힐 일이다. 긴 시간을 기다렸는데 또 이런 식이다. 성모는 십칠 년 전 운봉에서와 같은 방식으로 또 이렇게 죽어 있다.

사내는 호장만큼이나 깊게 미간을 찌푸리며 주검을 바라보고 있었다.

해안에 이상한 주검이 떠돌아다닌다는 신고는 엿새 전에 들어왔다. 시신은 강화도에서부터 이 포구 저 포구에 걸렸던 모양인데 사람들이 흉측하다며 장대로 밀어내면서 찾아내지 못했었다. 그 시신이 미세기를 타고 가다가다 여기까지 온 것이다.

"진홍이 맞지? 자네 여자가 아니었나?"

호장의 물음에 사내는 대답 대신 입술을 깨물었다. 맞았다. 그의 여자가 맞았다. 진홍이 신고 있는 청사 가죽신은 오래전에 사내가 준 것이었다. 사내는 품에서 흰 명주를 꺼내 진홍의 드러난 가슴을 가려주었다.

"어이, 백관白官. 탕수기가 필요하겠는데. 좀 갔다 오게. 감초도 더 가져와야겠어."

호장의 말에도 아무 대꾸가 없는 이 사내의 이름은 백한이었다. 백한은 '하얀 꿩'이란 뜻이다. 그는 강화 관청 군뢰였다. 팔 척 장신에 건장한 체구, 오뚝하게 솟은 코, 반듯한 이마, 짧게 난 수염을 가진 그는 어딘지 모르게 서역인 같은 풍미가 났다.

'내 그렇게 조심하라고 일렀는데.'

원망할 일이 아니다.

지키지 못한 자신의 탓이 크다.

떠돌이의 짓일 수도 있었다. 남다른 여자였으니. 아닌 게 아니라 아름다웠다. 동네 발록구니들이 늘 집적대곤 했다. 감또개를 주워 모아 장에 간다고 나갔다 돌아오지 않았으니 보부상이나 육지의 째마리들에게 당했을 가능성도 있다. 분명한 것은 장승이 있던 돌너덜 앞에서 한 사내와 함께 사라지는 것을 본 사람이 있었을 뿐이다.

하지만 아닐 것이다.

백한은 누군지 짐작이 갔다.

계속해서 성모를 죽이고 다니는 그자가 한 짓이다.

이번 성모는 좀 일찍 찾아냈다.

평양 선연동에서 풍류객 김억이 부른 기생 예닐곱 중에 진홍이 있었다. 백한은 금방 알아보았다. 진홍이 사랑하는 숙지의 환생이라는 것을. 가깝게는 지난번 운봉 두륜산 으아리나무숲 초막에서 죽은 성모가 환생한 것이다.

'이번에는 기생이구나.'

그렇다면 성공할 확률이 좀 높겠다, 그렇게 생각했었다. 여염집 여자라면 다가가기도, 설명하기도 쉽지 않았다.

하지만 기생이라면…….

선연동은 관가의 기생을 장사지내는 곳이었다. 수백 기의 기생 무덤이 초연히 놓여 있다. 진홍은 선연동 청류벽에 제삿술을 붓고 붉은 글자로 글을 새겼다.

메꽃은 바람에 흔들리고
물기 머금은 구름은 꿈같이 둘러 있네.
신선의 환술을 빌릴 수 있다면
그 옛날 가장 아름답던 이를 깨울 수 있으련만.

진홍의 몸에서 톡 쏘는 사향이 났다.

처음 그 냄새를 맡았을 때 백한은 울컥하고 눈물을 흘린 뻔했다. 그래, 그런 이유였는지 모른다. 진홍을 처음 보았을 때 과거 성모들보다 더 특별하다고 여긴 건 아마도 냄새 때문이었을 것이다.

지금까지의 성모들은 자신이 숙지의 환생자라는 것을 깨닫지 못했고 또한 오래전 사랑했던 백한을 알아보지도 못했다. 물론 이번 성모인 진홍도 자신을 알아보지 못했다. 하지만 남달랐다. 그 냄새. 진홍의 몸에 흐르는 사향의 알싸함은 여태껏 다른 성모에게서는 맡을 수 없었던 것이었다. 물론 기생이라 그랬을 것이다. 기생은 늘 향을 지녀야 하니까. 진홍은 지금껏 만난 성모 중 숙지의 모습과 가장 닮기도 했다. 턱을 들고 올려보는 자태와 흐르듯 도드라져 보이는 콧날도 숙지를 빼닮았다. 마치 숙지가 옛 모습을 고스란히 안고 찾아와준 것만 같았다. 그래서 이 여자만은 자신을 알아볼 수 있을 거라고 생각했는데.

다른 성모보다 더 아련했기에 이번 실패는 더 뜨겁다.

백한은 대동강에서 열흘을 더 놀았고 몸값을 치르고 그녀를 빼냈다. 진홍은 고향이 강화도였다. 두 사람은 강화도 마니산에 터를 잡았다. 백한은 그때부터 관복을 입었다. 이번에는 수월할 줄 알았고 해인을 수소문하는 데에만 집중하고 있었다.

"에구, 이런 시체는 또 처음 보는구먼. 사라진 지 일고여덟 달쯤 되었지?"

호장이 쪼그리고 앉더니 시체의 동실한 이마를 거적때기로 덮었다. 백한은 호장의 바쁜 손놀림을 지켜보며 멍하니 서 있었다.

호장의 기억대로 진홍이 마을에서 사라진 것은 팔 개월 전이다. 처음에는 크게 걱정하지 않았다. 기생의 팔자를 가지고 태어났다면 그런 일도 생길 터였다. 기생이란 것이 볕이 지면 봄 매미처럼 눅눅해지지 않던가. 매상 일생을 맡길 한 사내를 원하지만 또 그리 되면 이전이 그리워지는 법이다. 그녀도 그런 기운들이 꿈틀거렸을 테고 도화살도 역마살도 품고 있었을 테다. 하지만 백한을 만난 이후부터 진홍은 두 번 다시 기생으로 살아선 안 될 몸이었다.

갈 곳이야 뻔하고 금방 찾을 수 있다고 생각했다. 군관의 모습을 하고 있으니 사람을 찾기엔 수월했다. 그러나 도무지 행방을 찾을 수 없었다. 아이들을 풀고 거지들을 다루며 갖은 권위를 다썼다. 휴가를 내고 개성, 평양, 함흥까지 돌아다니기도 했다. 허사였다. 그런데 이렇게 절해 교동도의 깊숙한 해변에서 시체로 발견될 줄이야. 부질없는 시구를 둘둘 몸에 감은 채.

넌더리가 났다.

배에서 자꾸 헛바람이 올라왔다.

"어이, 백한이, 내 말 듣고 있나!"

호장이 소리치자 백한은 꿈에서 깨어난 듯 고개를 들었다.

"가서 탕수기와 감초를 가져와. 날이 이러니 금방 부패가 오를 것이구먼. 벌레도 많고. 오늘은 여기에서 검안하세나."

"여기서?"

"배가 끊겼으니 시신은 내일 옮겨야겠어."

"저쪽 목새 근방에 나룻배 한 척을 보았습니다. 소금이 있으니 절여서 바로 올려 보내는 게 좋겠습니다."

백한은 낮고 걸걸한 북쪽 억양으로 침울하게 말했다.

"지금?"

"네. 월선 포구로 갑시다. 염화강을 타지요. 제가 지겠습니다."

"……날이 무척 더운데."

"중요한 것은 검험檢驗*입니다. 우린 오늘 중으로 그것만 보고 하면 되는 것이고."

진홍을 이렇게 모랫바닥에 눕혀두기 싫었다.

백한의 눈빛이 사나워지려는 것을 눈치챈 호장은 자네가 그렇다면야, 하고 우물거리며 횃불에서 불꾸러미를 당겨 시신을 살폈다.

이번에도 진홍의 몸에서 해인의 흔적을 발견할 수 있었다. 표식은 그녀의 왼쪽 귓밥 뒤에 새겨져 있었다.

백한은 그 사실은 검험 문서에 기록하지 않았다.

"한데 호장 어른, 시신을 누가 발견했다고 했죠?"

"절벽 아래에서 옥을 가는 옥바치 놈일세."

* * *

"여기서 살았지요."

귓불이 유난히 빨간 옥바치는 삼봉 약수가 흐르는 계곡 옆에서 걸음을 멈추었다. 우듬지 그늘로 보이는 긴 푸새 사이로 다 쓰러져가는 움막이 있었다. 옥바치는 가라지를 씹으면서 백한이 움막으로 천천히 걸어가는 것을 지켜보기만 했다.

검은 마루에는 방에서 쓰던 등잔이 나와 있었다. 말라 굳은 기

---

* 현장 상태를 세세하게 기록하는 것.

름에 솟은 심지는 딱딱했다. 사내는 끼운 숟가락을 빼내고 방문을 당겨 열었다. 고약한 군내가 가득 들어차 있었다. 발을 들이자 누진 솜이불에 점점이 붙어 있던 파리떼가 일제히 피어올랐다. 무명천을 말아 코를 막고 방안을 살폈다. 자리를 짜던 돗틀과 쥘대*, 홍두깨, 납지로 말아놓은 바늘쌈 등이 널브러져 있었다. 한구석에 손바닥만 한 저고리가 개켜져 있었다. 신생아가 입을 옷이다. 조붓한 헝겊들을 기워 얼기설기 만들었다.

"솜씨가 없군."

"구석구석 신경을 많이 쓰시는군요."

옥바치가 문둔테에 팔꿈치를 괴고 피식 웃었다.

움막은 원래 옥바치가 창고로 쓰던 것이라 했다. 그도 그럴 것이 급하게 만든 구들이 한쪽으로 푹 꺼져 두 사람이 누우면 좁다. 백한은 벗겨진 장판지 마감 아래에서 반짝거리는 물건 하나를 찾아냈다.

옥비녀. 백한은 그것을 품에 넣고 나와 문을 닫았다.

"반반한 여자가 사내와 함께 산속으로 들어올 때는 다 이유가 있는 법이지요."

그 말에 백한이 눈썹을 치켜세우자 옥바치는 이마를 긁으며 쓸데없는 소리를 했나, 하는 애매한 표정을 지었다.

"사내랑 함께 왔다?"

옥바치는 멍하니 백한을 바라보았다.

---

* 누비질할 때 피륙을 감는 둥근 막대.

"네."

"언제 왔었나?"

옥바치는 고개를 갸우뚱거렸다. 무슨 질문이 그러냐 하는 표정이었고 당신도 익히 잘 알고 있지 않으냐는 얼굴이었다. 확인하는 표정을 짓는 옥바치에게 백한은 더 큰 소리를 냈다.

"묻고 있지 않나, 사내와 여자가 언제 왔었느냐고."

옥바치는 정신을 차린 듯 이마를 긁으며 생각하는 척을 했다.

"보자. 내가 이 움막을 음력 정월 초순에 빌려주었으니까 한 칠 개월쯤 되었나. 해막解幕으로 쓰겠다고 했어요."

"해막?"

"예."

임부의 임시 거처를 해막이라 했다. 북쪽 경계 지방과 충청도의 일부 해안가 지방에는 외진 산기슭에 해막을 지어놓고 여자가 혼자 애를 낳았다. 임부가 해막에서 몸을 풀었다면 동제洞祭가 끝날 때까지는 마을로 돌아올 수 없었다. 부정을 쫓는 풍습이다.

진홍이 해막을 찾아다녔다는 것은 몰래 아이를 낳겠다는 뜻이다.

"자넨 그후로 한 번도 와보지 않았나?"

"아, 아니에요."

"아니라고?"

"왔었다구요."

"왔다고? 애 낳는 여자가 뭐가 그리 궁금해서?"

"네?"

옥바치는 백한의 심기가 심상치 않다는 것을 깨달았다.

"그래, 얼마나 자주 왔었나?"

"한 세 번 정도? 음, 아니다. 총 네 번 정도는 되겠네. 하여튼 몇 번 왔었지요. 한번은 초가가 꺼졌기에 군새*를 넣어주려고 왔었고, 한번은 여자가 워낙 기운이 없어 보이기에 청둥호박 한 동을 넣어준 적이 있었고……. 그런데, 나리께서 이상하다고 생각하실 일은 아닙니다."

"왔을 때 여자는 배가 부르지 않았지?"

옥바치는 자꾸 질문하는 백한을 유심히 바라보았다.

약간 실성한 자를 보는 듯했다.

머쓱해진 백한은 콧등을 긁으며 어깨를 으쓱했다.

"아네, 관에서 나온 이들은 보통 이런 질문을 하지 않는다는 것을. 개인적으로 뭘 좀 알아내야 해서 묻는 거니 아는 대로 답해주게."

"홀쭉했……지요. 온 지 한 달쯤부터 심하게 오르던걸요."

"세 번째 찾아온 때는 언제쯤이었나?"

"나리께선 모르고 계셨어요?"

"나는 지금 이곳에 처음 온 걸세."

"아니, 제 말은 나리께선 제가 움막에 들르는 것을 모르고 계셨냐구요?"

"방금 지금 자네 말을 듣고 알았지."

그 말에 옥바치는 연하게 웃었다. 저쪽에서 다급하고 아쉬운 것

---

* 초가지붕의 꺼져 있는 곳을 기워서 넣는 짚.

이 있다는 판단이 끝난 얼굴이다. 그의 인중 주변에 어지럽게 난 짧고 빳빳한 수염이 지렁이처럼 올라갔다. 옥바치는 몇 번 고개를 끄덕이더니 이것저것 생각하는 척을 했다.

"세 번째 왔을 때 여자의 상태는 어떻던가?"

옥바치는 그늘이 드는 징두리(집 벽 밑동)에 털썩 주저앉더니 호두 몇 알을 꺼내 느긋하게 깨기 시작했다.

'젠장.'

백한은 자신의 말을 후회했다. 저것은 저잣거리의 발록구니들이 늘 하는 짓이다. 잘못 숙이고 들어갔다. 지금 가진 것은 일곱 냥뿐이다. 백한은 옥바치의 무릎노리 사이로 두 냥을 던졌다. 뒷눈질하던 옥바치는 엽전을 집으며 말을 이었다.

"세 번째는 살피러 왔었지요."

"살피다니? 뭘?"

"사내놈 말입니다."

"사내가 왜?"

옥바치가 백한을 흘깃 쳐다보더니 "남자는 거적을 감고 누워 있더라고요" 하고 말했다.

"음."

"좀 희한했어요……. 묘하다고 해야 하나?"

"어찌 보이기에?"

"어찌 보이고 자시고 할 거 없이 죽은 사람 같았어요. 여자가 얼굴에 허연 천을 덮어놨었죠."

"시체였나?"

"그렇게 보였어요. 분명 시체였어요."

"그런 말이 어디 있는가? 진홍이 송장과 살았단 말인가?"

"아, 송장 같았다니까요."

"송장을 방안에 두는 사람이 어디 있는가 말이다."

"그래서 남편이 아픈가, 하고 물어보았더니 여자는 건드리면 숨은 쉰다더군요. 참말로 그랬어요. 미동도 없다가 건드리면 푹 하고 바람 소리를 내요. 죽지는 않았지만 전혀 움직이지 않았어요. 가슴도 오르락내리락하지도 않고. 의원을 부르자고 하니 여자의 말이 가관이었어요. 사내가 절대로 부르지 말라고 당부했다는군요."

"언제부터 그랬다던가?"

"언제부터라니, 뭘요?"

"사내가 누워 있었던 게."

"움막에 들어온 지 사흘이 지난 날부터였다고 하더만요."

백한이 어렴풋이 흐려졌다.

자신이 아는 진홍은 사리가 분명하고 똑똑한 여자였다. 함께 도망친 사내가 원인 모를 병에 걸렸다면 무슨 수라도 썼을 것이다. 옥바치가 본 대로 얼굴에 천만 올린 채 방치했을 리 없다.

옥바치가 깐 호두를 백한에게 건넸다.

백한은 주는 것을 받았다.

"그리고 두 달 전쯤인가, 마지막으로 와봤었지요."

"여전히 그러고 있던가?"

"네. 여전히 먹지도 싸지도 않고 고자리에 고대로 누워 있더라고요. 거참, 인간이 어찌 그럴 수 있습니까?"

"사내의 얼굴이 어찌 생겼던가?"

"잘생겼습니다요. 수염도 많고. 나리와 비슷한 몸집이었어요. 이만하면 어깨 크기도 비슷하겠고. 턱이 이렇게 길고, 피부가 구 릿빛이고."

"진홍은? 진홍은 그때까지 별 이상 없던가?"

옥바치는 품에서 호두 두 개를 더 꺼냈다. 어금니로 힘을 주다 여의치 않자 두리번거리며 돌을 찾는다.

"내가 그 얼굴을 봤다고 해서 뭐라는 것은 아닙니다만 나리를 처음 봤을 때 아, 호장에게 말 안 하길 잘했구나, 그렇게 생각했지 요. 살인을 저지른 놈은 그 장소에 꼭 한 번은 나타난다던데 나리 도 지금 그걸 노리는 거죠? 누워 있던 그놈이 여자를 죽인 게 틀림 없죠? 어떻게 증거가 나왔나 보네. 골치 아프겠소. 조사를 처음부 터 다시 해야 하는 거잖소."

"진홍의 상태가 어땠느냐 묻잖아!"

물음이 조급해질수록 옥바치는 느긋해졌다.

그는 문틈으로 들여다본 사람처럼 실실 웃어댔다.

"요즘도 그래요? 내 일전에 쬐깐한 오해를 사가지고설랑은 강 화 유수부에 며칠을 산 적이 있었는데, 어이구, 거긴 사람이 있을 데가 못 되더만요. 감방 안에 어찌나 쥐가 득실거리는지, 사람 피 를 빨려고 말이오, 널빤지도 남아나는 게 없더라니까. 그래서 고 양이 한 마리를 길렀는데……. 아, 일부러 기른 것은 아니고 스스 로 이 방 저 방 드나드는 놈이었소. 죄수들은 차입되는 아까운 음식을 그놈들에게 줘야 했소. 아니면 쥐 때문에 살 수가 없으니까. 고양이가 죄수보다 나은 팔자가 그곳이었소. 뭐, 나도 이제 이리저리 불려간다 생각하니 골치가 아파지네."

옥바치는 자꾸 딴소리하며 말을 개개고 있었다.

'개새끼.'

"맛있죠? 충청도 진천에서 보내온 호두라오."

옥바치가 양손을 부딪치며 호두를 탁하고 깨자…… 통증이 밀려왔다.

백한은 옷 매듭을 풀어 헤치고 고통스러운 기침을 해댔다. 쉬그치지 않았다. 반동이 올 때마다 골반이 따가웠다. 옥바치는 호두가 덕지덕지 붙은 입술을 요란하게 튀겼다.

"괜찮소? 보아하니 그거 꽤 오래된 병 같은데, 날이 끄무레해서 더 그런갑소. 움막 안에 들어가서 좀 누워 있으려오?"

백한은 숨을 몰아쉬며 두 냥을 던졌다. 옥바치가 씩 웃었다.

"진홍은?"

"없었소."

"……없다니?"

"움막 안에는 시체, 아니 사내만 있고 실성한 여잔 없었다구요."

"여자가 사라졌다고?"

"해서 산을 뒤졌는데 절벽 아래 누워 있더이다. 아이를 지우려고 굴렀던 모양이오. 정신을 차리게 하니 '속았다', '속았다' 이 말만 해요. 내가 '뭘 속았다는 거요?' 하고 물어보면 그저 '속았다' 그러기만 하고. 그리고 자꾸 칼을 달래요."

"칼을? 왜?"

"제 배를 가르겠다고."

"음."

"……아둑시니를 품었다고, 칼로 빼내야 한다고 중얼거립니다."

"아둑시니?"

"하여튼 그 말만 해댔어요. 얼마나 들이떨던지, 지 성질에 못이겨 어금니 두 개를 뽑어버려요. 무서워서 더는 못 보고 있겠더구먼요. 하기야, 몇 달 동안 숨도 안 쉬고 누워만 있지, 자긴 먹을 것도 없지, 배는 점점 불러가지, 정신이 어디 온전했겠습니까? 게다가 원해서 가진 씨앗도 아닌 것 같던데."

"그래서?"

"가를 것도 없이 태아는 이미 죽었습죠. 가랑이 사이로 피가 너무 나왔어요. 여자가 천을 씹어 물고 주먹만 한 태아를 직접 끄집어내더구먼요."

"그러고는?"

"그게 다요. 씹할, 하도 무서워서 그 자리에서 도망쳐버렸소. 다음날 올라가보니 둘 다 없었어요. 사내도 여자도. 난 그것이 마지막이오."

옥바치는 두툼한 턱을 긁으며 아무렇지 않게 대답했다.

"다음날 가보니 사라졌다?"

"네."

"무서웠다면서 왜 다시 갔었나?"

"아, 걱정되니까요. 여자가 혼자 애를 떼버렸는데……. 그래서 미역이랑 시래기 몇 단을 들고 갔었는데 방이 텅 비었더라구요."

마지막 세 냥을 떨어뜨렸다.

"하나만 더 물어봅세. 혹시 이 주변에 큰 바위 같은 게 있나? 미륵도 좋고. 돌탑도 좋네."

"있지요, 있지요. 수막살이 하는 좆바우가 있소. 그 여자가 애를 뗀 절벽이 바로 좆바우 아래였소. 남들은 부처라 하기도 하는데 내 보기엔 좆바우가 맞소. 생김새가 딱 좆 같아."

수막살이란 지형의 혈을 누르거나 음기를 막기 위해 마을에서 만들어놓은 조치를 말했다. 보통 남근석이나 알바위 등을 일컫는다.

"……그림 같은 게 없던가?"

"거 대단하시네. 구들더께인 줄 알았더니만 바깥 돌아가는 것을 다 알고 계셨네. 맞소. 예전엔 없었는데 웬 놈이 좆바우 몸에다 붉다란 글씨로 부적 같은 문양을 그려놨두만요."

"이런 것이었나?"

백한이 품에서 종이를 꺼내 보였다.

"오, 맞소. 이렇게 네모지고 꾸불거리는 것이었소. 같은 거네. 맞아. 이거였소."

옥바치는 입술에 더덕더덕 붙은 호두를 튀기며 흥분했다.

백한은 해인의 인장인 법계도가 찍힌 종이를 접어 품안에 넣고 꽉 막힌 비구름을 쳐다보았다.

태아는 꽉 찬 것이었다. 함부로 사산시켰다가는 산모가 위험할 터다. 진홍은 그것을 감수하고서라도 초암 아래에서 태아를 빼내려 했다. 어떤 위험을 느껴서일 것이다. 낳아서는 안 된다는…….

누워 있었다던 사내놈이 진홍을 죽였다.

가인을 한 것도 그놈이다.

진홍이 태아를 없애자 그는 여지없이 잠에서 깨어났을 테고 그 즉시 그녀를 죽였다.

분명 그랬다.

백한은 흙이 잔뜩 묻은 손으로 슴벅이던 두 눈을 빠르게 비벼댔다. 골짜기 아래에서 올라오는 골바람이 갈풀을 시원하게 쓸었다.

백한은 옥바치 옆에 털썩 주저앉았다. 백한은 이전과 달리 차가워져 있었다.

"……언제부터였나?"

"네?"

"언제부터 진홍을 가지고 놀았나?"

옥바치는 호두를 삼키며 뚱하게 백한을 쳐다보았다.

백한은 먼바다를 쳐다보며 입을 삐죽거렸다.

"지아비가 깨지도 않지도 못하는 병신이니 여자를 마음껏 취해도 된다고 생각했나? 아니면……."

"이런 좆 같은." 옥바치가 벌떡 일어섰다. "네미, 내가 뭘 어쨌다는 거요?"

"이미 배가 불렀으니 희롱해도 된다고 생각했나?"

"나는 단지 걱정이 되어서리……."

그 말이 끝나기도 전에 옥비녀를 거머쥔 백한의 주먹이 빳빳한 수염으로 덮힌 옥바치의 턱자가미로 날아왔다. 이가 두어 개 튀어나왔다. 백한은 바람처럼 옥바치의 가슴 위로 올라타더니 멱살을 잡아 틀었다. 주먹이 절굿공이처럼 마구잡이로 내려왔다.

"언덕에서 몸을 굴려도 죽지 않던 태아가 사산된 건 네놈 때문이지?"

백한이 옥바치의 광대 아래 볼을 조이자 옥바치는 부은 입아귀를 벌렸다. 그 입에 비녀를 쑤셔넣었다.

"이 조잡한 비녀를 건네고 배부른 여잘 가지고 논 거냐?"

턱을 올려 입을 닫았다. 안에서 비녀가 자락자락 깨지고 이가 부서지는 소리가 났다. 옥바치는 흐느적거리고 뻐끔거리다 급기야 꿀떡꿀떡 피를 삼키기 시작했다. 지친 백한이 옥바치의 머리 양옆으로 주먹을 짚고 크게 숨을 헐떡였다. 옥바치는 빌었다.

"몇 번…… 안…… 그랬습니다요……. 여자가 실성했기에…….."

"씹할, 실성한 여자는 그리 쑤셔도 된다더냐?"

"나, 나리께서…… 모르시는 줄 알았습니다……."

안 봐도 짐작이 갔다. 진홍은 애초에 실성했을 테다. 그 짐승과 함께 살았으니. 실성하지 않고서는 제 몸에 아둑시니를 품었다고 칼을 찾을 리가 없다. 백한은 양 엄지를 놈의 눈깔에 박고 후벼팠다. 글겅글겅. 옥바치의 목젖에 고인 피가 끓었다.

이자가 진홍을 죽이지 않았다는 것은 백한도 잘 알고 있다.

진홍을 죽인 자는 분명 자고 있었던 지아비다. 옥바치는 정신이 돈 진홍을, 배가 부른 그녀를 가지고 몇 번 놀았을 뿐이다. 그러나 이자의 더러운 자지가 수시로 들락거린 탓에 뱃속의 태아는 견디지 못했다.

세상을 구원할 아기장수는 그렇게 사산되었다.

"그 여자가 어떤 여잔 줄 알고 그랬냐?"

옥바치의 고개는 이미 젖혀졌다.

주먹이 떨어질 때마다 옥바치의 두 다리가 털썩거렸다.

"그 아이가 어떤 아이인 줄……."

묘향산의 계류를 수줍게 따라오다 걸음을 멈추고 향목의 냄새를 맡던 진홍이 떠올랐다. 백한을 만나지 않았다면 기생 짓을 하더라도 금방 임자를 만나 청정한 삶을 살았을 여자다.

진홍아.

왜 그랬니?

뱃속의 그 아이는 천하를 고칠 인물이었다고!

영리하던 진홍이 왜 이런 선택을 했는가 말이다.

도대체 무슨 일이 있었기에!

툭, 툭.

여름비가 내렸다.

놀란 흙바닥이 가루가 일며 뿌옇게 흩어진다. 채찍처럼 좌좌 쏟아지는 작달비다. 저녁 어스름에 비탈 기슭으로 이어진 자드락길을 가릴 만큼 세다.

그는 짓물러진 옥바치의 얼굴에 하염없이 주먹질을 하고 있었다.

사정없이.

손각시 孫閣氏
─ 귀신 난영

십육 년 후
1596년 병신丙申, 선조 29년
태백산 정동 상류, 노루턱 마을

먹지 못하는 눈요기 상이었다.

종자從者 두 명이 수파련*과 새끼 돼지가 오른 초례상을 밖으로 내가자 다시 합근례를 위한 큰상이 들어왔다. 상 위에는 박달나무로 깎은 기러기 한 쌍, 나물, 과일과 함께 받침이 있는 표주박 잔이 올라 있었다.

'배가 고프실 텐데.'

새색시의 팔을 부축하고 서 있는 유모는 걱정이 되었다. 아기씨

---

* 잔치나 굿할 때 장식으로 쓰는 종이꽃.

가 오늘 입에 댄 것이라고는 납폐상*에 오른 시루떡이 다였다.

'빨리 끝났으면 좋으련만.'

백분 탓에 유난히 얼굴이 허연 신부는 끙끙거리고 서 있었다.

유모는 문득 정신을 차리고 새색시의 소매를 높이 올렸다. 큰일이다. 시간이 지날수록 아기씨 얼굴에 바른 백분白粉이 조금씩 엷어지고 있었다. 아기씨가 바른 백분은 유모가 직접 쌀 기름에 분꽃가루와 활석(돌가루)을 넣고 버무려 만든 것이다. 아무리 땀이 나도 지워지지 않는 특별한 비법이라고 윗마을 장국 파는 할미가 말했는데 벌써 저렇게 아기씨의 얼굴이 거뭇하게 변하고 있다. 저 백분이 지워지면 큰일이다.

저것이 지워지면 아기씨의 볼에 가득찬 흉측한 반점이 고스란히 드러난다. 유모의 초조한 시선은 신부의 얼굴에서 떨어질 줄 몰랐다.

'가려워도 참아요. 분칠한 게 지워지면 큰일나요.'

원래는 어제 시작되었어야 할 것이었는데 돌풍 같은 바람 때문에 오늘로 미뤄진 잔치다. 오전까지도 바람은 남아 있었다. 그래도 이게 어딘가. 서 있기 고달파도 흑점이 불안해도 오늘을 얼마나 기다렸던가.

진짜 이런 날이 올 줄 몰랐다.

우리 아기씨, 평생 혼자 살아야 한다고 생각했다.

유모는 끓어오르는 격정을 주체하지 못했다. 펄펄 끓는 가마솥

---

* 혼인할 때 신랑 집에서 보내는 예물과 함께 차려지는 상.

같은 살풀이는 아니었다 해도 작은 울분이 틈틈이 지나갔다. 오늘 가례를 여는 새색시는 태어날 때부터 자신이 젖을 물린 난영 아기씨였다.

평양 부윤을 지낸 병조판서 조윤기의 둘째 딸 난영은 달빛에 씻긴 듯 하얘서 보는 눈이 까무러질 정도였다. 이목구비도 어찌나 예쁜지 봄날의 산처럼 산뜻한 눈썹 아래 송연먹처럼 담박한 눈동자가 울먹울먹할 때마다 가을 물을 보는 것 같았다. 하나 아무도 그 눈을 보아주지 않았다. 보려고 하지 않는다고 해야 옳다. 아기씨 얼굴의 반은 먹처럼 시커멓고 기름처럼 밴들거리는 반점이 뒤덮고 있다. 반점이 처음부터 그렇게 컸던 것은 아니다. 태어날 때는 그저 눈자위에 박힌 작은 점이었을 뿐이었다. 그것이 점점 눈썹을 잡아먹고 이마로 번지더니 지금에 이르렀다.

—흉측하지만 능히 무염녀*가 될 수 있다!

아버지 조윤기도 그런 식으로 말한 점이다.

얼굴의 반이 검푸른 아기씨는 정주방의 숨겨둔 반상처럼 한 발짝도 나가지 못하고 십육 년간 집안에서만 살았다. 사람들은 아기씨를 손각시** 귀신이라고 불렀다. 점이 아기씨를 무서운 손각시 귀신으로 만들어버렸다. 그런 손각시 귀신이 이렇게 훌륭한 가례를 치르고 있다. 아기씨의 삶이 바뀌고 있다. 다행스럽고 감격스러

---

* '此天下强顏女子也'라는 제나라의 고사에 유래된 추녀. 무염녀라는 추녀가 제나라 선왕에게 후궁이 되겠다고 하자 낯두껍다는 비웃음을 받았다. 그러나 그녀는 제나라의 문제점을 지적하고 왕비가 되었다.
** 결혼하지 못하고 죽은 처녀 귀신.

운 일이다.

잔치는 밤까지 계속되었다. 이제 바람은 불지 않는다.

밖으로 나간 유모는 손숫물 대야와 수건을 들고 들어왔다. 신랑과 신부가 나란히 앉았다. 신부는 유모를 흘깃했다. 유모는 눈빛으로 '말해준 것을 잘 기억하고 계시겠지요'라고 다짐받았다. 신랑이 문에 장막을 치고 방석을 깔았다. 신랑은 상에 놓인 기러기 머리를 왼쪽으로 돌린 다음 북쪽을 향해 절을 했다. 다시 남쪽으로 몸을 돌리고 유모가 내려놓은 대야에 손을 씻었다. 유모가 대야를 신부 앞으로 밀어주었다. 신부는 유모가 일러준 대로 북쪽으로 몸을 돌리고 손을 씻었다.

신부가 두 번 절했고 신랑이 한 번 답했다. 신부가 또 두 번 절했다. 다시 신랑이 한 번. 신부가 신랑의 얼굴을 보려 하자 유모가 살짝 팔을 꼬집었다.

"안 돼요. 식이 끝날 때까지 치마의 두 번째 무늬만 보고 있으라고 했죠."

유모가 술을 따랐고 두 사람은 술을 나눠 마셨다. 안주는 없었다.

"비로소 정식 부부가 되었네요."

유모가 신부의 귀에 작게 속삭였다.

입매상* 두 개가 들어왔다. 신랑은 불린 해삼에 꿀에 버무린 잣을 올려 한입 크게 썹어 먹었다. 그제야 유모는 두 사람을 남겨두고 방을 나왔다.

---

* 신랑 신부가 하나씩 받는 상.

문을 닫을 때 유모는 신랑의 얼굴을 슬쩍 보았다.

　준절하면서도 예쁘게 생겼다. 어느 귀한 집 도령이 저만할까. 이제 저 남자가 우리 아기씨의 지아비다. 첫 밤에는 그저 아랫배에 꼬옥 힘을 주고 있기만 하세요. 아기씨.

　유모는 마음속으로 속삭이며 조용히 문을 닫았다.

　신랑은 북쪽 말을 쓰는 사람이었다. 관리를 왜병에게 넘기려는 폭도들이 평양 감영으로 밀려들어 왔을 때 그가 조 판서 대감을 구해주었다고 했다.

　왜란이 오 년째 접어들자 왜병들은 각 현을 점령하고 들어앉았다. 그들은 대관소를 두고 일부 조선인들에게 벼슬을 주기도 했다. 백성들은 전쟁이 나기 전부터 버림받고 있었다. 그들 입장에서는 관리들에게 당하나 왜병에게 당하나 매한가지였다. 오히려 왜병들이 더 합리적이라는 소문까지 돌았다. 왜병들은 분쟁을 해결해주거나 빼앗긴 땅을 다시 쓰게 하기도 했다. 회령, 경성. 갑산 등지에서는 관리를 왜병에게 넘기는 일이 허다했고 그곳으로 도망친 두 왕자까지 왜병에게 넘기는 사태가 일어나기도 했다. 조선의 관리들은 왜병보다 백성들을 더 두려워했다.

　평양 민란의 책임으로 파직당한 조 대감이 영월로 내려온 그해 가을, 사내는 편액 한 장을 짊어지고 조 대감을 찾아왔다. 편액은 예전에 조 대감이 손가락에 먹을 묻혀 쓴 송나라 진순유의 시였다. 그는 왜병 장수가 기방 처마에 걸고 술을 마시던 것을 빼앗아 왔다고 했다. 조 대감은 감격했다.

　사내는 조 대감에게 난영을 달라고 했다.

* * *

아침이 되었다.

유모는 성황당 신물을 담은 대야를 들고 방 앞을 서성거렸다. 일부러 한 시진쯤 늦게 들였다. 방안에서 부스럭거리는 소리가 들리는 것을 보니 신랑과 신부는 이미 깬 것이 틀림없었다.

"아씨, 세숫물 들여요."

말이 끝나자 안에서 인기척이 사라졌다.

"아씨."

유모는 툇마루에 대야를 내려놓고 산홋빛 매화 자수가 박힌 비단 수건을 안고 무릎걸음으로 다가가 문설주를 잡았다.

"일어나셨지요, 아씨?"

보이지 않는 바람이 오돌토돌 털이 솟은 문풍지를 치고 나갈 뿐 안에서는 대답이 없었다.

소리가 없었던 것이 아니다.

귀를 대어보니 방안에서 누가 흐느끼고 있었다.

"아씨."

급하게 문을 당기는 순간 와락 문이 열리더니 귀신같이 산발한 난영이 괴성을 지르며 밖으로 튀어나왔다.

"에구머니나!"

유모가 뒤로 넘어졌고 검은 반점이 얼굴을 덮은 난영은 올올이 솟구친 머리를 날리며 유모를 타고 넘어 중문으로 사라져버렸다.

방안에는 새신랑이 알몸인 채 누워 있었다.

새신랑은 발가락 하나도 움직이지 않았다. 호리호리한 배 언저리에 발딱 솟은 성기가 흉측하리만큼 컸다.

"시, 신랑님이 죽었다!"

유모가 뒷걸음치다 중심을 잃고 마당으로 떨어졌다. 차가운 바람이 방안으로 밀려들자 머리카락과 성기 주변의 털들이 갈대처럼 흔들거렸다.

아씨와 혼례식을 치른 새신랑이 하루 만에 죽어버렸다.

* * *

"좀 묻겠습니다."

회화나무 아래에서 탁주를 마시던 늙은 별장別將*은 무가 담긴 종지를 손으로 휘휘 저을 뿐이었다.

사내는 별장을 가만히 살폈다.

감아올린 바지 아래로 별장의 무릎이 퉁퉁 부어올라 있었다.

"어르신."

"가소! 강에 빠진 바늘 찾기요."

별장은 남은 탁주를 마저 들이켠 후, 필시 숨어 들어온 년 찾으러 온 놈일 테지, 라고 중얼거리며 침을 뱉었다.

"어르신."

---

*   지방의 나루, 포구, 보루 등의 수비를 보던 종구품 무관.

"가라고. 나는 이쪽으로 피난 온 연놈들 상판대기를 모두 부수고 싶은 사람이니까."

왜병의 횡포가 사그라졌다고 하지만 사람들은 여전히 피장처避藏處*를 찾아 떠돌았다. 영월의 정동正東 방향으로 뻗은 터에 자리한 이곳 노루턱 마을은 지형이 험준하고 양지바른 곳이었다. 강원도는 다른 지역보다 피해가 적었고 특히 이곳 태백산 영월은 예로부터 길지라고 소문이 자자한 곳이라 전국에서 수많은 사람이 난을 피해 모여들고 있었다. 이 고장에는 수염 없는 사람이 들어가면 화가 사라진다는 전설이 있었다. 아닌 게 아니라 지금으로부터 백오십 년 전에 어린 단종이 유폐를 당했으니 그때 이미 액을 뗐다.

"최근 가례를 치른 집이 있는지요?"

"흥."

사내는 종이에 싼 것을 가만히 별장 옆에 두었다.

"뭐야?"

"펴보시지요."

참기름을 넣고 즙을 친 개고기였다.

그것을 본 별장의 얼굴이 눈 녹듯 펴졌다.

"허, 피를 씻지 않았네. 씻어내면 개 냄새가 나지."

"된장떡과 먹으면 무릎이 좀 가라앉을 겁니다."

"캬, 탁주를 다 마셔버렸는데."

---

* 조선 후기 민간에 널리 퍼진 예언서 『정감록』에 수록된 장소들. 풍수지리학적으로 이곳에는 화가 닿지 않아 몸을 숨기기에 알맞다고 한다.

"외지 사람 말고 고을 사람 중에서는 없었나요?"

"뭐가? 아, 가례 치른 집?"

"네. 가례를 치른 집을 찾고 있습니다."

늙은 별장은 살점에서 걷어낸 피를 쪽쪽 빨며 사내를 올려보았다.

"그런데 뭐 하는 사람이오?"

"태옹*을 팔고 있습니다. 밀주사蜜朱砂나 불수산佛手散도 있지요."

태를 항아리에 담아 묻는 풍습은 본래 왕실에서만 있었지만 지금은 민간까지 고루 퍼져 있었다. 밀주사는 꿀에 주사를 섞어 만든 경단으로 신생아의 입안을 닦을 때 쓴다. 불수산은 출산을 촉진하는 약재였다.

"음. 태물胎物 장수로구먼."

"그렇습니다."

"말투를 보니 한양에서 왔나 보군."

사내는 "네" 하며 환하게 웃어 보였다. 늙은 별장은 더 기웃거렸다. "그런데 맨몸이네. 짐은?"

"무거워서 아래 주막에 쌓아둡니다."

"그렇겠지." 별장은 고개를 끄덕였다. "보자, 정월에 조 판서가 둘째 딸을 치우긴 했는데."

정월이면 칠 개월 전이다.

---

* 태반과 탯줄을 보관하는 항아리.

"각시가 몇 살인가요?"

"신사辛巳 생인가, 그럴걸? 그럼 몇 살이지?"

"열여섯이군요."

"그래, 그쯤 될 거야."

신사년이면 진홍이라는 성모가 죽은 해가 된다.

"혹시 각시의 흑주(검은자)에 묘한 빛이 돕니까?"

"어찌 아나?"

찾았다. 사내는 속으로 외쳤다.

별장은 숨소리를 흘리며 입맛을 다셨다.

"난영 아씨 왼쪽 눈이 홍자색紅紫色이지. 그것만 보면 참 예쁜 눈인데……."

"그런데요?"

"함부로 얼굴을 봐서는 안 돼. 누구라도 그 얼굴을 보는 즉시 액을 받고 죽어버린다고."

"액?"

"커다란 반점이 얼굴의 반을 뒤덮었거든. 사람의 형상이 아니야."

"다행히 짝이 있었군요."

"호리병도 마개가 있다고 그래도 짝은 있는지, 평양에서 온 양반이랑 가례를 치렀다네."

"어때요? 배가 좀 불렀습니까?"

"불러 있지. 그런데 지금 그 집은 장태*할 여력이 없네. 태 항아리 따위를 팔 생각 말아. 아까도 말했지만 집 근처에 얼쩡거리다간 흉살 맞아."

"무슨 문제가 있나요?"

"그걸 죽었다고 해야 할지, 살았다고 해야 할지."

그 말에 사내의 얼굴에 엄한 빛이 서렸다.

"신랑이 첫날을 치른 후부터 잠만 잔다는 게야."

"죽은듯…… 누워만 있다는 뜻입니까?"

"그렇지. 첫날을 치른 후 신혼 방에서 송장이 나온 줄 알았다지 뭐야. 그런데 살펴보니 숨은 쉰다는 게야. 죽지는 않은 게지. 색색 거리는 것이 잠을 자는 것 같은데 그게 먹지도 싸지도 않고 여태껏 그러고 있다네."

"한 번도 안 깨고?"

"옳지."

사내는 가슴이 내려앉았다. 분명 모든 것이 진홍 때와 같다.

"신랑이랑 한방에서 생활한답니까?"

"누가? 난영 아씨가? 에이, 아니지. 밀랍 귀신같은 시체와 어찌 한방에서 자겠나? 그 집 가장 깊숙한 곳에 사당이 있는데 신랑은 거기에 두었다더군. 상하지 말라고 백지白紙로 싸서 눕혀놓았다는 데."

"시체를 그대로 방치해두었다는 겁니까?"

"방치? 그게 방치라면 그런 건가? 하여튼 시체 두기엔 그곳만 한 곳이 없지. 서늘하니 썩지도 않을 테고 딱이지. 지난달인가 그

---

* 태를 묻는 행사.

집 유모가 죽었나 싶어 가봤다는데 여전히 숨이 붙어 있다 하더만."

"묘한 일이군요."

"묘한 일이지."

"왜 혼사를 없던 일로 하지 않았습니까?"

"그랬어야 했지. 하나 각시 얼굴이 그 모양이라 다시 혼례를 치르기 쉽지 않아. 전란중이라 어디서도 그만한 혼례는 못 치르네. 혼인하겠다고 찾아온 새신랑도 근본이 양반이라 하니 조 대감은 어쨌거나 호적에라도 넣고 싶었던 모양일세. 아무튼, 물건 팔 생각일랑 하지 마."

난영의 부친 조윤기가 훈련원 첨정으로 복위되어 식솔들을 데리고 한성으로 떠난 것이 지난달 초하루라고 했다. 하나 난영은 가지 않았다. 그 집에 누가 더 있느냐고 묻자 별장은 난영을 돌보는 유모와 늙은 하인 하나도 남았다고 했다.

"팔자는 독에 들어가도 못 피한다더니 정녕 손각시가 맞는 게지. 가례한 지 하루 만에 서방 죽인 년이 되었으니까. 판서댁도 액을 없애려고 노력을 많이 했어. 한양에 있을 때는 매년 정월마다 하인들이 곰 가죽에 방상씨* 탈을 쓰고 귀신 쫓는 의식을 했어. 한 십 년 그렇게 했지. 나라님도 알았다니깐."

늙은 별장은 누런 침을 뱉었다.

"여기서도 액막이를 했습니까?"

---

* 장례를 치를 때 역귀를 물리치는 탈. 눈이 네 개다.

"그 집에선 안 했다고 말하는데 실제로는 했어."

"어떤 액막이였습니까?"

"뒷산에 커다란 여근석이 있는데 거기서 했지. 지금도 여근석에 가보면 닭 피인지 개 피인지는 몰라도 흥건하게 피로 무언가를 써놓았어. 내 듣기론 새신랑이 혼례 전날 각시의 원혼을 달랜다면서 직접 올라갔다더군. 지 각시가 아무 탈이 없다는 것을 알리려는 것처럼 말이야. 그래도 소용없지. 탈이란 게 액을 물리기도 하지만 또 부르기도 하거든. 내 생각엔 그래. 그깟 탈 쓰고 창 돌리면서 짐승 피를 뿌려봐야 액이 나가지도 않거니와 들어올 것도 없어. 이미 집안에 손각시 귀신이 떡하니 들어앉아 있는데 잡귀들이 어슬렁거리겠나. 팔자에도 없는 결혼을 해서 그런 거야. 다들 쉬쉬하고 있지만 사람들은 그렇게 생각해. 그런데 이 좋은 고기를 어디서 얻었나? 어제오늘 잡은 것 같은데."

태물 장수가 다급하게 물었다.

"어느 집입니까?"

* * *

내외담 아래로 산수국이 보랏빛을 뿜어댔다. 마당 곳곳에서 장수잠자리와 반딧불이가 날아들었다. 삭지 않은 갈을 수북이 쌓아둔 퇴비 더미 앞에 앉은 유모는 작두로 진풀을 잘라내고 있었다.

"영감탱이. 퇴비를 잘라놓지도 않고."

저녁부터 암소가 하도 울어대기에 들여다보니 여물이 하나도 없었다. 원래 퇴비 자르는 일은 노식 아재가 할 일이지만 그는 지금쯤 건넌방에서 곯아떨어져 있을 것이다.

'하긴 고단하겠지.'

이 집에 남아 있는 세 사람은 모두 고단했다.

신랑님은 가례 첫날 죽은듯 움직이지 않았다. 동네 사람들은 귀신 들린 집에서 가례를 치러서 이런 일이 일어났다고 수군거렸다. 신랑님이 저렇게 되고 보니 운명이란 게 정말 있는가 싶기도 하다. 어찌 사람이 죽지 않고 내내 잠만 잘 수만 있을까.

이 집 어른들도 원망스러웠다.

대감님은 아기씨와 연을 끊은 것처럼 행동했다. 식솔 전부를 데리고 한양으로 떠나면서 아기씨에게는 남아 있으라고 명령했다. 열녀가 되고 효부가 되라는 것이다. 그때는 어지간히 서러웠는지 아기씨도 울분을 토했다.

이 큰 집에 혼자 남으라니, 뒤뜰에 썩지 않은 송장 하나 뉘어놓고 여자 혼자 산다면 누구라도 귀신으로 보지 않겠는가 말이다.

대감은 유모에게 봉황이 새겨진 흑각비녀 하나를 건네주었다. 잘 부탁한다는 뜻이었다. 유모는 그런 것도 모질다 싶었다. 낳고부터는 모든 것을 이쪽에다 맡기기만 했다.

유모는 더운 한숨을 내쉬었다.

"휴, 이것들이 퇴비가 되려면 비가 몇 차례 더 와야 할 텐데."

작두를 든 유모의 손에 유난히 힘이 들어갔다. 사십 대 초반 여인의 탱탱한 허벅지 사이로 시큼한 땀 냄새가 익어 나왔다.

그래도 좋은 일은 있었다.

귀뚜라미가 우는 입하가 지나고부터 아기씨는 왼쪽 배가 아프다고 했다. 가례 첫날에 회임을 한 것이다.

"아들인갑네요."

왼쪽 젖이 더 단단한 것을 보니 틀림없었다. 대감님보다 더 용맹한 장군이 나올 모양이오, 하며 복대를 감아주었지만 유모의 기분은 착잡했다.

요즘 아기씨는 도통 식사를 하지 않는다.

매끼 잣죽을 쑤고 달걀을 올렸지만 들인 상은 그대로였다. 한창 입맛이 돌아야 할 시기인데 잣나무의 바늘잎처럼 점점 말라가기만 한다. 녹두 철이니 내일은 녹두죽을 끓일까 생각했다.

작두날이 좀처럼 들지 않았다.

유모는 숫돌을 가지러 부엌으로 향했다. 판장문이 비스듬히 열려 있었다. 부엌 앞에서 고개를 갸웃했다.

'문을 닫지 않았나?'

솥이 끓고 있었다. 낮부터 소금을 만드는 참이었다. 전란중이라 소금 장수는 다니지 않는다. 대신 물장수에게 바닷물을 사면 소금을 만들 수 있었다. 소금을 끓일 때는 증기가 자욱이 피어오르는데 고운 소금을 만드려면 그것이 쉬 빠져나가지 못하게 해야 했다. 그래서 부엌문을 꼭 닫고 나왔다고 생각했는데 지금 보니 저렇게 열려 있다.

유모는 부엌문을 밀었다.

허여스름한 증기가 물밀듯 밀려나왔다.

안을 들여다본 유모는 그 자리에 얼어붙고 말았다.

들보에 사람이 늘어져 있었다.

감색 치마를 입은 여자.

늘어진 버선이 꼼짝 않고 떠 있다.

난영 아씨가 목을 맸다.

* * *

술렁이는 소나무 소리가 휑뎅그렁한 사당 안을 울렸다.

덮고 있던 회지가 스르르 벌어지며 새신랑은 상체를 일으켰다.

그는 입 주변을 감싼 종이를 찢었다.

하―.

기도에 고인 첫 숨이 빠져나갔다.

하―.

낮고 차가운 탄성.

하―.

마지막은 분노가 어렸다.

숨 때문에 입언저리의 뜨더귀들이 부르르 떨렸다. 새신랑은 천천히 손을 들어 눈언저리를 감싼 종이도 뜯어냈다. 그는 두 손을 번갈아 살폈다. 푸른빛이 도는 가녀린 팔목에서 맥박이 온전히 뛰고 있었다. 그는 체념하듯 입술을 찔끔 깨물었다. 실패했다는 사실이 고통으로 밀려왔기 때문이다. 혼이 저쪽으로 들어가지 못하고 다시 본래의 몸으로 돌아왔다.

회지는 쥐가 쏠아 너덜너덜했다. 오랜 시간 이곳에 누워 있었던 모양이었다. 꽁꽁 묶어놓았던 줄도 틈이 벌어지고 매듭이 풀렸다.

갑자기 자신을 이런 데 방치한 것에 분노가 치밀었다.

석 달 넘게 이 차가운 곳에서 누워 있었을 터였다.

둥―. 둥―.

심장이 몸을 깨우고 있었다.

더운 피가 혈관을 타고 몸 가운데로 빠르게 녹아들었다. 정신이 뚜렷해질수록 어깨가 더 서럽게 흔들렸다. 그는 팔목에 힘을 주고 천천히 일어났다.

학 우는 소리가 들렸다.

축시.

깊은 야밤이다.

새신랑은 천천히 사당 문을 열고 밖으로 나갔다.

너덜거리는 회지는 여전히 얼굴에 둘둘 감겨 있었다.

* * *

유모가 난영의 몸을 내렸다.

난영의 머리가 어깨 너머로 대롱거렸다.

눈물이 났다. 난영의 목에는 조이는 데 사용한 초록색 저고리 끈과 길쭉하게 생긴 회백색 목걸이가 함께 엉켜 있었다. 초록색 끈은 유모가 볶은 회나무꽃으로 직접 물을 들여준 것이다.

유모는 격정을 감추고 떨리는 손으로 난영의 치마를 풀었다. 지

치초후*를 들인 속곳을 벗기자 음부 아래로 붉은 핏덩이가 홍건하다. 몸이 조일 때 뱃속의 태아가 나온 것이다. 젓국지마냥 푹 퍼진 태아는 조약돌보다 작았다.

불쌍한 것.

항아리에 담자 걸쭉하고 검붉은 핏덩어리가 묵처럼 엉겼다. 이것도 엄연한 생명이니 양지바른 곳에 묻어야 한다고 유모는 생각했다. 행주를 펼치고 채반에 담아둔 팥을 항아리 안에 한 움큼 뿌린 다음 입구를 막고 행주를 곱게 쌌다.

목에 걸린 목걸이도 벗겼다. 아기씨가 가례를 치른 후부터 내내 걸고 있었던 목걸이다. 슬쩍 물어보니 첫날밤에 신랑님이 준 것이라고 했다. 모서리가 세로로 길게 떨어져 나갔지만 꽤 귀한 돌로 만든 도장이다. 태아와 함께 묻을지 자신이 챙길지는 더 고민해볼 심산이었다.

모기가 달려들고 있었다.

아기씨를 방으로 옮겨야 했지만 너무 무거웠다.

노식 아재가 잠든 별채는 본당의 장마루와 연결되어 있었다. 쿵쿵거리는 유모의 발소리에 담장의 새들이 푸드덕 날았다. 별채에는 아무도 없었다.

'초막에서 자고 있나?'

초막 앞까지 간 유모는 밀린 숨을 몰아쉬었다. 부러진 살이 더

---

* 자초紫草라고도 하며 청풍사향清風麝香을 말한다. 자줏빛 물감을 만드는 염료로 아들을 낳으라는 의미로 속옷에 물을 들인다.

덕더덕 붙은 창호문 너머 등경의 불이 환했다.

"아재, 좀 나와봐요."

노식 아재는 거기도 없었다. 이 시간에 술을 구하러 나간 것일까? 반닫이 위에 올려둔 패랭이도 그대로다. 그렇다면 집밖으로 나가지는 않았다. 마당을 기웃거렸다. 이미 해가 서쪽으로 넘어갔다. 조급해졌다. 서둘러 집안의 불이란 불은 모조리 켜야만 한다.

유모는 저택을 돌아다니며 처마에 걸어둔 등롱에 불을 켰다. 쓰지 않는 방에 있는 좌등에도 불을 밝혔다. 찬탁에 올려둔 촉롱도 모두 꺼냈다. 아씨의 혼이 저승으로 가기 전에 살던 곳을 둘러볼 것이다. 집안에 사람들이 들썩거리고 부산해야 망자는 편안히 저승으로 갈 수 있다. 이렇게 크고 빈 집은······.

그저 불이라도 훤하게 밝혀야 한다.

"훠어이, 돌아댕기소."

"훠어이, 돌아댕기소."

대청마루에 선 유모는 하늘에 대고 소리를 질렀다. 빛무리진 등롱들이 점점이 푸른 하늘 위로 숨을 발한다.

'잘 가요, 아기씨. 다음 생에는 손각시가 되지 마요.'

그때였다.

휘어진 두겁대 사이에 세워둔 등롱 하나가 푹 하고 꺼졌다.

교란의 두리기둥 옆에 세워둔 좌등도 연달아 불이 나갔다.

대청 장마루의 등롱도 꺼졌다.

차례차례 집안의 불이 꺼지고 있었다.

나쁜 느낌에 뒤를 돌아보았다.

어둠 속에서 허연 모시옷 하나가 둥둥 떠다니고 있다.

"누, 누구요?"

저쪽에서는 아무 대답이 없다.

자세히 보니 허연 것은 동채의 늘어진 툇마루 끝에서부터 이쪽으로 걸어오고 있었다. 노식 아재보단 키가 컸다. 검숭한 어둠에 서린 걸음나비가 보통 사람보다는 느리고 좁았다.

한참 만에 유모는 새파랗게 질렸다.

"서방님?"

푸르스름한 기운이 도는 얼굴은 회지로 똘똘 말려 있다. 반듯한 콧날이 오롯했다. 사당 안 거적 위에 누워 있어야 할 신랑님이 틀림없었다.

……가져와.

"네?"

……그 물건을 가져와.

"물, 물건이라니요?"

……내 ……목걸이를 가져와.

유모가 조금씩 뒷걸음쳤다.

달아나야 한다는 본능이 정수리를 덮쳤을 때, 시원하고 바람 같은 것이 유모의 볼을 스쳤다. 사당에서 제기祭器로 쓰는 젓가락 하나가 바로 옆 기둥에 박혔다. 두 번째 날아온 젓가락은 유모의 머리를 넘어 대청마루에 올려놓은 쌀독을 깼다. 새신랑은 다시 젓가락을 던질 태세였다.

유모는 난간에 덧댄 띳장을 부수며 마당으로 굴렀다.

맙소사. 맙소사.

마당을 돌아 겨우 부엌으로 들어왔다. 안은 소금 끓이는 증기로 가득차 있었다. 판장문을 걸어 잠그고 태아를 담았던 항아리를 찾기 시작했다. 식기를 놓아둔 찬탁 아래에 피 묻은 항아리가 보였다. 이것만은 꼭 가지고 나가야 할 것 같았다. 어디든 양지바른 곳에 태아와 아기씨를 함께 묻어주고 싶었다.

아.

주인마님이 준 흑각비녀도 가져가야 한다. 팔면 주막이라도 열 만한 값은 받을 것이다. 가득 들어찬 증기 때문에 흑각비녀를 담아두었던 그릇을 좀처럼 찾을 수 없었다. 살창에 붙여둔 종이들을 모두 찢어내고 고인 증기를 밖으로 빼냈다. 시야가 조금씩 깨끗해지자 유모는 그 자리에 털썩 주저앉고 말았다.

부엌 안에는 낯선 사내가 있었다.

그는 난영의 시신을 안고 웅크리고 있었다.

"누, 누구요?"

사내가 고개를 돌려 유모를 쳐다보았다.

오똑한 코 아래 짧고 다보록하게 수염이 고인 잘생긴 청년이었다. 태물 장수의 치오른 눈은 껄떡하게 부어 있었다. 그는 막 울음을 그친 참이었다. 유모는 행주로 싼 항아리를 돌려 안고 부뚜막에 놓인 칼을 거머쥐었다.

"……누, 누구시오, 남의 집에?"

태물 장수는 일어나서 유모에게 다가오더니 손을 뻗어 유모가 걸고 있는 목걸이를 천천히 벗겼다. 피 때문에 목걸이 장식이 자꾸 미끄덩거리자 그는 슬픈 표정을 지었다.

그는 다시 난영에게 돌아가 앉았다. 의례를 치르는 제관처럼 난영의 가슴에 얼굴을 파묻고 한참 동안 곡을 했다. 가끔씩 난영의 얼굴을 쓰다듬고 볼을 비벼대기도 했다. 곡소리는 죽은 난영의 몸에 스며들듯 낮고 깊었다. 그는 눈가에 엉성드뭇한 눈물을 훔쳤다.

"이 집에 무슨 일이 생겼지요?"

사내의 입에서 나오는 날씬한 경기도 말에 유모는 호기를 잃어버리고 행주로 싼 항아리를 꼭 안았다.

"거기 아이를 담았소?"

유모가 고개를 끄덕였다.

"잘했소, 잘했소. 이리 주시오."

태물 장수가 어르듯 손을 내밀자 유모는 반항하듯 항아리를 감쌌다.

"그만하면 되었소. 이제 나에게 주시오."

바깥에서 바람 부는 소리가 났다.

부엌문이 흔들렸다. 태물 장수는 뻗은 손을 유모의 입으로 가져가며 조용히 있으라는 신호를 주었다.

덜컹—.

쿵—.

판장문이 요동을 쳤다.

태물 장수가 속삭였다. "……사당의 새신랑이 깨어났소?"

유모가 고개를 끄덕였다.

판장문의 걸개가 벌어지다 닫히기를 반복했다. 그럴 때마다 틈이 점점 커진다. 덜컹― 덜컹― .

쿵― .

걸쇠에서 큰 소리가 한 번 나더니 부엌문이 거칠게 열렸다.

강건한 사내의 형태가 달빛을 등지고 어둠 속에 우뚝 서 있었다. 허연 종이를 얼굴에 둘둘 감은 송장은 한 손에 작두날을 들었다. 그의 가슴이 꺼질 때마다 싸늘한 공기가 가라앉았다.

모래 냄새.

오래된 먼지 냄새 같은 것이 퍼졌다.

태물 장수는 유모를 안고 구석 어둠으로 숨었다.

유모가 자꾸 품에서 빠져나가려 하자 몸을 조이며 입을 막았다.

"숨을 쉬지 마시오. 깨어난 지 얼마 되지 않아 아직은 우릴 알아차리지 못하고 있으니."

새신랑은 난영의 목을 뒤척거리기 시작했다.

그는 무언가를 찾고 있었다. 긴 손가락이 난영의 가슴을 파고 명치 아래를 쓸더니 비역살까지 더듬거렸다. 간혹 윽, 윽, 소리를 내며 트림을 뱉었다. 난영의 몸에서 원하는 것이 나오지 않자 그는 고개를 쳐들고 주위를 두리번거렸다. 낫을 쥔 손이 흉하게 덜렁거렸다. 들썩거리는 어깨를 보니 몹시 화가 난 모양이었다. 갑자기 그가 포효했다. 좁은 턱을 엿처럼 늘리며 허공을 향해 내지르는 기괴한 소리가 부엌 안에 가득찼다.

짐승의 입질 소리. 아둑시니의 입질 소리.

새신랑은 난영의 시신을 난도질하기 시작했다. 그의 행동을 따라 도닐던 태물 장수와 유모의 동공이 급하게 조여졌다. 유모의 어깨가 풍뎅이처럼 떨리자 태물 장수가 그녀의 입을 막고 팔뚝으로 물컹거리는 가슴을 꽉 조였다. 하나 그도 자신이 없었다. 태물 장수는 난영의 시신이 점차 붉게 물들어가자 슬프게 도리질을 하다 그만 눈을 꾹 감아버렸다. 숨이 막힌 유모가 어깨를 비틀었다. 태물 장수가 얼른 손을 열어주었다.

눈을 돌리자,

새신랑은 이미 두 사람 앞에 서 있었다.

—쉬, 쉬.

태물 장수가 손바닥으로 유모의 입언저리를 토닥거리며 안심시켰다. 새신랑은 유모의 코앞으로 탁한 바람을 내뿜었다. 너덜거리는 종이 사이로 부릅뜬 검고 커다란 눈동자는 유모와 태물 장수를 관통하고 뒤 너머를 막연히 쳐다본다. 새신랑의 목에서 퍼지는 탁하고 더운 공기.

오래된 낡은 숨결. 저 냄새.

태물 장수는 이자가 누군지 짐작이 갔다. 새신랑은 그동안 성모를 죽여온 자였다. 두 사람의 얼굴 앞에서 한참 동안 냄새를 맡던 새신랑은 결국 문 쪽으로 돌아섰다.

'그래, 그렇게 나가면 된다. 나가면 된다. 나가라. 옳지.'

태물 장수는 빌 듯이 되뇌었다.

그때 항아리가 유모의 배 아래로 미끄러지기 시작했다. 놓치지 않으려고 손을 내리던 유모가 그만 다갈솥을 치고 말았다. 비스듬히 세워져 있던 부삽과 낫이 솥에 밀려 소리를 냈다. 태물 장수가 유모의 목을 조이며 제압했지만 공포에 질린 그녀는 좀처럼 말을 듣지 않았다. 덴겁한 유모는 손에 든 칼로 태물 장수의 팔뚝을 찌르고 부엌문을 향해 몸을 날렸다.

바람이 일었고…….

이마에 작두날이 박힌 유모가 떨어지듯 주저앉았다.

태물 장수는 헝겊에 싸인 항아리를 안고 천천히 어둠에서 나왔다. 그의 다른 손에는 낫이 들려 있었다. 태물 장수의 목에서 대롱거리는 목걸이를 본 새신랑은 몸을 완전히 틀었다.

누구냐, 넌?

"나? 박마." 태물 장수가 눈을 껌뻑이며 대답했다.

새신랑의 동공이 더 조여졌다.

박마?

"그래 박마. 성모를 찾아 예언된 아기장수를 출현케 하지."

새신랑은 칭칭 감은 회지 사이로 피식하고 웃었다.

네가 걸고 있는 그것은 내 거다…….

"이거? 해인은 네놈이 가질 물건이 아닌데?"

빈정거리는 투로 상대를 자극해보았다.

휘릭.

새신랑의 어깨가 열리기도 전에 태물 장수의 낫날이 바람 소리를 내며 새신랑의 손목을 잘랐다. 새신랑의 노르께한 손이 둔탁한 소리를 내며 바닥에 떨어졌다. 새신랑은 팔에서 뿜어 나오는 피를 멀거니 쳐다보았다. 태물 장수는 피를 뿜어대는 새신랑의 팔을 젖히고 가슴팍에 낫을 박았다. 상대는 반응이 없었다. 그저 빛만 보는 날벌레처럼 태물 장수가 걸고 있는 목걸이에만 집착했다.

여기서 빠져나가야만 한다. 새신랑의 눈에는 태물 장수가 등을 돌리는 것이 마치 목걸이를 감추는 것처럼 보였다. 새신랑은 팔을 뻗어 노려 잡듯 태물 장수의 울대를 움켜잡았다. 태물 장수의 몸이 공중에 떴다. 동강난 팔목에서 뿜는 핏줄기가 그의 얼굴을 적셨다. 새신랑의 손 없는 팔목은 태물 장수의 목에 걸린 해인을 벗기려 바둥거리고 있었다.

태물 장수는 손을 뻗어 새신랑의 가슴에 박힌 낫을 비틀어 빼내 자신의 목을 조이고 있는 팔뚝에 내리찍었다. 낫은 새신랑의 팔뚝을 찢다 어딘가에 뚝 하고 걸렸다. 그게 불편했던 건지 새신랑은 쥐를 던지는 고양이처럼 태물 장수의 몸을 허공에 띄우더니 다시 움켜잡았다. 태물 장수는 새신랑을 내려보고, 새신랑은 해인을 올려보고 있었다.

새신랑은 태물 장수의 목에 탈락거리는 해인을 아작 물었다. 턱을 젖히자 해인이 뜯겨나갔다. 해인을 입에 문 새신랑은 자줏빛으로 변해가는 태물 장수의 얼굴을 노려보았다. 태물 장수의 목에 도드라진 핏줄이 터지면서 멍이 번지기 시작했다.

이놈의 얼굴을 기억해야 하는데.

새신랑의 탁하고 사악한 숨결이 밀려왔다.

오래되고 삭은 숨.

아, 지금 죽으면 얼굴을 기억할 수 없는데.

결국 태물 장수의 숨이 끊어졌다.

심장이 멈춘 그의 어깨가 죽은 동물처럼 흐물흐물해졌다.

열어놓은 부엌문 밖으로 붉은 달이 걸려 있다.

해인은 진한 자줏빛을 내고 있었다. 새신랑은 남은 손으로 해인에 달린 줄을 매듭지어 자신의 목에 걸었다. 해인의 표면에 묻은 피를 소매로 훔치고 소중하게 입을 맞추었다. 두리번거렸다. 바닥에는 난자된 성모가 누워 있었다. 그는 아무렇지도 않게 부엌 바닥을 헤집어 떨어진 팔을 주워들고 허리를 폈다. 다시 시작하려면 새로운 성모를 찾아야만 한다. 그렇게 생각하며 문밖으로 천천히 걸음을 내디뎠을 때…….

새신랑의 목이 급하게 뒤로 꺾였다. 급작스러운 조임에 새신랑은 팔을 떨어뜨리고 한 손으로 목걸이 줄을 움켜잡았다. 등에 올라탄 것은 죽었던 태물 장수였다.

그는 새신랑이 걸고 있는 목걸이 줄을 손바닥에 돌려 감고 온 힘을 다해 뒤로 젖혔다. 두 사람은 이리저리 뒤뚱거렸다. 태물 장수가 한쪽 무릎을 세우고 새신랑의 척추를 강하게 압박했다. 새신랑은 천장을 올려보는 자세로 무릎을 꿇고 말았다. 살 속 깊이 박힌 줄 때문에 새신랑의 목에는 핏줄이 거머리같이 부어올랐다. 얼굴에 감고 있는 회지 사이로 새신랑의 새까만 동공이 크게 벌어졌다.

태물 장수를 떼어내려고 이리저리 휘청거리던 새신랑은 솥이 있는 아궁이 쪽으로 쓰러졌다. 태물 장수는 끓는 물에 새신랑의 머리를 욱여넣고 솥뚜껑을 닫았다. 물이 사방으로 튀었다. 부글거리는 소리와 함께 허연 연기가 피어올랐다.

새신랑은 퍼덕거리다 이내 축 늘어졌다.

끌, 끌, 끌, 끌.

물 끓는 소리가 저택의 어두운 마당 구석구석까지 들렸다.

* * *

삼나무 위로 바람이 세게 일었다.

파르륵, 파르륵.

나무의 우듬지가 강신한 무당의 부채처럼 들차게 떨었다.

하늘을 덮은 비단 헝겊들이 춤추듯 너울거렸다. 백한은 부엌에서 빼앗은 항아리를 묻은 자리에 손을 대고 가만히 쓸었다.

> 하늘의 문이 열리고 강이 열리자
> 푸른 물줄기는 동으로 흐르다 이곳에서 돌아간다.
> 강 양쪽의 푸른 산이 마주보고 나오고
> 외로운 돛배가 해 언저리에서 나온다.
> 고통의 바다가 이 세상.
> 돛배가 갈 곳은 바로 그 바다다.

강줄기를 탄 돛배는 아직 바다로 나가지 못하고 있었다. 잉태된 아이는 또 세상에 나오지 못했다. 아직은 세상을 구할 아기장수가 나올 수 없는 모양이다.

목에서 통증이 밀려왔다. 온몸을 감싼 신경들이 요란스럽게 떨기 시작한다. 그는 익숙한 동작으로 몸을 둥글게 말고 이마를 땅에 댔다.

돛배라니!

그무러진 하늘 아래로 바람이 일으키는 소리가 비스듬한 돌너덜을 지나며 기묘한 지령음을 냈다.

세상의 고통이라니!

삼나무 등걸에는 커다란 괘불이 걸려 있었다. 거풀거리는 종이에 그려진 지장보살은 바람을 따라 넓적해지다 다시 좁게 쪼그라들었다. 돌풍이 크게 일었고 괘불이 자르르 떨렸다. 열매와 나뭇가지들이 자갈 바닥에 우두두 떨어졌다.

백한이 불쑥 고개를 쳐들었다.

보주寶珠를 들고 천관을 쓴 부처가 내려보고 있었다. 딱하다는 듯 입을 실룩거린다. 낮게 감은 꺼풀 사이로 검은 눈동자가 좌우로 왔다갔다하며 자꾸 무언가를 증명하라고 재촉하고 있었다.

젠장.

백한의 툭 비어진 눈이, 파르스름해져버린 턱이, 얇은 입꼬리가 묘하게 변하면서 얼굴이 일그러졌다. 그는 푸석한 덕덕새머리를 쳐들고 바람에 춤을 추는 괘불을 노려보며 소리쳤다.

"나는 당신이 말한 고통을 믿지 않는다!"

실뱀 한 마리가 기고 있었다. 펄럭이는 괘불에 용하게도 딱 달라붙었다. 기어 내리던 뱀은 부처의 눈썹 언저리에 이르자 교묘하게 대가리를 틀어 올린다. 실뜯개처럼 쳐들고 이리저리 움직이자 마치 부처가 눈을 껌뻑이는 것 같았다. 백한의 눈에 거뭇한 살기가 피어올랐다. 그는 취한 듯 질질 침을 흘렸다.

"……또 윤회라고 하고 싶은 게냐?"

윤회.

부처는 그것을 업을 터는 방식이라고 했다. 업장을 털기 전까지는 계속 살아야 한다는 원칙, 자성自性을 깨달으면 중지되는 원칙. 업을 소멸하지 않으면 고통스러운 바다를 헤매어야 한다는 원칙이 바로 윤회의 원칙이다.

"누구나 죽는다고? 엥? 좆이나 까라."

백한은 부처의 얼굴에 대고 주먹 욕을 했다.

"중생더러 업을 쌓으라고 강요하는 것은 또한 욕심을 심어주는 것이 아닌가? 부라퀴 서역 놈 같으니. 이거나 먹어라."

그는 흙을 한 움큼 쥐어 삼나무 등걸에 던지며 고래고래 소리 질러댔다. 그 소리는 지친 슬픔에 젖어 있었다.

"젠장맞을, 나는 윤회를 믿지 않는다!"

어느새 땅은 새무룩하게 흐려졌다.

거통환의 약효가 퍼지자 백한은 비로소 눈을 바로 뜰 수 있었다. 멀리 산 너머로 비 먹은 구름이 몰려오고 있었다. 뱀은 사라졌고 두덜거리는 그의 앞에는 마목처럼 굵은 삼나무가 구름 낀 하늘을 등지고 있을 뿐이었다.

피식 웃음이 나왔다.

헐, 헐, 헐. 나 혼자 경계하고 있는 것이야.

나 혼자.

어제 죽은 성모의 얼굴이 새삼 떠올랐다.

난영은 '꿩의 바다' 호수의 노을빛을 가득 담은 숙지의 이마를 고스란히 가지고 있었다. 얼굴의 반이 커다란 점으로 들어찬 성모 난영, 아니 숙지는 절대로 흉측하지 않았다. 오히려 청아했다. 고요했고 정연한 얼굴이었다. 죽은 난영의 속눈썹에 채 마르지 않았던 물기는 그 예전 세상의 빛을 모두 빨아들이던 숙지의 것 그대로였다.

다시 숙지를 만나러 가야 한다.

전날 중양성이 뜬 것을 확인했다.

난영이 죽었기에 새로운 성모가 태어난 것이다.

'다시 숙지가 태어났다.'

사랑하는 숙지는 윤회하는 성모의 혼이었다.

백한은 품에서 작고 납작스름한 화각 상자를 꺼냈다. 그것은 신라 승려 의상이 물푸레나무로 만든, 해인을 보관하던 상자였다. 도깨비 문양이 새겨진 좁은 여닫이 경첩은 용의 형상을 하고 있었다. 그는 용의 입에 건 여의주를 풀고 상자를 열었다. 옥으로 마감된 내부에는 붉은 비단에 쌓인 물건이 안전하게 들어 있었다. 비단을 양 갈래로 젖혔다. 해인은 숨을 쉬듯 은은한 빛을 냈다. 난영이 목에 걸고 있던 것으로 조윤기의 집 부엌에서 그자와 격투 끝에 **빼앗은** 것이다.

한 번만 더 기다려보자.

이번에는 실패하지 않으리라.

다시 이기지 못할 것 같은 통증이 밀려왔다. 백한은 땅에 머리를 박고 양어깨를 움켜잡았다. 거통환을 몇 알 더 삼켰다. 몸안에 들어앉은 통증이 다시 활개를 쳤다.

죽고 싶다. 정말 죽어버리고 싶다. 이 고통스러운 삶을 끊고 싶다.

백한은 오랫동안 흐느껴 울었다.

피곤함에 지친 몸은 거통환을 제대로 흡수하지 못했다.

* * *

"죽일까?"

삼나무 위에 있던 세 명 중 앞니가 없는 자가 속삭였다.

"상자 속의 반짝이던 게 무척 값나가 보인다."

긴 활을 멘 자가 허리춤에 찬 주머니에서 쌀을 꺼내 입에 털어 넣으며 말했다.

"쉿."

세 명 중 가장 뾰족하게 생긴 자가 조용히 하라는 시늉을 했다. 사카야키*를 한 이마에 새긴 大 자 문신이 땀에 번들거렸다. 나무 아래 웅크린 백한을 바라보고 있는 이 세 명은 모두 "남무묘법연화경"이라고 적힌 붉은 다이모쿠기題目旗**를 등에 꽂았다. 이들은 왜군 2번대 사령관인 가토 기요마사 진영에서 탈영한 아시가루***들

---

* 이마 한가운데 머리를 민 것.
** 가토 기요마사의 깃발. 법화종 신자였기 때문에 그의 부대는 남무묘법연화경南無妙法蓮華經이라는 붉은 글씨가 쓴 깃발을 꽂았다.
*** 농민을 대상으로 징집한 병사. 무뢰배들과 도적들도 많았다.

이었다.

"그런데 저놈, 혼자 중얼거리고 있는 거 맞지?"

"그런 것 같네. 정신이 오락가락하는 게 실성한 놈이 분명하군."

"아, 조용히 좀 하라니까!"

사카야키를 한 자가 눈치를 주자 나머지 두 사람이 무안한 표정을 지었다. 사카야키를 한 자가 다시 눈을 감았다.

이를 딱딱거리던 그는 한참 만에 눈을 떴다.

"응. 그렇게 해야겠네. 이 나무의 귀신도 무척 목말라하고 있어."

앞니가 없는 자가 눈을 동그랗게 떴다.

"엥? 너 또 귀신이랑 대화했어?"

"이 삼나무가 저놈 피를 바치라고 하는군."

"게이치로. 너는 무슨 특별한 일만 있으면 그런 식으로 명분을 대더라."

"누군가를 벨 땐 반드시 주변의 귀신들에게 물어보아야 해. 줄까, 하고. 그들은 늘 피를 원하거든. 조선 땅이라고 다를 게 없지."

"귀신은 무슨, 귀신 같은 건 없다. 아무튼 저 반짝이는 물건은 내 거다. 내 목에 걸고 다니면 딱 좋겠다."

우적거리던 자가 남은 쌀을 입에 털고 대수롭지 않게 칼을 움켜쥐었다. 떨어지는 쌀을 보고 백한이 고개를 쳐들었다. 쌀을 씹던 자가 먼저 뛰어내렸고 두 명이 뒤따랐다. 쌀을 가득 문 사내가 떨

어지면서 백한의 몸을 사선으로 그었고 이마에 문신을 한 사내가
스야리를 돌려 백한의 목을 끊었다.

세 사람은 피가 뚝뚝 떨어지는 백한의 상반신을 푸른 천에 묶어
나무에 걸었다. 쌀을 씹던 사내가 화각 상자를 열고 해인을 집어
들었다. 그는 걸고 있던 청옥 장식물을 던져버리고 그것을 목에
걸었다.

"어떠냐?"

뾰족하게 생긴 자에게 가슴을 들이밀며 자신의 모양새가 어떤
가 물었다. 백한의 짐을 뒤적거리던 자가 빠진 이를 드러내며 웃
었다.

"좋다. 멋지다."

칼을 뽑아 베어도
물은 다시 흐르고
― 이순신

이 년 후

1598년 무술戊戌, 선조 31년

남해도 부속 돌암

백발 삼천 장

시름 때문에 이렇게 자랐는데

알 수 없다, 맑은 거울 속 몰골은

어디서 가을 서리를 맞았는지*

"늙는 게 슬픈가?"

소리가 물었다.

---

* 「추포가」. 이백의 시로 노년의 슬픔을 노래하는 내용이다.

판옥선 여장에 앉아 바다를 응시하던 이순신은 등뒤, 어둠 속에서 물어 오는 질문에 아무 대답도 하지 않았다.

공이 없는 자가 상을 받고
신하된 자는 파벌을 일삼고
죄 없는 자가 죽임을 당하며
머리 좋은 자는 남 속이는 데 몰두한다.[*]

"늙음 때문인가, 두려움 때문인가?"
뒤에서 소리가 다시 물었다.
이순신이 대답했다. "둘 다입니다."
"그것만인가? 더 물을까?"
"더 물어도 매번 다라고 말하겠습니다."
"칼로 물을 베어도, 잔을 들어 술을 마셔도 시름은 깊어만 간다?"
"그렇습니다. 만사가 고통입니다."
이순신의 단호한 말에 소리는 그만 어둠 속으로 싹 숨어버렸다.
동그스름한 회백색 하늘 아래로 바다는 움직임이 내는 소리가 많았다. 배를 수리하는 뚝딱이는 소리, 상엿소리. 앞바다에 떠 있는 순시선에서 나는 구령 소리도 따르듯 해안을 채우고 있었다. 순시선에는 약 백 명 정도의 인원이 도열해 있었다. 그들은 각 도

----

[*] 『회남자』 9편 「주술」.

에서 차출된 잡색군으로 이번에 순변사에서 수군으로 배치한 병력이었다. 해전에 처음 임하는 자들이어서 그런지 갑판을 다루는 몸짓들이 몹시 어수선했다.

고름에 부푼 어깨를 드러낸 이순신은 그 움직임들을 꼼꼼하게 살피고 있었다. 어깨는 정유년 구월에 우수영 앞바다에서 맞은 화살에 독이 오른 자리였다. 아기수兒旗手*가 거친 무명 두 겹을 대고 뽕나무 잿물을 흘리자 그는 움찔 어깨를 움츠렸다.

뒤에서 소리가 다시 말했다.

"세상 시비에 귀가 그렇게 두렵다면 흐르는 물로 산을 모두 둘러싸게 하면 되겠구만."

"나더러 역적이 되라는 말인가요?"

"기백이 넘치는 것 같아 하는 소리지."

"그렇게 보입니까? 당치 않습니다. 졸렬한 재주로 이리저리 휘젓다 보니 근심 우 자 하나만 이마에 찍어버렸습니다."

"자네 입에서 나는 좋지 않은 냄새가 여기까지 풍기네."

그 말에 이순신은 성긴 수염 뒤 인중을 긁으며 웃었다.

"어디 냄새뿐이겠습니까. 침처럼 뚝뚝 떨어지는 이 늙음 안에는 온갖 비린 것이 다 들어 있습니다."

포판 아래의 상엿소리가 맥없이 작아졌다.

초요기를 들고 점법을 연습하던 군졸들이 모두 해산하자 이순신은 소리가 나던 곳을 뒷눈질했다. "그만 나와서 한잔 받지요."

---

* 군영에서 장교가 부리는 아이.

예장나무로 세운 격벽 그늘에서 수졸의 복장을 한 백한이 모습을 드러냈다. 이순신이 드러낸 어깨를 감추고 일어나 백한에게 깍듯하게 인사를 올렸다.

　"무인년 충주에서 뵙고 구 년만이군요, 아저씨."

　겨우 서른 남짓으로 보이는 백한에게 단정히 어깨를 굽히는 쉰두 살의 이순신은 마치 오랜 스승을 만난 듯 해맑게 웃었다. 아닌 게 아니라 이순신은 어릴 때 백한을 아저씨라 부른 적이 있었다.

　을사년 봄, 한성의 하급 무관 이정이 이순신을 낳았을 때 백한도 그 자리에 있었다. 이정에게는 태어난 순신 위로 아들 두 명이 더 있었고 그는 아들들의 돌림자를 신臣 자로 삼았다. 이정이 갓난쟁이 이름을 수인 황제를 따 '수신'으로 지으려 했을 때 오제五帝의 순임금을 따르라고 충고한 이가 바로 백한이었다.

　"아니지, 일 년 만이지. 자네가 부산포 위력 시위 사건으로 압송되었을 때 이억기의 장계와 안골포 협상문을 대조한 것이 바로 날세. 그때 당신에게도 취조서를 보냈지."

　"그런가요? 그럼 제가 은혜 입은 날을 잘못 알고 있었군요. 황감합니다."

　이순신이 백한에게 더욱 머리를 조아렸다.

　"당치 않네." 백한이 손사래를 쳤다. "자네 모르게 했으니 모르는 게 당연하지."

　이순신은 백한이 두른 조건阜巾과 납의를 훑었다.

　"이번에는 내 부대에서 격군*으로 참여하시는 것입니까?"

"응. 신세 좀 지겠소."

바람이 좋은 봄날이었다.

두 사람은 나란히 먼바다를 바라보았다.

바다는 연분홍빛 증기를 내며 부드럽게 출렁였다. 섬의 모롱이마다 깃발이 나부꼈다. 남해도 앞바다의 낮은 절벽 섬인 이곳 돌암은 좌수영의 다섯 보급기지 중 하나였다. 이순신은 이곳에 스무 척의 판옥선과 두 척의 거북선을 정박해두고 들어앉아 본영에서 들어오는 장계를 처리하고 있었다.

"돌암까지 들어오시다니. 굉장하군요." 이순신이 술잔을 비우며 말했다.

"자네야말로 본영을 두고 이 후미진 곳에 주석하고 있구먼."

"내가 어디에 있든 그건 중요하지 않습니다. 본영도 늘 옮기는 것이니까요."

오랜만에 보는 이순신은 말 그대로 심하게 망가져 있었다.

숨구멍에 머리카락은 몽땅 빠져 상투를 잇지 못하고 살갗의 진액은 완전히 말랐다. 병으로 탁해진 안광에도 음울한 기색이 만연했다.

이자, 원래 이랬던가? 떠돌이 왜군에게 죽임을 당한 이후로 이순신의 예전 얼굴을 기억할 수 없는 백한이었다. 불사不死는 누군가에게 죽임을 당하면 이전에 알던 사람들의 얼굴을 잊어버린다.

---

* 노를 젓는 병사.

흔히 그것을 '당했다'고 말한다.

오직 그 현상에 적용되지 않는 것은 숙지의 모습과 자취뿐이다. 그것은 아무래도 기억 저편에 투각된 상이 깊어서일 것이다. 다만 얼굴을 인식하지 못한다고 기억까지 사라지는 것은 아니어서 뇌리에 남은 냄새, 습성, 키, 버릇 등으로 상대를 충분히 인지할 수 있었다. 어찌되었든 간에 죽임을 당한 후 타인의 안면이 떠오르지 않는다는 것은 여간 번거로운 일이 아니다.

백한은 새처럼 끊어 뱉은 이순신의 숨결을 똑똑히 기억하고 있었다. 훈련원 봉사奉事로 있을 때부터 정적政敵이 끊이지 않았던 이순신은 초조함을 극복하지 못하고 밤마다 퍼붓듯 술을 마셔대곤 했다. 그때 든 것이 바로 불면증과 이 끊어 쉬는 숨 버릇이었다. 그런 것을 떠올리자면 지금 옆에 앉은 자는 그 비슷한 모습을 하고 있었다. 더군다나 낮은 말투와 곧추선 품새에 고인 담기膽氣는 그대로다. 많이 낡았지만 정백淨白함을 보면 이순신이 틀림없다.

"참, 만난 김에 부탁이 있소."

이순신이 무어냐는 듯 고개를 돌렸다.

"자리를 협선으로 바꿔주시게. 대맹선(판옥선)은 노젓기가 좀 그러네."

"불편하시면 뭍으로 옮겨드릴까요? 동헌에도 자리가 있습니다."

"그럴 것까진 없고."

"알겠습니다. 수부장에게 말해놓겠습니다."

이순신이 백한의 잔에 술을 따랐다.

"드십시오. 가뭄 때 빚은 술이라 맛은 없습니다."

가리박에 담긴 삶은 콩과 미숫가루를 바라보던 백한은 술병에서 쪼르륵거리며 나오는 담황색 액체를 본 순간, 급하게 숨을 삼켰다.

뱀술.

비릿한 향이 솟아나 코를 찌르자 머리카락이 곤추섰다. 뱀은 그가 가장 두려워하는 동물이었다. 백한이 하얗게 질리는 모습에 이순신은 시선을 떨어뜨리며 슬그머니 웃었다. 백한은 "이만하면 황주黃酒(황금 술)구먼" 하고 말하며 잔을 받았지만 결코 입에는 대지 않았다.

"다시 봄이 왔군요." 이순신이 바다를 보며 말했다.

"그렇군. 멀리 보이는 산 빛이 있는 듯 없는 듯 좋군."

"꽤 모진 시대입니다."

"그런가?"

"이렇게 더럽혀진 적이 있었습니까?" 이순신이 백한의 얼굴을 바라보며 물었다.

"글쎄."

"대처가 좀 무모하지요?"

"음. 그런 것 같기도 하고."

"과거엔 어땠습니까?"

"뭐, 다들 비슷한 식이었네."

백한은 대수롭지 않은 표정을 지었다.

"저기 저 군졸들이 보이십니까?"

이순신은 해변에 거적을 올린 상여를 지고 모인 군졸들을 가리켰다.

"누가 죽었나?"

"상여 맨 앞에 걸어가는 자가 바로 황득중입니다. 포장 황득중은 지근에서 나를 지키는 자인데 편鞭(도리깨)을 다루는 능력이 조선에서 제일이지요. 가장 믿는 자이기도 합니다."

"꼿꼿해 보이는군."

"그에게는 늙은 어미와 아내, 그리고 아들이 하나 있었는데 노모와 아내는 지난 정유년 구월에 법성포에서 왜군에게 납치되었습니다. 당포 포작鮑作*이 죽은 소를 나눠준다는 소문을 듣고 갔다가 왜의 망선望船에 끌려간 것입니다. 포작 놈과 왜군이 짜고 벌인 짓이었습니다."

"음."

"그래서 여섯 살배기 아들만 하나 남았는데 황득중은 그간 나 몰래 아들놈을 병영에서 먹이고 재운 모양입니다."

"군령을 어겼다는 소리군."

"네. 군령을 어긴 것이지요. 사부射夫와 격군 들도 이틀에 한 번 콩죽과 소금국만 마시는 형편인데 아무리 아이라 해도……."

백한은 알 것 같았다.

---

* 포작간선鮑作干船이라고도 하며 고기잡이 어선을 가지고 조선 왕실에 진상할 전복이나 어포漁鮑를 납품하는 어부, 전시에는 임시로 수군의 수부나 격군으로 준용되었다.

이순신이 그 아이를 어찌 조치했는지.

"……잠시 황득중을 마도의 복병군으로 가 있게 하고 아이를 섬 밖으로 내보냈지요. 아비가 없는 동안 아이는 어란포 초막에 들어앉아 고스란히 굶고 있었답니다. 황득중은 아이를 군산의 친척에게 보냈습니다. 가기 싫다며 바지를 잡고 매달리는 어린것을 억지로 떼어 보냈습니다. 무엇이라도 먹이기 위해서지요. 그런데 그날 저녁에 그쪽에서 사람이 되돌아왔다는군요. 아이에게 문제가 있다는 것입니다. 황득중이 정신없이 달려가보니 어린놈이 숨을 꺽꺽거리고 있더랍니다. 이유가 기가 막혔습니다. 보리밥을 먹였는데 밥을 다 먹고 나서 숨이 막힌다고 하더랍니다. 먹은 것도 없던 차에 맨밥을 너무 급하게 먹은 것이지요. 여섯 살배기 황득중의 아들은 그날 죽었습니다. 저 상여 안에는 그 어린것이 누워 있습니다. 내가 죽인 것이지요."

이야기를 들으며 말없이 해안을 바라보았다.

상여 맨 앞에 걸어가는 황득중은 직접 만장을 들고 있었다. 그들은 느린 것 같으면서도 어느새 멀어지고 있었다. 이순신은 녹피끈이 둘둘 감긴 등채藤策(지휘봉)로 저들을 가리켰다.

"저기 저 군졸들. 반은 식솔이 없습니다."

"많군."

"갑사고 토병이고 방포장이고 취군이고 모두 죽었거나 저쪽에 납치당해 부역중입니다."

"지난한 시간이라 이젠 익숙해 보이네."

"후세 사람들은 이 시대를 뭐라 할 것 같습니까?"

"글쎄."

"그들은 저 물바람이 피는 섬들을 기억할까요?"

"여러 문집이 이 난세를 기록하겠지. 후세의 어느 탁월한 문장가가 당신과 저 물바람을 표현할지도 모르겠네."

"이렇게 버려진 땅에 봄이 온다는 것이 믿기지 않습니다."

"좋군. 그런 구절도 인용하겠지. 저렇게 꽃이 아름다우니 후세의 어느 문장가는 첫 구절을 '버려진 섬마다 꽃이 피었다'라고 시작할지도 모르겠네."

"허, 죽지 않는 몸인 당신은 언젠가 그것들을 읽을 수 있겠습니다."

"미래의 어느 때에 그런 문장을 만나면 자네 무덤 앞에 가서 읽어줌세."

이순신은 몸을 비틀며 재미있다는 표정으로 백한을 쳐다보았다. 검게 탄 얼굴에 연한 웃음이 배 있었다. 일각도 흐트러짐 없이 조여 있던 이마가 허물어졌다. 오랜 지인의 농에 이순신은 기분이 편안해진 모양이었다.

"그래, 그래야 하네. 가끔이라도 웃어야 살 수 있다네."

백한의 다독임을 듣자 이순신은 드러낸 것이 수치스러웠는지 진지한 표정으로 돌아와버렸다.

왜란이 칠 년째 접어들었다.

이순신은 지쳐 있었다.

하삼도의 복구는 그 혼자서 해낸 일이라 해도 틀린 말이 아니다. 백한은 일찍이 이런 자를 보지 못했다. 쏟아지는 폭포를 홀로 막겠다는 듯 그는 그렇게 살아가고 있었다.

"희망은 어두운 법일세."

"그런가요?"

"왜? 금방 끝날 것으로 생각했나?"

"기다리는 거지요. 계절이 가듯 살육과 역란도 지나가겠지요. 그렇다 해도 봄은 간섭하지 않을 테고……."

"분하겠지. 그 능력을 엉뚱한 데 사용하고 있으니."

그 말에 이순신이 백한을 노려보았다.

"빈정거리는 건가요?"

"빈정거리다니?"

"분하다니요?"

이순신의 제비턱 위로 입술이 흉하게 말려 올라갔다. 무시당했다는 생각이 들거나 대거리할 뜻이 있어 노려볼 때 그는 종종 이런 표정을 지었다.

"박마의 길을 포기한 것은 그만한 이유가 있어서가 아니었나? 왜 화를 내시나?"

"박마에게 있어 운명을 지키는 것은 승려가 법등을 지키는 것과 마찬가지일진대 당신에게 변마變馬라는 말을 듣고 어찌 수긍할 수 있겠습니까?"

"그럼 자네는 지금 본래의 운명대로 살고 있단 말인가? 자네가 진정한 박마였다면 그때 따라 죽었어야 했네."

"더 가볍다고 생각하지 않습니다. 난 적어도 내 운명이 예전만 한 것은 된다고 생각합니다. 감히 나한테 변마했다는 소리를 하다니요."

"아기장수가 죽으면 보필하던 박마도 죽어야 하네."

"그게 원칙일지라도 나는 그럴 수 없었습니다."

"당신의 것이 쭉정이라서 억울했던 건가? 성모 하나에 박마도 하나야. 거기에 하늘이 열리면 해인이 주어지는 것이야."

"……나는 그럴 수 없었습니다."

* * *

이순신은 박마駁馬였다.

그는 존재했던 박마들 중 가장 특출한 자였다. 별자리와 지형을 읽어내는 탁월한 능력이 있었고 기백과 살핌 또한 충만하게 보유했다.

그는 일전에 성모를 한 번 찾았다.

함경도 국경원 수비대 권관으로 있을 때였다. 이순신의 성모는 아이를 하나 낳았다. 하나 이순신은 해인을 확보하지 못했고 그 아이는 쭉정이로 삼 년 만에 죽었다. 해인의 발현 없이 태어난 아기장수를 쭉정이 아기장수라 한다. 이들은 태어나도 거사에 성공하지 못한다. 대부분 어린 나이에 병들어 죽기 마련이고 병마를 피해 세상에서 두각을 보이더라도 모함을 받고 만다. 이 땅에서 역모를 취하다 실패한 자들은 대부분 해인 없이 태어난 쭉정이 아기장수들이다. 이순신의 아이는 첫 번째 경우였다.

하늘은 이자에게 왜 진眞 아기장수를 주지 않았던 것인지 지금도 의아스러웠다. 그렇게 보면 대순大順하다는 것은 이치에 맞지 않고 오묘하지도 않을 뿐이다.

"그때 자네는 해인을 구하지 못했어. 운명을 받아들였어야 했다고. 다시 이렇게 세상에 나와선 안 되었네."

"그런 얘기, 더 듣고 싶지 않군요."

"자네는 법을 지키지 않았어. 법이란 옳다고 생각한 것들을 추린 것이야. 박마의 법도 다를 게 없어. 아기장수가 죽는다면 박마도 따라 죽어야 하네. 아기장수가 다섯 해 이전에 죽는다면 겨우 허용되는 것이 은둔이야."

"흥, 대단치도 않은 박마의 법!"

"이보게, 기계器溪. 내 앞에서 건방진 태도를 보이지 말게!"

박마와 아기장수는 쌍무적 계약 관계가 아닌 종신 계약 관계였다. 고로 운명 공동체라고 할 수 있다. 주인이 세상을 바꾸는 것에 실패하면 박마는 주인을 따라 죽어야 한다. 그것이 하늘이 정한 박마들의 운명이었다. 이순신은 제 주인을 따라 죽지 않았다. 그가 주인을 따르지 않았던 것은 오로지 자신의 의지였다.

변질된 박마.

백한은 그를 그렇게 보았다. 그는 아기장수를 지키라고 받았던 힘을 지금 다른 곳에 쓰고 있었다. 그는 세상 어둠을 혼자서 몰아내려 하고 있다. 비록 사욕邪慾은 아닐지라도 혼자로는 이 전란을 종식시킬 수는 없다. 그걸 믿는다면 사욕私慾이다.

"천하가 너무 딱했습니다."

"이것 봐, 통제사. 그런 식이니 자네의 능력이 변질되는 것일세."

시선과 시선이 마주쳤다.

"변질되다니요?"

"이미 한계를 느끼고 있잖아. 자네는 지금 변하고 있어. 욕심을 부리기 때문이야."

"자위하지 마시오. 아저씨도 변질된 박마 아닙니까? 영원히 주인을 얻지 못하는, 그런 박마 아닙니까? 운명을 바꿀 의지도 없으면서 원망만 하고 있는, 그런 박마 아닙니까? 규칙이라니요? 정正과 사邪 사이에는 우리 같은 것들도 있는 법입니다!"

이순신의 대지름에 백한은 그만 입을 다물고 말았다.

—주인을 얻지 못하는 박마라.

그럴지도 모른다. 다를 게 없다.

불사인 그는 처음부터 변질재였다. 죽지 않는 박마는 박마의 운명성에 정면으로 위배된다. 박마는 아기장수의 운명을 따르는 자, 그러나 쭉정이를 모셔도 그는 죽지 않았다. 이순신이 이렇게 말하지 않더라도 그는 늘 한 모금의 숨도 쉴 자격이 없다고 생각했다. 일각 눈을 껌뻑이는 것조차도 규칙을 위배하는 것이다. 사욕邪慾을 부리는 것은 어쩌면 이순신이 아니라 백한 자신일지도 모른다. 더구나 이자는 남은 능력을 대의를 위해 쓰고자 하는 의지라도 있다. 자신은…….

그마저도 없다.

끈끈하게 늘어진 숨통을 단칼로 끝내는 방법이 있다면 즉시 그리했으리라. 부집하고 싶은 생각은 없었지만 그렇다고 해서 원칙을 물릴 수 없었다. 박마란 임무만을 생각하고 움직이는 도구일 뿐. 사욕이든 운명이든 당사자의 문제였다. 반드시 정해진 대로 흘러가야 하는 것들이 있다. 순리란 그런 것이다.

누가 뭐라고 해도 자신은 박마다.

민망할지라도 후임인 이순신에게 그는 분명하게 충고해야만 했다.

"행동 조심하게. 박마가 주인도 없이 혼자 세상일에 간섭하다니. 천문을 거스르는 짓이야. 사악해질 것이네."

"……이제 다 끝나갑니다."

"조선은 지금 망해야 해!"

"이백 년은 더 지탱할 수 있다고 봅니다."

"지탱해서 뭐할 건가? 다음 세상은 다음 주인에게 맡겨야 해."

"다음 주인? 흥, 백성이 존재하지 않는데 아기장수 하나가 태어난들 무슨 의미가 있습니까?"

"말했지 않나. 희망은 어둡다고. 어두운 것을 단번에, 완벽히 걷어낼 때만 실현되는 법이야. 그런 일은 아기장수가 출현하지 않고서는 드물어."

이순신이 핏발 선 눈을 부라렸다.

"그것은 누구의 지론입니까?"

"누구의 지론이라니? 자네 미쳤나? 평생 박마로 살아오지 않았나? 정말 몰라서 묻는 겐가?"

"과거에도 그렇게 흘렀습니까? 희망이 어둡다니요? 한칼에 몰아내야 나타난다니요? 그런 개벽이 있기나 합니까? 새 세상은 절

망하지 않는다면 누구나 바꿀 수 있습니다. 바람은 돛을 올리는 자의 것입니다!"

백한의 미간에 깊은 주름이 잡혔다.

……돛을 올리는 자.

자신도 오래전 누군가에게 그 비슷한 말을 뱉은 적이 있었다.

'과연 그럴까? 바람은 돛을 올리는 자의 것일까?'

아직도 화두처럼 지닌 의문이다. 아니다. 절대로 아니다. 백한은 아니라고 생각했다. 천하는 의지자意志者의 것이 아니라 지정자指定者의 것이다. 그렇지 않다면 그 많은 세월 동안 민초들이 그렇게 처참하게 죽을 수 없다.

바람은 돛을 올리는 자의 것이 아니다. 절대로!

"그 누가!"

이순신은 입술을 흉하게 뒤집으며 소리쳤다.

"……그 누가 세상의 어둠을 단번에 몰아낼 수 있습니까? 아니요, 아닐 겁니다." 그는 취한 듯 고개를 흔들었다. "절대로 그렇지 않을 겁니다. 그렇게 생각해선 안 될 말입니다. 여지가 조금이라도 있다면 희망은 거기서 자라는 겁니다. 저들의 더러운 손이 바로 희망입니다. 아니, 희망이란……!"

"소리를 낮추시게……."

흥분한 이순신은 아랑곳하지 않고 과시하듯 더 크고 기굴한 소리를 냈다.

"……감히 위정爲政을 기다리다니요? 위정이란 만든다는 뜻입니다. 나는 그런 이유로 점지된다는 아기장수보다 처참하게 기고 있는 저 백성들을 택했던 것입니다!"

"소리를 낮추래도!"

놀란 군사들이 이쪽을 올려다보고 있었다.

그들은 술에 취해 벌겋게 달아오른 최고사령관의 모습을 보며 수런거렸다. 그 불안한 눈들을 보자 이순신도 그만 입을 막고 말았다.

"젠장맞을."

이순신은 들고 있던 빈 잔을 던져버리고 술병을 움켜잡았다.

"……어쩌면, 어쩌면 말이지요, 아기장수란 저 수많은 백성을 지칭하는 말일지도 모릅니다."

"그것은 우리가 논할 처지가 아니네."

"염병할 일이 아닙니까? 당신의 말이 저 위쪽에서 작당하는 중신들의 논박과 다를 게 뭐가 있습니까? 뱉는 입에서 늘 하늘이니 백성이니 하지만 당신은 정녕 위를 보고 있나요? 아래를 보고 있나요?"

이쯤 되면 도리가 없었다.

백한은 교착 상태에 이르렀다는 것을 직감했다.

"술 잘 마셨네."

"그래서 드리는 말인데!"

백한이 일어서려 하자 철컥, 이순신이 어깨를 가리고 환도를 세웠다. 아까와 달리 이순신은 **뻣뻣**해져 있었다. 불콰했던 얼굴에 비장미가 흘렀고 지친 눈동자도 다시 생기가 돌았다.

그는 할말이 있다는 표정이었다.

"내 쪽에서 다시 성모를 얻었습니다."

그 말에 백한의 눈동자가 좁게 오므라들었다.

"……데리고 있던 토병의 아이입니다."

이순신은 그렇게만 뱉고는 다시 바다를 바라보았다.

두 사람은 한동안 말이 없었다. 백한은 백한대로 사실인지 확인하기 위해 이순신의 눈을 살폈고, 이순신도 설명하기 어려우니 알아서 파악해달라는 듯 눈동자를 돌려대기만 했다.

"……확실한가?"

"……."

"구체적으로 말하게, 당장!"

"중양성은 나도 재작년에 확인했습니다. 혹시나 했고, 살펴보니 통영에 사는 장세호란 자가 낳은 자식이 있습니다. 여자아이고 명백한 성모였습니다."

영월에서 난영이 죽고 이 년 남짓이 지났다.

성모가 태어났대도 하등 이상할 것이 없다.

"……접호蹀護를…… 올렸나?"

"그렇습니다. 하나 인식은 하지 않았습니다."

접호란 박마가 성모에게 보호하겠다는 서약을 올리는 의식이었다. 이 의식을 치르면 성모는 그 박마에게 속해진다. 이때부터 다른 박마들은 아기장수를 찾아다니는 활동을 중단해야 한다.

"허. 운명일까. ……해인은, 해인은 확보했나?"

"정유년 정월에 떠돌이 왜병 세 놈을 잡아 베었는데 그들의 봇짐에서 나왔습니다."

역시 운명이다. 숨어 있던 해인도 그에게 갔다. 이순신은 백한에게서 해인을 훔쳐간 아시가루들을 벤 모양이었다. 무거운 쇳덩이가 머리를 누르는 기분이 들었다. 이제 이자의 주인이 아기장수가 된다. 통증이 퍼질 모양인지 무릎이 가려워지기 시작했다.

두 번이다.

이자에게 기회가 다시 왔다. 세상에는 이치라는 것이 있는 법이다. 뿔이 있는 짐승은 윗니가 없고 날개 있는 짐승은 다리가 두 개일 터, 꽃이 좋으면 열매가 시원찮은 법이다. 하늘은 모든 것을 주지 않는다. 그런데 이자는 뭔가, 이순신은 그렇지 않다. 그는 천문을 읽는 재능과 함께 성모를 얻는 운이 타고났다. 그것도 두 번씩이나. 엉거주춤하던 백한은 자리에 주저앉았다.

"허, 아기장수를 다시 얻었다고?"

"……그렇습니다."

"감당할 수 있겠나?"

"……."

과연 감당할 수 있을까? 그는 일전에 죽었어야 했던 몸이다. 그런데 이번에 또 성모를 얻었다. 아기장수를 위해 사용해야 할 능력을 이미 나라를 위해 써버렸는데…….

슬그머니 부아가 올랐다.

"아까는 아기장수 하나로 세상이 바뀌지 않는다더니!"

"그게 괴로운 이유입니다. 처음에는 그런 줄 알았습니다. 하나 아무리 노력해도 저 백성들의 처참함은 멈추지 않습니다. 이제는…….”

"이제는?"

"그래요, 잘 모르겠습니다. 저 물바람이 여전히 고통스러운 걸 보니 어쩌면 그가 필요할지도 모르겠다는 생각이 듭니다. 해인이 다시 내게 온 것도 전쟁을 멈추게 하라는 명령이 아닐까 싶기도…….."

이순신은 말을 잇지 못한 채 고개를 숙였다.

백한은 그의 눈이 빨개지는 것을 보았다.

변명이 믿게 들리지 않았다.

역시 탁월한 자다. 이것저것 시도해보고 있지 않은가. 그는 혼자의 힘으로 세상을 구해보려다 저렇게 지쳐버렸으나 여전히 포기하지 않고 있다. 그마저도 힘들다면 예언된 출현자를 직접 뽑아내겠다, 그런 생각을 하고 있다. 백한은 묘한 질투가 올랐다.

그런 박마가 있을 수도 있겠지. 규칙까지도 함부로 거스르는 위대한 박마가 있을 수 있겠지. 백한은 속으로 그렇게 되뇌며 요동치는 마음을 추스르기 위해 입술을 깨물었다.

─결국 숙지가 이자에게 가는구나.

백한은 바닥에 침을 한번 뱉었다.

어쩌면 다행일지도 모른다. 나이로 보면 꽤 부침이 있겠지만 능력으로 본다면 이만한 자도 없다. 그가 잘 도운다면 숙지의 운명은 이번으로 끝난다. 백한은 이순신의 운이 끝까지 강해주기를 빌어야만 했다.

하나…….

여전히 삭지 않는 질투가 솟구쳤다.

받아들일 수 없을 만큼 시기가 속에서 일어 올랐다.

이제는 정말 포기해야만 하는 것일까.

성모, 아니 숙지가 이자에게 돌아갔다. 이자는 하루살이처럼 쭉정이들을 지키다 사라지는 과거의 여느 박마들과는 다른, 이 땅의 유일한 박마가 되어버렸다.

두려웠다. 더는 숙지를 만날 수 없다는 사실에.

백한은 어떤 표정을 지어야 할지 난감해져 자리에서 일어나고 싶어졌다.

어느새 짙은 구름이 밀려들었다.

드넓은 바다에는 온통 꽃향기로 가득하다.

"미안합니다. 내 쪽으로 일이 성사되어버려서."

"어쨌든 이번엔 자네 몫이군. 잘 보필하시게."

백한은 자리에서 일어났다.

* * *

여섯 달이 흘렀다.

여름이 끝날 무렵이지만 한 달째 줄기차게 비가 내렸고 밤도 여전히 길었다. 바다는 소란이 없었다. 간혹 목재나 쌀을 싣고 가는 배를 빼앗고 빼앗기기도 했지만 오랫동안 전투는 소강상태였다. 질긴 장마가 양쪽에 묘하고 포근한 평화를 주고 있었다.

좌수영 본진은 여수로 이동했지만 이순신은 여전히 이곳 돌암에 스무 척의 판옥선과 두 척의 거북선을 정박해두고 머물렀다.

백한도 그해를 섬에서 나기로 했다.

벌어진 등의 상처가 아물 때까지 안식할 작정이었다. 그는 노 젓는 일을 버리고 화살을 만드는 궁시인이 되었다.

그때까지도 이순신은 백한에게 성모를 보여주지 않았다. 그럴 수 있다고 생각했다. 박마에게 종교적 계율 같은 것이 있다면 첫째가 '임무'이고 둘째가 '확보'다. 박마는 자신이 찾은 성모를 절대로 타인에게 보이지 않는다. 성모를 확보하면 이빨을 박고 경계하는 범처럼 주변을 살피는 법이다. 그 어떤 박마도 자신이 확보한 성모의 정보를 상대에게 흘리지 않는다.

하지만 백한은 어쩐지 묘한 기분이 들었다.

그날 갑판에서 보았던 이순신은 사악한 여우 같았다. 분명 이순신은 백한을 경계하고 있었다. 그 대화는 박마가 박마에게 보내는 경고였다. 마음의 준비를 하라는 뜻. 내 것이니 당신은 이제 끝이라는 뜻. 그가 뱀으로 담근 술을 앞에 내놓고 그런 소릴 해댔다는 것부터가 그랬다. 그는 넓지만 광활하지 않다. 결코 덕스러운 인물도 아니다. 그도 어쩔 수 없는 박마다.

가을 소나기가 오던 날, 백한은 통보를 받았다.

숙소를 나오면서 모끼 안에 숨겨두었던 해인함을 꺼냈다. 이순신을 위해 갈아놓은 활촉을 넣고 무두질한 얇은 사슴 가죽으로 상자를 곱게 쌌다. 바치려고 마음먹은 지는 오래되었지만 기회가 없었기에 여태껏 지니고 있었다.

동헌으로 나오자 사랑 마당 한복판에 반쯤 물크러진 수급 다섯 개가 효수되어 있었다. 엉클어진 머리카락 때문에 얼굴이 잘 보이지 않았지만 남자 넷 여자 하나인 듯했다.

"비인 현감 신경징이 당포 포작 정은부와 아전 김신웅 부부를 베어 온 것입니다."

말끔하게 생긴 청년 하나가 옆으로 다가왔다.

난에몬南汝文이라 불리는 자였다.

그는 투항한 왜인으로 백한이 오기 전부터 이순신의 지근에서 잡무를 보는 목수였다. 투항한 왜인을 대부분 죽이는 편이었던 이순신이 이자만은 지근에 두고 일을 시키는 것이 의외라 생각했다. 고치고 자르는 솜씨가 여간 좋은 것이 아닌 모양이었다.

"용케도 포작을 잡았나 보군."

"네."

"어느 것이 정은부인가?"

"가장 왼쪽에 매달린 수급입니다."

정은부의 머리는 시커멓고 제일 컸다. 당포 포작 정은부는 왕실에 전복과 어포를 상납하던 업자였다. 그는 지지난 가을부터 민간인들을 꼬드겨 왜성에 넘기다 수배에 걸렸는데 이번에 잡힌 모양이었다. 이순신이 말했던 황득중의 식솔도 이자에게 납치되었다.

난에몬은 어눌한 조선말로 설명했다.

"포작 정은부는 자기 어선을 여러 척 가진 어부였습니다. 수완 좋고 날랜 자로 소문이 자자했는데 이번에 순찰중이던 신경징에게 어이없이 모습을 드러냈습니다. 해를 넘기지 않고 포획한 것에 다들 운이 좋았다고 합니다요."

"그 옆에 묶인 것이 김신웅 부부인가?"

"네. 두 번째 세 번째 수급이 김신웅 부부입니다. 김신웅은 관의 물자를 넘기려다 잡혔고 처는 왜군 장수에게 몸을 대다 이웃에게 걸렸습니다. 서방이 시킨 일이라 하는데, 두면 군기가 문란할 것 같아 어른께서 벤 것입니다."

백한의 이마에 주름이 졌다.

내통하는 조선인들이 늘고 있었다. 물자가 떨어진 왜군에게 꿀이나 들짐승을 대주고 잡혀간 식솔들을 얻어 오기 위해서다. 이들도 그러다 잡힌 모양이었다.

"……관에서 여자는 좀처럼 베지 않는 법인데."

"요즘은 그렇지 않습니다. 여자들이 더 독하지요."

난에몬이 대패를 불며 톱밥을 날렸다.

"맨 오른쪽에 천으로 눈을 가린 두 개의 수급은 탈영한 수졸들이겠군."

"그렇습니다."

불안해졌다. 이순신이 자꾸 사람을 죽인다. 그의 성격상 군영의 법을 세우는 일이 몹시 지엄할 테지만 새로 성모를 얻은 그에게 있어 살생은 지극히 위험한 일이었다. 박마는 살생을 하지 말아야 한다. 박마의 지침을 정리한 『지극탑마持戟搭馬』에는 박마의 덕이 아기장수의 성장을 촉진한다고 적혀 있다. 분명 저 효수는 박마 이순신에게는 도움이 되지 않는다.

난에몬은 별일 아니라는 듯 목판자를 정리하기 시작했다.

바닥에 흩어놓은 나뭇조각들을 보니 대청 기둥에 걸 주련에 꽃

무늬를 새기는 중이었던 모양이다.

백한은 효수된 수급을 바라보았다.

무거운 비를 맞으며 매달린 머리들은 묘한 비장미를 풍겼다.

동헌 어디에도 이순신은 보이지 않았다.

집무실 장지문은 훤하게 열려 있고 공문을 정리하는 아이 하나가 수선스럽게 돌아다니고 있었다. 백한은 난에몬에게 다가갔다.

"통제사는 어디에 계시는가?"

"장군께서는 장인 제삿날이라 오늘은 공무를 보지 않습니다."

"지금은 어디 계신가?"

난에몬의 눈이 딱딱하게 바뀌었다.

"용건이 무엇입니까?"

"장군께서 새로 간 활촉을 가져오라 하셨네."

백한은 상자를 열고 활촉을 보여주었다.

난에몬은 시선을 활촉이 아닌 해인함 뚜껑에 두고 눈동자를 요란하게 굴러댔다.

"대, 대단한 무늬입니다."

"무늬를 볼 줄 아는가?"

"어디 한번 만져보아도 되겠습니까?"

백한은 상자를 건네주었다.

"금구 장식이 아주 정교하군요. 보십시오. 이 만만卍卍 자는 금박 보상화 무늬 사이에 철을 달궈 아말감법으로 새긴 것이에요. 각을 잡은 글자가 마치 이 섬의 진陣을 보는 듯합니다. 조선에서도 그렇지만 명군이나 왜국에서도 포진을 펼칠 때 만자진卍字陣을 쓰지요. 저는 만자진은 평지가 많았던 고대 신라국에서부터 시작된 것으로 알고 있습니다. 흩어진 무리를 부를 때 쓰는 만자호(암호의 일종)도 이 글자에서 유래되었다지요."

"당신, 조선에서 쓰는 암호까지 알고 있군."

"당연합니다. 장군께서 종종 군호를 바꾸시면 제가 목판에 새겨 드리곤 합니다. 목판들은 각 섬의 만호들에게 전달되지요. 장군은 종종 왜군의 군호도 이쪽 것과 섞어 쓰십니다. 그러면 저쪽의 첩 자들에게 혼동을 줄 수 있지요."

그는 어눌한 조선말로 이순신이 타는 배의 귀문도 자신이 새겼 다며 한바탕 긴 자랑을 늘어놓았다.

"그나저나…… 지금 뵈어야 하는데."

"죄송합니다. 어른의 위치를 발설할 수는 없습니다. 궁시장弓矢匠 성함을 알려주시면 오시는 대로 아뢰겠습니다."

"장군께서 직접 전갈을 주셨네."

"두려운 것은 장군이 아니라 현감들의 눈입니다. 이름도 모르는 분에게 장군의 위치를 알렸다가는 쉬 첩자로 몰려 저도 저 수급들 처럼 됩니다. 그들은 늘 절 베려고 안달이거든요."

"……백한白鵬이라는 이름을 쓰네만."

"하얀 꿩이란 뜻이군요."

난에몬은 백한을 한동안 물끄러미 쳐다보다가 결심한 듯 동헌 뒤로 보이는 산등성이를 손으로 가리켰다.

"활터 정자에 계십니다. 왼쪽으로 돌아 계곡을 건너고 두 번째 해송이 나올 때까지 산을 오르십시오."

* * *

정자는 섬의 꼭대기에 조붓하게 걸려 있었다.

능선부터 길 주변으로 능이들이 많았다. 홍갈색의 능이들은 마치 해감이 떠다니듯 바위와 나무를 타고 촘촘하게 뿌리를 박고 퍼져 있었다. 정상에 오르니 솟은 바위 세 개가 시야에 들어왔다. 그 위에 축대를 쌓고 동마루를 세운 자그마한 정자가 있었다. 사청射廳*치고는 보기 드물게 높은 곳에 세웠다. 멀리 관음포 앞바다가 시야에 널찍하게 들어왔다. 깎아지른 절벽 아래로 난에몬과 대화를 나누었던 동헌 앞마당도 자그맣게 보였다.

이순신이 이 조그만 섬에 전선을 수리하는 대규모 별진을 둔 연유를 알았다. 솟아 있는 암벽 바위를 등지고 정남으로 터를 잡은 이 돌암의 포구는 요새로서 더할 나위 없는 지형이었다.

관음포 건너, 육지 쪽에서 보면 그저 사람이 오를 수 없는 좁은 세 개의 암벽 덩어리처럼 보일 것이다. 하나 바다를 돌아 직접 들어와보면 이렇듯 꽤 큰 해안을 가진 섬이 기지가 된다. 실로 교묘한 곳에 터를 잡아놓았다. 듣던 대로 이순신은 지리에 귀통鬼通한 자다.

낮은 죽담에 이르자 흑립에 두툼한 중치막을 입은 이순신이 정자에 앉아 홍시를 먹고 있었다. 갑자기 내린 비로 활쏘기를 멈춘

---

* 활을 쏘는 정자.

모양이었다. 활집 옆에는 아니나 다를까 술병도 놓여 있었다.

백한이 다가가자 이순신은 주변의 군사들을 물렸다. 그들은 자리를 뜨는 와중에도 맹돌같은 이마를 흔들거리며 백한을 흘깃거렸다. 한결같이 기분 나쁜 사내를 만났다는 표정이었다. 이순신은 더 멀어지라는 듯 손을 들어 그들에게 내저었다.

"괘념치 마세요. 보시다시피 이곳은 누구도 접근하지 못해야 합니다."

"그렇군. 정상에서 보니 각 섬의 진들이 모두 보이는군."

"화살 만드는 일은 잘되어갑니까?"

"이번 주까지 바칠 할당량이 만만치 않았네. 다들 무리했어. 흰 굽에 톱질을 넣은 것이 천 개, 흰 굽 그대로인 것이 팔백일흔 개네."

"좋습니다. 고생하셨습니다."

이순신은 고개를 끄덕이며 홍시 하나를 백한 옆에 살며시 두었다.

"……자네, 얼굴이 좋지 않군."

"여제厲祭*를 지내느라 한숨도 자지 못했습니다."

이순신이 눈을 씀벅거리며 웃었다.

"여제를?"

"회령포와 순천 근방에서 역질이 퍼졌습니다. 종종 있었던 일이

었지만 이번에는 좀 심합니다."

"그래서?"

"그동안은 우후虞候* 이몽구가 맡았던 일인데 공덕을 들이지 않았는지 해안을 따라 병이 만만치 않게 번집니다. 그래서 지금은 내가 직접 주관합니다."

"그렇다고 한숨도 못 자? 귀신 따위에게 제사를 지낸다고?"

이순신은 더 말하지 않고 퉁명스럽게 백한 앞으로 잔을 내밀었다. 백한은 이순신의 갑작스러운 행동에 흠칫 몸을 흔들었다.

"왜요, 뭘 탔을까 봐요?"

"끊게. 자네 눈에서 총기가 많이 사라졌네."

"난 부엉이처럼 볼 수 있어요."

"그것도 젊었을 때 얘기지."

"젊었을 때 얘기라고요? 난 여전히 보아냅니다. 사람은 누구나 양눈에 다른 인격을 모아두고 있습니다. 한쪽이 사악하면 다른 쪽은 선합니다. 두 눈동자 중 어느 것이 더 밝은가에 따라 상대를 알 수 있지요. 자, 한 사발 쭉 드십시오."

"그렇다면 내 눈은 어떤가?"

백한은 술을 받지 않고 대뜸 물었다.

머쓱해진 이순신은 술잔을 따라 백한 옆에 두고는 비스듬히 웃으며 허리를 폈다. "안 마실 겁니까?"

"……사양하겠네. 술 마시러 온 게 아니네."

---

* 조선 시대 무관직. 병마절도사와 수군절도사 다음가는 벼슬.

"불사이면서 왜 죽음을 그렇게 두려워하십니까?"

"쉽게 말하지 말게. 난 자네가 태어나기 전부터 그걸 마셔왔어."

"아저씬 죽음도 몇 번 경험해보았지 않습니까?"

"죽음의 고통이란 매번 경험할 만한 것이 아닐세."

이순신은 처마에서 떨어지는 빗방울이 낡은 가죽신에 흥건히 스며드는 것을 바라보며 물었다.

"……죽는다는 것, 고통스러운가요?"

"그걸 고통이라고 말할 수 있을까. 인간은 영원을 희망하지만 막상 불사가 된다면 당장에라도 죽고 싶어질 걸세."

"불사가 아니어도 당장 숨을 끊고 싶은 인간은 많습니다."

"흔히 삶을 부여받는 것은 자유를 얻는 것과 같다고 생각하겠지만 그것은 착각일세. 지금 자네는 그 몸을 복종시킬 수 있고 극한 상황에서는 없앨 수도 있겠지. 내버려두면 때가 되었을 때 자연히 하늘이 그 숨을 거둬갈 테고. 똑똑히 기억하게. 인간은 몸안에 내재된 시간의 유한함 때문에 어떤 고난과 역경도 견딜 수 있는 거야. 자네들 늘 그렇지 않은가? 사랑하는 사람이 떠나면 칼날 같은 아픔 때문에 고통스러워 몸을 말고 울부짖잖아. 하지만 그 고통을 단숨에 없애려 들진 않지. 날카로운 칼로 목을 그으면 한 번에 끝날 텐데 말이야. 인간은 자신의 유한성이 고통을 덮어준다는 것을 본능적으로 알고 있어. 영리한 본능이 스스로 믿는 구석을 마련하는 것이라네.

하나 나는, 우리는…… 그럴 수 없어. 날카로운 칼이 뼈를 끊고 썰어도 우리는 죽지 않아. 이 몸안에는 수많은 사랑이 계절처럼 지나고 모든 이들이 떠나도 상처는 영원토록 고여 있다네. 늘 반추해야 하지. 어떤가, 그것이 할 만한 것이라고 생각하는가?"

"힘들겠군요."

"그래서 자넨 하늘을 믿는 것이고 나는 믿지 않는 거라네."

"장난을 좀 쳤습니다."

장난기를 거둔 이순신은 독이 없다는 것을 보이기라도 하듯 놓아둔 백한의 잔을 깨끗하게 마셨다.

"……동헌에 걸어둔 머리들을 보셨습니까?"

"수급이 비를 맞고 있으니 제법 끔찍하더군."

이순신은 거뭇거뭇하고 눅눅한 봉함 하나를 슬그머니 내밀었다.

"읽어보시지요."

뜯어 보니 기름 다섯 되, 술쌀 열 말, 소금 한 곡, 말린 청어 열 두름, 꿀 다섯 되, 무명 열 필, 남포 열 단 등의 잡다한 항목들이 적혀 있었다. 동헌에 효수당한 부부가 왜군에게 바치려 했던 물품들이었다.

"거기, 마지막 항목을 보십시오."

맨 아래 적혀 있는 항목에서 백한은 입술을 깨물었다.

법물해인法物海印

"효수된 김신웅은 해남의 아전인데 도양장에서 물자를 훔쳐내어 왜군에게 투항하러 가던 중 우리 정탐선에 걸렸습니다. 문초해 보니 왜군들이 직접 이 항목들을 요청했다고 합니다."

"놈들이 해인을 탐내고 있군."

"그렇습니다."

무리가 아니라고 생각했다. 사실상 육지에서는 전투가 종식되었다. 이제 적의 임무는 물품을 긁어 가는 것이었다. 해인이 거기에 포함된 것은 어찌 보면 당연한 일이다. 해인에 관한 소문은 대국까지 퍼졌다. 명나라 장수 진린도 혈안이 되어 있다는 소리가 들렸다. 걱정되는 것은 이순신의 진영에서 이런 정황이 포착되었다는 것이다. 다르게 말하면 이순신이 해인을 가졌다는 것을 그들이 알고 있다는 뜻이 된다.

"성모는?"

"오 개월 동안 여섯 번이나 이동시켰습니다."

"안전하신가?"

그는 질문에 대답하지 않고 다른 말을 했다.

"석연치 않은 일이 하나 생겼습니다."

"석연치 않은 일이라니?"

"모르는 사람이 섬 안에 숨어 들어와 소들의 뿔을 모두 잘라놓고 사라진다는 소문이 있습니다."

백한은 놀란 듯 고개를 쳐들었다.

이순신도 고개를 끄덕이며 옅게 인상을 썼다. 두 사람이 참담한 표정을 짓는 이유는 박마들만 아는 어떤 한 사실 때문이었다.

"신호겠지요?"

분명한 신호였다.

박마의 상징은 말이다. 문헌에도 조력자인 박마를 아기장수가 타고 다니는 용마龍馬로 묘사하고 있다. 그러나 고구려 시대까지만 해도 아기장수가 타는 것은 용마가 아닌 박駮이었다. 박은 범을 잡아먹고 하루에 세상을 세 번이나 훑고 다닌다는 외뿔 달린 전설의 동물이다. 박이 '하늘을 나는 말', 즉 용마로 표현이 바뀐 이유는 사람들에게 쉽게 이해시키기 위함도 있었겠지만 충직을 상징하는 동물로 말이 더 어울리기 때문일지도 모른다. 어찌되었건 아기장수는 원래 박이란 동물을 타고 다니며, 외뿔을 가진 박은 조력자 박마들의 상징이 된다.

기르는 가축 중 뿔이 있는 동물은 유일하게 소다. 양이나 염소도 뿔이 있지만 옛사람들은 산양과에 속하는 짐승을 가축이라 부르지 않았다. 박마 앞에서 소의 뿔을 자른다는 것은 곧 박의 뿔을 제거한다는 뜻이며, 박마를 제거한다는 말이 된다.

남해도 일대에서 누가 소의 뿔을 자르고 다닌다는 소문은 박으로 상징되는 이순신을 죽이겠다는 신호였다.

"소문을 조사해보았나?"

"왜군은 아닌 것 같습니다. 황득중과 오수 등을 보내 돌산도와 인근 여수 지역을 수색했지만 적들은 아직 그쪽까지 상륙하지 않았습니다. 그러나 말과 소를 합쳐 일곱 마리의 가축이 당한 것은 사실이었습니다."

"음."

"다른 박마가 또 있다는 뜻일까요?"

"박마는 아니네. 하삼도(경상도, 전라도, 충청도)에 당신과 나 말고 박마가 더 있다고 생각하는가?"

박마가 전혀 없다고 할 순 없겠지만 사실상 박마의 명맥은 세종조 때 끊겼다. 백한의 스승 대에도 희박하게 명맥만 유지해오던 집단이었다. 이제 박마들은 사라졌다. 박마들은 성모를 죽이고 다니는 살인마의 손에 대부분 척살되었다. 하지만 이 부분에 있어서 백한은 완전한 자신이 없었다.

"잘 보관하고 계시는가?"

"뭘요?"

"해인 말일세."

이순신은 입술을 모아서 홍시를 베어 물며 빈정거렸다.

"당신이 그걸 왜 궁금해합니까?"

"좋아, 내키지 않으면 말하지 않아도 되네. 서둘러 성모를 인식하고 해인을 봉하시게. 당장!"

"자꾸 그런 소릴 해대니 볼썽사납군요."

"무, 무슨 말버릇인가?"

"흥, 볼썽사납다고요."

이상하고 묘한 분위기였다.

이순신은 씨를 손에 뱉어내 멀리 던졌다. 그 순간 백한은 그가 이 꼭대기 정자에 오른 후부터 한 번도 자신을 쳐다보지 않았다는 것을 깨달았다. 늘 이마를 맞대듯이 반듯하게 펼치던 시선이 오늘따라 불안하기 그지없다. 사방을 돌아보았다. 멀찍이 떨어져 있지만 호위하는 병사의 수가 평소보다 많았다. 두리기둥에 세워둔 환도도 평소보다 많은 두 자루다. 차고 있는 것도 따로 하나. 게다가 그 옆에는 긴 활까지 누워 있다.

숨이 턱 하고 막혔다.

이순신은 명치 아래 차고 있는 삼척 반 환도에 갖다 댄 범아귀 아래로 불안하게 손톱을 긁어댔다. 바위 곶 너머로 시선을 던지며 바다를 보는 척했지만 내심 때를 살피는 것 같았다.

자라목을 길게 늘인 이순신은 사슴 가죽 신발을 까딱거리며 귀에 거슬리는 진흙 소리를 냈다. 그럴 때마다 병사들의 장겸長鎌이 묘하게 어수선하다.

'이자, 나를 제거하려는 속셈인가?'

혀가 마르고 피가 빠르게 돌았다. 휑한 구름바다를 바라보는 이순신의 밤볼이 움직일 때마다 찌를 듯 소름이 돋았다. 바람이라도 바뀌면 당장 그가 일어나고 뒤에서 무사들이 달려올 것만 같았다.

'지금 경고하고 있는 것이라면?'

아직까지 떠나지 않고 무얼 하는가, 내가 마당에 수급 세 개를 걸고 위조한 편지와 소문을 내밀고 있는 것이 보이지 않는가, 라고 맹렬히 경고하고 있는 거라면?

너무 오래 있었다.

일찌감치 그의 시선에서 사라졌어야 했다.

천하의 이순신이지만 성모를 찾아낸 박마라면 그도 짐승과 다를 바 없다. 거기에 인격이나 명분은 없다. 오로지 주인의 완벽한 도구가 되는 것을 최고선으로 여겨야 한다. 그것이 욕구보다 더 충실한 본능이어야 했다.

그에게 의지가 있었다면 지금쯤 관직을 버리고 성모에게 갔어야 했다. 아직도 성모에게 모든 것을 투여하지 않은 채 전투를 빌미삼고 있는 것은 자신이 사라지길 기다리는 중일지도 모른다.

'젠장맞을. 정말로 너무 오래 있었다.'

두 사람은 한동안 말이 없었다.

* * *

"자네가 알아두어야 할 일이 있네."

먼저 입을 연 쪽은 백한이었다.

"말하십시오."

이순신은 산 모기들을 휘저으며 홍시를 베어 물었다.

"오래전부터 해인을 노리는 자가 있다네."

"해인을 찾는 자는 고대부터 늘 존재하지 않았습니까?"

"내가 말하고자 하는 것은 좀 다르네."

"잘린 소 뿔 이야긴 괘념치 말기로 하지요. 소문이 고약하기는 하나 질 나쁜 유생들이 재미 삼아 퍼뜨린 소리겠지요."

"자세를 바로 하게. 너무 업신여기는 게 아닌가?"

그러나 씨를 오물거리는 이순신의 몸태가 더욱 삐딱하게 변했다.

"뭡니까? 제가 알아야 할 일이란 것이."

"조윤기를 기억하나?"

"지금 조정에서 판을 치고 있는 자 아닙니까?"

"그렇지. 평양감사였고 민란의 책임을 지고 낙향했다가 복직된 자네. 명과 왜가 화친하는 데 돕자고 적극적으로 주장하고 있는 인물이지. 그의 딸이 저번 성모였네."

"그랬나요?"

"그녀는 스스로 목숨을 끊었어."

"성모가 죽고 나기는 늘 반복되는 현상 아닙니까?"

"아니네. 죽임을 당했다고 봐야 하네."

"죽임을 당했다?"

"그래. 오래전부터 성모가 비슷한 형식으로 죽임을 당했어."

"비슷한? 어떤 비슷한?"

"분명한 것은 자연사가 아니었어. 살해당했거나 그렇지 않았을 때는 자살했지."

"매번 그렇지는 않았을 텐데요?"

이순신이 왜 그 말을 하는지 백한은 잘 알고 있다.

예외는 단 한 번, 그의 첫 번째 성모였다. 그녀가 출산했을 때 이순신의 손에는 해인이 없었다.

"내가 말하는 것은 해인이 발현되어 진짜 아기장수를 잉태했던 분들이야. 그 성모들은 예외 없이 죽임을 당했네."

"자살도 타의에 의한 것이란 말입니까?"

"그렇지. 그것도 살인이네."

"누가 아기장수가 출현하는 것을 방해하기 위해 성모를 죽이기라도 했단 말입니까?"

"그럴 수도 있고 아닐 수도 있네."

"쉽게 말씀하시죠. 무슨 뜻인지 알아차리기 힘듭니다."

백한은 침을 한 번 삼켰다.

"가장 최근의 성모였던 조윤기의 딸은 임신하고 있었네. 씨 주인이었던 새신랑이 해인을 가지고 있었으니 그 아인 진眞 아기장수였지. 그가 어디 출신인지 무얼 하던 자인지는 아는 이가 없었다는데. 북쪽 출신인 것만 알아냈지. 그는 어찌어찌해서 조윤기의 환심을 샀고 그의 딸과 혼례를 치렀는데, 초야를 치른 다음 날 그에게 이상한 일이 생겼어."

"죽었나요?"

"아니, 깨어나지 않았네. 숨을 쉬고 있었지만 의식은 없었다는 군. 삼 개월이 지났는데도 새신랑은 그 상태 그대로였다네. 지아비가 그렇게 되자 성모는 무언가 잘못되었다고 직감했던 모양이야. 결국 그녀는 남자를 잡아먹는 손각시 귀신이라는 오명을 견디지 못하고 스스로 목숨을 버렸다네. 뱃속의 아이, 새신랑의 씨인 아기장수도 그때 죽은 거지."

"당신이 실패한 거군요."

"그런 셈이지……. 내가 주시하는 것은 뱃속의 아기장수가 죽은 직후 새신랑이 깨어났다는 사실이야."

"그게 왜 중요합니까?"

"계속 듣게. 그 이전의 성모는 진홍이라는 기생이었어. 진홍은 내가 평양에서 찾아내 강화도로 옮겨두었으니 내 성모였지. 그런데 나 몰래 누가 그녀를 데리고 깊은 섬으로 달아났었네. 진홍은 얼마쯤 있다가 죽은 채 발견되었는데 낙태한 흔적이 있더군. 이들에게 집을 알선했던 옥바치의 말에 따르면 진홍은 귀신의 아이를 뱄다며 여러 번 낙태를 시도했던 모양이야. 제 아이를 죽이려 한 거지. 더 이상한 것은 진홍을 임신시킨 남자인데 이 사람도 진홍이 애를 밴 직후부터 죽은듯이 잠만 자고 있었다고 하더군. 남자는 기약 없이 누워 있고 혼자 남은 성모는 몸안에 든 씨를 저주하는 상황이 벌어졌던 거야."

"무슨 관계가 있습니까?"

"관계가 없어 보이나?"

"묻지 말고 설명하세요."

"이것은 아기장수가 지워진 사건이네."

"늘 그랬지 않습니까?"

"두 사건 모두 임신시킨 자, 즉 씨 주인은 성모의 임신과 동시에 즉시 잠들었고 아기장수가 지워지자 곧바로 잠에서 깨어났어."

"조윤기의 사위와 진홍의 사내가 동일인이라고 보는 겁니까?"

"분명하네. 누가 성모를 따라다니고 있어."

"이번에 신호를 보낸 것도 그놈이고?"

백한은 고개를 끄덕였다.

"……그 살인자가 내 성모를 노리고 있다는 말이군요."

내 성모란 말에 명치에서 무언가가 불끈 솟았지만 백한은 참아내렸다. 이순신은 한참 동안 곰곰이 생각하더니 다시 물었다.

"살인자와 당신은 서로 아는 사입니까?"

백한이 고개를 끄덕였다.

이순신은 토하듯 한숨을 쉬었다.

"언제부터입니까?"

"더 알고 싶다면 저 군사들부터 물리게."

백한은 이쯤이면 온전히 마음을 드러내지 않으면 서로 위험해진다는 것을 이순신이 깨달았을 것으로 생각했다. 그가 백한을 어찌한다면 자신이 감당해야 할 중요한 정보를 얻을 수 없을 테다.

백한이 대거리를 하고 있자, 이순신은 좋다는 듯 손에 쌓아둔 홍시 껍질을 돌밭에 던진 후 칼과 활을 마루 저편으로 밀쳤다.

즉각 움직임이 느껴지고 군사들이 사라졌다.

"이제 됐습니까?"

"한결 낫군."

"이제 말해보십시오. 언제부터 그런 일이 일어났습니까? 필시 근자에 일어난 일은 아닌 듯합니다만."

"똑똑하군. 태조가 태어나던 해, 동북면의 영흥에 살던 성모가 첫 번째 희생자야. 그때부터 저번 성모까지 자네의 것을 제외하고 모두 자결했거나 살해당했어. 한결같이 씨 주인은 죽은듯 누워 있었고…… 성모가 죽거나 낙태해서 아기장수가 사라지면 도리 없이 잠에서 깨어났지."

"가만, 가만요."

이순신이 믿을 수 없다는 표정을 지었다.

"태조께서 나신 해라면 을해년(1335년) 아닙니까?"

"맞네."

"맞다구요? 지금 제가 짐작하는 것이 맞다는 것입니까?"

백한은 고개를 끄덕였다.

"이백육십여 년 전부터 그런 일이 벌어졌다는 소린데…….."

"그렇지."

"허, 아저씨 말고 불사가 또 있다는 것을 믿으란 말인가요?"

"그래. 나 말고 그런 불사가 하나 더 돌아다니고 있지."

"불사라, 그가 왜 그런 짓을 합니까?"

"해인 때문이야."

"대체 해인이 무슨 관계가 있단 말입니까?"

백한은 이순신을 똑바로 노려보았다.

"자네, 해인이 무어라 생각하나?"

"박마가 성모에게 아기장수를 임신하도록 인장하는 물건이 아닙니까? 박마가 해인을 구하지 못하면 성모는 쭉정이를 낳고, 박마가 해인을 구해서 성모에게 바치면 세상을 구원할 진짜 아기장수를 낳는 것 아닙니까?"

"해인에는 자네가 알지 못하는 숨은 기능이 있네."

* * *

"뭐, 뭐라고요? 해인에 혼을 바꾸는 기능이 있다……?"

"그것은 귀물鬼物이고 악물惡物이네."

허허.

"웃을 일이 아니야. 그것은 일반 여자에게는 통하지 않고 오직 성모에게만 적용되는 이치네. 해인을 지닌 자가 어딘가에 가짜로 법계도 그림을 그린 다음 성모를 임신시키면 그자의 혼은 성모의 태아로 들어가게 된다네. 어떻게 보면 '아기장수'로 태어나는 것이지. 그런 일이 벌어지면 태아가 뱃속에서 영그는 열 달 동안 시술자의 몸은 가사 상태에 빠진다네. 죽은듯 자는 것처럼 보이지. 열 달 후 아이가 태어나면 가사 상태에 있던 시술자의 심장은 비로소 멈추게 되고 시술자의 혼은 태아로 들어가는 것이야."

"그런 이치라면 성모에게 씨를 주는 자가 해인을 들고 있어선 안 되는 거군요."

"그래. 명백히 잘못된 행위야. 사실 박마들이 해인을 찾아내야 하는 이유도 거기에 있어. 누가 인위적으로 성모의 태아로 들어갈 수 없도록 막는 봉인책인 거지. 박마가 해인을 손에 넣었다면 '아기장수가 오염되지 않고 태어날 준비가 되었다'는 뜻이야. 따라서 박마와 성모는 절대로 사랑할 수 없어. 박마가 성모에게 씨를 주어서도 안 되지. 그래서 고래로 박마는 사욕을 버릴 만한 자들만 추려 견습되었네."

"사욕을 부리는 박마가 나온다면 큰일이군요."

"다행히 여태껏 그런 박마는 없었어. 다른 식이라면 몰라도."

"다른 식?"

"자네도 명백히 사욕을 부리는 자이지 않은가."

"그만합시다, 그런 얘기는."

"비록 성모를 임신시키는 짓을 하지는 않았지만 주어진 능력을 전투에 쓰고 있으니 분명 변질된 것이지."

이순신이 나직이 어금니를 갈았다.

"한 번만 더 그런 소릴 해보시오."

백한은 입을 닫고 회백색 구름이 뒤덮은 하늘을 바라보았다.

오래된 먹 자국 같던 하늘은 수평선 멀리서부터 비를 토해내는 무거운 구름으로 짙게 어두워지고 있었다. 밀려오는 구름은 마치 그 짐승이 다가오고 있다고 말해주는 것 같았다.

"흔히 '서쪽을 보는 자'라고들 하지. 예전에는 불사를 그렇게 불렀네. 매일 해가 지는 것을 보며 자신들의 끝없는 한을 되새긴다고 해서 그렇게 불렀다고 하더군."

"그도 '서쪽을 보는 자'였습니까?"

"그래. 정만인이라는 자이네."

"정만인이라는 불사가 새 몸을 얻기 위해 성모의 태에 들어가려 한다, 그 말입니까? 좋아요. 다 좋습니다. 한데 성모가 왜 그랬을까요?"

"뭐가?"

"성모가 왜 매번 그자에게만 안기는 것입니까?"

그 말이 끝나기 무섭게 백한은 반사적으로 주먹을 움츠렸다. 노골적이었다. 이순신은 고개를 끄덕이며 더 들으라는 듯 짐작 가는 말을 마구 뱉어냈다.

"늘 그자가 당신보다 먼저 닿았던 거군요. 당신은 늘 그자보다 늦었던 거고. 그게 아니라면 성모가 당신과의 연인보다 그 정만인이란 자와의 인연이 강했던 것일까요?"

영리한 이순신은 반격하고 있었다.

"그만하시게……."

"……당신은 늘 늦었고, 그때마다 매번 성모의 죽음을 지켜볼 수밖에 없었고 그런 일이 있었다는 건가요?"

"비슷하네."

"그 정만인라는 자, 강합니까?"

백한은 말없이 바다를 쳐다보았다.

"당신보다 더?"

그 말에 백한은 홍시를 지그시 눌렀다.

붉은 살이 터지며 손가락 사이를 비집고 나왔다. 천천히 팔을 뻗어 이순신의 부은 어깨를 움켜잡았다. 손이 부들부들 떨고 있었다.

"호, 역시 그런가 보군요."

"잘 듣게. 그간 성모가 왜 줄줄이 죽었는지 아나? 그 짐승이 가사 상태에 빠져 있는 열 달 동안 그의 정체를 알아버린 거야. 성모는 자신이 품은 것이 무엇인지 알아차린 거라고……. 그래서 태아를 지우려 한 거지. 그녀는…… 기억하고 있었던 거야……. 기나긴 윤회의 굴레에서도 그자가 누구인지 각인하고 있었던 거야……. 윤회의 망각도 어찌하지 못할 만큼……."

백한은 오들오들 떨었다.

"그녀에게 그 공포는 감당할 수 없는 것이었다고! 알겠나? 그자는 짐승이네. 성모는 배가 부르면서 짐승의 아이를 품었다는 것을 깨달은 거야. 많은 성모가 양잿물을 마시고 언덕을 구르고 배를 가르고 목을 매달았던 이유는 짐승의 혼을 지우려 했던 거라고……. 성모는 박마의 도움도 받지 못하고 고립된 양처럼 혼자 오들오들 떨고 있었던 거지. 그렇게 성모가 죽거나 몸에 든 씨가 낙태되면 말이야, 그 짐승은 가사 상태에서 깨어나버리는 거야.

뱃속에 든 태아가 영글기를 기다리던 혼이 다시 원래의 몸으로 들어가는 거지. 자, 그러면 어떻게 할까?"

백한은 쥐고 있던 짓무른 홍시를 이순신의 눈앞에 갖다 댔다.

"성모를 죽이는 거야. 그래야 중양성이 뜨고 새로운 성모가 태어나니까! 그래야 다시 자신을 임신시킬 수 있으니까! 그놈은 그래야만 자신의 몸을 바꿀 수 있으니까!"

백한이 양 손바닥을 탁하고 소리 내며 마주쳤다.

진흙 같은 홍시 살이 이순신의 얼굴에 튀었다.

백한은 해인함을 싼 가죽을 풀고 상자를 열어 이순신의 눈앞에 내밀었다.

"자네 것이야. 내겐 이제 필요 없는 것이 되었네."

이순신은 함을 물끄러미 쳐다보았다. 습기에 젖어 눅눅해진 사슴 가죽 속에 싸인 의상의 화각 상자는 고졸하고 독특한 나뭇결이 살아 있었다.

"받으라고!"

백한의 고함과 상관없이 이순신은 자신만의 시선으로 백한을 쳐다보았다.

두 사람이 대화를 시작한 후 처음 마주치는 눈이었다.

이순신의 눈동자가 초조하게 굴러갔다. 그는 탐닉하듯 백한에게서 진실을 찾고 있었다. 노출된다는 것에 기분이 좋지 않았지만 백한도 이번만은 온전히 자신을 드러내 보이기로 마음먹었다.

"읽히는가?"

가을빛에 탄 이순신의 광대가 빗물에 번들거렸다.

"정말로 내가 자네의 성모를 탐하리라 여기는가?"

"경계하는 것이 박마의 일이니까요."

이순신이 시선을 내리는 순간,

눅진한 감이 진득하게 흘러내리는 손으로 백한이 이순신의 볼을 강하게 부여잡았다. 이순신의 턱이 들렸다. 백한의 손에 이순신의 얼굴이 흉측하게 일그러졌다.

"날 다시 봐! 똑똑히 잘 좀 보라고!"

백한의 시선이 이순신의 시선 안으로 들랑거렸다.

"간단하게 생각하지 마라. 간단하다고 말하지도 마라. 그 짐승은 계속해서 성모를 죽이고 있어. 광기 어린 집착은 성공할 때까지 계속된다고. 알아듣나, 통제사?"

이순신은 시선을 떼지 않았다.

그는 백한을 요리조리 뜯어보고 있었다. 말갛던 피부가 벌겋게 타오르고 숱 없는 구레나룻이 도깨비처럼 올올히 치오르는 백한을 바라보는 이순신은 무언가를 치열하게 찾고 있었다.

"아저씨, 하나만 물어봐도 되나요?"

백한이 말없이 새하얀 치아를 드러냈다.

"아저씨의 집착은 뭐지요?"

이순신의 볼을 부여잡은 백한의 손이 바르르 떨렸다. 노려보는 눈에서 사악한 바람이 드나들었다.

"성모가 그것을 알고 느꼈을 순간을 상상하면…… 난 지금도 몸서리가 쳐져. 윤회하는 성모의 혼은 그 순간만큼은 전생을 떠올렸을 거야. 짐승이 몸에 들어왔다는 것을 깨닫는 순간은 바로 과거를 깨닫는 순간일 테니까. 그땐 또 기억하겠지. 누구 때문에 그렇게 윤회하는 삶을 얻게 되었는지를……. 난 그것만 생각하면 온몸이 아파. 성모의 그 지독한 원생은…… 바로…… 나 때문에 시작된 것이었으니까!"

그르르르.

백한이 어금니를 갈며 쉰 소리를 냈다.

"그러니 마지막 경고네. 지금 자네는 두 번째 기회를 얻었어. 하늘이 자네를 다시 선택한 거야. 아시게. 그를 막지 않으면 자네의 운명은 사라지네. 이 기회를 놓친다면 하늘이 반드시 자네를 거둬갈 걸세. 그러면 민초니 전쟁이니 다 소용없는 거야. 대비하게. 그놈은 늘 나보다 한발 앞서 성모를 찾아냈네. 그러니 받아, 이 상자를!"

이순신은 천천히 백한의 손목을 잡고 아래로 내렸다.

"이번 전투가 끝나면 받겠습니다."

"뭐?"

"대신 한 가지 부탁이 있습니다."

"통제사, 자넨 미친 게 분명해. 내가 그렇게 설명했는데도!"

백한이 목소리를 쥐어짰다.

이순신은 술잔을 채우더니 단숨에 비웠다.

"내가 부탁할 것은!"

이순신은 탁하고 술잔을 내렸다.

소나기가 그쳤다.

절벽 아래에서 뻗어 온 해송 가지 사이로 묵색 안개가 피어오르기 시작했다.

* * *

그날 밤 만월이 떴다.

열흘 이상 내리던 비가 멈추자 모처럼 선명한 구름이 높게 흘렀다. 맑고 밝은 달밤이어서 동헌 마당에 줄지어 걸려 있는 수급들도, 멀리서 들려오는 야전 몰이대의 고함에도 묘한 정취가 났다.

마당의 왼쪽 구석. 기운 듯 서 있는 토벽집의 커다란 창으로 김이 새어 나오고 있었다. 토벽집은 이순신이 종기와 각혈을 치료하기 위해 만든 공간이었다. 통나무와 진흙으로 얼기설기 지은 너비 다섯 자 반쯤 되는 공간 내부의 모서리에는 承 자와 武 자를 써놓은 주홍빛 등롱이 매달려 있었다. 곰팡이가 오른 횃대에는 바랜 핏자국이 얽은 이순신의 낡은 중치막이 걸려 있었고 그 옆으로 난 에몬이 깎아놓은 편액이 보였다.

我讀我書 如病得蘇
(내가 책을 읽으니 병에서 깬 듯하다.)

목욕통 옆에 커다란 쌍대환도를 세워둔 이순신은 몸을 담그고 있었다. 그는 창 너머를 주시하며 눈을 껌벅거렸다. 그는 작년부터 하루도 빠짐없이 이 시간에 몸을 씻었다. 열어놓은 창으로 보이는 동헌 마당에는 달빛을 받은 수급들이 뚜렷한 광채를 내고 있었다.

주르륵.

세수를 하자 물소리가 났다.

이순신은 고개를 숙이고 자신의 몸을 쳐다보았다.

허옇게 센 음모가 수초처럼 흐늘거리고 있다. 움푹 들어간 가슴을 더듬거리던 그는 입안에 손가락을 넣어보았다. 찐득거리는 허연 것들이 긁혀 나왔다.

'얼마나 남았을까?'

이 년 동안 매일 밤 일어나던 복통과 장명도 이틀 전부터 뚝 그쳤다. 목줄기에 고여 있을 숨이 얼마 남지 않는다는 것을 잘 알고 있었다.

백한을 떠올렸다.

그는 자신의 제안을 분명하게 거부했다.

그는 어떤 자일까? 섬 정상에서 만난 박마는 여전히 뚜렷하지 않았다. 흐린 녹갈색의 눈자위 속에 검고 꿈틀거리는 형광을 가득 안은 눈동자는 도무지 무엇을 노리고 있는지 알아낼 수 없었다.

위대한 박마가 틀림없다.

하나 우주처럼 깊고 산맥처럼 강하고 적벽처럼 높은 집념을 읽은 적은 단 한 번도 없다. 깊은 울림이 있는 북쪽인 특유의 말투에서 믿음이 느껴질라치면 알 수 없는 눈이 발목을 잡았다. 그 눈에 고인 집착은 과연 무엇일까. 분명한 것은 그 집착이 그를 지탱하고 있다는 것이다.

탁했다. 질서를 벗어난 불합리한 경계에서 오랫동안 떠돌았기 때문인지 그가 내뱉는 숨에는 화석화된 사악이 깃들어 있었다. 순리와 모순 사이의 장력을 비끼는 기묘한 기운 같은 것이다. 그렇다. 그것 때문에 경계했었다. 그는 과연 선일까? 악일까? 이순신은 그를 믿을 수 없었다. 하나 지금 그 외에는 믿을 사람이 없다.

"곧 큰 전투가 있을 참입니다."

"닥치게! 자네는 두 가지 일을 동시에 할 힘이 없어."

"이것이 나의 마지막 일일 듯합니다."

"자네에게 중요한 것은 전투가 아니라 성모를 지키는 것일세."

"이미 남해도 전역의 수군을 모두 빼서 노량으로 집결시켰습니다. 돌이킬 수 없습니다."

"그 짐승이 성모를 노리고 있다고 말하지 않았나!"

이순신은 자리에서 일어나 백한에게 계수를 올렸다.

"뭐, 뭔가 이런 짓은……."

백한이 짧은 탄식을 뱉으며 덩달아 몸을 낮추었다. 두 사람은 서로 이마를 낮춘 채 한참 동안 그렇게 웅크리고 있었다. 추적거리는 땅에 이마를 대고 움직이지 않는 통제사를 바라보는 군사들도 당황스럽게 어깨를 움직여댔다.

"몸을 세우시게, 몸을 세우래도!" 백한이 다급하게 속삭였다.

"제발 부탁합니다."

이순신은 진심이었다.

전쟁은 끝을 바라보고 있었다. 히데요시가 죽자 반도 남단에 머물던 왜군들은 본색을 드러내기 시작했다. 그들도 전쟁이 무모한 것임을 알고 있었다. 남은 자들은 죽은 주군을 위한 전쟁을 할 필요성을 느끼지 않았다.

순천에서 농성중이던 육군 1번대 고니시 유키나가는 특히 본국으로 돌아가고 싶어 했다. 지금 이순신은 고니시의 부대 만 명을 포위한 상태였다. 잔병들을 순순히 돌려보내지 않을 심산이었다. 고니시가 고립되자 사천에 주둔중이던 시마즈 요시히로의 부대가 움직이기 시작했다. 고니시를 구하려는 의지가 보이는 이동이었다. 귀로에는 편대가 많아야 지게 될 정치적인 부담도 적을 터, 시마즈는 명목상 고니시를 구하면서 그 부대에 흡수될 요량인 듯 보였다.

용귀라고 불리는 시마즈는 이순신에게도 껄끄러운 상대였다. 히데요시가 규슈를 정벌할 때 휴가에서 독하게 대항했던 자로서 그의 정예 부하들은 살마군이라는 별명을 얻을 정도로 용력이 강하다.

11월 20일. 이순신은 남해도 서북단 관음포에 여섯 척의 거북선과 백오십 척의 판옥선을 매복시켰다. 고니시를 구하러 오는 시마즈가 노량을 통과하기를 기다리기 위해서였다.

이순신은 조마조마했다. 노량해협은 시마즈가 고니시에게 가는 가장 짧은 길이지만 물살이 빠르고 수심이 얕아 대규모 함대가 지나긴 무리였다. 그들이 이순신의 골목으로 들어와줄지는 미지수였다. 이순신은 이 전투에 모든 역량을 투여하고 있었다. 그로서는 적함들이 꼭 그쪽으로 와야만 했다.

"내가 왜 자네의 성모를 돌봐야 하는가?"

"……관음포의 경계만 풀어지면 곧바로 관직을 버리고 성모에게 달려가겠습니다. 그때까지만!"

"대답은 같네." 백한은 도리질을 했다. "전쟁에 나가지 말고 자네가 성모 곁을 지켜."

"오늘 새벽, 이곳 병력들은 벽파진과 여수 본영으로 이동합니다. 그동안만 맡아주십시오. 이 섬에 남아 모레 새벽까지만 지켜주시면 됩니다. 전투는 그전에 끝날 성싶습니다. 그때는⋯⋯."

그러자 백한이 눈을 되록 뜨고 소리쳤다.

"성모가⋯⋯ 이곳에 있단 말이야? 이 험한 섬 안에? 게다가 날이 새면 병력을 다 뺀다고? 미친 겐가?"

"장졸이 모자랍니다. 정탐꾼도 나발꾼도 모두 격군으로 참여합니다. 지킬 사람은 당신밖에 없습니다."

광취한 이순신이 이마를 땅바닥에 짓찧어댔다.

허.

별진의 모든 병력들이 여수로 빠져나가면 이 섬은 그야말로 고립무원의 장소가 된다. 후방인 방답진에 거북선 부대가 정박해 있기에 왜군들이 감히 이곳에 상륙할 수는 없겠지만 누가 작정하고 들어오겠다면 불가능한 일도 아니었다.

"제발 나의 성모를 지켜주십시오, 아저씨!"

이순신은 통곡했다.

백한이 그를 일으켰다.

배릿할 것 같은 진흙물에 수염이 흠뻑 젖어 있었다. 이순신이 흐느끼며 두 팔을 껴안듯 움켜쥐자 백한은 그를 다독거렸다.

자네⋯⋯.

"이긴다고 보나?"

이순신은 대답하지 않았다.

백한은 그가 몹시 두려워하고 있는 것을 느꼈다. 이렇게 떠는 모습을 처음 본다. 백한은 그의 등을 천천히 쓸었다. 백한의 다독임에 이순신은 찔끔 눈물을 짰다.

"좋아. 나에게 말하지 않은 것이 또 있는가?"

이순신은 좀처럼 배에 힘을 주지 못하고 있었다.

오전부터 급하게 마신 탓인지 허리는 이미 기울어져 있었다. 백한은 이순신의 등을 더 넓게 어루만졌다.

"말해봐, 자네가 가진 전부를."

"……아기장수도 동시에 출현했습니다."

"그건 또 무슨 소린가?"

"……성모가 아기장수를 가졌습니다."

"뭐라?"

백한은 이해되지 않는다는 표정을 지었다.

"차…… 착오일 테지. 중양성이 뜬 것은 이 년 전이었어. 성모는 겨우 돌이 지난 아기네. 그런데 무슨 아기를 가져?"

말대로 그건 계산이 맞지 않았다. 지난 성모인 조윤기의 딸이 죽은 지 채 이 년이 지나지 않았다고 했으니 다음 성모는 그 즉시 태어났대도 고작 무령복(배냇저고리)를 입을 나이다. 그런 아이가 임신할 수는 없는 일이다.

"……그게, 둘이 동시에 태어났다고 해야 할지…….."

이순신은 백한의 손을 뿌리치더니 술병을 낚아챘다.

백한이 말리려 했지만 둥글고 무거운 백자를 머리 위로 휘휘 돌려 입으로 가져갔다. 싸리 빗자루같이 홀쭉한 목을 꿀꺽거리던 이순신은 한참 만에 더운 숨을 뱉어냈다.

"두…… 두 살 된 아이의 배가…… 점점…… 불러온다는 소식을 들었습니다."

'부탁하지 말걸 그랬나.'

회상에 잠겨 있던 이순신이 문득 정신을 차렸다.

끼익하는 소리가 났고 연달아 창문이 삐걱거렸다. 등롱의 불도 심하게 흔들거린다. 귀를 기울였다.

바람인가?

바람이었던 모양이다.

쪼르륵.

손바닥에 물을 머금어 얼굴을 적셨다. 침침한 시야를 걷어내려는 듯 눈을 비볐다. 미끄러지듯 허리를 비끼며 물속에 얼굴을 잠갔다.

고요했다.

'이것이 여기까지!'

이순신은 물속에서 눈을 뜨고 어깨를 혐오하듯 쳐다보았다. 그것들은 어깨 위에 올라타 있었다. 절대로 떠나지 않는다.

떨어지지 않는구나.

떨어지려 하질 않아.

전장에서 죽은 수백 명의 아둑시니의 손목들이었다. 썩어 문드러진 그 손들은 몸에서 떨어지지 않는다. 망궐례를 할 때도, 계본을 쓸 때도, 활을 쏠 때도 이것들은 옷 춤에, 덜미에, 등허리에 꼭 붙어 있었다. 사마치 아래에 붙어 있다가 적삼 속을 헤집고 들어와 고약하게 사타구니를 잡기도 하고, 발등에 태연히 앉아 발목을 긁기도 한다. 혼자일 때면 한쪽 발을 들고 앙감질을 해보지만 귀침초처럼 달라붙은 그것들은 쉬 떨어지려 하지 않는다.

주르륵.

물 밖으로 얼굴을 올리고 젖은 수염을 훔쳤다.

마당에 걸어놓은 수급들이 시선에 들어왔다.

달빛을 받은 수급들의 이마가 판판하게 보였다. 미끈거리는 자신의 이마와 다를 게 없어 보였다. 저들에게 미안한 마음이 들었다.

김신웅 내외는 자식이 네 명 있었다고 했다. 그들은 왜군들에게 고작 두릅 열 단을 바치다 잡혔다. 포작 정은부는 고기를 잡아 바치던 어부에 불과했다. 지역을 혼란케 했으나 대부분 백성은 원해서 간 것이었다. 탈영하다 잡힌 두 명도 절름발이에 폐병 환자였다.

저들을 저렇게 죽이고 싶진 않았다.

정말 그러고 싶지 않았다.

진이고 장계고 다 버리고 노루 고기 한 관을 이고 당당히 성모의 곁으로 떠나고 싶었다. 이 사그랑이 같은 초라한 몸에 모든 것을 맡기려 하는 하늘이 미웠다.

두렵다, 두렵다.

정말로 두렵다.

이순신은 요란한 물소리를 내며 상체를 일으켰다.

그는 장나무를 잡고 고통스럽게 우는 소리를 내기 시작했다. 게워낸 거무죽죽한 피가 젖은 바닥에 묵처럼 쏟아졌다. 잠잠하던 발작이 다시 시작되었다.

컥컥거리면서도 그 생각이 떠나지 않았다.

성모를 죽이러 온다던 불사.

박마 백한이 극악인이라고 몸서리치던 자. 그 말이 사실이라면 더더욱 전투에만 집중해야 했다.

성모는 이미 아기장수를 뱄으니.

이순신은 턱을 자르르 떨었다.

두렵다. 두렵다.

이 지독한 불운에서 벗어날 방도가 없다.

결국, 그는 힘없이 고개를 숙였다.

* * *

이순신이 피를 게우고 기울어지자 중치막을 걸어놓은 횃대 사이 움푹 팬 벽에서 백한이 몸을 드러냈다. 이순신의 머리를 세우고 울대 밑 정혈을 만져보았다. 더는 곽란이 없을 것 같았다.

이순신은 삐죽 솟아 있는 목뼈 아래로 쇠심으로 된 투명한 줄을 걸고 있었다. 중지만 한 길이의 납작스름한 해인이 달렸다.

'몸에 숨기고 있었군. 늘 지니고 있었어.'

통나무에서 삐거덕거리는 소리가 났다.

그를 쳐다보았다.

과연 이자가 자신보다 덜 고통스럽다고 말할 수 있을까.

이순신의 이마에 붙어 있던 물방울 하나가 눈시울에 고인 눈물을 쓸고 떨어진다.

확신했다.

'이자는 성모를 지킬 힘이 없구나……'

백한은 이순신의 상투를 잡고 천천히 얼굴을 물속으로 밀어넣었다. 이러는 것이 그를 해방시켜주는 일일지도 모른다. 나무통을 잡은 백한의 손이 떨릴 때마다 고인 물에서 파문이 일었다. 그의 수염이 수면으로 퍼졌고 엷은 숨이 흐르는 코가 잠길 때쯤…… 누르던 힘을 빼버렸다.

백한은 가슴이 터질 것 같았다. 이자의 고통을, 세상의 비밀을 엿본 느낌이다. 이자의 가혹한 운명은 날것 그대로의 고통이었다.

이 가엾은 사내에게 고통만은 주고 싶지 않았다.

세워둔 이순신의 칼을 잡아 날을 뽑았다.

'이것이라면 고통스럽지 않을 거요.'

이순신은 끊어주길 바라듯 잠들어 있었다.

찍으려는 순간,

창 언저리에서 나무가 삐거덕거리는 소리가 들렸다.

자연스럽지 못한 소리다. 백한은 동헌의 뜰을 노려보았다.

서걱거리는 소리도 난 듯했다.

벌레 우는 소리.

조용히 창으로 가서 밀문을 완전히 열어젖혔다.

담장을 따라 심어놓은 배롱나무들이 바람에 흔들리고 있었다.

마당 한가운데에 간짓대에 조잡하게 발을 세우고 멜대를 눕혀 만든 수급대가 홀로 달빛을 받고 서 있다. 매달린 머리들은 움직임이 없었다.

고개를 내밀었다. 귀를 기울였다.

배롱나무숲 너머로 어둠 속에서 희미한 빛이 어른거리는 것도 같았지만 이내 사라졌다. 다시 바람이 불었고 나무 우는 소리가 퍼졌다. 달이 구름에 들락거렸다.

삶인가?

수급의 수가 낮에 보았던 것보다 적은 듯했지만 기분 탓일지도 모른다.

그가 창을 닫고 이순신에게 돌아왔을 때 물은 동백처럼 붉게 물들어 있었다.

이순신의 콧방울 아래로 피가 뚝뚝 떨어지고 있었다. 인중은 탁해질 대로 탁해졌고 거무죽죽하게 변한 광대등걸에는 얽은 자국이 듬성듬성 퍼져 있다. 죽이지 않아도 이미 죽은 목숨이구나, 라는 생각이 들었다.

피거품이 보글거리는 탕에 가만히 손을 넣었다. 물이 차갑게 식었다. 두어도 상관없을 것 같았다. 여름이라지만 금세 혈장이 풀어져 살지 못할 것이다.

난을 종식할 자여. 하늘의 선택을 받은 자여.

그 짐이 무거워 어찌하리오.

이순신의 어깨가 조금씩 흔들리고 있었다.

슬픈 꿈을 꾸는 것인지 아미가 이따금 움직인다.

백한은 이순신의 목에 걸린 해인을 벗겨낸 후 서둘러 토벽집을 나갔다.

* * *

다음날 아침, 병력이 감쪽같이 사라지고 없었다.

동헌으로 올라가니 장엄하게 걸려 있던 영하기와 초요기도 사라졌다. 세상이 텅 비어버린 듯했다. 주변을 둘러보던 백한은 언뜻 수급대로 시선을 던졌다. 수급들은 햇볕에 말라가고 있었다. 낮 더위에 형체들이 어수선했고 간결한 형태들은 온전히 사라졌다. 어젯밤보다 덩어리들의 수가 더 적어진 것 같기도 하다. 눅눅한 날씨에 살점이 떨어졌다면 개나 삵이 물어갔을 수도 있다. 비린 피 냄새 같은 것이 풍겨 일부러 그쪽으로 가지 않았다.

"여기요! 이리 올라와서 국이나 좀 마시오."

높직하게 솟은 누마루에 두 명의 사내가 앉아 있었다. 그들은 찐 민어 한 마리를 두고 늦은 식사를 하고 있었다. 좀 떨어진 곳에서는 난에몬이 솥을 걸고 국을 끓이고 있었다.

"기다리고 있었소. 포장 황득중입니다."

손을 내미는 사내는 키가 육 척이 넘고 짧고 빳빳한 수염을 가진 삼십 대 중반의 모습이었다. 멀리서 볼 때보다 훨씬 건장했다.

"통제사는요?"

"새벽 일찍 도양의 둔전을 시찰하러 가셨소. 그곳에서 하루를 머물다 본영으로 가실 겁니다."

"군영이 다 올라간 것인가요?"

"그렇소. 해시에 모두 철수했습니다. 반은 좌수영, 반은 벽파진으로 모였다가 내일 새벽 노량에 최종 배치됩니다."

황득중이 자랑스럽게 대답했다.

"섬에 남은 병력은?"

"우리 네 명이오."

"네 명?"

텅텅 비어 있다는 소리다.

난에몬이 더운밥과 연포탕을 내왔다. 황득중은 쟁반을 직접 받더니 백한의 국그릇에 밥을 말아 내밀었다.

"걱정하지 마시오. 왜군들은 여기까지 오지 못합니다. 아, 그리고 이분은⋯⋯."

황득중이 국을 마시고 있는 사내를 소개하려 하자 사내가 수저를 내리며 먼저 입을 열었다. "김수로라 부르시오."

백한은 고개를 한 번 끄덕였다. 한양 사람 같았다. 황득중과 비슷한 체격이었지만 더 헌칠했다. 희고 깨끗한 얼굴에서 어딘가 정연한 구석이 있었지만 각지고 네모난 턱을 보니 샌님처럼 글만 읽은 사람은 아닌 듯 보였다. 얽은 눈 그늘이 푸르스름한 녹 빛을 띠고 있었다.

"이분은 내장기內臟器에 지식이 높은 명의요." 황득중이 덧붙여 소개했다. "원래 금오金鳥(의금부)의 검식관이셨는데 도독 심유경의 막사에 심약審藥*으로 파견되어 계시다 이번에 어른의 요청으로 오셨습니다."

"통제사가 불렀다고? 군의軍醫를?"

백한은 울컥 더운 숨을 토했다. 군의를 붙였다는 것은 성모의 상태가 위중하다는 것을 뜻했다. 황득중이 의아한 듯 눈을 부라렸다.

"뭐가 잘못되었소?"

백한이 황의 물음에 아랑곳하지 않고 김수로를 쳐다보며 물었다. "섬에는 언제 들어오셨습니까?"

"진시경에 소비포에서 들어오는 탐후선을 타고 들어왔소."

소비포?

지금 남해도 동쪽 바다는 누구의 바다도 아닌 무풍지대였다. 적 선들을 노량해협으로 유인하기 위해 마량, 소비포, 발포 등 동쪽에 있던 아군 전력들은 모두 노량의 먼바다로 빠졌고, 매복조도 거북선의 정박소인 방답진까지 모두 후퇴한 상태다. 한마디로 남해도 앞바다를 모조리 내어준 셈이었다. 그런데 소비포에서 들어왔다? 평시라면 돌아다니는 아군 탐후선이 있다고 해서 이상할 것은 없지만 어제부터는 아니다. 마지막 별진인 이곳의 병력까지 모두 남해로 옮기는 참에 그쪽에서 움직일 병력이 있었을까? 이순신은 나발꾼 하나, 정탐꾼 하나도 모조리 격군으로 삼을 만큼 병력이 모자랐다. 비워 내준 바다에 탐후선을 돌릴 만큼 인력이 있을

---

* 궁중의 약재를 살피는 종9품의 벼슬, 전시에는 군의 역할을 했다.

리 없다.

문득 등골을 타고 전율이 올랐다.

설마.

이순신이 고약하게 느껴졌다. 소중한 것을 지켜달라고 이마를 찧었던 그가 나 말고 또 다른 사람을 함께 남기다니. 아직도 자신을 믿지 못하고 있는 것일까?

백한은 시장했지만 받아든 쟁반을 내렸다.

"뭐요? 어서 한술 뜨시오."

"속이 편치 않습니다."

백한은 생각을 해야만 했다. 지금 섬 안에는 네 사람이 있다. 왜군에게 목숨을 잃었던 백한은 만인의 이전 얼굴을 기억하지 못했다. 만약 이들 중 정만인이 있다면? 그가 시침을 떼고 백한 앞에 서서 성모가 숨어 있는 곳을 당당히 안내받는다 해도 자신은 구분할 길이 없다. 어떻게 해야 할까? 이순신이 남긴 이 세 사람. 과연 적일까, 아군일까? 긴장을 늦추지 않고 세 사람 모두 관찰하는 수밖에 없었다.

"표정이 왜 그러오? 근심이라도 있습니까?"

"아. 아니오."

황득중이 그릇을 들어올리며 미간을 찌푸렸다.

"이 아까운 걸 물리면 어떡하오?"

"됐소. 당신들이나 많이 드시오."

황득중은 지지 않겠다는 듯 우악스럽게 그릇을 내밀어 백한의 손에 쥐여주었다.

황득중이 허연 이를 내보이며 으르렁거렸다. "자시면서 들으시오. 곧 고달파질 테니."

백한은 할 수 없이 그릇을 받았다.

"자, 지금부터 어른의 령을 말하겠습니다. 일찍이 어른께서 이섬에 왕실 친척의 자제분을 숨겨두셨습니다. 우리 네 사람은 오늘부터 그분의 안전을 책임져야 합니다."

왕족의 자제라고 말하는 것을 보면 이순신은 황득중에게도 성모의 존재를 알리지 않은 모양이다.

옆에 있던 김수로가 담뱃불을 붙이며 물었다.

"그분은 지금 어디에 있습니까?"

백한은 김수로의 표정을 면면히 살폈다. 여기 있는 자 누구도 믿지 않아야 하지만 이자는 특히 느낌이 좋지 않았다. 말투 하나하나 주시하고 빈틈을 찾으리라 생각했다.

"아기씨가 있는 곳은."

황득중은 동헌 앞마당 왼쪽 구석을 향해 손을 뻗었다.

그가 가리킨 곳은 배롱나무 담장 그늘 옆 이순신이 목욕하던 토벽집이었다.

* * *

노을이 사라지자 황득중은 토벽집 등롱에 불을 밝혔다.

이순신이 들어앉아 있던 측백나무로 된 목욕통은 청판을 붙인 경첩으로 고정되어 있었다. 난에몬이 장도리를 들고 목욕통 아랫부분을 부수기 시작했다. 두 번 정도 치니 경첩은 쉽게 풀렸다. 황득중이 목욕통을 기울이자 난에몬이 익숙한 손놀림으로 마룻널을 뜯었다. 장선 아래로 좁은 흙 계단이 보였다.

계단은 지하의 어둠 속으로 깊게 이어졌다.

굿길이었다.

백한은 탄식했다.

'지키고 있었구나.'

그 밤만 그랬던 것이 아니었다. 이순신은 매일 밤 이 토벽집에 들어앉아 동헌 쪽을 바라보며 성모가 은신한 지하 통로를 스스로 지키고 있었다.

"넌 여기서 기다려라."

황득중이 난에몬에게 지시한 다음 횃불을 들고 성큼성큼 계단을 내려갔다. 지하로 난 길은 습기가 눅눅하게 들어차 있었다. 흙에서 올라오는 싸늘한 공기가 피부를 파고들었다. 허리를 굽혀야 간신히 움직일 높이다. 다진 토벽 사이로 심벽을 규칙적으로 박아 제법 단단하게 만들어놓았다. 얼마쯤 가니 띳장이 사라지고 내부가 석벽으로 바뀌었다. 더듬으니 정으로 일일이 깎아 뚫었다. 정면에 은은한 불빛이 새어 나왔다.

"다 왔소."

백한은 이 지점이 어딜까 가늠해보았다. 동헌의 앞마당에서 출발하여 북쪽으로 일 리쯤 움직였으니 아무래도 이순신이 홍시를 먹던 정상의 바위의 깊은 내부쯤 될 터였다. 그렇다면 그 바위들은 이 섬의 모암母巖이 분명하다.

일행이 더듬더듬 불빛에 다가가자 낡은 거적 앞으로 등이 굽은 노파 하나가 이쪽을 노려보고 서 있었다.

"여러 명 오는 일은 없었소."

"숯을 좀 가져왔어. 그리고 의원도." 황득중이 말했다.

노파는 입구를 막고 물러서지 않았다.

"장군은?"

"떠났어."

"뭐시라, 우릴 두고 어딜 가?" 노파가 눈을 부라렸다.

"너흴 두고 어딜 가느냐고? 지랄."

황득중은 거친 욕을 뱉으며 노파를 밀치고 안으로 들어가버렸다. 거적을 지나자 비로소 허리를 펼 수 있을 만큼의 높은 천장의 전실이 있었다. 사람이 생활하도록 부엌과 트인 구들방도 만들었다. 전실의 끝에는 토벽을 둘러 옴팡하게 뚫은 입구가 하나 더 있었다. 김수로가 능숙하게 거적을 젖히고 안으로 들어갔다.

백한도 따라 들어갔다.

"맙소사."

널찍한 동굴 광장이었다.

암벽으로 울퉁불퉁 엉킨 돌벽마다 온통 구멍을 뚫어 수백 개의 나한들을 조각해놓았다. 그가 여귀에게 제사를 지냈다던 기도처가 바로 이곳이었다. 한쪽 벽에는 본존불로 보이는 관음상이 서 있었다. 그것은 얼음처럼 차갑고 근엄하고 꼿꼿했다.

불가를 믿지 않는 이순신이 깊은 공력을 들여 이렇게 불상들을 다져놓은 것에는 이유가 있을 것이다. 그는 땅 깊이 굿길을 파고 불상을 조성해서 전투의 승리를 빌고 있었다.

유학하는 자가 귀신한테 제를 지낸다면 탄핵당할 것이 자명하다. 드러내고 싶지 않았을 것이고 자신의 역할을 기원할 장소는 꼭 필요했을 테다. 전투에서도 그랬지만 그는 공간을 찾는 데 탁월했다. 여긴 이순신만의 공간이었다.

백한은 이것으로 분명하게 알 수 있었다. 이순신이 아기장수 하나만을 올곧이 믿지 않는다는 것을.

'실로 이순신은 스스로 할 수 있는 것은 모두 하는 자였구나.'

그런 생각을 하며 두리번거리고 있자 앞에서 김수로의 탄식 같은 신음이 들렸다. 김수로는 구들 앞에서 망연자실하게 서 있었다.

아이는 관음상 제단 아래에 비스듬히 앉아 있었다.

걸을 수 있을 나이였으나 걸을 수 없다는 것을 단번에 알 수 있었다. 아이의 조그만 뱃속에 자기 몸뚱이만 한 무언가가 가득 들어앉았다.

두 살 난 성모가 임신했다는 것……

이순신이 말한 것이 바로 이것이었다.

기대앉은 아이는 장떡을 쥔 손을 바닥에 축 늘어뜨리고 있었다. 왼쪽의 눈동자에서 연한 보랏빛이 흐른다. 백한은 우두커니 서서 그 눈을 가만히 쳐다보았다.

알 수 있었다.

처연하고 깊은 두 눈.

분명히 숙지였다.

숙지의 영혼은 이번에도 자신을 알아차리지 못하는 것 같았다.

백한이 뚫어지게 쳐다보고 있다는 것을 깨닫자 아이의 시선은 할미 쪽으로 불안하게 옮아갔다.

"맙소사, 더 심해졌는데."

황득중이 손을 대고 뱃속의 울림을 느꼈다. 몸이 얼마나 더 불렀는지 확인하는 것 같았다.

"이 지경이 될 때까지 가만히 있었나! 지난번에 왔을 때는 그저 판판한 것보다는 좀 높았다고!" 황득중이 노파를 향해 소리쳤다.

"관아와 이어지는 동굴을 파놓고도 건너편 섬에다가 연락하라니, 그게 당하기나 하오!"

노파도 지지 않고 꺽꺽거렸다.

"쇠판때기로 신호를 보내라고 했잖아."

"보름 전부터 신호를 받지 않아! 아무도!"

황득중은 아, 하며 한쪽 눈을 찡그리며 짧은 탄식을 뱉었다.

"그럴 테지. 젠장."

이들은 암자 위쪽 섬의 정상 부근 바위에 작은 봉화를 설치하고 장골포 서쪽에 주둔한 조선군 진영과 신호를 주고받기로 했던 모양이었다. 하나 이순신의 부대가 남쪽으로 철수하는 탓에 이들은 보름 이상은 어떠한 연락도 취할 수 없었다. 그렇다고 굿길을 따라 동헌으로 들어올 수도 없다. 입구는 이순신이 철저하게 막고 들어앉아 있었다. 이들이 그곳을 수시로 들락거린다면 비밀 통로로서 의미가 없다.

"그러는 당신은 왜 이제 왔는가?"

"뭐가?"

"장군이 노루 고기를 보내준다는 게 언제야. 사흘 전부터 먹을 수 있는 게 아무것도 없었다고. 그저 함박이 뿌리를 물에 타 먹은 게 다였어."

"그만하고, 옷을 좀 벗겨보시오."

아이를 노려보던 김수로가 입을 뗐다. "건드리지 마." 고함을 지르며 노파가 득달같이 달려들었지만 이내 황득중에게 덜미를 잡혀 뒤로 내던져졌다.

백한이 아이에게 다가갔다.

"안녕."

아이는 시선을 고정했다. 심지를 모으고 움츠리는 불처럼 희고 꽃잎 같은 눈동자가 동그랗게 퍼지더니 눈 안을 가득 메웠다.

"아저씨가 조금만 살펴볼게."

심각했다.

몍은 요상하게 부었고 늑골 하부는 푹 꺼져 있었다. 제대로 먹지 못해 홀쭉해진 진구리는 마치 썩은 나무뿌리를 연상케 했다. 이런 상태라면 걷기는커녕 일어설 수도 없다.

"비켜보시오."

김수로가 다가와 맥을 잡았다.

그는 몇 번 고개를 갸웃거리다가 바랑을 풀고 태평소처럼 생긴 기역 자 모양의 쇠관을 꺼내 아이의 배에 댔다. 그는 한참 동안 귀에 집중했다. 아이의 높다란 배가 숨을 부풀리고 내리기를 반복했다.

"뱃속에 이물질이 있소."

김수로가 쇠관을 접으며 말했다. 그러자 아이의 눈이 붉게 변하기 시작했다. 두렵다고 느낀 모양이었다. 백한은 퍼지는 그 눈빛이 익숙했다. 옛날 숙지도 저런 눈을 보였다. 백한은 아이를 진정시키기 위해 두 손으로 작은 손을 오므려 가만히 덮었다.

꼴꼴꼴. 김수로가 혀를 굴렸다.

"맙소사. 이런 일이 실제로 있다니." 그는 몹시 격앙되어 있었다.

"무슨 병이오?" 황득중이 물었다. "무슨 병이냐니까?"

"태아 속 태아……."

김수로가 혼잣말처럼 중얼거렸다.

"무슨 태아? 알기 쉽게 설명하시오."

"뱃속의 이물질은 원래 쌍둥이 동생이오. 어미의 뱃속에 있을 때 한쪽이 살기 힘들어져 다른 쪽에 흡수된 것이오. 일찌감치 도태되었어야 했는데 아직도 동체의 몸을 숙주로 삼고 기생하고 있소. 풀어 말하자면 결석 같은 것인데……."

그러면서 김수로는 믿지 못하겠다는 듯 쇠관을 다시 펴서 아이의 배에 대고 재차 소리를 확인했다.

"허, 이럴 수 있을까? 대국에서 비슷한 일이 있었다고 말만 들었는데 실제로 있다니……."

"지금도 자라고 있습니까?" 백한이 물었다.

김수로는 듣는 둥 마는 둥 했다.

"여봐요!"

백한이 김수로에게 소리쳤다.

"어? 뭐라 물었소?"

"태아가 자라고 있냐고 물었습니다."

"아. 그럼. 태아가 자라고 있지. 심장 소리가 들려. 쌍둥이 동생이 이 년 동안이나 누나의 뱃속에서 숨쉬고 있다고. 저리되면 일찌감치 탯줄이 끊겨 죽었을 터인데⋯⋯. 아무튼 굉장히 기형적인 일이오. 몸안에 동생을 품고 살았다는 것도 그렇지만 태아도 그 속에서 안 죽고 버텼다는 것이 놀라울 따름이오."

"그것이⋯⋯ 임신과 비슷한 건가요?"

"그렇게 표현하는 것이 맞을지 모르겠네. 이 아이는 지금 산모와 다를 게 없소. 위험해. 몹시. 태아가 자라고 있으니 갈수록 아이의 통증이 잦을 거요. 태아도 썩 좋은 상태가 아니고⋯⋯."

백한은 짧은 한숨을 뱉었다.

이렇게 되면 이순신의 말대로 성모와 아기장수가 동시에 태어난 것이라 할 수 있다.

성모는 분명히 아기장수를 품었다.

─숙지. 네가 이번엔 이런 식이더냐.

그녀의 운명은 늘 그런 식이었다. 성모로 순환을 반복하는 그녀의 환생은 순탄치 않았다. 마음이 외로운 기생도 되었고 비적에게 몸을 거는 창녀도 되었다. 하나 지금 저 모습은⋯⋯.

처참했다. 과거 어떤 모습도 지금 같지 않았다.

지금 숙지는 겨우 만 두 해가 지난 유아의 몸이다. 저대로 둔다면 가망이 없다. 어떤 식이든 숙지는 죽는다. 모체가 견디지 못하면 태아는 말할 것도 없다.

살릴 방법이 있을까? 그녀를 또 이렇게 보내고 싶지 않았지만 태아와 숙지 중 하나를 택해야 한다면 태아를 택해야 했다.

숙지를 위해서 그래야만 했다.

백한이 아기장수를 출현시키려는 이유는 단 한 가지였다. 숙지가 세상을 구할 진真 아기장수를 출산하는 것. 오직 그것이다. 그래야만 숙지가 가진 성모의 순환 고리를 끊을 수 있다. 아기장수가 태어나는 것도 중요하지만, 백한에게는 숙지의 윤회가 이어지지 않도록 막는 것이 제일 중요했다.

돌아보았다.

아이는 제 몸만큼 커다란 것을 뱃속에 넣은 채 가쁘게 숨을 몰아쉬고 있었다. 빠끔하게 뚫린 두 눈에 호수 같은 푸른 것이 들어 있었다.

당신은 늘 눈에 호수를 담고 있었지.

그때마다 나는 그 눈 너머로 들어가고 싶다고 했지.

과거 일어난 방식을 유추하면 이번에도 숙지는 살지 못한다. 그는 아기장수를 출현시키는 것에 집중해야 했다. 그래야만 다음 생에 숙지는 윤회하지 않는다. 바라는 것이 있다면 하나였다. 한 번이라도 자신을 알아보는 숙지를 만나는 것. 이제 그건 틀렸다. 영원히 틀렸다.

'미안해. 이번에도 당신을 만나지 못하고 보내야 할 것 같아.'

그녀는 이름처럼 숙명을 아는 여자였다.

그 옛날, 호수 '꿩의 바다'에서도 자신의 운명을 담담히 받아들인 여자다. 그녀가 이 고약한 삶을 얻은 것은 백한 때문이었다. 숙지는 백한 때문에 죽었고 백한 때문에 환생하고 있었다. 이번 생에서 반드시 고리를 끊어야만 한다. 저 뱃속의 태아, 진짜 아기장수가 출현하면 모든 저주가 끝난다. 아기장수는 이순신이 훌륭한 진인으로 키울 것이다.

백한은 숙지를 죽이고서라도 반드시 태아를 살려야 했다.

"사산시키지 않고는 방법이 없겠소."

김수로의 말에 백한은 미간을 찌푸렸다.

"뭐, 뭐요?"

"태아를 강제로 빼내야 하오. 다시 말하지만 저 아이는 태아를 품을 힘이 없소."

"둘 중 하나는 죽을 운명이란 소리요?"

"둘 다 죽을 운명이지. 그러니 하나라도 살려야 한다는 소리지."

"그래서 태아를 죽인다?"

"아이를 살리려면 그 방법밖에 없소. 임신이라면 나중에라도 다시 할 수 있소. 엄밀하게 말해 저건 아이의 씨도 아니지."

백한은 예상 밖의 말에 신음했다.

"별수없소. 유향이 섞인 탕약을 먹여 몸에 도는 피를 멈추게 해야 하오. 그러면 모체는 죽은듯 폐가 뛰지 않을 터인데 독 때문에 태아도 해파리처럼 흐물흐물해질 거요. 그때 빼내야 합니다. 대맥혈 아래를 세 치 정도만 가르면 될 거요."

"유황 탕약? 그런 걸 들어본 적이 없는데." 백한의 눈빛이 갑자기 날카로워졌다.

김수로는 피식하고 웃었다.

"들어본 적이 없소?"

아닌 게 아니라 백한은 그런 걸 들어본 적이 없었다. 그래봐야 경분輕粉(염화제일수은) 등을 졸여 물약으로 만든 것일 터였다. 강약재로 마취시킨 후 태아를 녹여 빼내는 것이다. 말처럼 그렇게 되지 않을 것이다. 숙지는 세 살이 채 되지 않았다. 독성 때문에 내장은 타버릴 것이고 열을 뿜다 죽고 말 것이다. 태아는 말할 것도 없다.

"알 리가 없겠지. 뭐 괜찮을 거요."

"심장이 뛰고 있는 태아를 죽일 순 없소! 게다가 아이도 견디지 못할 겁니다."

"탕약이 모체의 기력을 뿜게 할 것이오."

"태아를 죽이면 안 돼요."

백한이 황득중의 얼굴을 함께 살피며 사정하듯 손을 내저었다.

"허허, 이 양반이."

백한이 다급하게 말했다.

"내게 다른 방법이 있습니다. 함백초라면 모체의 기혈에 영향을 주지 않고도 태아를 살려서 빼낼 수 있을지 모릅니다."

"함백초? 구릉 더덕 말이오?" 김수로가 퉁명스러운 표정을 지었다.

"아는가 보군요."

"섬 정상이 능이 군락지인 것을 알고 그런 소릴 해대는 모양인데 가당치 않소. 구릉 더덕은 몸을 취하게 하는 마초魔草요. 그 연기로 취하게 하면 아이는 생존하지 못해."

구릉 더덕을 북쪽 지방에서는 함백초라고 부른다. 그것을 태워 연기를 흡입하면 신체의 기능이 일순간 정지된다고 알려진 환각제였다. 고려 때 무반들은 기부妓夫*가 마련한 창이 많은 방에서 종종 함백초를 피웠다. 구멍이 뚫린 대나무 장대에 함백초 잔뿌리를 집어넣고 숯덩이와 함께 태우며 연기를 흡입하는 것이었는데, 중요한 것은 두 숨이 넘지 않을 만큼만 들이켜야 했다. 환기가 중요했다. 기절했을 때 일각(십오 분)에서 한식경(삼십 분) 동안 깨어나지 않으면 아무리 체력 좋은 무사라 해도 대부분 죽어 나갔다. 사람마다 체력이 다르기에 사용하기 위험한 물질이다. 무신 정권 시절만 해도 민가에서 마취제로 사용했으나 왕조 후반에 사용을 금했다.

"흡입량은 내가 조절할 것이오. 아이와 태아 모두 취하겠지만 재빨리 탯줄을 자른다면 태아의 코가 뚫리면서 금방 기력을 찾을 수 있소."

"아이의 취한 몸은 어떻게 깨우려고?"

"차가운 물에 담가서 모든 혈을 일으키면 됩니다."

"닥치시오!"

김수로는 완강했다.

백한이 멍하게 그를 쳐다보았다. 이자. 툭툭 내뱉을 때마다 한숨이 섞인 말투. 어디서 많이 본 것 같다. 김수로의 눈언저리에는

---

* 기방을 운영하는 기둥서방.

서늘한 빛이 광대까지 퍼져 있었다.

"함백초 두세 뿌리면 커다란 황소 한 마리는 너끈히 죽일 수 있는 양이야. 흡입량을 조절하는 데 실패할 것이오."

"아니, 살릴 수 있습니다. 유황 탕약이야말로 둘 다 죽이는 것입니다. 저 아이가 그 독성을 견뎌낼 수 있다고 생각합니까? 함백초를 사용한다면 설사 잘못되어도 최소한 태아는 살립니다."

그때였다.

"누가 그러라 했소?"

황득중이 천천히 걸어와 백한을 막아섰다. 백한은 황득중을 바라보았다. 황득중은 삐딱하게 서 있었다. 그는 몹시 언짢은 듯 입꼬리를 한쪽으로 끌어올리며 이마를 북북 긁어댔다.

"어른의 령은 아기씨를 보호하라는 것이었소. 아기씨를 죽인다면 우린 령을 받잡는 것이 아니지."

"둘 다 살리려고 하는 소리야! 저 사람 말대로 탕약을 쓰면 둘 다 죽어!" 백한이 허리를 세우며 소리쳤다.

"……지금 나한테 반말했소?"

"이, 이보시오, 황 검사."

"황 검사? 난 검사가 아니오. 명심하시오. 아기씨 몸에 칼자국 하나 대어선 안 돼. 알겠소? 그게 장군의 분명한 령이오. 아이를 살려야지, 뱃속의 이물질을 살린다는 게 말이 되나."

"결정권이 당신에게 있습니까?"

"지금 상황에선."

따르라는 소리다.

백한은 품에 넣어둔 단도를 만지작거리다가 손을 내렸다. 잠시 정적이 흘렀다. 황득중도 당황한 표정이 역력하다. 이 사람들에게 태아가 도래할 아기장수라고 말할 순 없었다. 말해버린다면 아기장수는 태어나자마자 인간에게 휘둘리게 된다. 백한은 생각에 몰두했다. 좋게 해결할 방법이 있을 것이다.

"봉화를 사용할 수 있다면 지금 통제사에게 명을 주청해주시오. 부탁합니다."

"봉화는 끊겼소." 황득중은 단호했다.

* * *

황득중은 누런 이를 딱딱거렸다.

그는 골똘히 생각하는 표정을 짓더니 결단을 내리는 투로 김수로에게 물었다. "깨끗하게 할 수 있겠소?"

"결정만 해준다면야."

"주어진 시간은?"

"일각 정도. 그사이에 아이가 깨어날 수 있소. 그전에 우린 가른 부위를 봉합하고 고인 피를 빼야 하고."

"자, 잠깐."

쉽게 결정되는 것 같아 백한은 서둘러 말을 막았다. 그의 시선은 줄곧 김수로에게 고정되어 있었다.

"그렇다면 그 탕약을 한번 보여주시오."

"거 참, 딴죽 걸면서 집요하게 따지는 것이 송도 말년의 불가사리 같구만." 김수로가 백한을 쏘아붙였다.

"보여달라니까."

"당신하고는 얘기하지 않겠소." 김수로는 고개를 저었다.

"아, 아. 그만, 그만."

황득중이 백한을 향해 몇 걸음 떨어지라는 듯 손가락을 흔들었고 그대로 결정해버렸다.

"바로 시작하시오."

"무슨 소리요, 그것은 아이에게 쓸 만한 것이 아니오!"

백한이 다가서자 황득중은 칼자루를 쥔 팔로 백한의 가슴을 막았다. 그는 김수로를 향해 시작하라는 듯 턱짓했다. 김수로는 자신의 바랑을 뒤적거리기 시작했다. 말투와 다르게 놀리는 손이 빠르고 급했다. 다소 흥분한 것 같았다.

"자. 일단 머리와 복통에 혈이 뭉쳐 있으니 기운부터 좀 빼야겠소. 침을 놓으면 한동안 편하게 잠들 것이니 그때 탕약을 제조하도록 합시다."

김수로는 작은 주머니에서 침통 하나를 꺼내 열었다. 대여섯 개의 침을 늘어놓은 다음 하나씩 돌려가며 촛불에 소독하기 시작했다.

"삼릉침을 사용할 거요. 금방 끝날 테니 너무 걱정하지 마시오."

삼릉침이란 소리를 듣는 순간, 백한은 황득중의 허리에서 칼을 빼들어 김수로에게 겨누었다.

"그 침을 내려놔."

황득중과 김수로의 시선이 백한의 칼끝을 따라갔다.

칼 너머로 노려보는 백한의 시선에 김수로의 눈동자가 요란스럽게 굴러가는 것이 보였다.

"그 칼 내려놔요." 황득중이 백한을 진정시키듯 말했다.

백한은 칼을 까딱거리며 황득중을 물리고 김수로를 노렸다.

"잡쥐 같은 새끼, 어디서 대동강 물을 팔아먹고 있나? 자법刺法을 안다는 사람이 지금 그걸 꺼내? 삼릉침 정도는 우리도 알아. 군영의 갑사들도 하나씩 가지고 있거든. 감염을 막는 데 사용하는 침을 난데없이 머리에 놓겠다고? 이봐, 손 올리고 날 똑바로 봐."

"작은 침 여러 개보담 큰 거 하나가 낫소!"

김수로가 이마를 어루만지면서 숨을 들이켰다.

"머리 위로 손 올리고 날 똑바로 보라고!"

김수로의 손이 올라갔다.

백한은 김수로의 눈꺼풀이 미약하게 떨리고 있는 것을 보았다. 콧잔등에도 송골송골 땀이 맺혔다.

"정상에 능이 군락지가 있다는 것을 어떻게 알았나?"

백한이 중얼거리듯 물었다.

"뭐가 잘못되었소?"

"어젯밤에 왔다는 자가 언제 거길 올랐지? 거긴 아무나 오를 수 있는 구역이 아니야. 시간이 없었을 텐데."

이자는 섬 정상 부근에 능이가 있다는 것을 분명하게 알고 있었다. 정상으로 오르는 길에 피어 있던 능이는 백한도 보았다. 능이가 있는 곳에는 늘 함백초가 있다. 능이는 함백초의 효과를 반감

시키는 해독초다. 해독초와 작용초가 함께 자라는 것을 두고 옛사람들은 궁합초라고도 했다. 하나 섬 정상에 있는 이순신의 정자는 진입이 금지되어 있었다. 어제 이 섬에 들어온 자가 정상에 오를 일은 없다.

김수로는 어깨를 으쓱하며 코를 찡그리더니 옆에 선 황득중을 쳐다보며 말려달라는 표정을 짓는다.

"언제부터 이 섬에 들어와 있었나?" 백한이 물었다.

"거, 인상 좀 펴오. 웃으면 풍년도 들겠수다."

김수로는 실없이 히죽거리며 말을 돌렸다.

"그대로 뒤로 돌아."

백한은 김수로의 방죽 갓을 벗기고 겨드랑이와 거들지 속을 뒤지기 시작했다. 품고 있는 것은 아무것도 없었다. 김수로의 팔목에 오라를 묶었다. 백한의 손이 생각보다 거친 것을 느낀 김수로가 불안한 표정으로 말을 더듬거렸다.

"이것 보시오. 침이란 것은…… 굵기보다는 지점이 중요하오. 같은 혈이라도 여러 침을 다양하게 사용할 수 있소. 어이, 황 포장, 이 사람 좀 말리시오."

"수작 부리지 마라. 내가 있는 한 태아는 털끝도 건드리지 못한다."

그때였다. 왼쪽에서 묵중한 것이 바람처럼 들이닥치더니 백한의 목덜미를 잡아당겼다. 허전하고 도둑맞은 기분이 들더니 명치로 강한 주먹이 날아왔고 그 바람에 칼을 바닥으로 떨어뜨렸다. 백한을 구석으로 민 것은 황득중이었다.

"무슨 흉내를 내고 있나?"

들숨을 씩씩거리는 황득중의 코가 거친 바람을 내며 소같이 벌렁거렸다.

"말했잖소. 저 침은 쓰는 게 아니라고."

"그래서?"

"삼릉침은 아이한테 쓸 침이 아니오! 게다가 끓인 독약을 먹이려고 하고 있잖소. 유황은 독약이오."

"그래서?"

"……그래서라니?"

"당신이 말하는 식물은 완전히 안전한가?"

황득중은 자라 등딱지 같은 손으로 백한의 코를 움켜잡았다.

"한 번만 더 딴죽을 걸면 가만두지 않겠어."

황득중은 도끼처럼 쏘아보던 눈을 돌리고 김수로를 쳐다보았다.

"시작하시오."

"안 된다니까!"

고함소리가 채 울리기도 전에 김수로는 아이의 정수리에 대침을 두어 개 놓았다. 포도알이 터지듯 아이의 눈이 멈추었다. 백한이 황득중을 뿌리치고 달려가 아이의 머리를 들어올렸다. 아이의 입에 거품이 일고 있었다. 상체를 끄덕거리던 아이는 자꾸 돌아누우려 했지만 부어오른 배 때문에 옆으로만 흔들거렸다. 목과 볼에서 먹을 찍은 것 같은 열꽃이 흉측하게 번지기 시작했다.

"개새끼."

백한이 김수로에게 달려들었다. 목을 조여 잡고 턱을 세우자 김수로는 턱을 삐딱하게 기울이며 무정한 표정을 짓고 있었다. 김수로의 얼굴을 살폈다. 해내고 말았다는 표정이다.

"······너 누구냐?"

김수로가 입을 헤 하고 벌렸다.

급한 숨기운이 그의 콧구멍으로 빠져나왔다.

백한은 코를 디밀어 냄새를 흡입했다. 아니다. 정만인의 냄새는 나지 않는다. 이자는 정만인이 아니다.

손으로 그의 울대를 조였다.

"너 박마냐?"

김수로는 입 모양으로 '어디 맞혀봐'라고 오물거렸다.

백한은 본능적으로 움찔했고 목 아래 깊은 곳에서 불편한 헛구역질이 올라왔다. 미소를 짓고 있는 김수로의 얼굴을 이리저리 흔들었지만 그럴수록 그의 입꼬리는 더 올라만 갔다.

"불사인지 박마인지는 죽여보면 알겠지."

단도를 꺼내 김수로의 목에 재듯이 칼 면을 대더니 날을 세우고 멱을 갈라버렸다. 눈이 휘둥그레진 김수로는 급히 두 손으로 목을 막더니 혀를 내밀고 도리질을 해댔다. 손가락 사이로 피가 줄줄 샜다. 백한이 한 발짝 떨어지자 김수로는 비틀거렸다.

놀란 황득중이 백한의 어깨를 다잡았다.

"그만해!"

황득중이 백한을 뒤에서 안고 제압하려 했지만 어깨를 비틀고 빠져나온 백한은 김수로의 이마를 두 번 더 그어버렸다.

"씹할, 그만하라고!"

황득중이 백한의 덜미를 조이며 흔들었다.

"저걸 보라고!"

황득중이 가리키는 쪽을 보자…… 아이가 조금씩 편안해지고 있었다.

점점이 퍼지던 열꽃도 파르스름한 빛으로 변했다.

"침을 놔서 상태가 좋아지고 있다고!"

두 사람은 동시에 김수로를 쳐다보았다. 생기가 빠져나간 김수로의 동공은 공허하게 위를 바라보고 있었다. 가슴 박동이 일 때마다 갈라진 목에서 피가 뿜어져 나왔다. 칼을 빼앗은 황득중이 백한의 가슴을 두어 차례 때린 후 팔뚝으로 그의 명치를 밀었다.

"저 사람이 살린 거야!"

그는 허수아비 다루듯 백한의 등을 돌리고 구석으로 밀어붙였다. 백한은 한쪽 벽에 새긴 커다란 목련존자상에 등을 찧고 말았다. 황득중이 캑캑거리는 김수로의 상태를 걱정스럽게 살폈다.

"괜찮으시오? 젠장맞을, 굿 본 놈이 매 맞는 격 아녀? 이분은 지금 아기씨를 살리자고 지혜를 빌려주려던 거잖아."

백한의 핏발 선 시선은 그저 아이에게 고정되어 있었다. 무르춤한 황득중도 백한이 바라보는 쪽으로 고개를 돌렸다. 동시에 할미가 비명을 질렀다.

아이의 숨이 넘어가고 있었다.

아이는 짜내듯 허리를 뒤틀더니 몸을 말려고 버둥거렸다.

부은 배가 점점 꿈틀거리고 두렁이가 흠뻑 젖었다. 백한이 달려가 아이를 안았다. 아이는 하혈하고 있었다. 무섭게 퍼지며 젖어드는 피는 고통스럽게 찡그리는 아이와 어울리지 않게 밝고 선명했다.

"대, 대체 뭐가 어떻게 된 거지?"

황득중이 다가와 새하얗게 질린 얼굴로 중얼거렸다.

백한은 두리번거리며 무언가를 찾다가 황득중을 쳐다보며 말했다.

"빨리 함백초를! 당장 나가 바위 밑 습한 곳을 뒤지시오……. 보랏빛이 섞인 삼각형 이파리요……. 지금은 늦여름이라 꽃은 떨어졌소. 뿌리에서 시큼한 간장 냄새가 나는 풀을 찾아야 해……. 어서!"

* * *

"저 줄을 타면 정상에 닿소!"

황득중은 관음상 본존불 벽면 위로 뚫린 세 개의 환기 구멍을 가리켰다. 구멍을 타고 오르면 섬 정상으로 이어지는 출구가 있다고 했다. 높게 이어진 어두운 세 구멍에 각각 줄이 늘어져 있었다. 두 사람은 제일 넓은 구멍의 동아줄을 잡고 올라갔다. 올라갈수록 암벽 동굴의 폭이 좁아지고 그 틈으로 어렴풋이 밤의 빛이 드러났다.

꼭대기까지 오르는 일은 만만치 않았다. 건장한 사내의 어깨 너비만큼 좁고 가파른 통로였다. 힘겹게 바위틈으로 나오니 예상한 대로 섬의 정상이었다. 서쪽 넌출 너머로 이순신이 앉아 있던 정자의 기와가 보였다. 그 너머는 해안 절벽이다. 뒤돌아보니 검은 바다 너머로 왜군들의 대포 소리가 펑펑거렸다. 해시부터 감돌았던 전운은 이제 슬슬 초전이 임박한 것 같았다.

"벌써 시작된 건가?"

황득중이 멍하니 바다를 쳐다보며 중얼거렸다. 백한이 그의 덜미를 급하게 잡았다.

"저기 바위 사이를 뒤지시오. 보랏빛 풀을 찾아야 합니다."

황득중은 뒤로 도는가 싶더니 백한의 목에 칼을 댔다.

"천천히 앞으로 가."

황득중은 백한을 앞장세우고 정자의 서쪽에 있는 절벽으로 갔다. 거기에 왜군 백골 한 구가 누워 있었다. 오래전에 버려진 시체였지만 걸치고 있는 흉갑과 투구는 깨끗했다. 황득중은 거기서 걸음을 멈추었다.

"무슨 짓이오. 이런 곳에 함백초가 있을 리 없잖소."

"아래에 있는 아기씨의 정체가 무엇이냐?"

황득중의 말투는 동굴 안에서와 달리 낮고 비장했다.

"말해라, 저 아이가 정말 한양 중신의 따님인가?"

"무, 무슨 소리요?"

"눈 돌리지 말래도."

황득중은 누런 이를 드러내며 재차 아이의 정체에 관해 물었다. 그러면서 먼바다 쪽으로 불안하게 눈을 돌렸다. 그는 갑자기 시작된 전투에 몹시 당황한 표정이었다.

"넌 아까부터 무조건 태아를 살려야 한다고 주장하고 있어."

"뭐가 잘못되었소?"

"어른의 지시라면 아이의 상태만 집중하면 되는 거였어. 넌 분명히 다른 목적이 있어. 아이를 죽이면서까지 태아를 살려야 할 이유가 뭐지?"

"난 아이도 살리고 태아도 살리는 방법을 말했던 거요!"

"좋아, 아무렴 어때. 이유 따윈 알고 싶지도 않아. 난 내 식대로 네놈을 파악했어. 그러니 이것만은 분명하게 대답하라, 태아가 살아야 하는가, 아기씨가 살아야 하는가?"

"……태아는 반드시 살아야 합니다."

황득중은 고개를 끄덕이더니 백한에게 뒤를 돌아 절벽을 보고 서 있으라고 명령했다.

"꽂아둔 창 쪽으로 더 나가."

반 발짝 앞은 검은 바다로 떨어지는 낭떠러지였다.

"더!"

남해도 앞바다가 훤히 보였다.

"손 올려."

그가 어깨를 치자 발에 챈 돌이 천 리 아래로 떨어졌다. 강한 물바람이 얼굴을 때렸다. 바다는 검고 아늑해 보였다. 멀리 남해도가 웅크린 쥐처럼 뚜렷했다. 수평선으로 이어진 물마루 서쪽은 누런 어스름이 남아 있었다. 점점이 보이는 섬들도 그 어스름에 젖어 툭툭 튀어나왔다. 품에는 김수로를 벤 단도가 있었지만 섣불리 움직일 수 없었다.

황득중은 죽은 왜군이 둘둘 감고 있던 깃발을 잘라 백한의 목에 말았다. 깃발 양쪽을 양 손목에 묶고 팔을 위로 펴게 했다. 백한은 마치 만세를 부르는 자세가 되었다. 황득중이 엉덩이라도 걷어찬다면 백한은 우스꽝스럽게 낭떠러지로 떨어진다.

뒤에서 카랑한 쇳소리가 났다.

황득중이 칼을 빼 들었다는 것을 직감했다. 벨 모양이었다.

지금 죽는다면 살아날 때까지 얼마의 시간이 소요될지 예측할 수 없다. 불사는 살아나는 때를 알 수가 없다. 어쩌면 보름 이상 버려져 있어야 할지도 모른다.

"나를 죽인다고 저 아이가 살아날 것 같소?"

"앞을 똑바로 보고 있으라고 했다."

섬 사이사이로 연하고 간헐적인 지령음이 들렸다.

"창선도의 정박소에서 쏘아대는 왜군들의 포다. 세 번째 능선이 보이나?"

황득중이 말하는 곳은 남해도 동북쪽이었다.

"그 아래를 유심히 봐."

어두운 해변을 따라 염주알처럼 박아둔 목책이 파도를 맞고 있었다. 그 안쪽으로 반달 호수처럼 바다를 향해 팔을 벌린 너럭한 포구가 보였다.

작고 반짝거리는 빛은 거기서 났다.

"저게 우리 쪽 신호야. 우린 저 신호를 받는다."

"아직 남해도에 병력이 있소? 모두 철수한 줄 알았는데."

황득중은 대답하지 않고 칼을 높이 들었다. 그는 칼의 옆면을 이쪽저쪽으로 비켜 뒤집었다. 달빛을 머금은 칼날은 백한이 펴고 있는 깃발에 가리며 점점이 신호가 되었다. 저쪽에서도 희미한 빛이 미끄러지듯 깜박이다 사라졌다.

"이제 손 내려도 좋아."

황득중의 이마가 일그러져 있었다. 얼굴에 짙은 어둠을 칠한 휘장처럼 두려운 기색이 내려앉았다. 그는 사방을 경계하며 누가 있는지 몇 번이고 확인했다.

"……당신이라고 보고했어."

"뭐가?"

"태아를 살리려는 자가 당신이라고. 그러자 곧장 신호가 왔어."

"어디서?"

"통제사 쪽에서."

"무슨 답이 왔소?"

"당신은 지금부터 불치지해도인不恃之奚嶋人이 무슨 뜻인지 생각해내야 해."

"불치지해도인?"

"저쪽에서 온 신호는 분명 '불치지해도인'이었어."

"문맥이 이상한데, 어떤 섬에서 온 자를 의지하지 마라?"

황득중은 자신이 알고 있는 바를 던지듯 말했다.

"그런 뜻이긴 한데 그렇게 읽지 않지. 해奚(어찌, 어떤, 어느, 어디, 무엇) 자는 바다 해海로 읽어야 해. 조선 수군은 군호에 바다 해海자를 쓰지 않아. 그러니 奚嶋人은 海嶋人으로 읽어야지. 얼핏 해석해도 '바다 너머 섬에서 온 자를 믿지 말라'가 되는군."

"바다 너머 섬에서 온 자를 믿지 말라니, 대체 무슨 소리요?"

"나도 모르지. 뜻풀이는 당신이 하는 거야."

"내가 그것을 왜 해석해야 합니까?"

"어른이 밀명을 내렸소. 두 사람 중 아기씨를 살리려는 자는 적이고 다른 것을 살리려는 자는 도울 사람이니, 우리 편이 가늠되면 즉시 와서 신호를 받으라고. 신호는 그자가 해석할 거라고. 젠장맞을, 김수로 그놈이 적이야. 놈이 잠입해서 아이와 태아를 제거하려 한 거야. 당신만이 아이를 걱정했어."

황득중이 다시 침을 뱉고는 입맛을 다셨다.

"군호는 어른이 당신에게 보내는 것이니 혹 뜻이 해석되면 즉각 나에게 알려주오. 나는 아래쪽에서 풀을 찾겠소. 당신도 찾으면 먼저 내려가시오."

절벽 중턱으로 내려가던 황득중은 걸음을 멈추고 뒤돌아보았다.

"……당신이어서 다행이군. 처음엔 당신이 첩자라고 생각했어."

기분이 언짢았다.

김수로는 정만인이 아니라 박마였다.

섬을 돌아다니며 소를 죽이고 다닌 자도 김수로였을 것이다. 기분이 상한 것은 이순신 때문이었다. 이순신은 그런 김수로를 이곳으로 오게 했다. 이유는 분명했다. 이순신은 두 박마, 자신과 그를 붙여놓고 서로 경계하게 한 것이다. 한쪽이 태아를 해한다면 한쪽이 막게 했다.

─박마는 이빨을 박고 사방을 노린다.

예전에도 다른 박마에게 죽임을 당한 성모가 간혹 있었다. 기회를 얻지 못한 박마가 이미 성모를 확보한 박마의 해인을 훔친다거나 성모를 제거하는 것이다. 고대의 엄격했던 계율이 세월이 흐르면서 약해진 것이었으나, 계통이 사라진 지금에는 그런 일이 드물었다.

"젠장맞을."

이순신은 자신도 믿지 않고 정만인의 존재도 믿지 않았다. 그는 그저 '시기하는 박마'를 찾고 있었던 것일 뿐이었다. 그에게 있어 시기하는 박마란 김수로일 수도 있고 자신일 수 있었다.

크게 얻어맞은 기분이었다. 가슴 한구석에 일렁이는 더 큰 두려움은 김수로가 정만인이 아니라는 것이다. 그렇다면 정만인은 아직 나타나지 않았다는 뜻이 된다.

대포 소리가 달빛 가득한 바다에 쿵쿵 울렸다.

정자 어귀에서는 함백초를 찾을 수 없었다.

백한은 정상으로 걸음을 옮겼다.

거기에는 달빛을 환히 받으며 난에몬이 서 있었다. 난에몬은 남해도 앞바다를 멍하게 쳐다보고 있었다. 그는 군호가 반짝이던 지점을 뚫어지게 쳐다보고 있었다. 그 지점은 이제 짙은 어둠에 깊게 싸여 있었다.

"언제부터 이곳에 있었나?"

"들리는 소리는 뭡니까?" 난에몬이 멍하게 물었다.

"왜군들이 가포를 쏘는 소리야. 이 섬도 포위되었어. 그것보다 당신, 언제부터 여기에 와 있었나?"

그는 무언가에 억눌려 기를 펴지 못하는 사람처럼 어깨를 움츠리며 바다만 바라보고 있었다. 고생스러운 표정이었다. 앞날의 어떤 것을 미리 보는 것 같은 얼굴로 미간을 찌푸리며 여러 차례 눈을 깜빡였다. 살기 같은 것은 없었다.

"서두르세. 우린 약초가 필요해. 자네도 찾아."

백한이 단도를 빼 들고 풀숲을 뒤지며 말했다.

난에몬이 손에 쥔 것을 내밀었다.

몇 뿌리의 함백초였다.

"이곳이 군락지예요."

* * *

움막 안에는 처음에 느끼지 못했던 고약한 자릿내가 끼쳤다.

먼저 내려온 황득중은 한 뭇 정도 되는 솔가리들을 향로에 담고 불을 키우고 있었다.

"저만하면 되오?"

황득중이 나뭇가지로 할미 쪽을 가리켰다. 할미가 들어 보인 것은 함백초였다. 용하게 몇 뿌리를 찾은 모양이었다. 백한은 난에몬이 뽑아온 것도 할미에게 건넸다.

"진물이 없는 걸로 골라 깨끗하게 씻어주시오."

아이는 삶은 달걀처럼 연하고 누런 갈색을 띠고 있었다. 할미가 씻은 함백초 뿌리를 가져왔다. 아주 적은 양만 필요했다. 백한은 제일 연한 뿌리를 두어 개를 솎아내고 나머지를 할미에게 되돌려주었다. 천으로 물기를 없애고 잔뿌리를 뜯어냈다. 단도로 말간

뿌리를 깎아서 썬 다음 꾹 꾹 납작하게 눌렀다. 황득중은 초조하게 아이를 살폈고 난에몬은 입구 가까이에 서 있었다. 귀박에 끓여놓은 물은 이미 식어 있었다. 백한은 품에서 거통액을 꺼내 몇 방울 떨어뜨렸다. 그만한 양이면 소독액으로 충분했다. 가위와 수술용 칼을 담근 후 배가 오른 종지에 조심스럽게 올려놓았다. 검은 물이 뚝뚝 떨어졌다.

"멀찍이 물러서요."

백한은 경단같이 납작하게 만든 함백초 뿌리 두어 개를 손바닥에 올리고 사람들을 훑어보았다.

"이제 연기를 피울 텐데 내가 신호를 보내면 즉시 와서 도와주시오. 배를 갈라야 하니까. 난에몬 자네는 물동이를 건네주고."

황득중과 난에몬이 고개를 끄덕였다.

뿌리 세 개를 향로에 떨어뜨린 후 재빨리 헝겊을 향로 위에 덮었다. 헝겊 위로 연기가 오르기 시작했다. 연기를 조절하기 위해서는 지금부터 숙지의 얼굴을 물로 계속 적셔야 했다.

"물, 물동이! 난에몬! 어서!"

난에몬은 물동이를 가지고 오지 않았다.

돌아보니 그는 옹배기를 쓰러뜨린 채 넘어져 있었다. 등뒤에서 퉁 하는 소리와 함께 황득중이 곱돌솥에 머리를 찧었다. 톡 쏘는 매캐한 냄새가 코로 밀려들었다. 무언가 잘못되었다는 느낌이 왔다. 향로를 들여다보았다. 생각했던 것보다 더 많은 연기가 퍼지고 있었다. 스멀스멀 피어오른 연기는 어느새 벽을 핥기 시작했다.

"누가 독초를 섞었나 봐!"

할미가 소리쳤다.

백한은 옷을 벗어 향로를 덮었다. 할미는 코를 움켜쥐고 밖으로 뛰쳐나가려 했다. 할미의 어깻죽지를 잡았다.

"아이를 데리고 가야지!"

노파가 그쪽으로 몸을 돌리다 스르르 꼬꾸라졌다. 백한은 물이 담긴 귀박을 움켜 안았다. 비틀거리며 향로 쪽으로 걸어가던 백한은 주저앉고 말았다. 무감각해진 손으로 귀박 표면을 긁던 백한은 저 깊은 어둠으로 빨려들어갔다.

* * *

눈을 떴을 때 황득중은 구석에 쪼그리고 앉아 있었다. 고통스럽게 일그러진 이마가 불빛에 이글거렸다. 무릎과 바닥에는 토사물이 흥건했다. 그는 턱을 실룩거리더니 누런 물을 게워냈다.

바닥은 참혹했다. 회오리라도 지나간 듯 물건은 바닥에 엉키고 널브러졌다. 향로는 흠뻑 젖어 있었다.

백한은 문득 자신의 소매를 살펴보았다. 온통 피투성이였다. 황득중도 덮어쓴 듯 등이 피로 얼룩져 있다. 무언가가 질퍽하게 한바탕 칼춤을 추고 지나간 것이 분명했다. 그는 아이를 찾았다.

"수, 숙지!"

약을 달이던 두구리 옆에 누워 있는 아이.

숙지의 얼굴을 덮은 새빨간 피다.

고함을 지르며 기어가서 얼굴을 살폈다.

"맙소사."

급하게 품을 뒤척여보았다. 없었다. 숙지의 관자놀이와 귀 사이 혈에 박혀 있는 것은 다름 아닌 자신의 단도다. 피는 구들에 깔아놓은 거적때기에 고여 아래로 스며들고 있었다. 조심스럽게 머리를 들었다. "아직 죽지 않았어!"

다행히 두개골 때문에 맥을 살짝 비켜나 있었다. 황득중이 비틀거리며 다가왔다.

"으. 이렇게 함부로 칼을 박다니!"

그가 얼굴을 찌푸렸다.

"아니, 정교한 솜씨요."

백한은 칼날이 교묘하게 맥을 비꼈다는 것을 알아차렸다. 의도적인 짓이다. 조심스럽게 칼을 뽑자 벌어진 틈으로 피가 고여 나왔다. 혈맥이었다면 한 척 높이로 솟구쳤을 것이다. 퉁퉁 부은 백한의 눈매가 땀으로 흠뻑 젖었다. 숨쉴 곳만 남기고 얼굴을 헝겊으로 감아서 힘껏 조였다. 숙지는 아픔을 느끼지 못하는 것 같았다. 조그만 몸은 함백초 연기를 너무 오래 맡아버렸다.

백한은 아궁이로 기어가서 쌓아놓은 함백초를 살폈다.

"……이런, 빌어먹을. 역시 쓰리나리였어."

태운 것은 함백초가 아니었다. 아니, 함백초도 있었다. 그러나 대부분 풀은 쓰리나리였다. 쓰리나리는 함백초와 구분할 수 없을 만큼 생김새가 비슷하다. 쓰리나리는 오직 심장의 일곱 구멍만 공격한다. 연기를 맡으면 마취나 환각 증상 따윈 없다. 그대로 피를 토하며 사망하는 무서운 독초다. 다행히 미량을 태워 그런 일이 벌어지지 않았다.

"······그 왜놈 짓이야."

황득중이 투덜거렸다.

"난에몬?"

"그래, 난에몬이 노파를 죽이고 사라진 거요."

황득중은 그렇게 말하다가 다시 속이 불편해진 것인지 입을 움켜 막고 관음상 제단 모퉁이로 달려가 토하기 시작했다.

"······노파가 죽었다고?"

게워내던 황득중은 관음상 뒤 벽면을 가리켰다. 아난*의 동상. 동상은 오므린 두 손으로 잘린 할미의 목을 받쳐 들고 있었다. 구석에 짐짝처럼 웅크린 할미의 몸이 있었다. 아난의 가슴팍에 붉은 피로 쓴 법계도가 눈에 들어왔다.

백한은 봉수대에서 의미심장하게 바다를 바라보던 난에몬의 얼굴을 떠올렸다. 그는 마치 알고 있었다는 듯 함백초, 아니 쓰리나리를 그에게 내밀었다. 그전에는 깊은 눈빛으로 무엇을 노려보고 있었던 것일까.

그가 정만인인가?

섬에서 온 자를 조심하라!

왜는 섬이다. 이순신은 난에몬이 진정으로 귀화한 것이 아니었다고 말하고 싶었던 것일까. 하나 난에몬을 남게 한 것은 이순신 자신이었다. 그는 왜 의심스러운 자를 남게 한 것일까. 통증이 밀

---

* 부처의 십 대 제자 중 하나. 다문제일 多聞第一이라고 전한다.

려왔다. 더껑이처럼 뿌연 막이 동공에 끼인 것 같아 급하게 눈을
비볐다. 정말 난에몬이 만인이었나? 그럴지도 모른다. 그 왜인은
일전에 해인 상자를 본 적이 있다.

그런데 이상하다. 난에몬이 그 짐승이라면 한 가지 이치에 맞
지 않는 일을 저질렀다. 그는 숙지를 죽이지 않았다. 여진의 칼부
림 기술을 익힌 백한은 분명히 알 수 있었다. 칼이 맥을 비낀 것은
어떤 망설임이 섞여 있다는 것을. 난에몬이 정만인이라면 아이를
죽여야 했다. 그래야만 다시 중양성이 뜨고 새로운 성모가 태어날
수 있다. 대체 모두가 쓰리나리에 취해 있을 동안 무슨 일이 일어
난 것일까?

백한은 현실로 돌아왔다. 숙지가 몸을 부르르 떨었기 때문이다.
토사물을 게워내던 황득중도 기미를 알아차렸을 만큼 심한 경련이
었다. 경직은 아래턱에서 일어나고 있었다. 혀가 기도를 막지 않
도록 놋수저를 입에 물리고 숙지를 들쳐업었다.

"어쩌려고?"

"김수로의 바랑을 챙기시오. 동헌으로 나갑시다. 통제사의 토
막 뒤에 두멍*이 있는 걸 보았소. 몸에서 태아를 빼내려면 물이 있
어야 하오."

굿길을 따라 달렸다.

이순신의 토막으로 나온 두 사람은 동헌 마루에 숙지를 눕혔다.
황득중이 방을 뒤져 수건과 곰 가죽을 가져왔고 다시 장작을 가지

---

* 물을 많이 담아두고 쓰는 커다란 독.

러 나갔다.

"패놓은 장작이 하나도 없어!"

황득중이 마당에서 소리쳤다.

집무실 안으로 들어가 널브러진 병풍을 가져와 발로 쪼갰다. 소래기와 종발을 쌓아놓은 탁자를 넘어뜨리고 불이 붙을 만한 것은 모조리 모았다. 화로를 뒤집자 잿불 속에서 밀불 몇 덩어리가 굴렀다. 황득중도 올라와서 도왔다.

백한은 김수로의 바랑을 뒤졌다. 후박나무로 만든 침통, 살을 쨀 때 사용하는 금속 기구 몇 가지, 회지로 말아 싼 약초 꾸러미, 주둥이를 막은 호리병 한 개가 나왔다. 침통을 열어보니 굵은 삼릉침과 호침뿐이었다. 호침은 배농이나 피를 뺄 때 사용하는 대침이다. 더 가늘고 세밀한 원침 같은 것이 있어야 했지만 지금으로서는 어쩔 수 없었다. 그것들을 수건 위에 일렬로 늘어놓고 황득중을 바라보았다.

"소독할 줄은 알지요?"

황득중이 고개를 끄덕였다.

백한은 늘어놓은 침을 가리켰다.

"불을 피우고 여기 놓인 것들만 소독해주시오."

"이것만?"

"침과 가위만."

"배를 가르겠단 말이요?"

백한은 대답 대신 품에서 단도를 꺼내 쏟아낸 잿더미에 박아 날을 익혔다.

"당신이 직접 하겠다고?"

"내가 빼내겠소. 신열이 심하니 열부터 내리게 한 후 바로 시작합시다. 어서 준비해주시오. 토막으로 가서 물을 떠 오겠소. 꾸물거릴 시간이 없어!"

백한은 구석에 놓인 방구리를 집어 들고 일어섰다.

그러다 멍하니 토벽집을 쳐다보았다.

김수로가 절뚝거리며 이쪽으로 걸어오고 있었다. 그는 이쪽을 쏘듯이 노려보았다. 내디딜 때마다 벌어진 목에서 피가 샜다. 입을 벌리고, 목에 난 상처를 감지하지 못하는 듯 턱을 이리저리 휘저어댔다. 눈동자에 숙지를 포기하지 않겠다는 의지가 뚜렷했다. 누워 있는 숙지를 보자 팔을 뻗으며 무슨 말을 씨근거렸지만 갈라진 목에서 피가 나오자 입을 닫았다.

"저 새끼."

황득중이 섬돌을 내려가 바람처럼 달려들었다. 김수로는 방어하듯 팔을 내젓다가 황득중이 내리치는 칼 손잡이에 턱을 맞고 쓰러졌다. 한 획에 넉 장 거리로 나가떨어지는 것을 보니 상처가 깊은 모양이었다.

백한이 달려가 이순신이 목욕하던 토벽집 한편에 부서진 용두레 줄을 풀어 황득중에게 던졌다.

"이걸 써요!"

황득중이 김수로의 손목과 허리를 둘러 여몄고 백한이 도왔다. 거세게 몸을 비틀던 김수로는 자꾸 황득중과 마주보려 했고 무언가를 말하려 했다. 백한이 그런 김수로의 상투를 잡고 고개를 틀었다.

"어이, 다시 날 똑바로 봐. 어서!"

김수로의 얼굴을 훑어 내리는 백한의 눈은 정만인의 자취를 찾고 있었다. 쿨룩, 김수로가 크게 기침을 했고 백한의 얼굴에 점점이 피가 튀었다. 비릿한 피 냄새, 신선했다. 산 자의 피다. 탁하고 건조한 모래 같은 숨이 아니다. 역시, 분명해졌다. 김수로는 정만인이 아니다. 아니다. 아니다.

쿵쿵쿵,

뒤에서 마루 찧는 소리가 났다.

눕혀놓은 숙지가 격렬하게 다리를 휘젓고 있었다. 백한은 김수로의 상투를 던지고 마루로 뛰어올라 아이를 살폈다. 숙지는 헐떡이고 있었다. 연하게 가라앉으려는 박동.

"……가방에 있는…… 약을…… 먹여! 발작할 때 기운을 올려야 해!"

마당에서 묶인 채 비스듬히 누워 있는 김수로가 그렁대며 입을 열었다. 백한은 수건 위에 놓아둔 매화 문양 청자 호리병을 들었다.

"그래……. 그…… 그것이야."

"시끄러워, 새끼야."

황득중이 김수로의 얼굴을 주먹으로 내리쳤다. 김수로는 독하게 눈을 부릅뜨고 정신을 잃지 않으려 발짝거렸다.

황득중이 혀를 찼다.

"햐, 이 새끼, 맷집이 엄청나네, 틀림없이 서생이 아니군. 누가 시켰어? 명군 쪽에서 죽이라더냐?"

황득중이 백한 쪽으로 고개를 돌렸다.

"이보오. 이자의 머리를 잘라 저 수급대에 매답시…… 어, 잠깐, 어이! 어이, 멈춰!"

백한을 본 황득중이 급하게 고함을 질렀다.

호리병 마개를 연 백한은 튕기듯 코를 막는 중이었다. 독했다. 온 신경이 곤두서 올랐다. 당귀와 마황인 듯 보이는 냄새가 났고 다른 것도 섞여 있는 것 같았다. 독으로 쓰이는 초오 냄새도 난다.

"그 약 버리시오! 씹할, 먹이지 말라니까. 아이가 죽으면 안 돼!"

황득중이 이쪽을 보며 소리쳤다. 그사이 김수로가 무종아리를 황득중의 발목에 감고 몸을 비틀었다. 황득중이 중심을 잡지 못하고 쓰러졌다. 김수로가 묶인 두 다리를 높이 쳐들더니 황득중의 정수리를 뒤꿈치로 찍었다. 황득중을 제압한 김수로는 백한을 노려보며 짜내듯 신음했다.

"……아이의 입에…… 흘……려!"

도리가 없었다. 호리병에 마개를 막고 토막으로 달려갔다. 토막 입구의 왼편에 목욕물을 데우는 아궁이가 있었다. 걸린 곱돌솥에는 손등을 적실 정도의 물이 남아 있었다. 병 속 액체를 몇 방울 붓고 손으로 저어 맛을 보았다. 코가 뻥 뚫리며 시원한 느낌이 왔다. 분명 독약은 아니다. 수저로 솥바닥을 긁어 희석한 액체를 방구리에 퍼 담았다. 아궁이 옆에 쌓인 말린 옥수수 줄기 하나를 뽑아내 속을 비우고 주입기를 만들었다.

"풀어……주시오. 내가, 내가…… 하겠소."

꽁꽁 묶인 김수로가 고개를 바짝 쳐들고 신음하듯 말했다.

백한은 무시하고 그를 지나 대청마루에 올랐다.

눈꺼풀을 열어보았다. 눈동자 주위로 희뿌연 고리가 나타나기 시작했다. 각막이 서서히 곪아간다. 입에 물렸던 놋수저를 빼내고 입안 가득 들어차 있는 분비물을 손가락으로 훑어냈다. 좁게 벌어진 어둠 속에서 고통스러운 열기가 밀려나왔다. 콧구멍에도 가래와 진물이 가득했다. 입으로 모조리 빨아냈다. 그는 아이의 얼굴에 감은 헝겊을 풀었다.

아이가 눈을 떴다.

"나를 알아보겠습니까?"

백한의 물음에 탁한 눈동자가 빙글빙글 헤엄치다가 한곳으로 모였다. 거기서 두려움 같은 것이 증기처럼 빠져나와 공기로 녹아들고 있었다. 아이의 작고 좁은 콧구멍이 벌어지고 조여졌다. 그녀는 힘겹게 말하려고 애쓰는 중이었다.

아, 아. 숙지.

백한은 목이 조여왔다. 숙지는 백한을 알아보고 있었다. 마지막 순간에 오래전 기억이 돌아온 것이다. 그것은 숨이 곧 끊긴다는 것을 뜻했다.

"숙지, 내, 내가 누군지 알겠소?"

아이의 눈꺼풀이 바르르 떨렸다.

"두려워하지 마시오. 기운을 소비하지 마시오."

백한은 손등으로 눈을 감겨주었다. 그녀의 눈물 대신 고름 섞인 진물이 흘렀다.

저쪽에서 김수로가 고함을 질렀다.

"아직 죽지 않았어. 어서 먹이라고!"

백한은 김수로의 다급한 소리를 무시했다. 반점이 퍼진 숙지의 배가 미약하게나마 움직인다. 심장은 여전히 뛰고 있다. 백한은 그릇에 고인 액체를 바라보았다.

'정말 먹여도 될까?'

백한은 김수로를 쳐다보았다. 그도 보고 있었다. 꿀꺽, 김수로는 목울대를 오르락거리며 침을 한번 삼켰다. 먹이길 바라는 눈빛.

젠장맞을.

백한은 질그릇을 마루에 던져버렸다.

"뭐…… 뭣…… 하는…… 짓이야!"

쑥색의 액체가 흘러 바닥에 스며들었다. 낙담하는 김수로의 외침을 뒤로한 채 백한은 자신의 거통환을 꺼내 들었다.

"……그런 걸 먹이면 안 돼!"

마당에 묶인 김수로가 무섭게 돌변하기 시작했다.

그는 몸부림치며 줄을 풀려고 했다. 붉은 저포의 벌어진 뒷솔기로 힘줄이 드러났다. 황득중도 머리를 흔들며 정신을 차리고 있었다. 백한이 황득중에게 소리쳤다.

"저자요! 통제사가 기별한 '섬에서 온 자'란 난에몬이 아니라 저 사람을 말하는 것이오. 이곳에서 보면 '바다 건너 섬'이란 바로 본토를 말하오. 우리 중 본토에서 온 사람은 저자뿐이오. 통제사는 그걸 말하고 싶었던 거요!"

김수로는 기력을 되찾은 것 같았다.

그는 묶인 줄을 던지며 일어나 충혈된 눈을 부라렸다. 벌어진 목에서는 넘치듯 피가 샜지만 아랑곳하지 않는다. 그는 흙 묻은 입술을 말며 소리쳤다.

"복벽에 반흔이 일어나는 것은…… 아이의 자궁이 수축되기 때문인데 그런 마취약 따위를 먹이면…… 경련이 되려 사라진다고! 경련이 사라지면 저 아인 죽는 거야! 알아? 이 새끼들아!"

황득중이 김수로를 안고 뒹굴었다. 격투는 요란했다. 김수로는 힘겨루기를 하려 했고 황득중은 타격을 주려 애썼다. 둘은 서로의 목을 부여잡고 각자의 방법으로 팔꿈치를 세워 꺾어대기 시작했다. 김수로의 얼굴이 더 불그죽죽했고 살기가 돋았다. 황득중은 김수로의 상처에 손가락을 집어넣고 후벼냈다. 김수로는 황득중의 턱을 비틀려 하고 있었다. 결국, 먼저 체력이 바닥난 쪽은 김수로였다. 김수로는 황득중의 힘에 눌리며 무릎을 꿇었다. 그사이 백한은 거통환을 입에 넣고 게걸스레 씹어댔다. 마음이 급했다. 딱딱한 덩어리들이 침에 잘 개어지지 않았다. 손바닥에 뱉어 살펴보다 다시 입에 넣고 씹었다. 그때 눈 아래로 칼이 들어왔다.

"아이에게 아무것도 먹여선 안 돼!"

칼을 겨누고 있는 자는 머리가 봉두난발로 치솟은 황득중이었다. 그의 얼굴에서 이전에 보지 못했던 푸른 살기가 돋고 있었다.

"무슨 짓이오?"

"규칙이 바뀌었다. 아이를 그대로 둔다."

상기된 이마에서 툭툭 핏줄이 터지고 있었다. 그는 숨을 몰아쉬며 백한의 턱에 칼을 바짝 붙였다. 칼에서 쇠 비린내가 올라왔다.

"뭘 먹인다거나 배를 가른다거나 그런 짓은 이제 일절 하지 마라. 동이 트면 시마즈의 병사들이 배를 대기로 했다. 오늘 중으로 아이를 섬 밖으로 내갈 것이다. 아이가 고통스러워하면 침만 사용해서 진정시켜놔. 저 아인 하루이틀 정도만 더 살아 있으면 돼."

"의원데, 왜의 첩자가 당신이었다는 게."

"그 아일 반드시 살려서 넘겨줘야 한다."

"왜 이런 짓을 하나?"

"저쪽에 마누라와 노모가 잡혀 있는데 무슨 이유가 더 있겠냐?"

"조마조마했겠군."

"의원 놈이 잘해낼 줄 알았는데 네 녀석이 목을 따는 바람에 시간을 너무 잡아먹었다. 그냥 내 식대로 해야 되겠다."

황득중의 옴팡한 눈에는 진지함이 꽉 들어차 있었다.

"쓰리나리는? 쓰리나리도 네 짓이냐?"

"그년이 그걸 사용하지 말았어야 했어."

"그년? 노파도 한패였나?"

"노파년은 회령포 만호 민종복의 어미야. 아들놈이 전선에서 받은 물건을 난민들에게 사사로이 나눠줬다고 곤장을 받고 죽었지. 통제사에 대한 악감정이 나보다 더 많은 년이야. 그년이 쓰리나리로 너희 둘을 재우고 아이를 넘기자고 했는데 그게 그렇게 강할 줄 몰랐다. 씹할."

"그럼 '불치지해도인'은 뭐야? 날 왜 절벽으로 데려갔나?"

"통제사가 너희에게 어떤 신호를 주는지 알아야만 했어. 분명 너희 두 놈 중 한 명일 텐데 말이야. 통제사가 아이를 해하려 하는 자가 분명히 있다고 했어. 아이를 해치러 오는 놈이 있다면 당연히 알아야 하지 않겠어? 당하면 내가 거래할 현물이 없어지는 거잖아."

황득중이 이불을 발로 찼다.

"이제 질문은 그만하고 아이를 이불로 싸. 동쪽 섬으로 내려간다."

이상한 냄새가 두 사람 사이에 솟 듯 피어올랐다.

"뭐야, 무슨 냄새야?"

백한은 호리병 속 유황액을 황득중의 얼굴에 뿌리고 그의 명치를 찼다. 석돌 아래로 굴러떨어진 황득중은 눈을 감싸고 고통스러운 소리를 게워냈다. 백한은 황득중에게 바투 다가가 목을 움켜잡았다. 엄지에 힘을 주고 황의 딱딱한 울대를 밀었다. 황득중은 거품을 게워내다 기절해버렸다.

마루로 뛰어올랐다. 아이의 늘어뜨린 조그만 손을 들어올렸다. 중지를 대자 살짝 오므려 잡는다. 작은 손이 자신을 꼭 붙들려고 애쓰고 있었다. 거통환을 꺼내 다시 씹기 시작했다. 만들어둔 마지막 거통환이었다. 뱉어낸 거통환을 두 손바닥으로 비볐다. 죽처럼 묽어졌다. 숙지의 심장은 아직 뛰고 있었다. 버텨주어야 한다. 백한의 손바닥에는 침과 엉킨 환이 누룻하게 흩어져 있다. 숙지의 입을 벌리고 그것을 먹였다. 좀처럼 넘기지 못하자 손가락을 기도

182 —— 해인

까지 밀어넣고 살포시 코를 막았다. 숙지의 숨이 차츰 가라앉으려 할 때…….

쿨럭.

숙지는 한 움큼의 누런 액체를 뱉어냈다. 거품과 함께 솟구친 것은 폐농액이었다. 입을 막아주었다. 숙지는 그것들을 꿀꺽꿀꺽 삼키기 시작했다.

백한은 가만히 쳐다보기만 했다.

그의 눈이 점점 희미해지고 있었다.

슬슬 목덜미 아래로 통증이 다시 오른다.

백한은 침을 흘리기 시작했다.

백한은 자리에서 일어났다.

* * *

길게 늘어지는 비명.

동헌 마당에서 누군가가 백한의 단도로 황득중의 머리를 베고 있었다. 허리가 길고 검은 그림자였다. 몸에 실오라기 하나 걸치지 않은 사내였다. 사내는 등을 보였고 얼굴을 알 수 없었다. 번들거리는 등이 달빛에 미끈하게 빛났다. 숨 참는 소리와 연골이 썰리는 소리, 가르랑거리는 젖은 소리가 밤공기를 타고 퍼져 나갔다. 사내의 어깨 너머로 보이는 황득중의 눈. 아픈 듯 입을 악다물던 황득중은 얼마 지나지 않아 어떤 표정도 짓지 않았다.

사내의 몸은 온통 베인 상처투성이였다. 번들거리는 가슴은 좁고 허벅지는 얇았지만 모든 근육에 탱탱한 탄력이 깃들어 있었다. 그는 황득중의 머리를 쥐어 든 채 팔을 벌리고 취하듯 밤공기를 마셔댔다. 그것을 바라보고 있는 백한은 다리를 초조하게 긁어댔다.

목구멍이 따끔거렸다. 통증이 온 신경을 타고 퍼지기 시작했다. 통증을 가라앉힐 거통환은 이미 소진해버렸다. 그 약이 없으면 정신을 차릴 수 없는데. 백한은 두려움이 밀려왔다. 달빛을 받고 서 있는 저 나체의 사내가 과연 현실일까? 환각이 아닐까? 하지만 형체가 뚜렷했고 냄새도 났다. 바지락거리는 소리도 들린다. 백한은 몰아 나오는 숨 때문에 정신이 혼미해졌다. 혀를 이뿌리에 밀고 머리에 압력을 주지 않으면 사물이 자꾸 서너 개로 보였다. 나체의 사내는 들고 있던 황득중의 머리를 무심하게 던지고 이쪽으로 걸어왔다.

오래된 숨.

탁한 숨.

바로 그 숨이었다.

이제야 알 것 같았다.

그가 누군지를.

달빛을 머금고 다가오는 저 얼굴은······.

효수되었던 정은부였다.

* * *

백한은 후회했다.

그때 왜 효수대를 살피지 않았을까.

동헌 마당 효수대에 걸어둔 머리 중 하나가 없어진 것을 왜 알아차리지 못했을까. 바람처럼 날랬다던 정은부가 생포되었다고 했을 때, 또 이 섬 안에서 머리가 잘렸다는 것을 들었을 때 한 번쯤 의심했었어야 했다.

정만인은 정은부가 되어 이 섬에 들어와 있었다.

만인이 마루에 올라섰다.

"그런 식으로…… 숨어 있었나, 만인?"

백한이 중얼거렸다.

짐승은 허연 삼백안을 치뜨고 빙긋이 웃기만 했다.

마당에는 달빛을 받고 서 있는 그림자가 하나 더 있었다. 왜군 장수 차림을 한 난에몬이 긴 창을 세워 들고 서 있다. 얼굴은 증편처럼 퉁퉁 부었고 피딱지가 굳은 두 손과 발은 죄수처럼 사슬에 묶여 있다. 걸치고 있는 갑옷은 절벽에 누워 있던 시체의 것이었다.

난에몬은 지팡이처럼 우뚝 선 채 두 눈을 꼭 감고 이쪽을 보지 않으려고 애쓰고 있었다. 그가 두 손을 오므리고 받들 듯 세운 긴 외날 창끝에는 피 묻은 동달이를 매달아놓았다. 물바람이 불 때마다 동달이가 펄럭이며 피로 쓴 만卍 자를 뚜렷하게 드러냈다.

백한은 오래전 기억을 떠올렸다.

'저놈, 늘 그랬었지.'

고려 낭장 시절부터 만인 놈은 자신의 위품을 알리기 위해 다섯 개의 칼을 품에 차고 화려한 깃발을 든 기수를 따르게 했다.

나체의 만인이 달빛이 들지 않는 마루 안으로 들어오자 얼굴이 더욱 커 보였다. 그의 등 너머로 퍼지는 달빛은 그를 투과하면서 차갑고 사악한 기운이 되어 바닥에 내려앉는다. 섬을 둘러싼 온 세상이 소리를 내길 거부하고 있었다.

만인이 긴 혀를 내밀어 보였다.

더껑이처럼 검고 말라붙은 피딱지가 입안에 가득했다. 그에게서 훅 퍼지는 탁하고 더운 공기. 이제야 확실해졌다.

바로 이 냄새였다.

백한은 한 발짝도 움직일 수 없었다. 만인의 진한 청금색 동공이 원을 그리며 악기惡氣를 뿌려댔다. 백한은 몽롱해졌다. 자꾸 눈이 감겼다. 턱을 들어올릴 수도, 어금니를 비빌 수도 없었다. 오래전에 그를 극복한 줄 알았는데 아니었다. 가까스로 이마에 힘을 주고 눈을 떴다. 만인은 그런 백한을 가만히 바라보고 있었다. 장난기 어린 눈으로.

"부처를 믿었던가, 백한?"

"……믿기를 바라나?"

"믿어야 해. 우리 같은 자들은, 특히."

"개소리 말고…… 떨어져라……. 내게서, 숙지에게서!"

"말은 그렇게 해도 믿고 있겠지. 그건 영원성을 다루는 종교니까."

만인이 단도로 백한의 볼을 천천히 쓸었다.

"백지 선생의 말 기억하나? 그가 그렇게 말했잖아. 영원한 것은 없다고. 그자가 한 말 중에 그나마 들어줄 만했던 것은 그것뿐이었어."

"악마 같은 놈……. 넌 집착에 갇혀 있어……."

짐승이 빙긋이 웃었다.

"후후. 영원한 것이 없으니 집착도 가능한 거야. 안 그래? 우린 죽지 않으니까. 윤회하는 인간들이야 집착을 끊어야만 영원을 확보하겠지만 우린 아니란 것을 잘 알잖아. 우리 같은 자들은 마음껏 집착할수록 오히려 영원을 찾게 되지. 이 집착이 성공한다면 모든 게 끝나는 것이 될 테니까. 우린 성공해야만 윤회도 고통도 없는 영원한 자유를 얻을 수 있어."

"넌…… 타락한 짐승이야. 성모를 이용해서 죽지 않은 그 몸뚱이를 바꾸려는 네놈의 더러운 짓을 하늘이 내버려둘 것 같으냐."

"오호. 아니지. 괴물은 바로 너야, 백한. 여자 따위를 찾겠다고 수백 년을 내려오다니. 그 사랑이 그렇게 대단한 거야? 나는 또 이해할 수 없는 게 있어. 너는 성공해도 남는 게 없어. 네 집착이 성공하면 넌 영원히 혼자 살아야 한다고. 죽을 수가 없어. 설마 고통을 즐기고 있는 거냐?"

"내 삶 따윈 버린 지 오래다. 나에겐 오직 박마의 삶만 있을 뿐이다."

짐승은 백한의 얼굴을 이리저리 살폈다.

그 눈에서 녹색의 물이 스르륵 퍼졌다.

"오호, 많이 변했구나. 꽤 맑아졌어. 하지만 넌 지금도 속이고 있군. 넌 옛날부터 속이는 데 천재였었지. 다시 보니 그래, 아주 이상해졌어. 그년은 네놈에게 별 의미가 없는 게 분명해. 실토해라, 백한. 너도 나처럼 몸을 버리고 싶은 거지? 나와 같이 가고 싶은 것이지? 너도 불사잖아. 불사가 죽고 싶은 건 당연하지. 안 그래?"

"닥쳐라, 이놈!"

"쉿."

만인이 시커먼 손으로 백한의 아랫입술을 꼬집듯 쥐어 잡더니 잡아당겼다. "너…… 설마."

썩은 낙엽 냄새가 밀려왔다.

"아직도 박마 놀이를 하는 거냐, 백한?"

백한은 눈이 감겼다.

말을 내뱉고 싶었지만 탁탁 걸리는 숨이 목젖을 할퀼 뿐이었다.

"넌 박마가 아니잖아. 응?"

그의 깊은 눈이 번질거렸다.

"넌 박마가 아니었어. 백한. 그때도 지금에도…… ."

그 눈동자가 자신을 덮칠 것 같다는 생각에 힘이 풀린 백한은 비트적거리기 시작했다.

만인은 백한을 잡아 세우고 백한이 안고 있는 아이를 내려다보았다.

"그 아이, 이리 내."

"안 된다."

"어서. 고통은 주지 않을게."

그가 백한의 손을 풀고 아이의 다리를 잡고 들어올렸다. 숙지의 팔과 머리가 사정없이 대롱거렸다. "오호, 이것 좀 봐." 만인이 손가락으로 자신의 성기를 가리키며 킬킬거렸다. 뿔처럼 튀어나온 그의 성기가 흠뻑 젖어 있었다.

"죽인다니 흥분돼서 그렇잖아."

백한은 눈을 씀벅거렸다.

다시 초점이 흐려졌다. 자르르 떨리는 눈꺼풀, 손으로 비비면서 머리를 마구 흔들었다. 정신 차려야 한다, 정신 차려야 한다. 숙지를 지켜야 한다. 그러나 이마 언저리에는 공허한 기운만 맴돌 뿐이었고 무력감이 물귀신처럼 그의 몸을 잡아당겼다.

정만인은 갈퀴 같은 검은 손으로 숙지의 이마를 터뜨릴 듯 쥐어잡았다.

"이런."

숙지는 이미 죽어 있었다.

만인은 마당에 서 있는 난에몬에게 아이를 들어 보였다.

"너도 봐. 죽었어. 내가 그런 거 아니다."

공처럼 둥근 아이의 몸이 달빛에 번들거렸다. 진한 독버섯처럼 자줏빛을 머금은 숙지의 배는 고름과 물로 팽팽해져 금방이라도 터질 것 같았다. 만인은 손톱을 박아 넣고 배를 갈랐다. 고름이 터지면서 붉은 피와 물컹한 덩어리가 떨어졌고 뒤이어 양수가 주르륵 흘렀다. 그는 손을 휘저어 태아를 뜯어냈다. 물이 팔뚝을 타고 줄줄 흘렀다. 만인은 낄낄거리며 달을 향해 죽은 태아를 쳐들었다.

"성모가 죽었다!"

백한은 시선이 가물거렸다.

하늘에 걸린 달이, 달 앞에 뻗은 검은 정만인의 팔이, 팔에 대롱거리는 미끈하고 번질거리는 태아가 눈앞에서 높아졌다 낮아졌다

했다. 회백색 어둠으로 시야가 덮이다 다시 열리기를 반복하더니 결국 모든 것이 검게 사라졌다.

거통환의 도움을 받지 못한 백한은 접히듯 기절해버렸다.

그것을 고스란히 지켜보는 난에몬은 줄줄 울고 있었다.

눈을 떴다.

북쪽 산 바위들 사이에 누런 하늘이 밀려왔다. 바람이 불자 솔가지 등불이 흔들거렸다. 만인은 사라지고 없었다. 김수로의 시신도 찾을 수 없다. 마당 한가운데에서 난에몬만이 꼼짝 않고 서 있었다. 백한은 두리번거리며 마루를 살폈다. 한구석에 숙지의 혼이 들어앉았던 몸뚱이가 죽은 고양이처럼 늘어져 있었다. 백한은 피투성이가 된 손으로 두릅나무 껍질을 펼치고 숙지의 몸을 곱게 말아 쌌다.

아가리가 넓은 질그릇을 들고 난에몬에게 다가갔다.

창을 꼭 쥔 손을 풀어주었다. 칼로 갑옷의 끈도 끊어주었다.

백한은 난에몬의 얼굴에 시선을 박았다.

"그때 어디에 있었나? 모두 질식했을 때……."

난에몬은 백한을 보지 않으려 했다. 눈동자를 굴리며 시선을 피했다. 아래로 숙이려는 난에몬의 턱을 빠르게 부여잡았다.

"어디 갔었느냐고 묻잖아."

"……절벽 아래…… 동굴에. 거기에 숨어 있다가……."

"거기서 만인에게 잡힌 거구나."

난에몬은 고개를 숙였다.

"인제 그만 되었다. 그는 늘 그래왔고 나는 늘 이래왔다. 그와 나는 이렇게 한 여자의 혼을 두고 반목한다. 그러니 놀랄 일이 아니다."

난에몬의 우묵한 눈이 창백해지고 있었다.

질그릇을 얼굴 앞에 내밀었다.

"마셔라."

난에몬은 입을 앙다문 채 물을 받지 않았다. 이마로 위로 물을 쏟아 내리자 난에몬은 눈을 슴벅였다. 백한은 손으로 난에몬의 얼굴을 부드럽게 씻어주었다.

"왜 할미를 죽였나?"

난에몬이 아니라는 듯 고개를 가로저었다.

"……전…… 봤어요. 통제사의 그 신호…….

"신호를 봤다고?"

난에몬은 고개를 끄덕였다.

"……봐버렸다고요……. 신호."

"신호가 왜?"

"……그 신호는…… 나에게 보내는 신호였어요. 통제사는 이곳에 두 명의 박마를 보냈어요. 그 신호는 진짜 박마에게 성모를 지켜달라고 부탁한 것이었어요. 불빛은 가짜 박마가 누군지 알리는 것이었어요."

"무슨 뜻이었는데?"

"……不悖之奚嶋人(불치지해도인)."

"그건 김수로를 믿지 말라는 말이었어. 그렇지?"

"아니에요. 아니에요."

난에몬이 고개를 저으며 흐느꼈다.

정신을 잃지 않도록 볼을 탁탁 치자 그의 입에서 반사적으로 말이 튀어나왔다.

"……통제사의 신호는 '산계를 믿지 마라'였어요……."

"산계라니?"

"흑……. 흑……. 산계山鷄를 믿지 마라……."

"그게 무슨 말이냐고!"

"불치지不恰之. ……믿지 마라……."

"해도인奚嶋人. ……산계山鷄라는 자를……."

"'해도인'이 왜 '산계라는 자'가 돼? '해도인'이란 뜻은 '육지에서 온 자', 즉 김수로를 지칭하는 말이었어."

"아니에요. 해도奚嶋란 파자破字예요."

"파자라니?"

"奚嶋는…… 글자를 분해해서 따로 해석해야 하는 거예요."

"군호?"

"……네, 嶋란 글자를 그대로 읽으면 안 돼요. 嶋 자에서 부수 山 자와 鳥를 파내서 순서를 다르게 배치해야 해요……. 奚을 가운데 두고 산山이 앞에, 그리고 奚와 鳥를 붙여서 계鷄를 만들어서 뒤에 배치하면……."*

"山(산)…… 鷄(계)……?"

---

* 奚嶋(해도) = 奚 + 山 + 鳥 ⇒ 山 + 奚 鳥 = 山鷄(산계).

"······네, 해도인奚嶋人은 '산계라는 자'라는 뜻이에요. 不悸之奚嶋人은 '믿지 마라, 산계라는 자를'이라는 뜻이에요."

"산계가 누군데?"

"'산계'는 꿩을 부르는 다른 말이잖아요. 노파를 죽인 건 당신이잖아요."

* * *

"그 신호는 중의성을 가졌어요. 신호는······ 박마에게 보내는 것이었지만 이면에는 내가 취해야 할 행동을 알리는 것이기도 했어요."

"네가 해야 할 행동? 그럼 이순신이 두 명에게 신호를 보냈단 말이냐?"

"네. ······박마가 신호를 이해하지 못하면······ 내가 해결하라는 뜻이었어요. 통제사는 진짜 박마가 그 신호를 이해하지 못할 경우를 대비해서 절 남겼다구요."

"두 번째 의미가 뭔데?"

불치지해도인

刜雉之海島人[*]

(섬에서 온 자는 꿩을 공격하라.)

---

[*] 刜: 공격할 불. 雉: 꿩 치.

백한이 가슴을 북북 긁어댔다.

그의 눈이 난에몬의 눈동자를 이리저리 따라다녔지만 난에몬은 시선을 피하기만 했다.

"……나는 꿩을 공격해야만 했어요. 그때 당신은 일부러 함백초 대신 쓰리나리를 피웠어요. 당신은 황득중을 속여 박마 김수로를 죽이게 했어요. 그리고 먹여야 할 유황 탕약 대신 거통액을 먹여 성모를 죽였어요. 나는 당신이 성모를 죽이려는 것을 막아야만 했어요. 나는 진짜 박마를 지키지 못했다고요."

"왜 황득중에게 말하지 않았나?"

"……두려웠어요."

"뭐가?"

"봐버렸기 때문에."

"뭘 봤는데?"

"쓰리나리 연기에 모두 질식해 쓰러졌을 때……."

"그때 뭘 본 건데?"

"그때…… 나는 능이를 씹고 있었어요. 능이는 환각을 깨우는 효과가 있어요. 당신과 황득중이 쓰러질 때 나는 기절한 척 엎드려 있었어요. 얼마쯤 지났을까. 당신이 일어났어요. 그때 당신의 눈은 지금과 달랐어요. 누르스름한 청색이 나는…… 깊고 공허한 눈이 되어 있었어요. 당신은 정상이 아니었어요. 당신은…… 숨을 뱉고…… 공기를 마시고 숨을 뱉고……. 한참을 그러더니…… 바닥에 박힌 칼을 집어 들었어요. 나는 당신이 할미를 죽이고 난도질하는 것을 봤어요. 당신은 광분한 야차 같았어요. 그 밤 동안 당신의 눈동자는 여러 색깔로 변했어요. 갈색이 되었을 때는 원숭이처럼 뛰어다니더니…… 회색으로 바뀌면서 다리를 오므리고 안절부절못하며 서 있기도 했어요. 수선을 떨며 왔다갔다 하며 죽은 할미의 등을, 기절한 김수로의 배를 함부로 차댔어요. 당신의 눈이 붉은색이 되었을 때…… 당신은 할미의 피를 관음상에 발라 흉측한 문양을 그리기 시작했어요. 벽에 붉은 손자국이 길게 늘어졌어요. 당신은 고개를 설레설레 흔들고 부처에게 욕을 해댔어요. 마치 돌 관음상과 말을 주고받는 것 같았어요. 갈라야지. 갈라버려야지, 이런 알 수 없는 소리를 내며 한참 동안 지껄여댔어요. 그리고…… 고개를 돌려 아이를 향해 칼을 쳐들었어요. 한 손으로 아이의 다리를 잡아 젖히고…… 튀어나온 배에…… 비스듬히 칼집을 내려다…… 우뚝 멈췄어요. 그때 당신의 눈이 마지막으로 변했어요. 지금의 검은색으로……. 당신은 아이를 부여안고 한참 동안 흐느꼈어요. 그러다가 결국 아이의 머리에 칼을 박고 어깨를 오므려 힘껏 눌러 넣었어요. 그리고 쓰러졌어요. 나는 기절한 당신의 목에서 해인만 벗겨냈어요. 그것만이라도 통제사에게 전해야만 했기에…….”

난에몬은 고개를 절레절레 흔들었다.

“아, 아……. 정말 무서웠어요. 도망가지 말고 막았어야 했는데……. 진짜 박마에게 통제사님의 신호를 알렸어야 했는데……. 난 그러지 못했어요. 그 군의, 그에게 통제사의 뜻을 전했어야 하는데……. 그 군의가…… 진짜 박마였어요.”

백한은 난에몬을 꼭 껴안았다.

난에몬은 천천히 고개를 숙여 자신의 옆구리를 내려보았다. 손으로 옆구리 근방을 비비자 손바닥에 피가 배어 나왔다. 거기에 백한의 단도가 깊숙이 박혀 있다. 칼날 줄기를 따라 피가 뚝뚝 떨어졌다. 난에몬은 다시 눈을 감아버렸다.

난에몬의 몸에서 떨어진 백한은 입술을 이죽거리더니 웃기 시작했다. 토하듯 내지르는 웃음소리가 동헌에 퍼져 나갔다. 쇄골이 부서지는 아픔을 느끼면서도 그는 웃음을 멈추지 않았다.

'아, 다행이다. 다시 숙지를 만날 수 있겠다.'

난에몬이 본 모든 것은 사실이었다.

지하 굴에서 할미를 죽인 것은 사신이었다. 쓰라나리 연기 때문에 일어난 착란이었다. 백한은 알고 있었다. 정만인의 말대로 불사인 자신도 고통스러운 삶을 끊고 싶은 욕구가 있다는 것을. 숙지를 찾을 때마다 그녀의 몸을 이용하여 몸을 바꾸면 이 고통스러운 삶을 벗고 영면에 들 수 있겠다는 생각을 해본 적이 있다. 그는 그런 욕망이 일 때마다 거통환을 삼켜왔다.

그러나 그는 살인마가 아니었다. 다만 이번 일이 그리되었다. 숙지를 다시 만나고 싶다는 생각이 강하게 들었던 것 같다. 그는 거통환을 복용하지 못한 자신의 신체에 환각초 연기가 작용하자 내재된 본능이 칼같이 올랐던 것이라고 생각했다. 난에몬이 보았던 자신의 충격적인 행동은 바로 그것이었다. 그것은 이성을 추스르지 못했을 때 자신의 내면 깊숙한 곳에서 웅크리고 있던 숙지에 대한 집념이었다.

종종 겁이 났지만 그동안은 잘 이겨왔다. 윤회하는 숙지의 고통을 끊어주는 것. 그 의지가 분명했기에 크게 걱정하지 않았다. 지금까지 자신의 욕구를 가라앉히며 무난히 세월을 보내왔었다.

그러나 점점 자신이 없어졌다. 쓰리나리에 취하자 그리움의 본능이 튀어나온 것만 봐도 그랬다. 백한은 지쳐가고 있다는 것을 부정할 수 없었다. 눈 밝은 이순신은 아마도 보았을 것이다. 백한을 믿을 수 있을지 그는 치열하게 탐색했다.

웃음을 멈춘 백한은 이마에 날을 세우며 입술을 꽉 깨물었다.

'아니다. 이순신은 틀렸다. 나는 변하지 않는다.'

정만인이 있는 한 자신의 고통은 무의미했다. 반드시 숙지가 오염되지 않도록 해야 한다. 숙지의 윤회를 끊기 전에는 절대로 죽지 않겠다. 방법이 없더라도, 영원히 살더라도 각오는 되어 있었다.

다만 풀리지 않은 의문이 하나 있었다.

김수로.

그는 누구였을까?

그는 '쌍둥이 동생이 이 년 동안이나 누나의 뱃속에서 숨 쉬고 있다'라고 했다. 분명히 '누나'라고 말했다. 그는 태아가 사내아이란 것을 알고 있었다. 이순신의 믿음대로 박마였나? 조선에 이순신과 자신 말고 박마가 더 남아 있던가?

그렇다면 그는 정만인과 자신 사이에 끼어든 최초의 박마였다.

백한은 풀썩 주저앉았다.

턱을 젖히고 입을 벌렸다. 맑은 공기를 폐 속에 밀어넣었다. 몸 안에 숨어 있던 수많은 의식이 아우성치는 것이 느껴졌다. 점점

지쳐가고 있다. 어쩌면 정만인의 말대로 진짜 괴물은 자신일지도 모른다.

'숙지야. 숙지야. 내가 변한다. 이렇게 변하고 있다.'

동쪽 수평선 너머로 푸르스름한 빛을 오르기 시작했다.

어느새 사위가 훤해졌다.

멀리 바다에서는 쉬지 않고 대포 소리가 울리고 있었다.

머리 위로 깍깍거리는 소리가 났다.

하늘을 올려 보았다.

바람칼을 펴고 참수리가 돌고 있었다.

그 넘실거림 너머 설핏한 하늘에 중앙성이 보였다.

그 별은 글썽거리다가 결국 긴 꼬리를 늘어뜨리며 서쪽으로 떨어졌다.

같은 자리에서 네모나게 각을 이룬 새로운 중앙성이 뚜렷한 모습을 드러냈다.

방금 새로운 성모가 태어났다.

* * *

이날 이순신은 사시巳時(오전 10시)에 전사했다.

자신의 아기장수가 죽고 정확히 네 시진이 지난 후였다.

사천에 웅거하고 있던 시마즈의 오백여 척은 예상대로 이순신이 매복하고 있던 노량 앞바다를 통과했다. 죽도와 관음포의 물목마다 촘촘하게 배치된 조선 수군들과 명 수군들은 붉은 함포탄을 신호로 일시에 좌우에서 포격했다.

이순신은 시작부터 시마즈의 배들을 반달 모양의 관음포구로 밀어넣고 함대로 입구를 막을 심산이었다. 조선 수군의 선봉대는 시마즈의 함대에 근접하여 불붙는 땔감과 수마석을 던져댔다. 관음포구 안으로 몰리면 끝장이라고 여긴 시마즈는 죽자사자 함대의 정면으로 돌진했고 오직 이순신의 배만을 목표로 삼았다고 한다. 그 기세에 밀린 이순신의 대장선은 시마즈 선봉대와 두 마장까지 가까워지기도 했다.

이전 전투에서도 그랬지만 초요기를 세운 대장선은 늘 함대의 선두에 서기로 유명했다. 하나 이날만은 진열의 맨 오른쪽에 자리를 잡았다고 한다. 게다가 고작 소선 열 척만을 두고 대장선을 보호하게 했다. 대장선의 선미도 동쪽이 아니라 남서쪽을 향하고 있었다. 즉 이순신은 적진과 마주하지 않고 등을 돌리고 있었던 것이다. 이것을 간파한 시마즈 군선들이 그쪽으로 일제히 돌진하자 소선들이 엉키며 대장선이 위험하게 되었다.

이순신은 왜 적을 등지고 있었을까?

갈고리를 잇고 끝까지 대장선을 보호했던 평산포 대장 정응두는 통제사가 붓으로 군호를 만들어 남해도를 향해 뭔가를 알리고 있었다고 증언했다. 그때는 반 시진 정도 서북풍이 불었던 시각이었다. 이순신은 난에몬에게 신호를 보내기 위해 위험을 무릅쓰고 배의 진을 흩뜨린 것이었다.

다행히 서쪽에서 대기하던 진린의 수군이 측면에서 치고 들어와 이순신의 진은 와해되지 않았다. 왜군들은 되레 이순신의 배를 포기하고 깊게 들어온 진린의 대장선을 포위했다. 이때 진린의 아들 구경과 선봉장 등자룡이 죽었다.

뒤섞인 시마즈와 진린의 함대는 관음포구를 막고 있는 이순신의 배에 갇힌 형국이 되었다. 이순신은 어렵게 펼친 진을 풀어버리고 진린의 함대를 구하러 들어갔다. 그러자 왜군은 진린의 포위망을 풀고 다시 이순신을 포위하기 시작했다. 이순신이 막고 있던 길이 열렸기 때문이다.

이때부터 삼국의 배들이 엉키며 본격적인 전투가 벌어졌다. 조선 수군은 비단 깃발이 매달린 시마즈의 배에 개미처럼 달라붙었다. 각 배에서 쏘아대는 총통 소리가 산천을 뒤흔들었다. 바다는 붉게 변했고 하늘은 유황으로 들어찼다.

해가 남중하기 직전에 이순신은 유탄을 맞고 사망했다.

한발을 맞고 절명했다. 시마즈는 오십여 척만 살린 채 교묘히 관음포를 빠져나갔다.

사만 칠천 중 사만 천 명이 죽었다. 조선군은 만 육천 중 만 삼천 명 전사, 판옥선 오십여 척 중 이십육 척이 소실되었다. 고니시는 시마즈의 지원군이 초멸되는 것을 지켜보다 혼란스러운 틈을 타 신속하게 부산 쪽으로 탈출했다.

왕은 이순신이 죽었다는 소식을 듣고 심드렁해했고 명 제독 진린은 의자에서 떨어지며 통곡했다. 이 전투를 끝으로 칠 년간의 왜란은 종식되었다.

이순신은 자기 죽음을 알고 있었던 것 같다.

행장에 의하면 성모와 아기장수가 죽기 직전인 자시, 역풍이 한

창일 무렵 그는 손을 씻은 다음 혼자 화살이 빗발치는 갑판 위로 올라갔다. 그는 하늘을 노려보며 '내 목숨을 드리겠나이다. 대신 적들 것을 주소서'라고 빌었으며 그 즉시 희미하게 떠 있던 별 하나가 바다로 떨어졌다고 한다. 그가 쓰러진 것은 그 직후였다.

그는 끝까지 성모를 보러 가길 거부했다.

그것은 백한이 아기장수를 살리지 못하리라는 것을, 또 자신의 성모가 죽게 될 것을 알고 있었다는 뜻이다. 애초부터 그의 진짜 목적은 아기장수의 출현이 아니라 난을 끝내는 데 있었다.

일말의 집착은 있었을 것이다. 그래서 당일 급하게 김수로를 보냈을 것이다. 난에몬을 남긴 것도 그랬다. 이순신은 늘 박마라는 운명에서 벗어나지 못했다. 두 번째 성모도 지킬 수 없다는 자신의 운명에 괴로웠을 테고 그래서 백한에게 그렇게 사정했던 것일지도 모른다. 그러면서도 그는 끝까지 의심했다. 백한을 견제하기 위해 보냈던 박마 김수로는 초장에 실패했다. 이순신도 김수로가 성공할 것이라고는 믿지 않았던 것 같다. 애초부터 김수로는 백한의 상대가 되지 않았다. 성공해주었으면 하는 이순신의 바람은 차가운 남해 앞바다에 포성이 울리는 순간 사라졌다.

임오년 11월 1일, 선조 31년.

이날은 이 땅에 서른두 번째로 태어났던 아기장수가 죽고 보호자 이순신도 주인을 따라 죽은 날이다. 관음포 앞바다에서 퍼지는 화약 냄새는 남풍을 타고 밀려와 백한이 앉아 있는 돌암까지 풍겼다.

백한은 한동안 땅을 치며 흐느꼈다.

계절이 가듯 역란과 살육도 그렇게 지나갔다.

이듬해 봄은 모질지 않을 것이다. 그리고 계절은 인간을 간섭하지 않을 것이다.

새 중양성이 뜬 하늘 아래에서 백한은 엉엉 소리를 내며 울고 있었다.

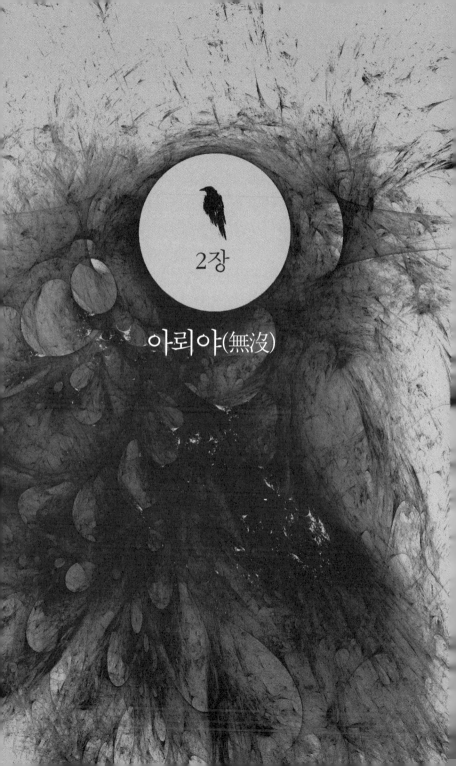

2장

아뢰야(無沒)

꿩의 바다
─ 여진인 백한

1335년 을해乙亥, 고려 충숙왕 4년
동계 쌍성총관부

말에서 내린 백한은 뚜벅뚜벅 제단 앞으로 걸어갔다.

투득, 투두둑. 화살 두어 개가 따라오듯 흙바닥에 꽂혔다. 그는 빗길을 걷듯 앞으로 나아갔다. 제단 정중앙에 놓인 커다란 은쟁반에 머리를 빡빡 깎은 아이가 모로 포개져 있었다. 서너 살이 채 안 된 고려인 아이였다. 다리를 들어보니 내장을 빼내고 깨끗하게 씻어놓았다. 밀서에 쓰인 그대로 죽은 원나라 황제들에게 바친 제물이었다.

백한은 청동 장갑을 낀 손으로 자신의 용린갑 안을 더듬었다. 군령장이 잡혔다. 대사령의 인장이 찍힌 그 종이는 전투가 끝나는 대로 벤 자와 산 자들을 기재해서 바쳐야 할 고귀한 문서였지만 그는 망설임 없이 그것을 툴툴 펴서 아이의 시신을 조심스럽게 쌌다.

비마르가 백한의 말을 끌고 다가왔다.

"금방 끝날 것 같습니다. 생각보다 적의 병력이 적어요!"

눈표범처럼 조용하고 흑수리처럼 날랜 비마르는 우수리 강의 노란 신을 모시던 사원에서 태어난 자로 백한이 고향을 떠났을 때 따라서 국경을 넘었다.

"병력이 적다고?"

돌아보니 자신의 여진 기병대들이 달아나는 몽고군들을 닥치는 대로 육살하고 있었다. 산을 감아 도는 좁은 덕산고개는 쫓기는 자와 쫓는 자가 실타래처럼 엉켰다.

"철령탄鐵翎炭이 얼마나 있던가?"

철령탄은 염초焰硝에 유황과 숯을 섞어 환처럼 만들어 던지는 화약이다. 몽고군만 제조법을 알고 있기에 고려나 왜국에서 제조법을 모으는 데 혈안이 되어 있었다.

"다섯 상자요. 이상합니다. 다른 진에 비하면 그리 많지 않습니다."

백한도 이상하게 생각하던 참이었다. 이렇게 적은 병력으로 병마사를 납치하려 했다니. 고개를 갸웃거렸지만 지금은 생각할 시간이 없었다. 납치된 병마사를 찾는 것이 더 급했다.

"챙겨. 두 상자는 우리가 가지고 나머지는 바친다. 그리고 이 아이, 어미를 찾아주어라."

죽은 아이를 건네받은 비마르가 말 머리를 꺾으며 사라지자 백한은 말을 끌고 걸었다. 그들이 쳐놓은 천막들은 대부분 무너져 있었다. 바람에 흔들리는 것이라도 빼놓지 않고 찬찬히 살폈다. 어딘가에 꿈틀거리는 움직임이 있을 터다. 말을 묶어두고 오방색 끈이 줄줄 매달린 가장 화려한 천막 안으로 들어갔다. 역시 두 명이 언월도를 들고 숨어 있었다. 뒤에서 두 놈이 더 나타났다.

"너희 대장은 어디 있나?"

말이 끝나지도 않았는데 앞의 두 명이 약속이나 한 듯 백한의 양쪽 어깨를 향해 월도를 찍어 내렸다. 백한은 직각으로 몸을 비틀며 쌍검을 뽑았다. 무거운 월도의 기력이 백한의 등과 배를 아슬아슬하게 쓸며 땅에 박혔다. 백한은 열십자 모양으로 칼을 뻗어 놈들의 어깨를 끊고 남은 두 놈을 향해 몸을 돌렸다. 한 놈은 기개에 놀라 무릎을 꿇었으나 그 옆 놈은 독하게 칼을 겨누고 있었다. 무릎 꿇은 자의 목을 그은 후 남은 사내에게 다가갔다.

"해인을 둔 곳을 대라."

상대의 칼이 바르르 떨렸다. 백한은 장갑을 낀 손으로 칼날을 끽끽 긁어댔다.

"어디에 있나?"

대답이 없자 삐딱하게 얼굴을 기울여 칼끝을 입에 물고 씹었다. 자드득 자드득, 쇳소리를 내며 칼을 씹어대는 그의 목동맥에서 붉은 힘줄이 튀어나왔다. 상대는 오줌을 지리기 시작했다. 별수없이 팔목을 자르고 목을 쳤다. 표범 가죽이 깔린 침상을 뒤졌다. 쓸모없는 지도 쪼가리들만 널브러져 있었다. 뒤주, 반닫이, 문갑도 텅 비었다.

─천제天祭를 지냈다면 분명 가지고 있을 텐데.

만인에게 얻은 밀서에는 덕산고개 앞에 매복한 군영이 병마사 이자춘이 억류된 둑티무르의 본진이라고 분명하게 적혀 있었다. 황제의 제단을 만든 걸 보면 틀린 정보는 아닌 것 같았지만 정작 들어와보니 구해야 할 분도 찾아야 할 해인도 보이지 않는다.

천막 밖으로 나왔다.

백한의 여진 기병들과 병마사의 첨병대가 막사마다 불을 지르고 있었다. 묶어놓은 말을 풀고 올랐다. 이리저리 진중을 달렸지만 억류된 병마사가 있을 만한 곳이 보이지 않았다.

그때 기둥 바위 세 개가 솟은 외딴 자리에 젖은 천막 하나가 눈에 들어왔다. 반쯤 무너진 천막이었지만 입구를 밧줄로 꽁꽁 묶어 봉해놓았다. 도끼를 집어 말뚝을 부러뜨리고 안으로 들어갔다. 기둥에는 한 사내가 기절한 채 묶여 있었다.

병마사였다.

입언저리에서 톡 쏘는 냄새가 났다. 투구꽃 뿌리 냄새. 고려인들이 초오草烏라고 부르는 이 꽃의 뿌리는 화살촉에 바르는 독으로 쓰인다. 병마사 이자춘은 꽤 많은 양의 초오를 개어 마신 듯했다. 끌고 나와 말 등에 업었다. 벌판으로 나갈 수 있는 유일한 통로인 덕산고개는 자신의 기병대와 몽고군들이 뒤섞여 지나지 못할 정도였다. 쌓인 시체가 돌무더기처럼 협곡을 막고 있었고 시체를 밟는 말들도 균형을 잡지 못하고 비틀거렸다.

손을 들어올리자 어딘가에서 비마르가 나타났다.

"찾으셨군요."

"계획을 바꾼다. 일일이 칼질하지 말고 단번에 터뜨리자."

"······바치는 것에서 하나를 더 뺍니까?"

백한이 고개를 끄덕였다.

"그럼 두 상자밖에 남지 않습니다."

"우리 건 안 돼. 바치는 것에서!"

고개를 끄덕인 바마르가 시선을 바꾸려 할 때 "잠깐!" 백한이 그를 다시 불렀다.

"네 침통을 빌려야겠다."

"노봉방유가 필요하십니까?"

"아무래도 지금 놔드려야겠어. 함백초보다는 그게 나을 것 같아."

"제가 직접 하지요."

비마르는 말에서 내렸다.

노봉방유는 장수말벌의 집을 갈아 만든 기름이다. 장수말벌의 집을 가루로 내어 꿀과 섞어 짜면 휘발성 기름이 나오는데 그것을 봉침에 묻혀 주사하면 뜨는 듯 몽롱한 기분과 함께 고통을 잊게 했다.

비마르는 품에서 솔잎색 향합 단지와 상아로 만든 둥글고 납작한 함을 꺼냈다. 함 속에는 황갈색 장수말벌 한 마리가 들어 있었다. 새끼 두더지만큼이나 큰 말벌의 꽁무니 털끝에는 긴 침이 솟아 있었다. 비마르는 향합 단지를 기울여 병마사의 목덜미 위에 노봉방 기름을 한 방울 떨어뜨린 다음 그 자리에 말벌의 침을 깊숙하게 찔렀다. 둥글게 모인 노란색 기름이 빨려가듯 피부 안으로 스며들었다.

"됐습니다. 당분간 고통은 잊으실 겁니다. 하지만 독이 퍼지는 것까지는 막지 못합니다."

"그것으로 충분해."

비마르는 꽁무니를 자르르 떠는 말벌의 날개를 떼버린 후 손으로 터뜨려 죽였다. 봉침독의 대가인 비마르의 장수말벌들은 심장과 목, 성기를 공격하는 법을 알았다. 그것은 비마르가 꿀벌의 애벌레를 갈아 만든 가루를 사용하여 말벌들을 다루기 때문이었다.

"난 찾을 게 있으니 이곳을 정리하고 돌아와라. 숙소에서 보자!"

백한은 수방산 계곡으로 말을 몰았다. 절벽을 타고 내려갈 참이었다. 계곡 아래로 한 무리 군사들이 은밀하게 이동하는 것이 눈에 들어왔다. 유독 화려한 갑옷을 입고 있는 자가 병사들에게 둘러싸여 있었다. 적장 둑티무르였다. 흥분한 말이 콧김을 푸르르 내뿜었다.

너럭바위에 서서 귀신 같은 소리를 내질렀다.

쿄오―.

그들은 일제히 백한이 서 있는 바위 쪽으로 창을 돌렸다. 겁을 더 주고 싶었으나 안장에 엎드려 있는 병마사가 걱정되어 섣부른 짓은 하지 않기로 했다. 화살통에서 대초명적大哨鳴鏑을 뽑아 시위에 걸었다. 싸리나무로 만든 살대는 장정 다섯을 뚫어도 남을 길이였다. 이 창대 같은 화살을 사용하는 이는 이자춘 부대 내에서도 백한이 유일했다.

네 번째 손가락 하나만을 꺾어 시위에 걸었다. 그는 늘 왼손 네 번째 손가락만을 사용했다. 이 활을 쓰기 위해 오래전부터 이 손가락 하나를 지독하게 단련시켰다. 가장 약한 손가락을 가장 강하게 만들면 예측할 수 없는 새 힘이 만들어진다. 틈을 뚫고 만든 조율. 가지지 못했던 힘을 배운 네 번째 손가락의 힘줄들은 어느 것보다 민감했다. 백한은 의식을 치르듯 손바닥을 귀까지 올리고 시위를 판판하게 늘렸다.

쿄오—.

다시 귀신 소리를 냈다.

몰래 쏘지 않는다. 꿩 한 마리를 잡아도 반드시 두서너 길 오르게 한 뒤 맞히는 것이 여진의 법이었다. 하나 백한은 좀처럼 시위를 놓지 못했다. 적장은 눈, 코, 입을 제외한 온몸에 두껍고 무거운 은갑을 두르고 있었다. 그들은 이쪽을 향해 활을 쏘아대기 시작했다. 백한은 각지(화살촉)를 이리저리 재다가 할 수 없이 벌린 입안으로 화살을 박았다.

둑티무르가 두루미의 깃털로 만든 살깃을 입에 문 채 고꾸라졌다. 대장이 쓰러지자 기병들이 우왕좌왕했다. 말을 몰고 가풀막을 내달렸다. 단기로 달려들어 말을 세우는 여진족 무사를 십수 명의 병졸들이 그저 멍하니 쳐다보고만 있었다. 말에서 내린 백한은 적장의 투구를 벗겨냈다. 입안에 피거품이 끓고 있었다. 화살을 뽑아내고 뭉친 회지를 쑤셔넣었다. 남은 회지는 적장의 목에 두어 번 감고 벗긴 투구의 편찰을 뒷덜미에 끼워 머리를 고정시킨 다음 손도끼로 목을 끊었다. 군더더기 없는 움직임이었다. 얼이 빠진 적병들은 등을 구부린 채 백한의 움직임을 멍하니 지켜보기만 했다.

장갑을 벗었다. 시신의 갑옷 줄을 헤치고 상갑을 펼치자 붉게 물들인 사슴 가죽 주머니가 나왔다. 속에 엄지손가락만 한 도장이 들어 있었다.

'가지고 있을 줄 알았다.'

햇빛을 받자 그 물건의 희끄무레하던 표면이 오래된 범 이빨처럼 탁한 연둣빛을 서리기 시작했다. 피 냄새를 맡고 깊이 움츠린 것이리라. 이제 찾을 것은 찾았고 죽일 놈은 죽였고 구할 분은 구해냈다.

절벽 위에서 지령음이 들렸다.

철령탄의 매캐한 화약 냄새가 퍼지며 잿빛 먼지가 올랐고 몽고 군들이 솟구치며 쓸려 내려가는 것이 보였다. 봉침 탓인지 이자춘의 얼굴이 가지처럼 부어오르고 있었다.

백한은 계곡을 따라 말을 몰았다.

* * *

"병마사께서 매우 만족하셨어."

만인이 장갑을 끼며 말했다.

"……드렸는가?"

"아니, 아직."

만인은 듣기 좋은 개경 말을 뱉으며 어깨를 한번 으쓱했다.

"네가 되찾은 해인은 다음달 가뱃嘉排날 정식으로 바칠 거야. 지금 편제를 바꾸고 있어. 마님의 신변도 좀 걱정되고 말이지."

"병마사는?"

"풍기風氣가 좀 있지만 금방 전유하실 것이야."

백한도 엉거주춤 일어서며 남은 인삼차를 급하게 들이켰다.

"여어, 천천히 마셔. 다 마시면 나가자."

만인은 백한의 어깨를 어르듯 쓸며 부드럽게 쳐다보았다.

정육품 낭장 직책의 정만인은 의주 병마사 이자춘 장군의 호위 부장이다. 백한은 만인의 부대에 소속된 정구품 교위였다. 백한은 정만인 부대의 돌격 대장이었다. 만인이 상관이었으나 나이가 비슷해서 둘은 사석에서 상하를 따지지 않았다. 그들은 백지 선생 아래에서 동문수학한 친구이기도 했다.

"병마사께서 널 무척 보고 싶어 하시는데."

"나를?"

"응. 가뱃날 널 만나시겠대."

"됐네, 조섭이나 잘하시라 해." 백한이 손사래를 쳤다.

"꿩이 독수리 알을 물어왔다, 꿩이 독수리 알을 물어왔다, 막 그러시던걸."

만인은 아름다운 그 눈을 찌푸리고 우스꽝스럽게 목을 늘어뜨리며 파닥파닥 꿩 흉내를 냈다.

"……그만둬."

"부대원들도 너를 보면 창을 쳐들고 칼을 빼서 이름을 부르짖잖아. 넌 이자춘 부대 최고의 무사야, 백한."

그럴지도 모른다. 이번 전투로 백한의 여진 기병대는 이자춘의 선봉군으로 독보적인 입지를 세웠다. 아닌 게 아니라 대단하긴 했다. 중간중간 목초를 먹이며 내달린 덕에 독이 번지기 전 병마사를 무사히 귀환시켰다. 그의 수하들은 이천에 매복한 몽고의 첨병대를 전몰시켰고 노획한 철령탄 표본까지 바쳤다. 무엇보다도 약탈당했던 해인을 되찾아 왔다.

하나 백한은 그 말을 곧이곧대로 듣지 않았다. 칭송받는 모양새가 어쩐지 만인이 부대원들을 부추긴 것 같았다. 밖에서는 백한의 이름을 부르짖고 있다지만 군영의 진짜 무사는 단연코 만인이었다. 정만인은 동계 지역을 통틀어 가장 강한 사내였다. 활쏘기 달인인 백한도 이 희고 잘생긴 고려인의 힘을 당하지 못한다.

"병마사께서 자네의 급을 두 단계 올리고 영웅식을 치르라고 하셨어. 진작 이렇게 돼야 했었어."

영웅식은 무산계 직책에 섭攝 자가 붙는 영관급 장수들에게만 치러주는 술잔치를 말했다. 영웅식을 치른다는 것은 백한의 품계가 상계가 된다는 뜻이었다. 공식적으로 사병을 둘 수 있었고 근거지에서 벌어지는 국가의 사업도 관장할 수 있었다.

'영웅식이라.'

하지만 영웅식만큼 애매한 권위도 없었다. 이곳 동계(동북면 지역) 같은 전방에서는 젊은 장수들에게 종종 지급되곤 했지만 군율이 엄한 아래 지방에서는 쉽게 오를 수 없는 관직이다. 또 애초에 받아야 했을 무사가 뒤늦게 받는 경우도 허다했다. 만인의 경우 석 달 전에 영웅식을 치렀다. 왕이 국경에서 넘어올 때 경호 부대를 역임한 공로였다. 이런 들쑥날쑥한 방침 때문에 개경의 무가武家들은 영웅식을 대체로 인정하지 않았다.

"넌 이제 진짜 고려인이 된 거야. 백한."

어찌되었든 여진인 출신 백한은 정식으로 고려의 관리가 되었다. 이제 병마사의 저택에도 마음껏 드나들 수 있었다. 백한은 내색하지 않고 "아무튼 병마사께서 무사하시다니 다행이군"이라며 얼버무리고 말았다.

동계 지역은 정세가 복잡했다.

고려에 속해 있지만 몽고는 이곳에 쌍성총관부를 두고 자신들이 임명한 고려인 관리 조지수를 총관으로 보냈다. 하지만 진짜 동계의 실력자는 고려 왕실도, 몽고의 총관도 아닌 지역 토호 이자춘이었다. 그는 함흥과 경흥을 차지하고 오만 호를 대표하는 실질적 지배자다. 출신은 고려였지만 고려인도 몽고인도 아닌 동계인으로 통했다.

오래전부터 이 지역은 이자춘 가문이 장악하고 있었기 때문에 몽고도 고려 왕실도 어찌할 수 없었다. 동계에 거주하는 백성들과 일부 여진인들은 이자춘을 따르고 있었다. 특히 2군 6위가 무실해지면서 번상番上*이 제대로 이루어지지 않자 동계 지역은 공식적으로는 파견된 총관 조지수가, 실질적으로는 세력가 이자춘이 공유하는 꼴이 고착화되었다. 최근에는 이자춘이 고려인이라는 이유로 고려 왕실에서 그를 지원하는 모양새가 크다.

몽고는 그를 다루가치로, 고려는 병마사에 준하는 권위를 주고

---

* 지방에서 군사를 뽑아 중앙에 보내던 일.

대우하는 것에는 셈이 분명했다. 입술이 없으면 이가 시린 법. 그들은 그저 이자춘이 서로의 입술 역할을 잘해주길 바랐기 때문이다.

상도(원나라의 수도)의 지원을 받는 쌍성총관 조지수와 반원파 고려 귀족의 지원을 받는 실력자 이자춘은 그렇게 이 지역의 패권을 다투며 서로를 견제했다. 중랑장 정만인은 그런 이자춘을 그림자처럼 보위하고 정만인의 모든 명령은 여진족 출신 교위 백한이 따른다.

두 사람은 대남문 광장을 걸었다.

광장에는 축제를 준비하는 사람들로 가득했다. 대로의 양쪽으로 卍 자가 적힌 커다란 등이 두 겹으로 길쭉하게 늘어졌고 아이들이 그 사이를 마구 뛰어다니고 있었다. 넓고 큰 대남성 상루에는 쌍성총관부의 본관이 내려다보듯 솟아 있었다.

"여기서 무얼 하는 게냐!"

한 사내가 저울추처럼 두 사람의 어깨에 매달렸다.

"여, 조로구먼."

총관서 소속 녹사인 조로는 쌍성총관에 근무하는 하급 무사들의 감찰을 담당하는 관리였다.

"옷차림이 개경에서 온 것 같지 않은데, 조로?"

"연경에 다녀왔지. 자, 이거."

조로는 만인에게 작고 길쭉한 청록색 병을 건넸다.

안에는 꼴랑거리는 액체가 들어 있었다.

거통액이다.

"샤카薩迦*까지 가서 구했다. 젠장."

거통액은 샤카의 고지대에서 나는 석청**에 검은 전갈, 형개***, 당귀 등을 고아서 만든 것으로 근육의 통증을 없앤다고 알려진 신비한 물질이다.

"어디 보자."

"야, 야! 너 이 자식, 지금 뭐하는 거야?"

조로는 손바닥에 약을 흘려 맛보려는 만인을 급하게 제지했다.

"진액이야. 그거. 혀만 대도 반신불구라고!"

"저번 것보다 더 독한 건가?"

"저번 건 가공한 것이었고 이번 건 달라. 고산지대의 석청 원액 그대로라고. 쓰려면 공을 들여 희석해야 해. 이게 얼마나 독한 건데……."

"……음." 만인은 심각한 표정을 지었다.

"이제는 구해달라고 하지 마. 하도 사정해서 구하긴 했지만 품고 있기도 위험한 약이야. 이젠 샤카인들도 이런 거 안 써. 통증을 없애려면 이것 말고도 좋은 것이 많은데 왜 굳이 이걸 쓰려 하나?"

"희석하는 방법이 뭐지?" 만인이 물었다.

"무명에 미량을 적신 후 더운물에 넣고 하루쯤 묵혀두고 다시

---

* 티베트 지역. 라사에서 서쪽으로 400km 떨어진 해발 4500m 고원으로 동충하초가 유명한 산지다.
** 히말라야 지방의 고산 벌꿀.
*** 꿀풀과에 속하는 식물.

그 물을 팔팔 끓인 후에야 먹을 수 있어. 말 그대로 완전 맹독이
야."

"아니, 계량법이 어떻게 되냐고."

"우물물 열 되에 이거 1촌 7분 3리를 정확하게 섞어야 해. 그렇
게 하지 않으면 통증이고 뭐고 없이 골로 가버려."

조로는 손으로 목을 긋는 시늉을 했다.

"통증도 없이?"

"즉사지, 즉사. 멍청해 보이는 너희들 전의에게도 똑똑히 전해.
이걸 병마사에게 쓰려면 사용법을 잘 익혀야 한다고. 또 저번처럼
실험하겠다며 고양이 같은 것들에게 먹이지도 말고."

"고양이? 고양이라니?"

백한이 그런 소리는 처음 듣는다는 표정을 지었다.

"구하기 힘든 이걸 짐승한테 처먹이려 했다고. 이 뒤듬바리 고
려 놈들이!"

"그게 무슨 말이야?"

"아, 아니야. 아무것도."

"아무것도 아니긴, 저번에도 구해준 것이 있는데 글쎄 저놈이
거기에다 산 고양이를 담가 장을 만들고 있는 거야."

"장을, 왜?"

백한이 의아하다는 얼굴로 만인을 쳐다보았지만 만인은 딴청을
피웠다. 조로는 더욱 열을 내며 말했다.

"원래 샤카의 원액을 독 안에 넣고 물로 희석시킨 다음 새끼 고
양이를 담가놓으면 그 짐승이 방귀를 뀌어. 비율은 복잡하기 때문

에 말해도 모르겠지만 하여튼 그 정량에 고양이가 정확히 열두 번 방귀를 뀌면 용액은 이전과 다르게 변해."

"어떻게 되는데?"

"초오만큼 코를 쏘는 냄새가 날 때쯤 되면 고양이는 이미 죽었을 거야. 꺼내고 몇 달 동안 용액을 숙성시키는 거야. 그걸 복용하면 머리가 돌게 되지. 마치 한 몸에 여러 사람이 든 것처럼 인격이 변하는 거야. 저 고려 놈이 그런 걸 실험하더라고. 정신을 길들일 수 있게. 미친 것들!"

병마사의 얼굴이 떠올랐다. 병마사의 입에서도 분명 톡 쏘는 냄새가 났다. 그땐 초오에 취한 것이라고 생각했지만 지금 생각하면 분간하기 어려웠다.

"아, 그만, 그만."

조로의 눈초리에 머쓱해진 만인은 "내 장문갑 안에 넣어둬"라고 말하며 청록색 병을 백한에게 건넸다. 그걸 바라보는 조로가 또 한소리를 한다.

"……못된 놈, 백한 같은 애를 마치 넷보처럼 대하는구먼."

"자기가 좋아서 하는 일인데 뭐."

"좋아서 한다고? 백한이 무지렁이라서 네 똥구멍을 핥아대겠어? 네놈이 뭔가를 틀어쥐고 있어서겠지. 그리고 나한테 이런 거 그만 시켜, 난 총관서 소속이란 말이야. 엄연히 너희들의 적이라고!"

조로는 총관서 소속이었지만 진짜 품계는 고려군 중랑장 소속의 암군장暗軍將이다. 조로는 고려가 파견한 첩자였다. 비록 몽고의 지배를 받고 있지만 고려는 엄연히 조종祖宗이 있는 독자적인 국가였다. 고려 왕실은 동계를 회복하기 위해 안간힘을 쓰고 있었고 몽고의 앞잡이인 총관 조지수의 행적을 관찰해야 했다. 아울러 자신들이 지원하고 있지만 이자춘의 동향도 감시하고 있었다.

만인도 그 사실을 알고 있지만 조로와 인간적으로 사이가 나쁘지 않았고 이쪽에서도 이용할 가치가 있었기 때문에 조로를 대수롭지 않게 생각했다. 나이가 같은 세 사람은 늘 함께 마셨고 정월이나 가뱃날이면 여자를 훔치러 다니기도 했다.

조로가 백한의 어깨를 툭 하고 쳤다.

"그나저나 너 굉장한 일을 했더구나. 대체 깃발이 몇 개야?"

"……뭐, 기수대에 걸지도 못하는 건데."

백한이 납치되었던 이자춘을 싣고 왔을 때 동북면의 고려인들은 백한의 이름을 새긴 깃발을 만들어 바쳤다. 백한에게는 그렇게 받은 깃발이 이미 여섯 개가 되었다.

"자, 자. 그만하고 이제 말해봐."

만인이 조로의 어깨를 안고 앞으로 이끌었다.

"좀 어때?"

"……뭐가? 새끼야."

"해줄 말이 있잖아. 그래, 개경에서 뭘 가져왔나?"

조로는 어깨를 한번 으쓱거리다가 진지해졌다.

"이번 병마사 납치 사건에 수상한 점이 한두 가지가 아니라는 것을 미리 알려주마."

"암군장이란 놈의 입에서 나오는 소리가 고작 그거야? 병마사 납치에 배후가 있다는 것은 요동의 너구리들도 다 아는 사실이다."

만인이 핀잔을 주자 조로는 쉿, 하며 손으로 입을 가렸다.

"……이번 납치 사건, 누구의 짓이라고 생각해?"

"너희 총관 쪽 아냐? 우리가 고려에 입조할 뜻을 보이자 쌍성총관이 시도한 짓 아니었나?"

만인의 말에 조로가 한심한 표정을 짓는다.

"그럴 줄 알았다. 니들은 아직 하급이야. 그건 우리 쪽 짓이 아니야. 등신들아."

"총관서 쪽이 아니라고?"

"당연히 아니지!"

만인과 백한이 서로 마주보았다.

오래전부터 병마사 이자춘은 이 땅을 고려에 바치려 했다. 고려의 고토였던 동계를 돌려주고 정식으로 관료가 될 생각이었다. 사실 병마사란 직함도 정식으로 받은 게 아니었다. 최고 품계의 지급량인 전지 백 결, 시지 오십 결을 받은 것으로 그저 그렇게 대우할 뿐이었다. 실제 그의 땅에서는 그보다 더 많은 곡식과 땔감이 나왔다.

어찌되었건 이자춘이 고려의 신하가 되면 대등한 세력을 행사하던 쌍성총관 조지수는 낙동강 오리알 처지가 되고 만다. 아직은 뒤를 봐주는 몽고군이 있지만 확실히 몽고의 힘은 예전 같지 않았다. 원나라 본토에서 황제 암살 기도 사건이 일어나는 등 민심이 좋지 않았고, 몸을 낮추며 살던 한족 귀족들의 움직임도 심상치 않았다. 반원의 기세는 고려 쪽에서도 상당했다. 고려 왕은 청교의 선농단을 복구하고 보란 듯 하늘에 제를 올리기도 했다. 확실히 몽고의 지배력은 예전 같지 않다.

이 틈을 타 고려가 이자춘과 연합해서 동계를 수복하려 든다면 난감해지는 것은 바로 몽고의 앞잡이인 총관 조지수였다. 이번 납치 사건이 이자춘을 제거하기 위해 조지수가 둔 포석이라는 소문이 돈 것도 바로 그 이유다. 그런데 총관 조지수의 짓이 아니라는 조로의 말에 만인과 백한은 이마에 줄을 그으며 신중해질 수밖에 없었다.

조로는 어이없다는 표정을 지었다.

"우리 총관서가 병마사에게 약을 먹이고 납치할 만큼 무모하다고 생각해? 설사 그랬다 치더라도 그렇게 드러나게 일을 치렀을까? 너희들 진짜 바보니?"

"……니들 짓이 아니라고?"

"이번 사건, 찬찬히 복기해보면 답이 나와. 백한이 들어갔을 때 둑티무르는 일찌감치 도망치고 있었어. 그렇지? 그놈들, 싸울 의지가 없었다고. 야, 백한, 말해봐. 그래, 안 그래? 둑티무르의 본진에 철령탄이 두 상자뿐이라는 것도 말이 안 되지. 그게 걔네들의 필승기인데."

정확히는 다섯 상자였다. 두 상자는 백한이 빼돌렸고 한 상자는 터뜨리는 데 사용했다. 그렇다 해도 적은 수다. 현장에 있던 백한도 이상하다고 생각했다. 병마사 납치를 감행한 부대라면 병마사 본대의 추격을 예상했을 터다. 추격한다면 여진인 정예 기병일 테고, 주력이 포병대인 둑티무르로서는 철령탄으로 똘똘 둘러치고 있어야만 했다.

"그…… 그렇다면?"

"그래, 그거야. 거기에 부원파가 들어가면 모든 조각이 들어맞지."

"부원파?"

만인의 얼굴이 굳었다.

"그래, 그들은 이 지역만이라도 독자적으로 다스릴 생각을 하고 있어."

부원파란 몽고에 빌붙어 권력을 얻은 고려인을 말했다. 양계 지역에 배치된 몽고군이 슬슬 철수할 준비를 시작하자 부원파는 정치적으로 고립되기 시작했다. 오랫동안 몽고에 붙어 동족을 괴롭혔던 그들로서는 바늘방석에 앉은 기분일 것이다.

조로는 이자춘 납치 사건이 동계 지역에 뿌리를 내리려던 부원파 고려인들이 연경의 몽고 조정에 통제를 받지 않고 독자적으로 꾸민 일이라고 말했다.

듣고 보니 이가 맞아떨어지는 부분이 있다. 몽고의 힘이 떨어진 요즘 수세에 몰린 것은 총관뿐만이 아니었다. 부원파도 난감한 처지가 되었다. 사실 동계의 백성들을 수탈하는 자들은 총관이 아니라 그들이었다. 그들이 동계 지역을 먹기 위해서는 역시 가장 먼저 이자춘을 제거해야 했을 것이다.

"그들이 이자춘을 효율적으로 제거하는 방법은 딱 하나야."

"총관과 싸우게 하는 것?" 백한이 중얼거렸다.

"부! 백한."

조로는 상대의 말이 정확할 때 '부'라고 외치는 버릇이 있었다.

"역시 이민족이라서 그런지 감이 좋네. 백한 말대로야. 이 납치 사건은 부원파들이 총관의 짓으로 보이기 위해 벌인 짓이야!"

만인이 고개를 갸웃거렸다.

"그렇다 해도 이상하잖아. 개경의 동계 회복 움직임은 오래전부 터 있었어. 그래서 총관이 늘 민감해하고 있었지. 총관의 딸과 병마사의 혼인이 실패한 이후에 너희 쪽과 우리 쪽은 사이가 완전히 돌아섰다고. 그런 판국에 부원파가? 저들이 지금 이 시점에서 우리 두 세력을 싸움 붙일 급한 이유라도 있나?"

"있지. 급해졌지."

조로는 입맛을 다신 후 어깨를 한번 들썩였다.

"바로 대모 마님 숙지 아씨 때문이야."

숙지의 이름이 나오자 두 사람은 아까보다 더 심각한 표정을 지 었다. 숙지는 쌍성총관부 총관 조지수의 서녀이며 병마사 이자춘 의 둘째 부인이었다. 총관 조지수의 딸 숙지가 병마사 이자춘의 부인이 된 것은 올해 초였다. 두 정적 간에 맺어진 이 혼인은 병마 사의 측근 만인이 긴밀하게 성사시킨 것이었다.

만인은 이 혼인이 두 세력의 깊은 골을 메울 수 있다고 보았다. 그러나 예상과 달리 총관의 딸 숙지는 병마사 이자춘과 관계가 좋 지 않았다. 혼인은 성과 없이 사이만 더 나쁘게 만들었다.

"숙지 아씨가 왜?"

"임신했어."

고개를 돌려보니 만인도 놀란 표정이었다.

"어라, 몰랐어? 병마사의 둘째 부인이 아이를 가졌다고."

"화…… 확실해?"

"이 일로 병마사와 조지수의 관계는 이제부터 돈독해지지 않겠어? 둘이 손이라도 잡는다면 이 지역은 고스란히 고려의 것이 되는 거야. 둘 다 고려인이니까. 몽고도 그렇지만 부원파에게는 최악의 상황이지."

"음."

"당연히 부원파들은 서두르지 않을 수 없었겠지. 그런데 만인, 넌 정말 모르고 있었냐? 벌써 다섯 달째 접어들었다는데……."

만인은 아무런 대답이 없었다.

숙지는 성모였다.

박마는 만인이었다.

만인은 자신의 성모를 실력자 이자춘에게 혼인시키고 해인을 바칠 기회를 보고 있던 참이었다. 만인이 혼사에 힘을 쏟았던 이유는 분명했다. 태어날 아기장수에게 정치적 환경을 만들어주기 위해서였다. 그는 결국 병마사가 이길 것이라고 보았다. 고려가 몽고의 속박에서 벗어나고 이자춘이 정치적으로 부상하게 되면 자신의 아기장수는 자연스럽게 중앙에서 활동할 수 있을 터였다.

그즈음 병마사 납치 사건이 벌어졌고 해인을 도난당했다. 다행히 백한이 둘을 모두 되찾아 왔고 만인은 가뱃날 해인을 숙지에게 다시 바칠 참이었다. 그런데 숙지가 임신했다니…….

만인이 저렇게 놀란 표정을 짓는 건 당연했다. 성모의 모든 것을 알고 있어야 할 박마가 성모의 임신을 상대편 첩보원에게 듣게 된 것은 수치스러운 일이다.

"그러니 그건 이중으로 꼬인 간계야. 절대로 부화뇌동해선 안 돼. 백한, 너도 잘 알아둬라."

조로는 만인뿐 아니라 백한에게도 다짐을 받으려는 눈빛을 주었다. "너희들 섣불리 총관을 공격하려 들지 마. 그것이야말로 부원파들이 바라는 바야. 또…… 아이의 주인에 관한 이야기도 있는데…… 지금은 말할 때가 아닌 것 같고. 아무튼 병마사께는 주변 단속을 잘하라고 전해. 멍청하게 납치나 당하고 그러지 말라고."

만인의 눈동자가 넓게 퍼졌다.

"아이의 주인이라니?"

"그것은 확인할 바가 있으니 확실해지면 얘기하마. 우와, 저쪽 여자들 봐, 옷을 너무 얇게 입었잖아. 가보자!"

"어이."

만인이 가려는 조로의 목 끈을 붙잡았다.

조로가 무춤하게 고개를 돌렸다.

"……지금 말해봐."

만인의 얼굴이 돌처럼 식어 있었다.

대남문 아래 세워둔 주작상像도 잡아먹을 만큼 사나운 눈빛이었다.

당황한 조로가 머뭇거렸다. "……뭐가? 뭘?"

"지금 말해. 아이의 주인에 관해 할말이 있었잖아."

"말 그대로 아이의 아빠가 좀……. 아, 안 돼. 그 일은 몇 가지만 더 확인되면 알려줄게. 아, 아. 이제 별제사가 시작될 모양이군. 난 이만 간다."

만인과 백한은 광장을 흘깃했다.

둥. 둥.

신락무를 추는 무사들이 나타나자 거리에 모인 사람들이 환호했다. 걸교전乞巧奠이라고도 하는 이 별제사는 매년 칠월 초이레 보름달이 뜰 때 치르는 행사다. 이 행사는 욕불회浴佛會*나 담선 법회와는 성격이 달랐다. 종교적 신앙에 기댄 행사가 아닌, 집단의 역사를 자축하는 묘제였기에 누구나 참여할 수 있었고 형식도 까다롭지 않았다.

별제사 때 고려인들은 신당에 모여 태제太帝(단군왕검)에게 백주와 음식을 헌납하고 신락무神樂舞를 추었다. 신락무는 군사들이 추는 춤에 아낙들이 호응하는 식이다.

지금 대남성 광장에 모인 사람들이 군무의 행렬을 기다리고 있는 것은 다 이유가 있었다. 이날만은 춤이 끝난 직후부터 아침까지 상대를 가리지 않고 얼이 짓을 해도 용납되었다.

먹처럼 어둠이 내려오자 길고 넓은 대남문 앞 도로는 열을 맞춰 행진하는 무사들로 가득찼다.

둥, 둥.

텅 비고 파장이 큰 북소리가 퍼졌다.

---

* 부처의 몸을 씻기는 의식.

"우리도 그만 가자."

백한이 만인의 팔을 잡고 군무의 대열로 이끌었다. 두 사람도 이번 군무에 참가하기로 되어 있었다. 행렬의 맨 앞에 두 개의 대나무 깃발을 올린 나무배가 높게 떴다. 배 위에는 경왕녀鏡王女와 대해인大海人으로 분장한 춤꾼이 서로의 사타구니를 맞대고 얼이춤을 추고 있었다.

경왕녀와 대해인의 사랑은 유명했다. 경왕녀는 백제 무왕의 딸로 왜국으로 건너간 교기왕의 부인을 말했다. 대해인은 멸망한 가우리국(고구려) 장수 연개소문을 말했다. 두 명의 춤꾼이 추고 있는 저 춤은 가우리가 망하고 왜국으로 망명한 연개소문이 백제 왕녀인 경왕녀와 쥬신의 피를 섞었다는 전설을 표현한 것이다. 이별제사는 위세 등등했던 가우리인을 그리는 제사였다.

숭덕. 숭덕.

북소리 아래로 칼이 부딪히는 소리와 갑옷이 철컥거리는 소리가 하늘을 찔러댔다. 만인은 대열 맨 앞쪽에, 백한은 그다음 줄의 초두리라고 부르는 사위꾼들 사이에 자리를 잡았다.

둥, 둥―.

둥, 둥―.

북이 빨라졌다.

둥-둥-둥-둥-둥-둥.

무사들이 일제히 하늘로 뻗어 올랐다.

만인과 백한도 박자에 따라 월도를 휘두르며 뛰어올랐다. 북이한 번 울리면 발이 땅에 닿았고 두 번 울리면 다시 몸을 날렸다.

수백 명의 무사들이 공중으로 뛰어오르며 일제히 칼을 펴고 휘돌아 내려왔다.

"이거 연습을 안 해서 합을 못 맞추겠는데."

만인이 숨을 몰아쉬며 투덜거렸다. 무언가 마음에 들지 않은 표정이었다. 조로가 한 말 때문인 듯했다.

그런가? 그렇게 말했지만 백한의 눈에 보이는 만인의 몸짓은 고니가 날개를 펴고 오르려는 것처럼 아름다웠다. 그가 땅을 치며 몸을 띄울 때마다, 양손에 잡은 칼날을 찰, 찰 튀길 때마다 구슬 같은 물방울이 흩어지는 것 같았다. 떨어질 때 퍼지는 숱 많은 머리카락도 검은 바다 같다.

드디어 배 위의 경왕녀와 대해인이 격렬하게 얽혔다. 사람들이 일제히 소리를 질렀다. 대해인의 가랑이 사이로 경왕녀의 고운 치마가 끌리듯 지났고 다시 대해인의 등을 타고 오이씨 같은 버선발을 촘촘히 지르밟았다.

대해인이 등을 펴자 경왕녀가 공중으로 떠올랐다.

경왕녀가 달을 향해 손을 뻗었다. 뒤따르며 행진하는 시커먼 철갑의 무사들도 일제히 공중으로 올랐다. 떨어지는 경왕녀를 대해인이 받아 안았다. 동시에 무사들이 떨어지고 땅 위에서는 아낙들이 튀어 오른다. 달빛에 서린 두 그림자가 서로의 몸을 치고 안으며 어깨를 들썩였다. 환호성과 북소리, 창검과 갑옷이 저마다의 열대로 부딪히며 떨어지는 소리가 하늘을 찔렀다.

몸을 띄우며 어깨를 젖히던 백한은 그 순간, 박자를 놓치고 말았다. 대남문 서쪽 망루 입구.

군중 사이에 서 있는 여인.

숙지다.

그녀는 고작 두 명의 시녀만 대동하고 군중 속에 섞여 있었다. 달이 그쪽만 비추는 것 같았다. 화려하고 번드러운 군무에 넋이 나간 숙지의 볼은 옥처럼 파르스름했다.

차분하던 입술도 약간 벌어져 있다.

숙지는 여느 귀족 여자와 달랐다. 꾸미기를 좋아하고 사람들을 싫어하는 귀족의 몸사림 따윈 없었다. 시녀를 위세 있게 데리고 다니지도 않았고 먹을 것을 찾는 사람들을 무심하게 쳐다보지도 않았다.

홍두.

백한은 저도 모르게 이런 말을 뱉어버리고 말았다.

남쪽 지방에 자라는 홍두

봄이 왔으니 가지는 얼마나 뻗었나.

그대 많이 따기를 바라는 것은

이것이 가장 그리워하기 때문이오.*

함께 살았던 숙지가 이자춘에게 가기 전 백한에게 써준 시였다.

* * *

---

* 왕유의 시 「상사相思」.

숙지가 성모라는 사실은 숙지로부터 듣게 되었다.

"……저에게 박마가 찾아왔어요."

말을 듣자마자 숙지의 목을 당겨 안았다.

반슬반슬한 그녀의 정수리에 호수의 주황빛이 설핏 서렸다. 표정이 궁금해져서 얼굴을 올리니 발그레한 눈동자에 주황색 물이 가득 들어찼다. 지금도 주황빛 하늘을 보면 그녀의 눈동자가 떠올라 두 눈을 찔끔 감는다. 저 노을은 슬픔이다, 내 속에 품은 설움은 저 퍼진 노을만큼이나 넓다, 그런 생각이 떠나지 않는다.

"……승낙했습니까?"

숙지는 아무 말도 하지 않았다.

받아들였다는 소리다.

"……당신 나라의 법칙이니."

"받아들일 수밖에 없는 것을 용서하세요."

"그래서 아버지께 다녀온 거였고?"

"아버지에겐 말하지 않았어요."

두 사람은 손을 잡고 꿩의 바다의 둑길을 걸었다. 이렇게 손을 잡고 걷는 것도 마지막일 것이다.

"더는 이 길, 당신의 바다를 걸을 수 없게 되었네요."

백한은 "당신의 바다"라는 말에 입술을 꾹 깨물었다. 저녁 강바람이 느껴지면 손을 잡고 나갔던 이 둑길을 그녀는 늘 백한의 바다라고 불렀다.

꿩의 바다는 대남성 서쪽 여진인들이 모여 사는 숲에 있는 저수

지를 말했다. 이 길을 걷는 것은 숙지가 가장 좋아하는 일 중 하나
였다. 매일 새벽, 두 사람은 쫓기듯 일어나서 안개 낀 물바람을 맞
으러 나갔다.

"아, 바람이 너무 빨리 지나가서 간직할 수 없어요."

숙지는 불어오는 바람을 느끼며 아쉬워하곤 했다. 돌이켜보면
왔다가 급하게 사라지는 것은 호수의 물바람이 아니라 그녀였다.

"우린…… 더는 함께 잠포록한 새벽안개를 밟을 수 없겠어요."

"……잠포록한……."

숙지는 잠포록하다는 말도 자주 썼다.

잠포록한 새벽안개. 잠포록한 꿩의 바닷길. 잠포록한 하늘. 무슨
뜻인지 물어보니 숙지는 구름이 잔뜩 낀 그무러진 하늘을 가리켰
다. 북쪽의 억센 사투리를 쓰는 백한은 '잠포록한'이란 발음이 어
려웠다. 숙지처럼 부드럽고 명료한 소리가 나오지 않고 자꾸 '참푸
르투한'이라고 말하게 된다. 그럴 때마다 숙지는 작은 손으로 백한
의 코와 이마를 쓸어주었다.

"……그래, 잠포록한 안개 길을 걸을 수 없겠군."

"날 찾지 않겠다고 약속하세요."

"……찾지 않을게."

"얼씬거리지 마세요."

"……얼씬거리지 않을게."

고려인들에게 성모가 어떤 존재인지 잘 알고 있었다.

그녀는 박마의 부름을 진심으로 받아들인 모양이었다.

숙지는 똑똑한 여자였다. 어디든 도망가자고 우겨대지 않았다.

운명은 피할 수 없다는 것을, 거스르다가는 큰 대가를 치른다는 것을 알았다. 그녀는 백한에게 어떻게 받아들이며 살 것인지 묻지 않았다. 백한은 내심 묻지 않아서 다행이었다. 그는 받아들일 수 없었다. 사랑하는 여자를 다른 사내에게 보낸다는 것은 비단 몸만 잃는 것이 아니었다. 눈빛, 숨소리, 냄새, 몸짓에 고여 있는 바람까지도 저쪽에 넘겨야 한다는 것을 의미했다.

"그자, 박마라던가?"

백한의 물음에 그녀는 힘없이 고개를 끄덕였다.

"이제부터 저를 보호하는 사람이라고 했어요."

숙지를 입회한 박마는 고려인 실력자 이자춘의 근위 무사 정만인이라고 했다. 성모가 된 이상 이제 숙지의 몸은 그의 것이다.

"고백할 것이 있어요."

백한은 가만히 듣고 있었다.

"내가 당신의 청혼을 거부했던 이유는……."

"알아."

이것 때문에 그랬을 것이다. 그녀는 본능적으로 운명을 느꼈을 것이고 오래지 않아 헤어질 것을 알고 있었다. 고려의 성모는 누구에게 속할 수 없다.

"이용해버렸어요, 당신을. 의도하지 않게 속이는 꼴이 되어버렸어요."

"……알아, 안다고."

고귀한 신분인 숙지가 고려 땅에 들어와 사는 북방인 백한을 만난 것은 초여름이 시작되던 어느 날, 이곳 꿩의 바다 둑길에서였다.

호수를 끼고 넓은 숲 지대를 이루는 꿩의 바다는 이름처럼 꿩이 많았던 지대였는데, 지금 고려인들은 이 주변을 '여진인의 숲'이라고 부르고 있었다. 북방의 여진 부족 동갈락들의 군락이 있었기 때문이다. 보통 경계선을 넘어 고려 땅으로 들어온 여진족들은 유목 시절의 습성을 버리지 않고 이곳저곳을 유랑했다. 고려인들은 그런 그들을 화척禾尺이라고 불렀다.

그러나 백한이 데리고 온 우수리 강 출신의 통갈락들은 그런 화척이 되지 않았다. 통갈락은 고려인들의 눈을 피해 대남성 밖 꿩의 바다 지대에 그들만의 군락을 개척하고 가죽을 무두질하거나 수공예품을 만들며 착실하게 정착했다. 꿩의 바다 동쪽 기슭에는 붕루월이라는 잘 지은 누각이 있었다. 붕루월은 지붕의 처마가 마치 깃털을 세우는 매의 모습과 닮아 붙은 이름이었다. 말마따나 백한이 사는 마을에서 보면 붕루월은 호수로 돌진하는 매의 형상과 비슷했다.

둥그스름히 펼쳐진 호수를 볼 때마다 고향 들판이 떠올랐다. 그러면 그는 붕루월의 벽을 타고 둑을 올랐다. 둑길을 따라 걷다가 듬쑥하게 펼쳐진 종덩굴 군락이 있는 펀더기에 이르면 호수가 완연히 드러났다. 드넓게 펼쳐진 호수가 노을빛에 익어가는 것을 바라보면 어느새 그는 우수리의 평야에 와 있었다. 눈을 감고 귀를 기울이면 수면을 훑으며 불어오는 바람 소리가 마치 들대를 껑충 껑충 뛰어다니는 말들의 발소리 같다.

그 강바람이 둑으로 올라와 달걀 모양의 종덩굴 잎들을 일제히 한쪽으로 몰아버리면 그 움직임은 춤이 되고 다시 소리가 되고 챙강챙강 마차를 끌고 이동하는 부족의 긴 행렬로 변했다. 마른번개가 번뜩이는 광활한 평야를 가로지르는 무리. 큰 말에 올라앉은 아버지는 선두에서 바람을 가늠했고 부족 사람들은 말없이 걸었다. 어느새 푸른 밤이 내려와 평원이 달빛에 물들고 행렬의 덜컹거리는 마차 속에 어머니에 기댄 채 양가죽을 덮고 졸던 어린 자신의 모습이 보인다.

　그날도 그는 붕루월 아래 둑을 거닐고 있었다. 젖혀진 갈래 조각 뒤로 붉은 털을 내보이는 종덩굴 꽃을 꺾으며 어머니를 생각하고 있었다.

　여자를 보았을 때 백한은 저도 모르게 종덩굴꽃을 떨어뜨렸다. 복숭아 모양의 화관 장식을 보니 아직 혼례를 치르지 않은 고려 귀족이었다. 여자는 혼자 둑길에 서서 노을을 바라보고 있었다. 손 안에는 종덩굴꽃 몇 송이가 쥐여 있었다.

　"손을 베였어요."

　여자는 팔꿈치를 세워 손을 내보였다. 얇은 손날에서 피가 뚝뚝 떨어졌다. 종덩굴꽃은 부드럽지만 달걀처럼 생긴 잎에는 날카로운 톱니가 있는데, 여자는 거기에 베인 모양이었다. 백한은 여자가 들고 있던 꽃송이를 받아 암술대를 떼버린 후 꽃잎의 겨드랑이 갈래를 찢어 뒤로 젖혔다. 꽃송이 두어 개를 따서 같은 식으로 덧댈 것을 만들었다.

　꽃송이의 부드러운 부분을 상처에 대고 곱게 실로 말아주었다.

고개를 들었지만 여자는 오랫동안 백한의 손을 바라보고 있었다.

"종다리꽃인가요?"

"고려에서는 어떻게 부르는지 모릅니다."

"당신들은 어떻게 부르나요?"

"꿩의 식사."

"꿩의 식사?"

"먹이를 둔 꿩이 암컷을 부르며 치는 종입니다."

"아, 예쁜 꽃말이에요."

여자의 이마에 노란빛이 고이기 시작했다.

—아.

여자의 손이 백한의 가슴께로 다가오더니 그가 걸고 있는 목걸이를 잡았다. 표범 가죽에 붉은 맨드라미가 수놓인 목걸이는 어머니의 유품이었다. 여자는 자신의 손목을 살짝 비틀고 상처에 감아놓은 꽃을 바라보았다.

"수놓인 실이 이 꽃 색과 같아요."

말대로 맨드라미 자수는 종덩굴꽃처럼 진한 자색을 품었다.

그 순간 여자의 몸에서 사향 냄새가 피어올랐고 정신이 든 백한은 머리카락이 주뼛 섰다.

"돌아가시오. 당신 같은 사람이 올 곳이 아니오."

그는 여자의 어깨를 강하게 떠밀었다.

호수 빛이 어룽거리는 여자의 눈이 묘하게 뚱해졌다.

이곳 여진인의 숲은 고려인들이 꺼리는 곳이었다. 여진인들이 아이를 잡아먹는다는 소문 때문에 대남문을 향하는 고려인들은 매번 메밀을 심어놓은 동쪽 펀더기로 빙 돌아서 가곤 했다. 고려인들이 흉한 짓을 할 땐 지지 않고 대거리를 벌이는 성마른 자가 없진 않았지만, 대부분 염소와 양을 치고 가죽을 벼리는 순박한 사람들이다. 소문이야 어쨌든 이 둑길은 고려 귀족 여인이 올 곳은 아니다.

"선랑님은 이름이 뭐예요?"

"……꿩입니다."

"날아다니는 꿩을 말하는 건가요?"

"……백한, 하얀 꿩입니다."

꿩이 여진의 발음이 아니라 자신이 아는 고려 말이라는 것을 깨달은 여자는 미소를 보였다. 백한은 그녀가 웃는 이유를 알지 못했다. 그녀는 공손히 고개를 숙인 뒤 그를 지나 둑길 너머로 사라졌다. 백한은 멍하니 서서 그녀가 건드렸던 가죽 목걸이만 꼭 잡고 있을 뿐이었다.

여진인의 숲에는 스무 집이 살았다. 그들을 이끄는 자는 백한이었다. 백한에게는 실성한 아비가 있었다. 백한은 박나무 껍질로 만든 막살이 집 두 채를 지어놓고 아비와 따로 살았다. 아비는 술에 절어 있는 날이 많았고 그렇지 않으면 폐가 튀어나올 듯 각혈해 댔다. 간혹 기력이 생기면 광자처럼 이리저리 숲을 돌아다니다가 뾰족한 돌 같은 것을 찾아 자해하려 들었다. 숲속의 여진인들은 그런 그를 혐오했다. 통갈락은 예의가 바른 부족이었지만 이 노인에게만은 아이들까지도 없는 사람 취급을 했다. 그것은 아들인 백한도 마찬가지다. 하루 두 번 군불을 때주고 먹을 것을 넣어주는 일 외엔 근처에 얼씬하지 않는다. 이유는 하나였다. 노인 때문에 부족이 전멸했기 때문이다.

백한은 해마다 대팔관회가 벌어질 때쯤이면 정주까지 걸어가서 갈을 꺾어 왔다. 소만小滿이 지나면 그곳 참나무 이파리가 거름으로 쓰기 좋았는데 이맘때까지는 싱싱했다. 그렇게 꺾은 것들을 겨울까지 사용하곤 했다.

여진의 숲 사람들이 대팔관회에 필요한 발을 만드느라 한창일 무렵이었다. 수레에 갈을 싣고 사흘 만에 돌아온 백한은 아비의 막살이 집 앞에서 그만 깜짝 놀라고 말았다.

비탈진 마당에는 비마르와 모르는 고려 여자가 불편한 자세로 서 있었다. 여진말로 무슨 일이냐고 묻자 비마르는 허둥대며 말을 더듬었다.

"이틀 전에 촌장께서 자해하셨습니다."

"이번엔 어딜?"

"낫으로 배를 갈랐는데…….."

"당신은 누구요?"

비마르의 말을 끊고 옆에 서 있는 고려 여자를 쳐다보았을 때 곧바로 방문이 열렸다. 대야를 안고 나온 사람은 꿩의 바다에서 본 그 귀족 여인이었다. 대야에는 고름 묻은 비단 천이 잠겨 있었다.

"여기서 뭐하는 짓입니까?"

비마르가 끼어들었다.

"이분들이 이틀 동안 머물면서 간호하셨습니다."

여자는 대야를 시녀에게 건네고 단정하게 섰다.

"불을 좀 때셔요."

넘어보자 방안에는 깨끗한 바지를 입고 누운 아비의 다리가 보였다. 막 목욕을 시킨 모양인지 발바닥이 깨끗했다. 악취를 뿜어내던 방도 어느새 향 냄새가 가득했다.

"더러운 노인네요. 당신이 만질 만한 사람이 아니오."

"벌어진 상처는 꿰맸습니다. 다리에 창구瘡口가 여러 개 있던데 몇 개는 몹시 커요. 고약을 발라놓았으니 잊지 말고 천을 갈아주세요."

"숲은 백정들이 사는 곳입니다. 당신이 올 곳이 아닙니다."

그녀는 마루 구석에 놓인 뭉치를 가리켰다.

"말린 구담狗膽(개의 쓸개)을 가져왔으니 쓰세요. 서늘한 곳에 매달아 보관하시고. 소향아, 가자꾸나."

종기에 쓰는 구담은 구하기 힘든 약재다. 비탈길로 사라지던 여자는 낡은 굴피를 쌓아놓은 더미 옆에서 걸음을 멈추고 뒤를 돌아보았다.

"천은 모아두세요. 모레쯤 빨러 올게요."

말대로 여자는 이틀에 한 번 숲에 들어왔고 망령 든 아비의 상처를 돌보았다. 아비는 혈이 막혀 먹은 것을 게워대기 일쑤였는데 여자는 그럴 때마다 토사물을 손으로 그러모아 치마에 담았다.

백한은 여자를 막살이 밖으로 밀어냈다.

"그만두시오. 이자는 어버(성황당) 앞에 던져놓고 독수리로 쪼게 해도 시원찮을 사람이오."

"그게 무슨 소리예요!"

여자의 눈에서 빛이 났다.

"버려도 되는 사람이라고. 모두를 불행에 빠뜨린 자라고."

차가운 통증이 얼굴에 닿았다. 백한의 얼굴에 손바닥을 날린 여자의 아미 사이로 날카로운 주름이 팼다.

"세상에 버려도 되는 사람은 없어요! 설사 인연이 끝났다 할지라도 상대를 가혹하게 하면 안 돼요. 알겠어요?"

여자는 등을 오들오들 떨고 있었다. 눈에 물을 머금었고 입술을 깊게 깨물었다. '그런 말에 왜 이렇게 흥분할까?' 당황스럽고 민망했지만 그 와중에도 참 예쁘다고 생각했다. 얼굴을 보면 이상한 기분이 들까 두려워 손으로 자드락길을 가리키며 내질렀다.

"가시오. 다시는 이곳에 오지 마시오."

이틀 뒤 여자는 아무 일 없었다는 듯 찾아왔다.

여자는 사흘씩 머물렀다.

있는 동안 숲의 궂은일을 마다치 않았고 자신의 부모를 돌보듯 백한의 아비를 살폈다. 숲 아이들의 옷을 고치고 상처나 종기를 살폈으며 목욕도 시켰다. 아낙들과 모여 고기 내장을 말리거나 나무껍질을 벗기기도 했다. 밤이 되면 좁은 방을 깨끗이 치우고 잠을 잤다. 그리고 셋째 날 아침이 되면 백한을 깨워 호수로 데리고 함께 명지바람을 즐겼다. 그렇게 시간을 보내다가 노을이 질 쯤이면 소향이 왔고 함께 대남성으로 돌아갔다.

여자는 매번 값진 것을 가져왔다. 다친 아이와 노인들에게 필요한 약을 구해 왔고 내륙에서는 먹기 힘든 박하젓이나 생합젓도 나눠주었다. 초파일(4월)이나 중굿날(9월)에는 메밀과 녹말을 가져오기도 했는데 이때는 꼭 잣술도 잊지 않았다.

아이들과 아낙들은 사흘 간격으로 찾아오는 그녀를 기다렸다. 장마가 오거나 노대바람 철이 되면 그녀가 올 수 없다는 것을 알면서도 두어 명씩은 백한의 집 주변을 기웃거렸다. 숲에 오면 여자는 늘 백한의 움막에 머물렀지만 두 사람이 말을 섞는 일은 드물었다. 하나 여자는 백한의 손님이었고 그가 이 숲 안에서 지켜야 할 사람이었다.

그렇게 일 년이 지났다.

이듬해 단옷날, 백한은 결심했다. 여자의 팔을 잡고 강섶으로 데리고 가서 우뚝 세워놓은 채 허둥대며 사슴 가죽으로 만든 비녀를 꺼냈다. 한족과 달리 고려인들은 관습이나 신분에 얽매이지 않는 연애를 한다기에 용기를 냈다. 고리눈을 뜨던 여자는 걱센 그의 모습을 보자 표정을 감추더니 비녀를 쳐다보며 미소를 지었다. 비녀보다는 희고 부드러운 손이 그의 더 마음에 든다는 표정이었다. 그녀는 비녀를 받지 않았다. 청혼은 거부되었다.

백한은 부끄러워졌다.

"대신."

여자는 백한의 손을 잡았다.

"함께 살아요."

이게 무슨 소린가. 이해할 수 없었다.

"함께 살아요. 이제 대남성에는 돌아가지 않을래요."

사랑이 받아들여졌다는 소린가?

그건 아니었다.

여자의 얼굴은 평온해 보였지만 한편으로 슬픔이 깃들어 있었다. 귀밑머리를 쓸면서 먼 곳을 바라보는 여자의 동그란 볼이 노을에 감싸였다. 백한은 영문을 알 수 없었다. 청혼은 받지 않았는데 함께 살자는 말은 분명하게 했다. 그녀는 눈을 가늘게 조이며 울렁이는 샛노란 호수를 가리켰다.

"저 황금을 주실 건가요?"

"매일, 매일 드리겠습니다."

"그래요. 함께 살아요."

그때부터 숲 사람들은 그녀를 황아님이라고 불렀다.

무슨 이유인지 몰라도 총관 조지수는 딸이 여진인의 숲으로 들어가는 것을 말리지 않았다. 여자도 일절 아버지에 관한 말은 하지 않았다. 여자의 시녀 소향은 열흘에 한 번씩 끈목이나 실, 바늘 따위와 날단거리, 젓갈, 단향 등을 가지고 다녀갔다.

여자는 백한에게 다짐을 하나 내걸었는데 언제가 되든 떠날 때가 되면 보내달라는 조건이었다. 백한은 고개를 끄덕여주었다. 당연하다. 청혼은 거부되었다. 곁에 있어주는 것만으로 충분하다. 그때부터 둘은 의례처럼 호수를 걸었다.

두 사람은 일곱 달을 함께 살았다.

여자는 백한의 이름과 같은 호수, 꿩의 바다를 무척 사랑했다. 꽃향기 자욱한 삼월부터 팔월의 나비들이 날아들 때까지 두 사람은 하루도 빠짐없이 호숫가를 걸었다. 요즘처럼 해무가 노을을 젖히던 가을의 그 길은 특히 아름답고 푸르렀다.

그런데 그만…… 때가 와버렸다.

그녀가 있을 곳이 정해져버렸다.

숙지는 푸르른 새벽길을 따라 떠났다.

머물게 할 꾀가 없었고 붙잡을 용기도 없었다.

그러나 백한은 절대로 보낼 수 없었다.

백한은 숙지를 데리고 간 박마를 찾아갔다. 정만인은 석투당
石投幢*을 데리고 강가에 친 진을 옮기고 있었다. 만인이 안장을 올
리다 백한을 쳐다보았다.

"아내를 찾으러 왔나?"

"바친 지 오래전이오."

"왜 왔나?"

"창만 들고 있을 테니 먹게만 해주시오."

"몸을 받아달라는 말인가?"

"그렇소."

"무슨 일을 하나?"

"가죽바치. 병아리도 키우고."

"창을 들어본 일은 없었군. 그래, 그게 지겨워졌다고?"

"여자도 바쳤는데 그 정돈 해줘야겠소."

"누군가에게서 진중한 놈이라고 들었는데. 그분이랑 새새거리
다 혼자가 되니 억울함이 똬리를 튼 모양이군."

"맞소. 다 털린 기분이라 의욕도 없소. 뭔가로 채워야겠소."

---

* 돌팔매 부대. 주로 강가에서 훈련을 한다.

"돈을 줄까?"

"필요 없소."

"너, 고려인이 아니구나."

"……."

"말갈은 아닐 테고 북새北塞(금나라)인인가? 서화西華(송나라)?"

그렇게 물었을 때 물속에서 자객 하나가 튀어 올라왔다. 커다랗고 날카로운 언월도 날을 가슴에 품었다. 깃발을 든 호위 무사도 낌새를 느끼지 못할 만큼 순식간에 일어난 일이었다. 언월도는 말의 어깨를 바스러뜨리고 남을 만큼 묵직해 보였지만 자객은 항아리를 든 것처럼 몸을 가볍게 띄웠다.

요란한 소리.

갈대가 휘고 물방울이 퍼져 갯버들을 때렸다.

자객은 말 모가지를 비스듬히 베며 떨어졌다. 만인 대신 말을 벤 것은 실패를 뜻했다. 그는 빈틈없는 동작을 취하며 만인을 호위하는 무사들을 향해 언월도를 던져 그들의 정강이를 잘랐다. 호위하던 자들이 나무토막처럼 툭툭 쓰러졌다. 자객은 만인을 뒤에서 안고 목에 칼을 댄 채 백한과 마주섰다. 자객의 칼은 만인의 목에 가로로 깊숙이 박혀 있었다. 살과 날 사이로 가느다랗게 삐져나온 피가 갑옷까지 줄줄 흘렀다. 백한은 위험한 무기를 들고 있지 않다는 것을 보이기 위해 두 팔을 들었다.

"원하는 걸 다 주겠다."

만인이 숨을 빼내며 자객에게 말했다.

그러나 자객은 백한을 의식하고 있었다. 자객의 시선을 깨달은 만인이 앞에 선 백한에게 손을 내저었다. "여진인. 떨어져, 떨어지라고." 만인은 자객의 두려움을 몹시 경계하고 있었다. 백한은 천천히 뒷걸음쳤다. 멀리서 주둔해 있던 무사들이 만인의 비틀거림을 파악하고 웅성거리기 시작했다.

만인이 빠르고 낮게 말했다.

"가! 가서 애들에게 이쪽으로 오지 말라고 전해라, 빨리!"

자객 역시 말대로 하라고 눈으로 말했다. 백한은 만인과 자객을 남겨둔 채 뒷걸음으로 걷다가 등을 돌렸다. 멀리 만인의 부하들이 말 끈을 잡고 서 있었다. 그들은 백한이 오기를 기다렸다. 백한은 손바닥을 아래로 낮추며 움직이지 말라는 신호를 보냈다.

철갑을 두른 비장 하나가 깊은 주름을 만들며 무슨 일이냐고 물었지만 백한은 대답하지 않고 비장의 겨드랑이에 낀 고려 활과 화살통을 낚아챈 다음 방향을 바꿨다.

달렸다.

달리면서 화살을 걸었다.

마치 수숫대를 비끼며 뻗는 돌풍 같았다.

자신을 향해 돌진하고 있는 백한을 바라보는 만인의 동공에 두려움이 번졌다. 자객의 동공에도 당황하는 기색이 박혀 있었다. 만인이 무언가 소리를 질렀지만 백한은 들리지 않았다. 부대원들과 만인 사이의 중간 지점쯤 왔을 때 백한은 활시위를 놓았고 그런 후에도 흐트러짐 없이 돌진했다. 화살은 만인의 속발한 머리를 흩뜨리고 자객의 이마에 깊숙이 박혔다. 바르르 떠는 화살이 움직임을 멈추자 자객의 흑두건에 피가 번지더니 툭 꺼지듯 주저앉았다.

동시에 만인이 머리카락을 장식한 동곳을 풀며 몸을 옆으로 젖혔다. 자객은 접히듯 쓰러져 있었다. 그것이 끝난 게 아니었다. 물에서 다시 하나가 튀어 올랐다. 그도 언월도 날을 안고 있다. 실행할 자는 이놈인 것 같았다. 그는 만인의 정수리를 노리며 떨어지고 있었다. 언월도가 박히려는 순간, 자객의 몸은 튕기듯 포물선을 그리며 뒤로 나가떨어졌다. 왼쪽 눈에는 백한이 쏜 화살이 박혀 있었다.

백한이 손을 내밀자 만인이 잡았다.

"나는 여진인이오." 백한이 당기며 말했다.

卐 자가 새겨진 대장기를 든 무사 두 명이 달려와 만인 뒤에 기립했다. 철갑의 무사들도 다급하게 달려왔다. 그들은 만인의 상처난 목을 비단으로 감쌌다. 쇄자를 더듬었고 철고리를 조였다. 수하들의 손이 구석구석을 건드릴 때마다 철컥거리는 소리가 났다. 둥글게 민 정수리를 제외한 모든 머리카락을 길게 늘어뜨리고 우뚝 서 있는 만인은 표정 없이 백한의 이마만 쳐다보고 있었다.

백한이 두리번거리며 말했다.

"몹시 수선스럽군요."

백한과 만인은 쌍둥이처럼 체격이 비슷했다. 비스듬히 기울인 만인의 얼굴에서 재미있는 놈이라는 표정이 가득했다.

"어느 지역인가?"

"우수리 강 유역 통갈락. 지금은 남하해서 꿩의 바다에 살고 있소."

"통갈락은 활쏘기가 귀신같지."

그는 통갈락을 잘 알고 있는 눈치였다.

"유일한 꽃을 당신이 관장한다지만 낭장님의 신변은 누가 관장한답니까?"

그 말에 만인이 빙긋이 웃었다. "쳐다보지 않을 수 있겠나?"

"……그딴 여자, 절대로 쳐다보지 않겠소이다."

공상이 끝나자 백한은 그만 흥을 잃어버렸다.

높은 달처럼 군중들의 춤이 무르익고 있었다. 이제 여자들이 나설 차례였다. 거리의 아낙들이 거울을 돌려보며 조급하게 치장하기 시작했다. 별제사의 후반은 아낙들이 무사들의 행렬을 뒤따라야 한다. 염주* 성단聖壇의 관음님처럼 허연 분을 짙게 바른 아낙들은 긴 소매를 늘어뜨리고 발을 동동 굴렀다. 미혼이든 기혼이든 오늘만은 따지지 않는다. 여자들은 조금이라도 더 멋진 남자에게 안기기 위해 이 밤, 온 힘을 다하고 있었다.

숙지도 품에서 작은 함을 꺼냈다. 흰 분이 가득 든 둥근 함이었다. 분명 알싸한 사향이 흐를 것이다. 그녀는 늘 그 냄새를 가지고 있었다. 소향과 다른 시녀 두 명이 그녀의 볼에 허겁지겁 분칠을 해주었다. 대열에 합류할 모양이었다.

숙지가 임신했다니.

그녀는 떨어지는 유동꽃처럼 가벼워 보였다.

큰북이 울리자 아낙들이 무사들 사이사이에 우르르 끼어들었

---

* 황해도 연안延安, 하늘에 제사를 지내던 제단이 있다.

다. 무사들이 세 번 하늘로 오르고 떨어질 때, 짝짝짝, 아낙들이 무릎 아래로 손뼉을 친 뒤 몸을 띄웠다. 높이 나는 무사들과 낮게 뜨는 아낙들의 몸은 마치 일렁이는 파도 같았다.

가려져서 숙지가 보이지 않았다.

백한은 그새 또 몇 동작을 놓쳐버렸다.

덩실덩실.

배 위에서는 얼이가 끝난 경왕녀가 밑을 닦는 시늉을 했다. 춤추던 사람들은 배를 가운데 두고 커다란 원을 만들었고 경왕녀의 몸짓에 시선을 고정했다. 경왕녀가 천을 하늘로 던졌다. 수건은 달을 가리며 밤하늘을 날았다.

와아.

군무를 지켜보던 아낙들과 춤사위에 참가했던 여인들이 수건을 받기 위해 와르르 모여들었다.

숙지가 수건을 잡았다. 네 번째 대열에 있었구나.

와.

그때였다.

무리 저쪽에서 자연스럽지 못한 움직임들이 규칙을 깨고 있었다.

군중들은 술렁거리기 시작했다. 아낙 몇 명이 달을 쪼갤 듯 날 선 비명을 질러댔다. 그 바람에 경왕녀를 태운 배가 기우뚱거렸다.

무사들이 한 지점을 중심으로 둥글게 모였다.

"누가 죽었다!"

"춤추던 사람이 죽었다!"

백한은 인파들을 헤치고 그쪽으로 갔다.

무사 하나가 쓰러져 있었다.

그가 입고 있던 몽고식 슬갑은 미끈거리는 피로 흠뻑 젖어 있었다. 체발한 머리에서 흐르는 골수는 투명하고 반질거렸다. 얼굴 피부를 반쯤 벗겨놓았지만 누군지 분명히 알 수 있었다.

조로였다.

백한은 사람들 사이에서 자신을 쳐다보고 있는 만인과 눈이 마주쳤다. 만인은 심상치 않은 일이 일어나고 있어, 라는 표정으로 백한을 바라보고 있었다.

* * *

향유 냄새가 역겨워졌다.

백한은 얼굴에 아프게 비벼대는 여자의 궁둥이를 찰싹 쳤다. 떨어질 반응이 없자 커다란 허벅지를 던지듯 밀어버리고 상체를 일으키고 앉았다. 다른 유녀는 아직도 자신의 사타구니에 얼굴을 박고 있었다. 백한은 유녀의 머리카락을 움켜잡았다.

"그만. 시시해졌다."

유녀들은 옷도 챙기지 못한 채 방을 나갔다.

공허하고 나른했다. 의욕이 생기지 않았다. 빗접 옆에 놓인 술병을 흔들어보았다. 가득찼다. 백한은 술병을 든 채로 복도로 나갔다. 먼 방에서 피리 소리가 들렸다.

문을 열자 샅을 가린 유녀 다섯 명이 누운 만인을 에워싸고 있었다. 가장 화려한 방이었다. 가림막 너머로 희미하게 국화 썩는 냄새가 났다. 구석 향로에서 함백초 연기가 나른하게 피어올랐다.

만인 주변으로 둥그렇게 만 대여섯 개의 등허리들. 만인의 양손은 가슴을 핥아대고 있는 여자들의 검은 사타구니 아래로 숨었고 양쪽 발가락들도 허벅지를 핥아대는 여자들의 사타구니 아래에서 꿈틀대고 있었다. 여자들은 주린 거미처럼 각자의 위치에서 엉덩이를 들썩거렸다. 한 유녀가 만인의 배 위에 올라타더니 허리를 뒤떨며 요분질을 해댔다.

탁.

누각 산수가 새겨진 의걸이장 위로 술병을 소리 내어 내려놓았다. 유녀들이 놀란 물오리처럼 얼굴을 돌리고 이쪽을 쳐다보았다. 만인도 턱을 당기고 시선을 들었다.

"마실까?" 만인이 말했다.

"……응."

"다들 나가라."

감빛의 부드러운 비단으로 마감된 넓은 보료는 꺼질 듯 푹신했다. 보료 뒤로 쳐놓은 여섯 폭 병풍에는 수월관음의 배를 기어오르는 거북 한 마리가 그려져 있었다. 아무것도 올려놓지 않은 긴 장방형 문갑 위 뜰창으로 나무 그림자가 춤추듯 흔들린다.

두 사람은 사방침에 나란히 누운 채 창을 바라보고 있었다. 백한은 나체 그대로였고 만인은 길게 늘어진 다홍빛 든벌 하나를 걸쳤다.

대남문 광장의 종소리가 끊긴 지 오래되었다.

술에서 나는 톡 쏘는 아랑 냄새와 퍼지는 등경의 불 때문에 백한은 조금씩 혼미해졌다. 만인의 한쪽 다리가 백한의 무릎 위로 올라왔다. 백한은 구족반 위에 올려놓은 콩가루를 뿌린 사슴 회를 꾹꾹 눌러댔다. 선홍빛 고기에 오복한 국화 무늬가 깊어지자 이맛살을 찌푸렸다. 마치 찍히는 대로, 시키는 대로 받아들여야 하는 자신의 처지 같아 그만 구족반을 옆으로 밀어버렸다.

"자네가 여진인이라서 그런 게 아니야. 그러니 그런 소리 마."

만인의 손이 슬그머니 백한의 허벅지 위로 올라왔다.

백한이 따지듯 물었다.

"……그럼 뭔가? 내가 박마가 되지 못하는 이유가?"

"복잡했잖아."

"내 조상이 조의皂衣라서?"

"그런 이유도 있었지."

"질서를 바꾸고자 하는 자들이 어찌 질서에 얽매이는가?"

백한이 횡설수설하듯 따지자 웃샤, 하고 만인이 몸을 일으켰다. 그는 함백초 잎을 향로에 더 넣은 다음 술병을 잡았다.

"마시게. 그건 질서가 아니고 규칙이야."

"규칙? 그런 규칙들을 따르던 자들 중 성공한 박마들이 있었나? 출현한 아기장수가 있었던가? 개쉼(연개소문)도 조의 출신이었지만 박마로 살았어. 그런데 난 왜 안 된다는 거야."

"그런 얘긴 그만하자. 백한. 어서 마시고 잔을 줘."

백한은 여진말로 낮게 욕지거리를 퍼부었다.

요즘 들어 부쩍 고려인이 경멸스러웠다. 그들을 믿었고 충성을 바쳤지만 언제나 돌아오는 것은 오랑캐 취급뿐이었다. 고려인은 천박하고 사악하다. 대의를 따른다지만 그들 또한 소드락질이나 하는 기마족과 다를 바 없었다. 아니, 그들보다 더 눈꼴사납고 졸렬하다. 유려하고 좋은 문화를 가졌지만 늘 교합을 맞추지 않는다. 고려에는 약속을 지키는 자가 없다.

"······난 고려인이 싫다."

"거기까지 해."

"······난 꼭 되었으면 했어, 박마가."

"넌 자격에서 떨어졌어, 백한."

"······이해할 수 없다."

"따르면 돼. 넌 박마가 아니어도 충분해. 자, 한잔 주게."

백한이 술병을 들었지만 술을 따르지 않고 입을 열었다.

"······아무리 나의 열여섯 번째 할아버지가 조의 관직을 받았다고 할지라도······."

철썩.

만인이 백한의 귀싸대기를 갈겼다.

어리벙벙해진 백한이 입을 오므릴 때,

철썩.

한 대가 더 날아왔다.

그의 몸이 흔들릴 때마다 술병에서 꼴랑거리는 소리가 났다.

"그만하라고 했지?"

만인의 눈에서 불이 뿜어 나왔다.

백한은 시선을 떨어뜨렸다.

저 눈을 보면 언제나 기가 죽었다. 저 눈동자는 심기가 고약해질 때면 벌불처럼 오므려지며 살기를 뿜어댔다. 그럴 때마다 눈두덩에 서려 있던 푸른빛도 송장처럼 탁해진다. 백한은 그 눈을 바라보기 두려웠다.

"날 실망시키지 마, 백한."

만인이 백한이 든 술병을 빼앗으며 잔을 넘겼다. 백한은 만인이 건네는 잔을 받고서도 한참 만에 겨우 대답했다.

"⋯⋯내가 언제 실망시킨 적이 있던가?"

"없었지. 그러니 그러지 말라고."

만인은 손바닥에 침을 듬뿍 뱉어 백한의 샅으로 넣었다. 백한은 몸 아래에서 일어나는 번잡하고 축축한 움직임을 느끼며 허벅지에 힘을 주었다.

문갑 위에서 춤을 추고 있는 매자나무 그림자가 더 많이 모여들었다. 백한은 복사앵두를 씹은 것처럼 씁쓸했다. 하늘의 뜻을 따른다는 자들이 어찌 이렇게 잔인한가 싶었다.

백한이 박마가 되지 못하는 이유는 도경을 외우는 실력도, 무력이 부족해서도, 신체적 결함 때문도 아니었다. 그가 박마가 되지 못한 이유는 집안 때문이었다. 여진족 백한은 조상의 행적 때문에 박마가 될 수 없었다.

"⋯⋯그럼 왜 그는 내게 그렇게 말했던 거야?"

만인이 백한의 성기에서 입을 뗐다.

"그렇게 말하다니? 누가?"

"⋯⋯백지. 그는 내게 헛된 희망을 주었어."

"희망이라. 엄밀히 말하면 그분이 준 것이 아니었지."

"왜 날 받아들였는가 말이야. 그가. 난 순순하게 받아들여졌다고."

"돌아가신 백지 선생님도 네가 해인을 찾아준 것을 아셨다면 무척 고마워하셨을 것이네."

"백지는 한 번도 나를 치하해준 적이 없었어! 경멸하지 않으면 다행이지."

"너는 그분을 이해하지 못해. 그분은 너를 아끼셨어."

"흥."

백지는 백한과 만인의 스승으로 윗대 박마였다. 백한은 백지로부터 자신의 피를 추궁받고 승인을 거부당했다. 조상 중에 박마를 말살한 조의 출신이 있다는 이유만으로.

"아, 아름다워."

만인은 백한의 커다란 고환을 쓰다듬다 더 아래쪽으로 뒤적거리기 시작했다.

백한은 응등그리면서도 어금니를 갈았다.

술 때문인지 묘한 기운이 치받아 올랐다.

"……이 모든 것이 백지, 그 사람 때문이야."

죽은 스승 백지는 탁월한 박마였다.

가우리인들이 사용했다는 '바꾀'라는 변신술이 그의 주특기였다. 왜국에서도 학승과 상급 무사들을 보내 바꾀 술법을 배워 갔다. 박마 백지에게는 해인이 있었다. 그는 북방에서 용감한 이방인 현자에게서 그것을 받았다고 했다.

하나 백지는 중앙성이 뜬 지 십여 년이 지나도록 성모를 찾아내지 못했다. 해인을 찾아놓고도 성모의 위치가 파악하지 못했던 모양이다.

그 무렵 백지의 수좌 정만인은 병마사 이자춘의 최고위 장교로 임명되었다. 비록 백지가 성모를 찾아내지 못하고 있었지만 해인을 가지고 있었기에 박마 행위를 중단한다는 의미로 군에 자원했던 것이다. 그것은 스승에 대한 배려이기도 했다.

백지가 고전하고 있다는 것은 다른 박마들에게 있어서 흥분되는 일이었다. 아닌 게 아니라 백지는 그즈음부터 조금씩 눈이 멀어갔다. 해가 저물면 병든 왜가리처럼 두리번거리기 일쑤였다. 이해할 수 없는 행동도 잦았다. 그가 미치광이가 되었다는 소문은 대남성 곳곳에 퍼졌다. 백지를 찾아와서 해인을 양위하라고 협박하는 박마도 있었다.

본격적인 양위 문제는 늙은 박마 집단인 원로회에서 불거졌다. 평소 백지를 존경하던 원로군에서 먼저 그의 병치레를 언급했다는 것은 무척 놀랄 일이었지만 젊은 박마들의 원성이 높았던 탓임을 감안하면 전혀 이상할 것도 없었다. 백지가 성모를 찾을 생각을 하지 않았고, 이해할 수 없는 행동으로 소문을 생산하고 있는 건 사실이었다. 다른 박마들에게 있어서 해인을 빼앗을 좋은 기회였다. 박마의 계율에 따르면 박마가 뜻하지 않은 병을 가졌거나 더는 아기장수를 보호할 수 없는 지경에 이르렀을 때 원로원이 지정한 자에게 해인을 양위할 수 있었다. 결국 백지는 여섯 명의 늙은 박마들이 보는 앞에서 수좌 만인에게 해인을 양위했다. 예상외로 순순했다고 한다.

그런데 뜻밖의 일이 벌어졌다.

만인이 너무도 쉽게 성모를 찾아낸 것이다. 뜻밖에 성모는 가까이 있었다. 총관의 딸이자 호수 근처에 숨어사는 숙지가 바로 동북성 세 번째 중앙성이 가리키는 성모였다. 박마들은 백지가 그토록 가까운 곳에 있었던 성모를 찾아내지 못한 것을 매우 의아해했다. 지금 생각하면 그것도 운명이었을지 모른다. 만인은 즉각 숙지를 병마사에 바쳤고 곁에 두고 지켰다.

이자춘의 병력에 편입된 백한은 몇 차례 전투를 치르고 능력을 인정받았다. 백한은 만인의 직속부대에 편입되었다. 정규직이 아닌 기동대 별직이었다. 그때부터 살생을 못 하는 박마 만인을 대신해서 칼을 휘둘렀다. 암살, 정적 제거, 납치 등 시키는 것은 가리지 않았다.

언월도를 든 자객들로부터 목숨을 구한 젊은 고려인은 그 뒤로 강인한 여진인에게 신실한 우정을 보였다. 백한은 숙지의 보호자를 충실히 보호했다. 막사 건너 담장 깊은 곳 어딘가에 숙지가 있다는 것을 느꼈지만 치오르는 그리움을 꾹꾹 참아냈다.

만인은 백한을 백지에게 데리고 갔다.

홀로 남은 스승을 자기 대신 돌봐주었으면 한다고 부탁한 것이다. 백한은 계획이 한 걸음 더 나아가는 것에 흥분되었지만 내색하지 않았다.

백지는 화주(영흥) 평와산 계곡에 수련장이 딸린 오량식 처마집에 살고 있었다. 두리기둥이 끝없이 늘어진 넓고 큰 집이었다. 그 집에는 넓은 자갈이 깔린 마당이 세 개가 있었는데 별채가 있는 왼쪽 마당에 키가 높은 사당 한 동이 유독 눈에 띄었다.

유명한 동계의 박마 사당이었다. 거기에는 청동으로 만든 1장 6척 (오 미터)의 무시무시한 박마 무사의 동상이 있다. 매해 소서小暑에 박마들이 모여 이 동상 앞에서 축도를 올리는데, 이것은 아주 중요한 행사였다. 일 년 중 가장 더운 소서에 이런 행사를 벌이는 것은 '더울 서暑'란 글자가 日과 者로 이루어진 글자를 의미하며 그들 자신이 태양을 받드는 사람들이라 믿었기 때문이었다.

두 사람이 찾아갔을 때 백지는 대청 기단에 어깨를 기댄 채 거북 포수를 새긴 커다란 항아리에 조청을 담고 있었다. 전체적으로 깨끗하고 까다로운 인상이었다. 다른 귀족들은 좀처럼 착용하지 않은 폐슬까지 늘어뜨린 모습에서 샌님다운 기품이 느껴졌다. 수염이 풍성한 풍모를 기대했는데 아름다운 얼굴이라 자못 놀라기도 했다. 그는 백한과 만인보다 열 살 정도 많아 보였지만 가늠하지 않으면 또래처럼 보이는 맑은 얼굴이었다.

"고려인이 아니군."

개성보다 더 아래 강화 유역 사람들이 쓰는 부드럽고 명료한 말투였다. 정신이 온전치 못하다고 알려진 사람치고는 눈빛도 또렷했다. 스승님은 간혹 물처럼 맑아질 때가 있어, 라고 했던 만인의 말이 떠올랐다. 만인이 백한을 소개하자 그는 대뜸 고려의 장맛에 대해 평해보라고 했다.

"조금 씁쓸합니다."

"거긴 짜게 먹을 테지. 이동하는 민족이니까."

말투에 은근한 비난이 담겨 호기가 생겼다.

"제 부족은 이동하지 않습니다."

"그럼 말도 다루지 못하겠군."

"늘 희미하게 보이는 땅까지 달립니다."

그러자 백지의 손이 멈췄다.

그는 명주를 접으면서 백한을 쳐다보았다.

"너희의 땅이 넓다는 소린가?"

"고려에서는 해가 지는 평지를 본 적이 없으실 겁니다."

"무슨 뜻인지 다시 말해봐."

"'돛배를 탄 자'가 나온다는 고려는 자만하지 않았으면 좋겠습니다."

백지가 교방의 기녀처럼 깔깔 웃어대더니 만인을 삐쭉하게 쳐다보았다. "이것 봐, 어디서 이런 놈을 데리고 온 거냐?" 만인은 백지를 바라보지 못하고 그저 정면만 주시한 채 이마에 내 천川 자를 새기고 있었다. 만인이 저렇게 긴장한 모습은 처음이었다. 백한은 만인의 심기를 거스르고 싶지 않았지만 끝까지 호기스럽게 보이려 애썼다. 박마는 지혜와 의기意氣라는 소리를 들었다. 자신에게 그것이 가득하다는 것을 이 사람에게 알려야 했다.

"아무렴 어떨까. 하긴 우수리의 부루말들은 몸꼴이 좋긴 하지. 넌 됐다. 돌아가라."

백지는 손을 내저으며 만인을 돌려보냈다.

백한은 백지가 조청 담그는 것을 한참 동안 지켜보고 있어야 했다. 구기를 젓는 팔이 세련되고 정연해 보였다. 마치 노를 잡은 신선 같았다. 고려인의 조청 만드는 법은 꽤 복잡했다. 찰기가 있는 기장 한 두를 엿기름가루와 섞어 삭힌 다음 걸쭉한 국물을 명주에 수십 번 반복해서 걸렀다. 그 걸러낸 물에 엿기름과 쌀가루를 넣고 다시 데우고 식히기를 반복했다.

백한의 고향에서도 거른 양젖을 꿀과 섞어 그 비슷한 것을 만들었다. 하나 의아스러운 것은 옆에 놓인 학으로 상감된 조그만 호리병이었다. 귀족들이 쓰는 연적만 한 크기였는데 백지는 이따금 그 병을 기울여 알 수 없는 걸쭉한 물질을 조청에 넣었다. 그럴 때마다 잠깐씩 톡 쏘는 향이 마당에 번졌다.

보고 있으니 지겨워졌다.

자꾸 저쪽, 적막한 그늘에 숨어 있는 박마 사당으로 시선이 갔다. 동계의 박마 무사상은 우수리 지역에서도 유명했다. 본 자들은 불타 없어진 황룡사의 장육존상은 위엄도 아니라고 했다. 무사상과 눈을 마주치면 정충신왕精充神旺의 기백에 눌려 망막이 상한다는 소리가 있었다. 탐탁치 않게 여긴 고려 왕실에서 그것을 녹여 국찰國刹의 불상으로 만들려고 했으나 위엄에 눌려 받침대조차 뽑지 못했다는 소문도 들었다. 백한은 박마 무사의 상이 과연 어떤 모습일지 궁금했다.

백지는 항아리 입구를 일곱 장의 기름종이와 피지로 단단히 봉하고 나서야 부채를 집어 들었다.

"내가 아까 삭히기만 하면 된다고 했어. 빗물이 스며들지 않도록 일 년 이상 두면 딱딱하게 굳는다고도 했지. 그럼 물의 비율을 꿀과 몇 푼씩 섞어 먹는다고 말했었나?"

백한은 말뚝처럼 단단하게 선 채 온몸을 조이고 말았다.

"내 말을 듣고 있지 않았지?"

두런두런 무슨 말을 하는 것 같았는데 박마상을 떠올리느라 그의 말을 제대로 듣지 못했다. 등줄기에 땀이 줄줄 흘렀다.

"여기에 온 진짜 목적이 뭐냐?"

"무슨 말씀이온지……."

백지의 부채가 빠르게 움직였다.

"왜 온 거냐고."

"저는 정만인 장군의 지시로 온 것입니다."

"지시? 시켜서 왔다고?"

"대부님을 지켜드리라는 지시를 받잡고자 합니다. 허락해주십시오."

"날 지키러 왔단 말이지?"

"네. 지켜드릴 수 있습니다."

"박마가 되고 싶은 거지?"

"그, 그게 무슨?"

백지가 부채로 사당을 가리켰다.

"넌 내내 저 사당만 쳐다보고 있었어. 자, 박마가 되려는 이유가 뭐냐?"

들킨 것 같아 대충 얼버무리자고 생각했다.

"……수련이 아름답다고 느꼈습니다."

"수련이 아름다워? 박마가 수련하는 것을 본 적이 있나?"

"관산 아래에서 박마들이 기도하는 소리를 들었습니다."

"무슨 소리였는데?"

"음부경 같은 것이었습니다. 잠포록한 안개 사이로 퍼지는 기도소리가 마치 물방울이 바위에 구르는 것 같았습니다."

"잠포록한? 허, 그런 말은 또 누구한테 배웠나?"

백한은 거기서 입을 닫았다.

"……마치 승냥이 같군. 넌 일이 어떻게 끝날지 알고 있어. 안 그래? 해인이 왜 필요하지? 그걸 찾아내서 어떻게 할 생각이냐?"

포위당한 느낌이었다.

백지는 이미 자신을 꿰뚫고 있었다. 흰빛을 뿜으며 부라리는 백지의 눈에서 백한이 무슨 말을 할지 기대하는 기색이 역력했다.

"성모와 잠시 살았다고 하던데?"

그렇다고 답했다.

"아까 돛배를 탄 자 운운한 거, 무슨 뜻이냐?"

"말 그대롭니다. '돛배를 탄 자'가 출현한다는 예언의 나라치고 고려는 그리 강해 보이진 않습니다."

"그건 계집을 잃어버린 것에 대한 사욕私慾이냐?"

대답하지 않았다.

"아니면,"

"해인을 훔쳐 네놈 고향으로 가지고 가려고?"

이번에도 대답하지 못했다.

"허, 둘 다인 모양이구나. 그럼 네 몸에 고인 건 사욕邪慾이다!"

그가 부채를 쫙 펴며 할을 쳤다.

접신이라도 한 것처럼 분노가 울컥 솟았다. 건드리는 순간 사라지는 농게의 눈깔처럼 무의식적이고 자동적인 반응이었다. 백한은 간신히 분노를 억눌렀다. 백지가 자신의 몸안에 있는 무언가를 정교하게 작동시키고 있다는 느낌이 들었다. 뻣뻣해지고 싶지 않았다.

"이미 박마가 정해졌어. 그러니 단념하고 네가 살던 곳으로 돌아가라."

백한의 입술이 꿈틀했다.

"박마도 인간인 이상 대체될 수 있는 것 아닙니까? 당신처럼 무슨 일이 일어날지 어떻게 알겠습니까?"

백지는 백한을 올려다보았다.

그의 눈은 이전과 달랐다. 달밤에 취한 뱃사공처럼 눈동자가 이리저리 마구 흔들렸다. 짧은 순간이었지만 다른 인격이 들어온 것 같다. 순간 백한은 말을 잘못 뱉었다고 생각했다.

"대체된다고?"

백지는 천천히 두 팔을 올리더니 끈적끈적한 손으로 백한의 호복 자락을 들어올렸다. 시전 포목장에서 오종포 두 필을 저당 잡히고 빌려 입은 옷이었다. 그는 호복에 손을 비벼댄 다음 신발을 들고 그 밑창을 닦았다.

"어때? 더러워지기 시작했지?"

급기야 탁 하고 가래까지 뱉었다.

백지는 고개를 흔들거리면서 말했다.

"사람들은 늘 착각하지. 희망이란 희고, 포근하고, 좋은 것이고, 참고 있으면 어디선가 다가오는 것이라고 말이야. 본능적으로 다들 그렇게 연상해. 하지만 틀렸어. 희망은 말이야. 아주 어두운 빛깔이야. 척박하고 싸늘한 색이라고. 바란다고 오는 것이 아니야. 어둠을 완전히 걷어야만 생기는 법이야. 돈오처럼 단박에!"

그는 부채로 자신의 어깨를 탁 치더니 오뚝한 코를 반쯤 가렸다.

"결국 박마들에게 남는 게 뭔 줄 아나?"

"……."

"……비참한 죽음뿐이야."

백한은 고통스럽게 침을 삼키고 있었다.

모멸의 눈길을 느꼈지만 다른 고려인들에게 받았던 모멸감과는 달랐다. 백한은 이 땅의 고려인들이 자신을 어떻게 생각하는지 잘 알고 있다. 그들은 결코 여진인을 야박하게 대하지 않는다. 박하게 한다는 것은 대등할 수 있다는 뜻. 고려인은 여진인을 대등하게 보지 않는다.

지금 자신에게 내보이는 백지의 저 오만함과 비꼬는 말투는 흔히 보는 고려인들의 곤댓짓과 다르다. 백지는 일부러 자극하고 있었다. 그렇다면 상대할 수 있겠다고 백한은 생각했다.

흥.

백한은 코웃음을 쳤다. 어디서 그런 오기가 나왔는지 알 순 없다.

"천상에 산다는 착각을 하시는지요. 당신들은 한족보다 더 화려한 무늬가 수놓인 옷을 입고 한족보다 더 복잡한 제사를 지냅니다. 좁은 땅에 갇혀 해가 지는 것도 본 적 없으면서 어미 뱃속에 있었던 일도 다 안다는 듯 호기만 내세웁니다. 당신들은 우리 북인들을 깔보지만 실상은 당신들이야말로 오랑캐의 다스림을 받는 처지가 아닙니까. 뭐 크게 애처롭진 않습니다만 그저 똥 싸놓고 매화 타령만 하는 것만 같아 불쌍합니다."

"슬슬 본심을 드러내는군."

"본심은 대부님이 보이시는군요. 해인을 빼앗기고 일부러 미친 척한다는 소문이 자자합니다. 저것을 담그는 순서가 정연한 것을 보니 실상은 뭔가를 속이고 있군요."

"그러더냐? 속에 있는 것은 밖으로 결국 나오게 되어 있다."

"풋. 그럼 지켜드릴 일도 없겠군요."

백지는 부채를 뻗어 밭두둑을 따라 가지런히 세워놓은 장독대들을 가리켰다.

"저 안에 든 것은 내가 만든 조청이랑, 장이다. 박김치도 있고 작년에 담가놓은 생이젓도 있지. 저것들은 절대로 냄새를 풍기지 않아. 영리하게도 시간을 기다리고 있지. 완전한 시간이 왔을 때야 비로소 장소레 밖으로 톡 쏘는 염내를 풍긴다. 그땐 누구도 그 냄새를 부정하지 못해……. 삭기 전까지는 절대로 냄새를 풍겨선 안 돼. 저 박김치보다 덜 삭았는데도 네 몸에선 지독한 쉰내가 나는구나."

"씹할, 돛을 올린 자가 바람의 주인이오!"

그만 소리치고 말았다.

"당신들이 성스럽게 추앙하는 여자는 내 여자였소! 틀린 소리가 아니지 않나요? 속의 것은 밖으로 나오게 되어 있다구요? 흥, 다 보아낸다니 애초부터 알았겠군요. 박마든 해인이든 당신네 규칙 따윈 상관없소. 내 여자를 지킬 것이오. 내가 뭘 바란다고 해서 당신이 소리칠 것 없잖소!"

백지는 백한의 얼굴을 한참 동안 쳐다보았다.

백한도 그 눈을 피하지 않았다.

이윽고 백지는 부채를 접고 짚으로 덮어놓은 수많은 장독들을 가리켰다.

"저것들이 네 입에 맞을지도 모르겠군."

* * *

겨울이 지났지만 백지는 백한을 인가하지 않았다.

만인이 숙지를 찾은 상태였기에 불필요한 박마를 내지 않으려는 뜻일 수도 있고, 양위한 자신의 무통武統을 끊고자 했을 수도 있다. 백한은 속이 탔다. 마침 만인은 병마사의 사신 직책으로 동계를 떠나 있었다. 몽고의 수도에서 넘어오는 왕을 호위하는 것이 임무였다. 그런데도 만인은 보름에 한 번씩 잊지 않고 스승의 약을 보내왔다. 아울러 백한 앞으로도 술과 약과를 보냈다.

스승은 낮 동안 잠을 자거나 조청이나 장을 담갔고 해가 지면 박마 사당에 틀어박혀 역대 성모의 행적을 정리하는 일로 시간을 보냈다. 그는 백한이 근처에 얼씬거리는 것을 싫어했다. 심지어 사당 앞의 낙엽도 직접 쓸었다.

백한은 밥을 짓고 약을 달이고 채마밭을 가꿨다. 박마와 관계된 일이라곤 그저 벼루의 먹똥을 긁어내거나 백지의 서찰 여백을 오리는 것뿐이었다. 종이를 넉넉하게 살 수 없었던 백지는 간찰들을 오려 붙여 새로운 종이를 만들곤 했는데 그것만은 백한을 시켰다.

어느 날이었다.

스승이 구석에 쌓아둔 종이들을 가리켰다.

"이틀 정도 집을 비울 테니 여백을 오려놓아라."

쑨 풀을 옆에 두고 간찰들 중 쓸 수 있는 것들을 분류하던 백한은 시끄러운 새소리에 대청으로 나와보았다. 서까래 기둥이 모인 종보에 박새가 둥지를 틀었다.

'저게 언제부터 있었지?'

어떻게 해야 할지 고민하다가 결국 내리기로 했다. 대청 한가운데 저런 걸 둘 수는 없었다. 둥지를 옮길 만한 곳이 있을 터였다. 그때 희한한 것이 눈에 들어왔다. 서까래의 기둥이었다. 보통은 껍질 벗긴 소나무를 그대로 사용하는 것이 일반적인데 이 집의 기둥들은 모두 저포를 감아 밀타승을 바르고 옻칠을 두껍게 해놓았다. 게다가 천장 합각과 선자서까래가 모이는 중도리의 우물반자 부분에 새까맣게 손때가 묻어 있었다.

'혹시……'

개방할 수 있는 우물반자라면 책 같은 것들을 숨기기에 좋은 공간이 된다. 귀족들은 흔히 이런 곳에 족보나 신주를 숨긴다.

반빗간에 세워놓은 키가 큰 대나무 사다리를 가져왔다. 서까래와 우물반자가 붙은 회반죽 사이로 틈이 보였다. 그제야 분명해졌다. 저렇게 저포로 감아 붙이면 송진이 표면을 매끄럽게 덮어 나무가 뒤틀리지 않는다. 그래서 무언가를 숨겨둘 공간을 파놓아도 홈이 어긋나지 않는다. 손을 더듬자 역시 중도리의 우물반자에 우묵 들어간 공간이 느껴졌다. 깨금발을 짚고 더 깊숙하게 밀어넣었다. 공간 끝에는 갈래로 뻗은 공간이 하나 더 있었다.

거스러미가 잔뜩 묻은 열쇠.

'무슨 열쇠지?'

열쇠는 박마 사당의 커다란 무쇠 통에 꼭 맞았다.

끼익 문을 연 백한은 자신이 숨을 쉬고 있는지조차 알 수 없었을 만큼 벅차올랐다. 북벽을 가득 장악하고 서 있는 거대한 박마 무사의 상은 푸르스름한 안개에 둘러싸인 듯했다. 흉곽이 넓고 두툼했다. 한 손에 삼차극三叉戟을 들고 다른 손에는 커다란 책을 펴 들었다. 흔히 볼 수 있는 한수정후(관우)를 따라한 자세였는데 책도 『춘추』가 아닌가 싶었다.

얼굴은 네모나고 푸른 비단에 가려 있었다. 코 부분의 자리가 툭 불거졌다. 비단 아래로 주렁주렁 흘러내리는 붉은 실을 보니 청동상이 붉은 수염을 달았다.

무섭다. 그리고 아름답다.

푸른 신광의 위엄에 들이켠 숨을 다시 들이켜고 말았다.

주변이 서늘했음에도 땀구멍들이 올올히 피어올라 온몸이 따끔따끔했다. 차가운 먼지 냄새가 정신을 들게 할 때까지 그는 멍하게 박마상을 보고 있었다.

제단에는 한 권의 책이 놓여 있었다. 향탁에서 부싯돌을 찾아내 용초에 불을 붙였다. 표지에 『지극탑마持戟搭馬』라는 제목이 있다. 스승이 심혈을 기울여 정리하던 책이다. 대충 살펴보니 군데군데

빈 곳이 많았다. 이 정도면 반쯤 완성된 것 같았다. 뒤적거리다 무언가가 바닥으로 툭 하고 떨어졌다. 소스라치게 놀라며 그것을 집었다.

아.

그것은 정교한 도깨비 문양이 찍힌 탁본이었다. 진한 먹물 선이 휘돌아 가며 보이는 그림은 심장을 도려낼 만큼 끔찍하게 오글오글했다. 그때다.

"여기서 무얼 하느냐!"

뒤에서 노기 어린 고함이 정수리를 타고 퍼졌다.

백지가 달빛을 등지고 서 있었다.

"이…… 이것을 어떻게 할까요?"

무심결에 벌벌 떨리는 손으로 탁본을 내밀었다. 어이없는 질문이라는 것을 알고 있었지만 내뱉은 후였다. 턱이 떨리고 있어서 더 말을 할 수도 없다. 백지는 무섭게 백한을 노려보고 있었다.

"……폐지로 쓸까요? 아니면 풀로 붙여놓을까요?"

"나가라."

백한은 허둥대며 용초의 불을 끄려다 향을 엎질렀다.

도망치듯 밖으로 나왔다.

며칠 집을 비우겠다던 스승이 어째서 돌아왔는지 알 수 없었지만 백지는 그날 밤 다시 나가지 않았다. 날이 밝자 잘못을 빌기 위해 눈치를 살폈으나 그는 백한과 눈도 마주치지 않았다. 두 사람은 종일 말없이 방에 앉아 서찰을 정리하고 여백을 오렸다. 서찰을 자르던 백한이 조심스럽게 물었다.

"그때 본 탁본…… 무슨 그림인가요? 처음 보았을 때 도깨비의 터질 듯 부푼 눈동자에 그만 몸서리가 쳐질 뻔했습니다."

그러자 백지가 툭 하고 내뱉었다.

"그것은 해인을 보관하는 상자의 문양으로 의상 대사가 직접 초각한 것이다. 내가 상자의 크기를 초록하면서 그려두었다."

의상의 초각 상자라면 만인에게 들은 적이 있었다.

젊은 시절 백지가 북쪽의 어느 현자에게서 해인을 찾았을 때 해인을 담아두던 상자였다. 도깨비 문양은 외합에 새겨진 부조 장식이었다.

"직접 보면 더 오금이 저리겠습니다."

"그건 이 땅에 없다."

해인을 담는 상자는 자신의 손에 없다는 뜻이었다.

"다른 박마가 가지고 있나요?"

"해인을 북쪽에서 찾았을 때 순조롭지 않았다. 자칫 늦었더라면 서역으로 유출될 뻔했다. 그것을 안전하게 보호할 수 있었던 것은 어떤 고귀한 분의 희생이 있었기에 가능했다. 그분은 자신의 소중한 것을 버리면서까지 해인을 지켜냈다. 그가 해인이 고려의 것이고 고려의 주인에게 가야 한다는 것을 이해해준 덕분에 해인은 고려 땅을 벗어나지 않을 수 있었다.

그때 나는 해인만 받고 상자는 받지 않았는데, 그것은 훗날 우리가 조우할 때 그 상자를 증거로 서로를 알아보자고 약속했기 때문이다. 그래서 그 상자는 여기에 없다. 나는 지금도 상자를 기다린다. 그는 내가 만난 가장 훌륭한 용자였다. 그는 대의를 위해서 자신의 밝음을 모조리 버렸기 때문이다. 희생은 언젠가 희망으로 돌아온다. 그것은 숙명으로 찾아온다."

백지의 눈길이 따뜻해진 참에 백한은 용기를 냈다.

"만일을 대비해서 이제 인가를 내려주십시오."

순간, 백지의 눈이 반듯하게 변했다.

그는 날카로운 바람을 일으키며 백한이 들고 있던 문서를 낚아챘다.

"나가라."

"스승님."

"닥쳐라! 네놈은 여전히 틀에 박혀 있구나. 만일이라니. 고려의 진인을 수호하는 박마에게 무슨 일이 생길 리 없다!"

훗날 드는 생각이었지만 아마도 '만일'이란 말이 백지의 심경을 거슬리게 했던 것 같다. 떠밀려 양위한 자신에게 새로운 박마로 인정해달라고 하는 부탁은 듣기 좋은 말이 될 수 없다.

그를 모신 대부분의 시간은 평화로웠다.

하나 큰 소문에는 허튼 것이 없는 법. 스승의 정신이 온전치 못하다던 소문은 점차 사실로 드러났다. 백지는 허공을 보며 누군가와 대화하는 일이 잦았다. 백지가 노골적으로 백한을 괴롭히기 시작한 것은 매화가 피기 시작한 봄 무렵이었다. 『지극탑마』의 정리가 막 끝난 시점이기도 했다.

"이 조청을 퍼먹어라."

"네?"

"저 탕기 그릇으로 먹어야 한다. 한 번에 먹어도 좋고 아침저녁으로 나누어도 좋다. 편한 대로 해라."

"내다 팔면 돈이 될 것입니다."

"저렇게 딱딱하게 굳은 것은 팔 수 없다."

"팔 수 없다면 꿩의 바다에 사는 여진인들에게 보내주십시오. 감사히 받을 것입니다."

"절대 안 된다! 네가 먹어라. 너 혼자 다 먹어야 한다. 다른 방식으로 담가야 하니까 빨리 저것들을 먹어 없애라!"

이해할 수 없었다.

정상적인 사람이라면 독을 비우기 위해 남은 것을 제자에게 먹이지 않는다. 귀한 것이기에 팔 수도 있었지만 스승은 그럴 생각이 없어 보였다. 스승은 확실히 미쳐가고 있었다.

백한은 아침마다 돌덩이처럼 굳은 덩어리를 불에 녹여 한 그릇씩 비웠다. 독했다. 고역이었다. 밤마다 고열에 시달렸고 마비 증세로 변을 지리기 일쑤였다. 그럴 때마다 만인이 보내준 술을 마셨다. 쏘는 맛이 청량했고 한결 속이 편안해졌다. 스승은 항아리가 비워지면 기쁜 듯 두 손을 비비며 호기롭게 조청을 담갔다.

몇 달이 흐르자 내성이 생긴 것인지 거동하는 데 무리가 없었다. 하나 간헐적으로 살을 찌르는 통증이 밀려왔다. 그런 고통이 밀려오면 목을 찢어 피를 내려야 했다. 백한의 몸은 분명 그 이상한 조청 때문에 망가진 것이 틀림없었다. 백한은 그때마다 술을 마셨다. 병마사의 진에서는 만인이 백지에게 보내는 약이 꾸준히 왔다.

잿빛 구름이 가득 낀 냉랭한 어느 날 아침이었다.

밥을 짓기 위해 옷을 껴입고 있는데 골방문이 열리며 스승이 들이닥쳤다. 백지는 백한의 얼굴을 몇 차례 갈기더니 파문서를 던졌다.

"넌 박마가 되지 못하겠다!"

난데없는 들이닥침에 놀라 무릎을 꿇었다.

"네놈의 피를 조사해보니 통갈락 출신이더군. 그 지방 출신은 박마가 될 수 없어! 너희 두 놈, 날 속인 게야."

그는 나가며 백한의 이불에 침을 뱉었다.

백한은 통갈락 출신이었다.

통갈락은 북방인 말로 '맑다'라는 뜻이다. 피가 진했을 때로 올라가면 맥족과 가까웠다. 통갈락 부족은 고대 가우리 때 지체 높은 대부의 후예들이었다. 가우리인은 대부분 맥족과 혼혈이다. 백한도 자신의 조상 중에 조의皀衣 출신이 있다는 사실을 그날 처음 알았다. 조의는 가우리의 비밀 관직으로 왕의 친위 무사들을 말했다. 가우리의 보장왕 때 백한의 집안은 무사 가문으로 전환된 적이 있었다. 조의가 된 것이다.

백한의 집안이 조의가 되었다는 것은 지역을 다스리던 족벌 가문이 왕실의 경호를 전담하는 귀속 가문으로 편입된 것이라 할 수 있었다. 조의들은 왕조 후반 조의두대형이라는 직함으로 바뀌면서 정치에 관여하더니 급기야 막리지를 배출하기까지 했다.

문제는 조의 출신은 절대로 박마가 될 수 없다는 것이다.

그것은 그 땅의 규칙이었다.

조의 집단과 박마 집단이 앙숙이 된 데에는 사연이 있었다. 박마는 아기장수를 출현시키는 제사장 집단이었고 조의는 왕실을 보호하는 호위 무사 집단이다. 박마들은 삼한 땅 어디에서나 하늘이 내린 아기장수가 출현한다고 믿으나 조의들은 그렇게 생각할 수 없었다. 조의들에게 있어 하늘이 내는 진인은 오직 고 씨 왕족일 수밖에 없다.

오래전 보장왕은 당과의 큰 전쟁을 앞두고 조의두대형들을 앞세워 박마들을 몰살시켰다. 전장에 가 있을 동안 생길지 모를 반역을 대비하고 자신이 전사하더라도 왕실의 씨를 보호할 내부 단속 같은 것이었다. 어찌 보면 당연했다. 진인을 찾는 박마 집단을 곱게 볼 집권자는 없다. 그때 선봉장에 섰던 것이 바로 백한의 집안이었다.

그 사건 이후, 박마들은 인가를 거치는 형태의 비밀결사가 되었다. 가우리가 패망하면서 조의들은 사라졌지만 박마들은 명맥을 유지했다. 그들은 절대 없어지지 않는다. 미래인의 출현은 나라의 흥망과 관련이 없다. 어쨌거나 백한의 조상들은 박마들의 숙적이었다.

"감히 조의의 후손이 박마가 되려 하다니!"

백지가 사라진 방문으로 차가운 바람이 밀려들었다.

"살려주십시오."

맨발로 달려나가 스승의 발을 잡고 이마를 땅에 찧었다. "저는 몰랐습니다."

"살려주마. 오늘 중으로 내 집에서 나가라. 그게 네가 사는 길이다."

"스승님!"

"닥쳐라. 지금부터 네놈과는 말을 섞지 않겠다."

"저는 꼭 박마가 되어야 하겠습니다!"

"개새끼, 눈깔을 내려라……. 기분 나쁜 여진 잡놈의 새끼야."

"저는, 꼭…… 박마가…… 되어야 합니다."

박마가 되려는 의지는 이별한 숙지를 되찾겠다는 것만은 아니었다. 억울하게 죽은 어머니에 대한 복수와 터전을 버리고 이곳까지 오게 한 아버지를 바라보는 부족민의 분노를 누그러뜨릴 방법은 통갈락에서 아기장수를 배출하는 것이라고 백한은 믿었다.

* * *

북쪽 우수리 강 지역에 터를 잡고 살던 통갈락 부락은 백련교 색출 정책을 피해 동진하던 홍건적 잔당에게 터전을 짓밟혔다. 촌두村頭이던 아버지는 부족을 지키지 못했다. 아버지는 고려에 원군을 요청했지만 그들은 오지 않았다. 경계를 관장하는 쌍성부도 모른 척했다. 통갈락은 오랫동안 고려의 부역에 응했고 조공을 바쳤지만 그들은 도우러 오지 않은 것이다. 아버지는 자학했다. 홍건적 잔당의 수장은 아버지에게 무언가를 요구했지만 아버지는 거칠게 고개를 저을 뿐이었다. 그러자 그들은 사나워졌다. 잔당들은 자신들의 교주 한산동의 기일을 맞아 통갈락의 아이들을 닥치는 대로 죽였다. 아버지는 아이들의 목이 어버(성황당)에 걸리는 것을 멍하게 보고 있기만 했다. 그는 그들에게 어머니를 바쳤고 부족의 다른 여자들도 바쳤다. 분명한 것은 그들이 아버지에게 무언가를 요구했었고 여자와 아이들의 봉욕은 필시 그들의 요구에 응하지 않았기에 벌어진 대가였다. 아이들의 목과 부족 여자의 몸까지 바쳐가며 아버지가 지키려 했던 것은 무엇이었을까?

어린 백한은 잠결에 키가 크고 쓰개를 머리까지 덮어쓴 사내가 아버지에게 무언가를 받아가는 모습을 본 기억이 있다. 그는 고려에서 온 사람이라 했다. 그가 다녀간 뒤로 아버지는 모든 것을 포기한 듯 술을 찾았다.

노기를 주체하지 못한 부족 사내들이 취한 아버지의 목을 베러 왔을 때 민첩한 백한은 아버지의 몸에 말가죽을 씌우고 상록수 덤불에 숨겼다. 그는 몸을 휘청거리면서도 작은 술 궤짝을 놓지 않고 있었다. 목을 따러 온 자 중에는 백한의 숙부도 있었다. 홍건적을 불러들인 것은 숙부의 계략이었다. 교주의 기일을 위한 안식처를 제공하겠다고 제안한 것도 숙부였다. 아버지의 자리를 이어 촌두가 된 숙부는 홍건적들에게 말과 금을 내주고 송화강 상류로 올라가는 길을 안내했다.

걷지도 못하는 아버지와 동생들, 따르는 일부 사람들을 장백산 아래로 피신시킨 백한은 다시 우수리 마을로 돌아갔다. 숙부의 처소에 잡힌 어머니를 구하기 위해서였다. 백한은 사흘 동안 말가죽 통에 숨어 있었다. 어머니는 백한이 숨어 보는 자리에서 숙부의 혀를 물어뜯었다. 숙부가 어머니의 가슴을 도려냈다. 숨어 보던 백한은 저도 모르게 소리를 질렀다. 입을 막았지만 너무 늦어버렸다. 잡혀 나온 백한이 보는 앞에서 어머니는 최하급 마꾼들에게 던져졌다. 맨드라미를 수놓은 가죽 목걸이를 입에 물고 수모를 참아내던 어머니는 눈을 부릅뜨고 백한을 바라보았다.

"……사랑하는 것을…… 절대로…… 빼앗기지 말거라."

낮은 코를 빗기며 흘러내리던 어머니의 눈물. 백한은 그날 어머니의 죽음을 똑똑히 지켜보았다. 지금도 그때를 떠올릴 때면 허세 한번 부려보지 못했던 자신이 고통스러웠다.

어머니가 죽던 새벽, 재갈을 풀고 가까스로 도망쳐 나왔다. 숙부를 죽이진 못했다. 달빛이 길었기 때문에 숨을 곳을 찾지 않고 장백산 아래까지 그대로 말을 달렸다. 반드시 복수하리라. 숨을 쉴 때마다 어머니를 지키지 못했던 통한이 즙처럼 올라왔다. 목을 축이기 위해 들어갔던 어느 절에서 벽에 새겨진 진결을 읽었다.

死者回春更生 不可思議海印	죽었던 자도 다시 살리는 불가사의한 해인
彌勒世尊海印出	미륵세존께서 해인을 주신다
海印 天下人民神判機	해인은 세상을 신판하는 물건이야
海印用使是眞人	해인을 마음대로 쓰는 분이 진인이야

숨이 멎을 것 같았다.

해인은 세상을 심판한다고 했다. 그것만 가지고 있으면 저들을 응징할 수 있었다. 해인을 숨기고 있다는 고려가 아름다워지기 시작했다. 백한과 그를 따르던 통갈락들은 더 남쪽으로 내려와 동계의 꿩의 바다가 보이는 여진의 숲에 자리를 잡았다.

해인은 아무나 가지는 물건이 아니었다. 그것은 고려인을 위한 신물神物이었다. 고려인들은 세상을 바꿀 구원자가 해인의 작동으로 태어난다고 믿었다. 그 규칙대로라면 북방인인 백한은 해인을 사용할 수 없었다. 갈망이 좌절되는 순간, 숙지를 만났고 다시 숙지를 보내버렸다. 그는 또 여자를 지키지 못했다.

박마가 되어야만 했다.

숙지는 어머니의 대속자이기도 했다.

"제발 박마가 되게 해주십시오!"

"닥치래두."

백지의 눈동자는 용을 잡아먹을 듯했다.

"박마가 되게 해주십시오!"

"내 다 보아낸다. 네놈은 속에 들어앉은 돌덩이를 절대로 부수지 못한다. 너 같은 놈이 박마가 되면 성모에게 고통을 안길 뿐이다. 당장 여기서 나가라!"

떠나선 안 된다고 생각했다.

침과 눈물이 마르기도 전에 이를 앙 깨물었다. 결코 이 집에서 나가면 안 된다. 이것은 고려인들의 방식이다. 자신에게는 자신만의 방식이 있다. 인가를 얻을 때까지 나가지 않겠다. 백한은 그렇게 다짐했다. 여진인 특유의 고집일지도 모른다. 그날은 그렇게 일이 끝났다.

백지는 염치를 내세우지 않고 그를 하인처럼 부렸다. 그가 확인하는 것이라곤 조청이 얼마만큼 없어졌는가였고, 남은 양이 많으면 억지로 먹인 뒤 빈 항아리를 챙기는 것뿐이었다.

벌바람 사이로 흐르는 독수리를 볼 때면 동족이 있는 호수로 돌아가고 싶어졌다. 숙지도 그리웠다. 모든 것의 중심에는 그녀가 있었다. 만인의 부대로 복귀해 그녀 근처에 있을까 하는 생각도 했다. 그러나 고려왕의 신임장을 가지고 주둔사로 간 만인은 아직 돌아오지 않았다. 다짐했다. 모든 것을 극복하리라. 무엇보다 자신을 지켜야 했다. 그래야 숙지를 지킬 수 있다.

아마도 그즈음부터였을 것이다.

백지가 노골적으로 음흉스러워진 것은.

마을의 사내아이를 겁탈하려는 일이 잦았고 고양이 사체를 마당에 산더미처럼 쌓아두는 일도 있었다. 점점 이가 빠지기 시작했고 검고 탐스럽던 머리카락은 이무기의 갈퀴처럼 허옇게 세어버렸다.

늘 그래왔듯 보름마다 병마사 진영에서 약이 배달됐다. 심부름은 주로 비마르가 했다. 백한은 비마르로부터 숙지의 소식과 병마사 진영의 근황을 전해 들을 수 있었다.

그런 백지가 전투에 참여하려 했다.

가뭄이 지나간 그해 가을이었다. 북쪽에서 홍건적 잔당들이 풍주까지 밀려오자 고려의 중랑장 이방실의 전갈이 왔다. 별무대를 맡아달라는 것이었다. 이방실은 오래전부터 백지의 무예를 칭송해왔다.

"너도 함께 간다."

"정녕 가실 겁니까?"

"정녕 가실 겁니까? 내 앞에서 그 입, 꾹 다물어라. 양젖 썩는 냄새가 난다. 흥."

스승은 그렇게 빈정거리며 무기들을 갈아놓으라고 명령했다.

백한은 두려워지기 시작했다.

양위한 몸이지만 백지도 박마다. 박마가 살생에 관여한다는 것은 있을 수 없는 일이었다. 어쩌다가 찾아오는 손님과 마주하면 백지는 전투 얘기만 해댔고 묘하게 흥분했다. 확실히 미쳐가고 있었다. 그는 전투에 임할 상태가 아니었다. 그는 농찻잔 하나 들 힘이 없었다.

도리가 없던 백한은 일 년에 한두 번 백지의 집으로 찾아오던 늙은 박마에게 조언을 구했다. 그는 풍채가 좋은 고려인이었다. 늙은 박마는 백한의 말을 끝까지 들은 후 짧은 수염을 쓸며 이미 해인이 피를 마신 게 아닐까, 라고 조심스럽게 말을 꺼냈다.

"피를 마시다니요?"

"해인이 사악해지는 거지."

"스승님은 이미 해인을 양위했습니다."

"……사악한 기운에 물든 자가 해인을 가지면 해인은 반드시 피를 부르지."

"스승께서 사악해지셨다는 뜻입니까?"

"아무튼 내가 한번 말려봄세."

그는 그렇게만 운을 떼고 더는 거기에 대해서 말하지 않았다. 백지는 늙은 박마의 만류에도 갑주와 칼을 챙겨 들었다. 적진에는 공교롭게도 어머니를 살육한 숙부의 무리가 포함되어 있었다. 그들을 보자 백한은 고여 있던 고통이 올라오기 시작했다. 신을 받고 공수가 터지듯 붕붕 몸을 띄웠다. 적은 기겁했다. 한을 뿌리듯 이리저리 내달릴 때마다 적들은 갈라졌고 웅크렸다. 통렬하고 시원했다. 숙부의 얼굴 가죽을 도려내어 투구에 붙였다. 복수는 통쾌했다. 그간 규율에 젖어 억압된 세월이 단번에 도려나가는 것 같았다. 정신을 차려보니 온몸에 피를 흠뻑 덮어쓰고 있었다. 그러고 나니 갑자기 다른 한이 올라왔다. 왜 자신은 박마가 될 수 없는 것인지, 자신은 왜 고려인이 아닌지에 대한 자격지심으로 멍들었던 나날들이 서러워졌다. 백한은 그 응어리를 살육으로 풀었다.

"놈, 활개를 치는구나."

백지는 적의 피로 얼굴을 씻고 있는 백한의 등을 호쾌하게 쳐댔고 자신도 백한의 장단에 곁춤을 추듯 칼을 휘둘러댔다. 묵직한 숨을 내쉬던 평소의 모습이 아니었다. 좁고 긴 요도腰刀를 뿌리듯 내지르는 백지의 몸짓은 화려하고 귀신같았다. 학 같고 거미 같은 움직임에서 정신이상자의 모습은 어디에도 없었다.

더는 활락闊落하지 않으리라.

백한은 정신없이 설쳐댔다.

문지방을 넘지 못하는 신세. 헐떡이는 희망 찾기도 이민족인 자신에게 부질없는 짓이었다. 이제 봄바람도 나를 알 수 없다. 선에서 벗어난 무한한 자유로 살겠다. 이 전투가 끝나면 떠날 것이다. 더는 얽매이지 않는다. 나는 충분히 고통스러웠다. 자학으로 접어들자 어떤 명분도 찾을 수 없을 지경에까지 이르게 되었고 비로소 자신을 오롯이 바라볼 수 있었다.

풍주에서 두 사람은 삼백 명 이상을 죽였다.

살생에 대해 엄격했어야 할 스승이 그 전투에서만은 왜 조심하지 않았는지 여전히 알 길이 없었다. 묻지도 않았다. 칼을 휘두르며 어렴풋이 동질감 같은 것을 느꼈을 뿐이다.

늙은 박마의 말처럼 모든 것이 해인의 저주였는지 모를 일이다. 전장에서 돌아온 백지는 자리에서 일어나지 못했다. 가슴을 쥐어뜯는 일이 많았고 우러나는 열기에 잠을 이루지 못했다. 무언가를 보며 고래고래 헛소리해댔고 방바닥에 침을 뱉었다. 그때마다 객혈이 따라 나왔다. 백한은 그런 백지를 두고 차마 떠나지 못해 여전히 오량집에 머무르고 있었다.

어느 날 담장 밖으로 비마르가 서성거리는 것을 보았다. 반가운 마음에 빗자루를 던지고 달려갔다.

"부대에 무슨 일이 생긴 거야?"

비마르는 주춤거리며 어색하게 서 있기만 했다.

"……백지 님을 뵈려고."

말투에는 망설임과 함께 때를 잘못 잡았다는 후회가 깃들어 있었다. 만날 사람은 백한이 아니라 백지였다. 백한은 꼿꼿해져버렸다. 비마르가 흘깃거리는 쪽을 보니 담 아래 한 여자가 서 있었다.

숙지였다.

꿩의 바다 노을 아래에서 보았던 그 얼굴이 분명했지만 그녀는 몹시 차가워져 있었다. 백한을 본 숙지의 얼굴에도 작은 일렁임이 지나갔지만 그녀는 이내 백한의 등 너머 백지가 누워 있는 방으로 시선을 던졌다. 걱정스러운 기색이 가득한 채.

백한은 그제야 잊어버린 기억이 떠올랐다. 그녀가 숲을 떠날 때 보였던 따뜻하면서도 무언가 알 수 없는 냉정한 숙지의 자태. 지금이 바로 그랬다.

그녀는 붉은 비단을 감은 네모난 무언가를 안고 있었다.

숙지도 비마르도 다르게 보였다. 낯선 곳에 서 있는 기분이 들었다. 늘 마음 깊은 곳에 따뜻하게 들어앉았던 두 사람이건만 지금 이 순간, 그들은 자신을 그렇게 대하고 있지 않았다.

"스승님을 만나러 온 거야?"

숙지에게까지 들리도록 소리를 높이며 비마르에게 물었다.

"다음에 오겠습니다."

"이 새끼."

백한은 비마르를 향해 나직이 그르렁거렸다.

비마르의 호위를 받으며 몸을 돌리는 숙지는 백한에게 한마디도 건네지 않고 총총히 사라져버렸다. 숙지가 왜 찾아왔을까? 이전 박마였던 백지와 무슨 일이 있는 게 분명해 보였다. 백한은 처음으로 백지에게 질투를 느꼈다.

백지의 상태는 심각했다. 그는 칼을 빼 들고 방안에 있는 것들을 부수기 시작했다. 완력을 써서 눕혔지만 제압당한 어깨만 움직이지 못할 뿐 좀처럼 얌전해지려 하지 않았다. 결국 손을 휘젓다 그는 약사발을 집어 들고 백한의 얼굴에 던져버렸다.

"씹할!"

백한의 눈에서 살의가 쐐기처럼 백지의 눈에 꽂혔다.

백지의 턱을 감싸쥐었다. 약탕기를 들고 뜨거운 약을 백지의 입에 쏟아부었다. 백한의 악력에 입을 벌린 백지는 고통스럽게 눈을 뜨고 꿀꺽꿀꺽 뜨거운 약을 기도로 삼켰다. 백한을 노려보는 백지의 눈이 새빨갰다. 백한은 백지의 코를 부러뜨려버렸다. 긴병에 효자가 있던가. 백한은 지겨워졌다. 풍주를 다녀온 뒤로 이곳은 머물고 싶지 않은 곳이었다.

"……떠나야겠다. 이렇게…… 네놈에게 죽기 싫다."

그 일이 있고 얼마 후 백지는 홀연히 떠났다. 그는 전국을 떠돌며 흩어져 있던 박마들을 일일이 찾아가 시비를 걸었다고 한다. 방장산(지리산)에서는 병사를 길들이며 살던 박마를 살해한 적도 있었다.

백지는 청진에서 죽었다.

만인과 백한이 마지막으로 그를 찾았을 때 그는 미치광이들만 가두는 장옥에서 더러운 솜이불을 둘둘 말고 있었다. 큰비가 그치던 날 동해에 황금 칡뿌리가 떠다닌다고 소리를 지르다 사내아이 다섯을 베었다고 한다.

"저……놈은…… 왜 데리고 왔나?"

백지가 백한을 가리키며 만인에게 물었다.

"백한이 이곳을 찾았습니다." 만인이 말했다.

"너만…… 왔어야 했어."

"물러가라 할까요?"

"둬라."

만인은 백한에게 떨어져 있으라는 눈빛을 보냈다. 귀를 대고 백지의 마지막 유언을 들은 사람은 만인이었다. 백한은 나무 기둥

사이에 서서 그들의 애기가 끝나길 기다렸다. 두 사람이 속삭이는 소리가 백한의 머릿속에 삐걱거렸다. 한참을 속삭이던 두 사람은 약속이나 한 듯 동시에, 서 있는 백한을 쳐다보았다.

이윽고 만인이 다가오라고 손짓했다. 백한이 주뼛거리며 다가 가자 스승은 눈을 움직여 만인에게 물러가 있으라고 명했다.

"……스승님."

"묻지 마라."

소리가 갈라져 있었다. 그의 눈은 퉁퉁 부어 있었고 고약한 독 이 오른 모양인지 입에서 악취가 났다.

"스승님."

"아무것도…… 묻지…… 말래도."

백지는 파리 날개처럼 발발 떠는 손으로 백한의 머리를 움켜잡 았다. 연했지만 여전히 분노와 경멸이 서려 있었다. 왜 이러실까. 나에게 대체 왜 이러실까. 백지는 스르륵 눈을 감았다. 백한이 그 의 볼을 건드리며 이름을 불렀다. 백지가 힘없이 눈을 떴다. 백지 는 숨을 몰아쉬며 귓가에 대고 속삭였다.

"야망에 불타서 오만에 빠진 만인 놈보다…… 네놈의 마음속 에 고여 있는 집착이 나는 더 무섭다. 너는 죽어서라도 나와 좋게 이어질 수 없을 것이다……. 항상 나를 증오하며 살아가거라."

그러면서 그는 백한의 귀를 불끈 움켜쥐었고 얼굴을 자신의 입 가까이 가져왔다.

"넌 인간이 될 생각을 말아라. 삭히지…… 않으면…… 맛볼 수 없다! 알겠느냐?"

멀리서 만인이 이쪽을 보고 있다.

"명심해라, 이놈!"

소리에 놀라 백지를 바라보았다.

스승은 눈을 부릅뜨고 있었다. 우묵한 각막에 허연 띠가 퍼졌다. 명심하겠습니다. 그렇게만 답했다. 그 일이 있고 얼마 지나지 않아 백지는 몸을 다섯 조각으로 찢어 죽이는 환형轘刑(거열형)을 당했다.

두 사람은 백지의 죽음을 비밀로 부쳤다.

이 모든 것이 지금으로부터 다섯 달 전의 일이었다.

"네 피의 문제, 주요했지만 그게 다는 아니야."

"……다가 아니었다고?"

"백지 선생님은 좀 다르게 말씀하셨네."

"……난 무엇 때문에 안 된다던가?"

"말해줄까?"

"뭔가? 백지 선생이 날 거부한 이유가?"

"말해도 될까?"

만인은 말하지 않겠다는 듯 장난기 어린 표정을 지었다.

백한이 그의 머리를 젖히고 한쪽 허벅지를 걷어 허리를 틀었다.

"술 잘 마셨네."

"알았네. 말하지, 말할게. 자넨……."

백한의 몸이 대답을 기다렸다.

"……자넨, 속에 돌덩이가 많아서 안 된다고 했어."

동시에 만인의 손가락 하나가 백한의 항문에 깊숙하게 미끄러져 들어왔다.

백한은 입안에 흙먼지를 가득 삼킨 기분이었다.

* * *

안내된 방에 고려에서 온 밀사가 있었다.

평복을 입고 있었으나 속에는 황금 자수가 박힌 금어金魚*를 찼다.

"아까운 사내가 죽어 우리나 자네 쪽이나 피해가 크네."

밀사는 그렇게 말했지만 내심 자국 정보원의 죽음이 병마사의 짓이라고 의심하는 눈이었다. 만인이 잘못된 생각이라며 해명했지만 밀사는 심드렁한 표정을 지어 보였다.

"음. 어쨌든 병마사 쪽이 잘 보호하지 못했으니……."

"관서를 기록하는 녹사 하나가 죽었다고 이렇게 병마사의 친위대를 찾아와 궁추하시다니요. 사실대로 말해볼까요? 그것은 명백히 총관 쪽에서 꾸민 일이 아닐는지요."

밀사는 한쪽 눈썹을 올렸다.

"……녹사 하나가 죽었다고? 그자는 우리 고려 사람이었네. 그리고 누가 총관의 짓이라고 하던가? 증거가 있나?"

"총관 측에서 눈치를 챈 것이지요. 조로는 꽤 오랫동안 한자리

---

* 고려 관리들이 찼던 금붕어 모양의 주머니.

에 머물러 있었으니까요."

"……그가 고려의 첩자라는 게 들켰다?"

"그렇습니다."

"어찌 장담하나?"

만인이 콧방귀를 뀌었다.

"우리는 분명하게 알 수 있습니다. 이곳을 다스리려면 그런 것을 감지하는 신근身根 정도는 갖추어야 합니다."

"닥치게. 이곳이 언제부터 자네들이 관여하던 지역인가?"

"그렇다고 그쪽에서 관장할 수도 없지요."

"동계는 명백한 고려의 땅이네."

"동계는커녕 저 아래쪽 삼한 내륙도 제대로 관장하지 못하지 않습니까?"

백한은 의아했다. 만인은 너무 나가고 있었다. 그는 마치 일부러 싸움이라도 걸 것처럼 밀사를 몰아붙였다. 한마디로 오만불손했다. 그가 밀사에게 저런 식으로 대하면 병마사의 처지가 난처해진다.

만인의 말투가 격해지자 밀사는 심드렁한 표정으로 바꾸었다.

"정녕 그렇게 생각하나?"

"아니라면 몽고의 시중에게 이 지역을 내맡기지 않았겠지요. 우린 당신들에게 어긋나는 일을 한 번도 한 적이 없습니다."

"뭐어? 당신들?"

"우린 당신들이 이용하고 있다는 것도 알지만 묵묵히 받들고만 있습니다. 이유는 하나였습니다."

"뭔가, 이유가?"

"피가 같으니까."

밀사는 수염을 꼬며 말했다.

"피가 같아? 픗. 그러니까 피가 같다는 이유로 자네들이 아니라 총관이 죽인 거라 믿으라고? 증거를 대라."

"증거는 없습니다. 어차피 정황으로 판단해야 합니다."

"자넨 낡은 정보를 가지고 있군."

밀사는 오래전부터 총관 조지수도 고려에 신분을 보장해달라고 타진하고 있었다고 말했다. 그런 총관이 고려의 파견자를 죽일 일이 없지 않느냐며 반문했다.

백한은 이제 분명하게 알았다. 고려는 이제 병마사 이자춘을 편들 마음이 없다. 총관 조지수가 고려에 입조하겠다는 것 역시 병마사 이자춘과 같은 생각을 했다는 것이다. 조지수는 오래지 않아 고려가 원의 속박에서 벗어날 것을 예감하고 있었다. 그런 측면에서 보면 병마사는 조금 일찍 속내를 보인 것이 되어버렸다. 고려 입장에서는 두 세력을 얻음으로서 날개를 단 격이 될 터이지만 반면에 둘을 놓고 상책을 생각하지 않을 수 없다.

동계는 척박하고 사람들이 거칠어 개경에서 임명한 관리가 올 곳이 못 된다. 어쩔 수 없이 토박이에게 재량권을 줄 수밖에 없다.

그들에게 이 지역은 탈환되기만 하면 족한 곳이었다. 그렇다면 이 지역은 총관과 병마사 둘 중 누구에게 맡길 것인가, 그것이 문제가 된 것이다. 고려는 한쪽이 한쪽에게 잡아먹히기를 기다리고 있었다. 숲에 호랑이는 두 마리보다는 한 마리가 낫다.

"조만간 병마사에게 불민함을 묻는 조정의 교서가 갈 것이네."

밀사는 자리에서 일어섰다.

두 사람은 대남문 광장을 걸었다.

다복솔이 우거진 우물가에는 아낙들로 붐볐다. 차에 입을 대지 않았던 만인은 목이 탄 모양이었는지 막 동이를 올리려는 아낙을 세우고 한 바가지를 펐다.

"새끼들, 삐딱하게 앉아서 병마사 부대의 최고 지휘관인 나를 하인 다루듯 했어. 병마사의 병세도 묻지 않았고. 자, 마셔."

백한은 내미는 바가지를 받았다. 씩씩거리던 만인은 분을 삭이지 못했는지 동이의 물로 세수하기 시작했다. 모를 리 없다. 당연한 일이다. 개경에서 온 관리들은 언제나 저렇게 도도하다. 너희가 우리에게 하듯이.

만인은 쓰고 있던 복두를 낚아채듯 벗었다.

"확실해졌어. 총관의 짓이야. 첩보를 캐던 조로를 죽이고 노골적으로 시체를 드러냈어. 개경에서 우리를 의심하도록 수를 쓴 거야."

한 모금 삼킨 백한이 바가지의 물을 버렸다.

"……그렇다고 그렇게 흥분하면 어떡해? 차분해져야 한다는 조로의 말을 잊었어?"

"그전에 우리가 먼저 기습한다."

백한은 무언가에 덥석 물린 것 같았다.

"무, 무슨 뜻인가?"

"말 그대로야."

"설마…… 총관서를 공격하자고?"

"그래, 제거해야겠어. 아무래도 그게 옳아."

총관 조지수를 친다면 이 지역의 균형은 하루아침에 무너진다. 이자춘의 병력이 여진인과 동계 토착민으로 구축된 민병대 성격을 띠었다면 총관 조지수의 병력은 몽고의 정규 병력이다. 전면전이라면 승리를 장담할 수 없다. 더군다나 병마사는 지금 병중에 있다. 운을 빌어야 할지도 모른다.

백한은 조급해졌다. 불안이 불등걸의 연기처럼 스멀거리며 피어올랐다. 숙지 때문이다.

"……총관의 식솔들까지…… 포함되나?"

"그래야 하겠지."

"그럼 대모 마님은 어쩌고?"

"물론 숙지도 포함한다."

들고 있던 바가지를 떨어뜨릴 뻔했다.

백한은 귀를 의심했다.

"지, 지금, 성모를 죽이겠다고 말했나?"

"깨끗하게 밀고 다시 시작해야겠어."

만인은 그렇게 말한 후 기지개를 켜듯 목을 길게 늘이고 천천히 좌우로 턱을 꺾었다. 그것은 누군가를 죽이기로 결심할 때나 상황을 마무리할 때 나타나는 특유의 버릇이었다.

백한은 숨을 고르려고 애썼다.

있을 수 없는 일이다. 그동안 숙지에게 공을 들인 만인이었다.

병마사 이자춘에게는 원래 노비에게서 얻은 아들 원계가 있었으나 이번에 숙지가 적자를 가졌다. 벌써 다섯 달째로 접어든다. 곧 새로운 세상을 다스릴 아기장수가 태어난다. 정만인이 받들어 모셔야 할 주인이 탄생하는 것이다. 아기장수가 세력가 이자춘의 아들로 태어난다면 고려왕조를 깨고 새 왕조까지 개창할 기반을 얻는다. 애초부터 만인은 그것을 노리고 숙지를 이자춘에게 바쳤던 것이 아닌가. 지금까지는 최상의 조건이었다. 그런데 이제 와서 숙지를 죽이겠다니.

"서…… 성모를 제거한다고?"

"이젠 적의 딸이 아닌가?"

"그분의 몸에는…… 아기장수가 자라고 있어."

"왜, 죽일 수 없겠나?"

백한은 대답할 수 없었다. 만인은 백한의 눈을 살폈다.

"아직도 네 여자라고 여기나?"

"이미 잊었다고 했다!"

"그럼 그렇게 하자. 죽이는 거로."

"하지만…….."

"하지만, 뭐?"

"이 혼사는 자네가 만들었잖아. 수고한 시간을 생각해. 정치적으로 불편하게 엮여 있다고 성모를 제거하다니……. 총관의 딸이든 여염집의 하녀든 성모는 누가 마음대로 바꿀 수 있는 게 아니잖아!"

"지금은 달라."

"다르다니? 무어가 다른데?"

"숙지가 자기 가문을 멸한 내가 아들의 보호자가 되는 것을 그저 지켜보고만 있을까?"

만인은 침착한 어조로 말을 이었다.

"그렇게 태어난 아기장수가 훗날 어미에게 사정을 듣는다면 공정하게 행동할 것 같아? 널 보호해야 할 박마가 외할아버지를 죽이고 어머니인 나를 위협했다. 복수해다오. 어미로부터 그런 말을 들었다면 날 가만두지 않겠지. 그 아인 어미와 박마 사이에서 굉장한 상처를 가지고 태어나는 거야. 애정 결핍이나 정서 불안을 안은 폭군이 될 소지가 농후해. 지금의 고려 왕처럼 말이야. 당연히 나를 따르지 않을 테고."

"하늘에 맡겨. 그건 네가 결정할 일이 아니야."

"이것도 하늘의 뜻이겠지. 자, 가자!"

"잠깐만."

백한이 만인의 소맷자락을 덥석 잡았다. 만인이 삐딱하게 고개를 돌렸다. 그는 이게 무슨 짓이냐는 표정으로 옷을 움켜쥔 백한의 손을 쳐다보았다.

"다시 생각해. 성모와 아기장수를 죽여선 안 돼."

"……무슨 짓이야, 이게?" 만인이 노려보았지만 백한은 움켜쥔 옷자락을 놓지 않았다.

백한의 흥분하고 다급한 눈이 되록거리고 있었다.

"……박마가…… 박마가 함부로 성모를 선택해도 된다는 말인가?"

순간 만인의 소맷부리가 바람처럼 오르더니 백한의 턱을 움켜잡았다. 백한의 볼이 움푹 들어가고 입술이 오므라지며 주둥이가 튀어나오고 말았다.

"너도 네 아비처럼 실성한 거냐?"

만인의 눈에서 빛이 뿜어 나오고 있었다. 그의 손에 힘이 들어갈수록 백한의 얼굴은 더욱 우스꽝스럽게 일그러졌다.

"박마의 일에 간섭하려 들지 마라!"

턱을 집어던진 만인은 성큼성큼 앞으로 내걸었다.

백한은 들고 있는 바가지를 멍하게 쳐다보았다. 물이 줄줄 흘러 흙바닥에 마른 먼지를 내고 있었다. 고인 물은 노을에 빗긴 자신의 그림자 속에 서서히 젖어든다.

"제길."

바가지를 바닥에 힘껏 던져버렸다.

깨지지 않고 내뒹구는 바가지에는 금세 흙이 잔뜩 묻었다.

그때였다.

어디선가 화살 하나가 날아와 엎어진 바가지의 울퉁불퉁한 배에 박혔다. 바가지가 산산이 조각나버렸다. 살대에는 무명실이 돌돌 감겨 있었고 누렇고 마른 편지가 포로처럼 묶여 있었다.

* * *

"용케 와주었군."

비단 바지를 둥둥 걷어올린 조지수는 놋쇠로 만든 대야에 발을 담그고 있었다.

그는 나긋하고 낮은 양광도(지금의 경기도) 말을 썼다. 불룩한 배가 금대金帶 밖으로 비어져 나오고 다리는 통나무처럼 굵었다. 나이가 들면서 살이 많아진 것 같지만 오뚝한 코에 깊은 눈매를 보니 젊은 시절에는 꽤 미남 소리를 들었을 인상이었다.

총관은 혀를 어금니 사이에 끼운 채 눈을 끔뻑거렸다. 백한의 눈에 적의가 가득한 것을 깨달은 눈치였다. 그는 손을 털털 턴 다음 차가운 석조石棗차를 한 모금 들이켰다.

"석조와 감인다목 뿌리를 함께 달인 거야……. 객담이 많아서 자주 마시지. 이걸 마시면 목구멍이 좁아지고 안에서 부글거리는 것들도 가라앉아."

"부처님과도 대적하시겠습니다."

백한은 노골적으로 비꼬았다. 이자는 비록 총관일지라도 상대편의 돌격대장을 어찌할 수 없다.

"말투가 대범하군."

"부르신 이유가 뭡니까?"

"……숙지는 잘 있는가?"

가까스로 안색을 감추고 "벽루에 머무르는 야전군이라 안문의 일은 모릅니다. 궁금하시면 그쪽 시녀를 부르십시오"라고 차갑게 말했다.

"진정하게. 자네를 부른 것은 병마사 납치와는 관계없는 일이라네."

"그렇다면 더는 있을 이유가 없군요. 돌아가겠습니다."

"빼앗기지 않았나?"

백한이 멈칫했다.

"아닌가?"

칼날이 갈빗대에 푹 들어와 비트는 것 같았다.

잠긴 듯 신음을 내자 총관은 의자를 향해 손가락을 던졌다.

"그만 대들고 거기 앉게. 그리고 조용히 내 이야기를 들어."

목소리에 거역할 수 없는 위엄이 있었다.

총관은 고개를 돌려 창을 쳐다보았다. 밖으로 금성대 성곽과 대남문 광장이 뚜렷하게 보였다. 밤새 비가 내린 탓에 광장 바닥은 마치 은전을 뿌린 듯 반짝반짝 빛을 내고 있었다.

"……벌써 십칠 년 전의 일이야. 내가 젊은 관리였을 때였지."

그가 발가락을 꼬물대자 대야에서 조르륵거리는 물소리가 났다.

"……지금처럼 비가 그치고 시원한 바람이 불던 날이었어. 그날 나는 대동강에서 벌어진 성 밟기 놀이에 불려가던 중이었네. 버드나무가 우거진 둑을 따라가던 길에 진흙에 신을 잃어버리고 서 있던 기생과 눈이 마주쳤다네. 여자는 이름이 나섬이라 했지."

총관은 한참 동안 무언가를 회상하더니 기억하기 힘들다는 듯 고개를 한번 저었다.

"……나는 신고 있던 청사靑絲 가죽신을 그 기생에게 벗어주고 직접 맨발이 되었다네. 나 때문에 나섬은 시간을 어기지 않고 성 밟기에 도착할 수 있었어. 그날 밤 나섬은 내 관사로 찾아왔지.

아……. 좋은 몸이었다. 온몸이 복사꽃같이 발그레했어. 나는 밤새 몸을 더듬었지. 정신이 없었다고나 할까. 아침녘에 금병풍에 비스듬히 기대어 햇살을 받으며 살살 빗질하던 그 눈을 아직도 잊을 수 없으니 나섬은 필시 나에겐 크게 다가온 사랑이었지. 후에 안 사실이지만 나섬은 휘장을 건 화려한 집에 비단 치마를 입었던 귀족 출신이었어. 그녀가 무슨 사연으로 기생이 되었는지는 아무도 몰라. 물론 나에게도 말해주지 않았지.”

총관은 그렇게 말하면서 눈을 떴다.

대야에 담은 발을 빼자 시중꾼이 옻칠한 목판에 수건을 받치고 왔다. 시중꾼이 발을 닦으려 하자 그는 수건을 빼앗아 직접 닦았다. 수건을 쥔 손이 갑자기 멈추더니 깊은 회한의 숨을 뱉었다. 여인의 추억을 더 내뱉으려던 총관은 생각을 바꾸고 어투를 다르게 내기 시작했다.

“……여하튼 나섬은 류경柳京(평양)에서도 아름답기로 이름난 기생이었어. 그녀 때문에 문 앞은 수레와 말로 미어졌지. 그때의 나는 흥분 상태였어. 글 쓰는 재주가 좀 있었기에 틈만 나면 팔분서와 예서를 팔아 술값을 만들었지. 나섬은 귀족이나 광사들 사이에 끼어 있다가도 내가 나타나면 반드시 새옷으로 갈아입고 나를 맞았어. 나와 있을 때는 어떤 고관대작이 찾아도 나가지 않았지. 그렇게 한 계절쯤 지났을까……. 어느 날이었어. 아, 미안하네. 좀 춥군.”

총관은 맨발로 구부정하게 창으로 걸어가더니 감겨 있던 커다란 포렴을 내렸다. 붉은 천이 펼쳐지자 청룡을 잡아먹기 위해 싸우는 두 마리의 봉황이 드러났다.

"지금부터 아무도 들여보내지 마라."

시중꾼들이 모두 문을 닫고 사라졌다. 방은 은은하게 탁해졌고 흔들거리는 포렴 사이로 서 있는 총관은 이전의 골골한 노인이 아니었다.

"어디까지 했지? 그래, 어느 날이었어. 나는 나섬이 어떤 젊은 사내와 앉아 있는 것을 보았어. 일찍이 그런 일은 없었지. 날 만난 이후로 누구의 잠자리 시중도 들지 않았던 나섬이었기에 무척 화가 났지. 그녀는 내가 정원에 서 있다는 것을 알면서도 모른 척하더군. 밤에 대접할 모양인지 방에는 아름다운 휘장이 쳐져 있었고 퉁소와 가야금과 피리도 한구석에 가지런히 놓여 있었지. 나섬은 머리 장식도 하지 않았어. 천천히 맹장지 문이 닫힐 때 팔각 연꽃이 조각된 살대 사이로 우린 눈이 마주쳤지만 그녀는 비석처럼 아무 표정도 짓지 않았어. 그날 이후로 나섬을 볼 수 없었다. 나를 만나주지 않았어. 아니, 이제부터 사내를 받지 않는다 했다. 늘 보던 절벽이 사라진 기분이 들었어. 포기할 수 없었고 계속 찾아갔지. 소용없었어. 나는 그자에게 나섬을 빼앗긴 거야."

"제가 들을 이야기가 아닌 것 같습니다."

"듣게. 가만히 좀 들으라고!" 총관은 역정을 냈다.

"달 밝은 밤이었을 거야. 그날도 술에 잔뜩 취해 기방의 주렴을 걷고 나섬을 불렀는데 놀랍게도 그녀가 나타나더군. 나섬은 높이 뜬 구름처럼 서 있었어. 며칠 몸져누워 있었다더군. 나섬은 배를 쓸며 못 믿을 소리를 했어. 생명이 자라고 있다고. 나는 주저앉고 말았지. 쇠북이 울 때까지 우리는 마주앉아 있었어. 누구의 씨인지 묻지 않았어. 내 씨일 수도 있고 그 사내의 씨일 수도 있었지. 세상을 상대하는 유곽 여자가 품은 씨를 둘 중 하나의 것으로 확신한다는 것을 묘하게 들리겠지만 분명해. 분명한 것은 분명한 거야. 그렇게 낳은 아이가 숙지였다네. 나섬은 숙지를 낳고 이틀을 더 살다가 죽어버렸지. 민물 가재를 갈아 마신 게 내장을 상하게 했었네. 참으로 어이없는 죽음이었지."

총관은 찻잔 옆에 놓인 저민 녹각을 입에 넣고 달게 빨았다. 백한이 뚫어지게 자신의 입을 쳐다보고 있다는 것을 알자 태도가 더 느긋해졌다.

"숙지는 내가 거두었네. 줄곧 개경에서 자랐지. 세 명의 정실을 둔 나에게는 열두 명의 적자들이 있었네. 여덟 번째 자식인 숙지는 근친자가 아니라는 이유로 형제들에게 천대를 받았네. 그렇게 대하라고 시킨 것은 나였지. 그 아이는 일상의 대부분을 독채에 갇혀 살았어. 신년 제사도 강신제에도 참석하지 못했어. 사당의 향로보다 더 적적하게 갇혀 있었지."

어지러워지기 시작했다.

숙지가 떠올랐다. 그녀의 고통이 살아 올랐다. 누구도 버림받아서는 안 된다고 지르던 소리가 귓가에 들려왔다.

"휘청거리는군. 그렇게 서 있지 말고 거기 보이는 의자에 앉게."

"……왜 외롭게 두셨습니까? 다른 이의 자식이라서 그랬습니까?"

"천만에. 숙지는 내 아이였네."

"대모 마님은 늘 당신을 그리워했습니다."

"그런가?" 총관은 쓴웃음을 지어 보였다.

"그 사내가 누구였는지 아는가? 그날 내가 보았던, 나섬과 마주앉아 있던 사내는 박마였어. 박마는 나섬에게 성모가 잉태되었다고 전하러 온 것이었네. 보통 박마는 아기장수의 잉태를 전하러 성모에게 찾아가는 것이 일반적이지만 그자는 희한하게 성모의 잉태를 전하러 온 거야. 그때는 일찍 성모를 확보하려는 거로 생각했지. 어쨌든 나와 나섬 사이에서 평범한 아이가 아닌 성모가 태어난 것이었어."

그는 침을 어렵게 꿀꺽 삼켰다.

"나는…… 그 아이가, 숙지가 아기장수를 낳는 것을 원치 않았기에 평생 가둔 것이야."

"그것은 고려인들이 기다리던 바가 아닙니까?"

"성모가 된다는 것은 위험한 일이야. 알겠나? 아주 위험한 일이라고. 나는 절대로 숙지를 박마에게 줄 수 없었네."

"위험하다니요?"

"이해가 안 된다는 눈빛이니 천천히 설명하지. 잘 듣게. 성모에게는 수많은 위험이 도사리고 있네. 박마가 해인을 찾으면 성모의 몸에 인식印植을 하지. 성모의 몸에 해인을 찍어 상처를 낸단 말이야. 아기장수, 즉 진인을 낳을 수 있다는 표식을 하는 거지. 표식이 찍혔다면 준비가 된 거야. 그때부터 성모와 박마는 그 해인을 누구에게도 빼앗기지 말아야 하네. 만약 인식한 이후에 해인이 도난당하거나 부서진다거나 또는 손상이라도 나면 말일세, 그 성모는 영원히 성모로만 사는 윤희를 반복한다네. 죽어도 다시 성모로 태어난다는 뜻이지."

"그, 그런……."

"몰랐을 테지. 해인은 그렇게 무서운 물건이야."

"그것은 박마가 막을 일입니다."

"박마가 막을 일이지. 하나 생각해보게. 하늘의 일이란 인간이 쉽게 단정할 만한 것이 아니야. 들판에서 양을 치던 자들이 중원을 차지하고 서역을 넘나들고 고려 땅을 삼킬 줄 누가 알았겠나? 박마도 인간이 만든 기관이야. 박마가 온전히 성모를 지킬 수 있다고 어찌 생각하나? 나는 숙지에게 그런 운명을 지어주고 싶지 않았네. 세상을 구할 자를 낳는 운명은 가혹하리만큼 잔인한 인내와 고통이 수반되는 걸세. 그 아이를 이 척박한 동계로 데려왔던 것도 그런 이유였어. 하늘이 모르도록 감추고 싶었네. 열일곱이 되던 해, 그 아이는 여진인의 숲으로 들어가겠다고 했어. 처음에는 어느 절에 거처를 잡은 줄 알았지. 사람을 시켜 알아보니 자네였더군."

"제 호수로 들어오면 박마의 눈을 피할 수 있다고 생각하신 겁니까?"

"그래, 숙지를 자네에게 숨겼던 것이야. 상대는 고려인이 아니어야 했네. 숙지가 고려인과 혼인하면 거의 다 끝난 일이야. 바로 노출되겠지. 하나 자네는 아니야. 여진인이었으니까. 나는 박마가 찾아오기 전에 숙지가 고려인이 아닌 자의 아이를 낳길 바랐네. 상대가 누구든 상관없었어. 자네를 사랑하고 있어 보여 다행이라고 생각하기도 했고."

백한은 여진인을 사랑하고 있어 보인다는 총관의 말에 그만 눈을 꾹 감고 말았다. 그녀가 그랬을까?

"우리 사이에 아이는 생기지 않았습니다."

"……그랬을 테지. 그러니 박마가 데려갔겠지."

"정말 아이가 생기길 바라신 겁니까?"

"박마가 찾아오기 전에 아이를 낳으면 그 아인 쭉정이가 될 뿐이네. 게다가 이민족의 씨니 고려의 진인이 될 수도 없겠지. 나는 숙지가 자네의 품안에서 그저 쭉정이 하나만 낳고 조용히 살길 바란 거였네. 어미는 애석하겠지만 그 쭉정이는 일찍 죽어버릴 테고 어쨌든 숙지는 평범하게 살 수 있을 테니까."

아이라.

숙지는 자신에게 몸을 허락하지 않았다.

그것은 그녀가 운명을 예측했기 때문이라는 생각이 들었다.

"어쨌든 아이는 생기지 않았고 박마는 결국 숙지 아씨를 찾아냈습니다. 그는 탁월했기에 해인을 구했고 성모께 바쳤습니다. 이제 대모 마님은 쭉정이가 아닌 진짜 아기장수를 낳게 되었습니다. 우려하셨던 일은 이미 벌어졌습니다."

"탁월한 박마? 자네의 상관 말인가?"

총관은 석조차를 다시 잔에 따랐다.

쪼르륵 소리가 조용한 방에 유독 크게 퍼진다.

"이자춘의 수하 우두머리가 숙지의 박마라는 소문은 나도 들은 적 있네. 숙지의 박마는 그자가 아니야. 오래전 나섬을 찾아온 박마가 있었다고 말했지? 뱃속의 아이를 책임지겠다고 서약한 박마."

총관의 입술 가장자리에는 허연 거품이 고여 있었다. 그가 잔을 비우자 그 거품이 깨끗이 사라졌다.

"오래전 나섬을 찾아온 박마, 숙지의 진짜 박마는…… 화주 평와산에 살던 광자, 백지였네."

주저앉을 뻔했다.

'배, 백지라고?'

백지는 해인을 확보한 상태였다. 하나 성모를 찾지 못했기에 고전하다 그것을 만인에게 넘겼다. 총관의 말대로라면 백지는 숙지가 태어나기 전부터 그녀의 존재를 알고 있었던 셈이 된다. 대체 왜 백지는 성모를 찾지 못한 척한 것일까?

"그는 죽을 때까지 성모를 찾지 못했다고 말했습니다. 그래서 제자 만인에게 해인을 양위했던 것입니다."

"알고 있네. 그가 왜 숙지를 감추었는지 나는 모르네. 알고 싶지도 않고. 나는 조급했어. 아이를 숨기기 위해 동계까지 왔는데 여기가 그 박마의 근거지였다니 나로선 얼마나 충격이었겠나. 박마 백지가 숙지에게 접호를 올리기 전에 서둘러 그 아이를 혼인시키고 싶었네."

"결국 대모 마님은 다른 박마의 영역에 들어갔습니다."

"그래서 자네를 부른 것이네."

"이제 와서 따님을 돌려받을 생각이시라면……."

"……그럴 생각이야."

총관 조지수는 단호하게 고개를 끄덕였다. 내내 구부정하던 어깨가 단단히 벌어져 있었다. "다시 돌려받을 생각이야."

백한은 턱을 높이 들고 무섭게 총관을 노려보았다.

총관의 힘을 빌린다면 숙지를 찾아올 수 있을까? 그는 한계를 느끼고 있던 참이었다. 하지만 위험하다고 생각했다. 총관은 지금 고립 상태다. 딸을 정치적으로 이용하고 있는지도 모른다. 말은 이렇게 하고 있지만 오랫동안 숙지를 돌보지 않은 것도 사실 아닌가.

"못 들은 걸로 하겠습니다."

백한은 예를 표하고 황급하게 문으로 걸어갔다.

"나를 의심하는군. 자네가 꼭 봤으면 하는 게 있어."

총관은 금종을 쳤다.

문이 열리고 늙은 시종 하나가 접은 미농지를 올린 쟁반을 들고 왔다. 백한은 그것을 뚫어지게 쳐다볼 수밖에 없었다. 거기에는 누런 무늬가 박힌 시커멓고 커다란 것이 말라죽어 있었다.

"그 말벌이 죽은 놈 슬갑 사이에 끼어 있더군. 결교전 행사 때 죽은 그 녹사 말일세. 세간에는 무언가에 맞아 머리가 터진 것으로 알려졌지만 사실은 이 말벌에게 쏘였네. 부어오르는 것을 감추기 위해 얼굴을 도려냈던 것이고."

장수말벌.

비마르의 벌이다.

"그 사건 이후 자네들 진영이 꽤 소란스러웠을 걸세. 개경에서는 애매한 소릴 해댔을 테고. 자네들, 내 짓이라 여기고 있지? 부처님을 걸고 말하네. 내가 죽인 게 아니야. 부원파도 아니야. 그것도 내가 보장하지. 병마사의 뜻도 아닐 것이야. 병마사나 나나 서로 싸워봤자 명당만 잃는다는 것을 잘 알아. 아마도 자네 진영에서 우리와 싸우고 싶어 하는 놈이 저지른 것일 것이야."

총관은 빈 찻잔을 달그락거렸다.

"나는 애초부터 조로라는 녀석이 개경에서 파견된 첩자란 것은 알고 있었다네. 그놈은 고려왕 부마의 심복이야. 그런 놈을 죽이면 나와 병마사는 바로 전투지. 조로가 너희들 주변을 얼쩡거리는 이유가 뭔 줄 아나? 놈은 해인을 찾고 있었다네. 개경의 밀명을 받은 지 오래되었지. 왕실은 해인이 이자춘의 손에 들어간 사실을 알고 있다네. 게다가 그와 나는 혼약을 맺은 사이가 아닌가. 동계의 두 실력자 사이에서 진인이 태어난다면 그건 고려가 가장 받아들일 수 없는 일이 되지. 그 벌, 자네 수하의 짓 맞지?"

머리가 복잡해졌다.

"……숙지를 데려와."

"저는 병마사의 돌격대를 지휘하고 있습니다. 아무렴 그것이 가능하다고 생각하십니까?"

"거절한다면 이 벌을 개경에 보내겠네. 고려 왕실에서 자네를 그냥 둘 것 같은가?"

총관은 이리저리 가구를 짚으며 몇 걸음 움직이더니 금빛으로 옻칠한 긴 탁자에 비스듬하게 엉덩이를 걸치고 앉았다.

"……숙지는 아직 인식印植받지 않았더군. 부원파 놈들이 병마사를 납치하는 바람에 그럴 여유가 없었던 것일 테지만 어찌되었든 나로서는 천우신조야. 그리고 이거."

총관이 감아쥔 두 손 안에 기린 모양의 청자 향합을 내보였다.

파도 모양의 넓은 받침대로 만들어진 값비싸 보이는 물건이었다.

"……소중한 것을 빼앗긴 기분이 무엇인지 나는 안다네. 자네는 한다고 보네. 아니, 하는 게 옳아. 자, 이리 가까이 오게."

그는 그렇게 말하면서 청자 향합의 아랫부분을 비틀었다.

빠각하는 소리와 함께 단지의 기린과 기린이 노니는 파도 부분이 두 갈래로 나뉘었다. 속에서 팔각의 옥개와 투각된 창호로 이루어진 원통형 사리병이 나왔다. 그것은 향합이 아니었다. 기린형 청자 항아리를 외함으로 삼고 내부에 수정 사리병을 둔 사리함이었다. 사리함을 뒤집자 총관의 손바닥에 검지만 한 크기의 물체가 떨어졌다.

해인이다.

"받게. 모방한다고 본을 떴는데 실물과 같은지는 잘 모르겠네. 본 자가 정밀하다고 하니 크게 다르지 않을 걸세. 진짜와 바꿔치기할 수 있을 거야."

"저더러 해인을 훔치란 말입니까?"

"진짜는 강에 던져버리게. 아무도 찾지 못하게."

백한은 자신의 목을 어루만지면서 숨을 들이마셨다.

"……오래전부터 숙지에게 시녀를 붙여두었네. 그 아이와 연락하게. 숙지를 자네에게 돌려주겠네. 내가 책임지고 두 사람을 자네 고향으로 보내주겠어. 고려의 땅이 아닌 곳에서 살게 해주겠다말이야. 그러니 박마가 인식을 하기 전에 그 아이를 데려와주게."

만인은 숙지의 시녀 소향을 세워두고 노려보고 있었다.

겁먹은 소향의 눈썹 사이로 파란 핏줄이 팔딱팔딱 뛰고 있었다. 만인은 손가락을 뻗어 소향의 이마를 지그시 눌렀다.

"여자가 있을 곳이 아닌데, 여긴."

소향의 볼을 따라 쓸던 손이 목을 지나 옷고름 사이로 불쑥 들어갔다. 젖부리 아래 물컹한 살을 비집자 땀에 눅눅해진 편지가 잡혔다.

"꿩의 바다?"

소향은 두더지처럼 몸을 감았다.

그녀가 숙사 뒤편 츠렁 바위 아래에서 찾아낸 이 서찰은 숙지에게 가야 할 것이었다. 나른하고 무표정한 만인의 모습에 소향은 그만 하얗게 질려버렸다.

군기가 삼엄해야 할 이곳에 대모 마님의 시녀가 얼쩡거리는 것은 애당초 수상한 일이었다. 그래서 궁병들이 야간 훈련을 떠난 지금에서야 들어온 것인데 그만 최고위 관리인 정만인 장군에게 들키고 말았다.

"서명이 없는데?"

만인은 시녀를 훑으며 물었다.

"꿩의 바다라면 붕루월의 호수 말인가? 누가 대모 마님을 붕루월에서 보고 싶어 하지?"

"……소녀는……모릅니다."

만인이 소향의 코를 잡고 흔들었다.

"……대모 마님께서…… 바위 아래에 서찰이 있을 테니……
그것만 가져오라고 했습니다. 소녀는…… 그저 시키는 대로……
했을 뿐입니다."

"마님이 시켰다고?"

"……네."

"이번이 처음이 아니었겠네?"

소향은 꺼질 듯 고개를 조아렸다.

만인은 고개를 끄덕였다. "다시 넣어라."

그는 소향의 머리를 부드럽게 쓰다듬었다. 소향이 풀어헤친 가
슴을 조이고 돌아서자 와락 품안으로 당겼다. 시녀의 입속에 들어
간 만인의 혀가 오랫동안 정신없이 빙빙 돌았다.

입을 뗀 만인이 말했다.

"넌 이 서찰을 마님께 제대로 전달해야 한다. 그리고 오늘 이걸
본 사람은 없다. 알았니?"

* * *

후림불이 탁탁 바닥으로 떨어졌다.

백한은 숙사 앞에서 걸음을 멈췄다. 무쇠 화로의 빛을 등지고
두 사내가 서 있었다. 몸태를 보니 누군지 단번에 알 수 있었다.
만인과 비마르였다. 피워놓은 불무지에서 퍼지는 누런빛 때문에
형체가 더욱 커 보였다. 뒷짐을 진 만인은 유심히 밤하늘을 바라
보고 있었다.

다가서자 비마르가 예를 올렸다.

"네가 여기 왜 있어?"

비마르는 말없이 고개만 숙였다.

만인이 돌아보며 반갑게 웃어 보였다.

"도탕*의 훈련이었나?"

백한은 투구를 벗고 망토를 젖혀 예를 올렸다. "응."

"어디로 갔다 왔는데?"

"호수를 돌아다녔어."

"여진족 선봉대 도탕이 이젠 상륙 훈련도 하나?"

"어찌되었든 대남성 서쪽은 호수가 막고 있으니까."

백한은 상륙 훈련을 마치고 숙사로 돌아온 참이었다. 여진인 중 기습과 돌파력이 뛰어난 자만 추려 호수에 배를 띄우고 진을 익히는 훈련을 하고 왔다. 그들은 숙지를 보호하면서 꿩의 바다를 건너 우수리로 넘어갈 부대였다.

"궁수와 노수도 데리고 간 거야?"

"아니, 이번에는 도탕반만."

"내일은 어디로 가나?"

"내일은 경기병 삼십 기 정도를 무장시켜 경계에 보내야 하네."

"군량을 보내러?"

"그래."

만인은 고개를 끄덕였다.

---

* 별무반의 선발 돌격 부대.

비마르는 좀처럼 자신을 쳐다보지 못했다.

병마사의 구출 작전 이후 비마르는 자신의 부대에서 빠졌다. 만인은 벌을 다루는 그를 화무반華武班에 넣고 조장으로 임명했다. 화무반은 곰과 표범 등을 다스리는 특수한 부대로 전면전을 치르기 직전에 정면에 나서 적의 사기를 꺾거나 진을 어지럽히기 위한 임무를 담당한다. 그래서 이번 작전에 우수리 출신을 모두 참여시켰지만 비마르만 빠진 상태였다.

낌새가 이상했다.

비마르가 왜 만인과 함께 자신을 기다리고 있을까. 예전 숙지를 수행하고 백지의 오량집을 찾아왔을 때도 그는 지금처럼 어색한 표정을 했었다. 그는 조로를 죽였다. 비마르는 왜 그런 짓을 했을까? 예의 바르고 사리 분별한 그가 언제 포섭된 것일까?

만인이 턱짓하자 비마르가 곰 가죽으로 만든 의자를 가지고 왔다. 만인이 망토를 젖히고 앉자 비마르는 그 뒤에 시립했다. 백한은 그런 비마르를 노려보았다.

만인이 한쪽 다리를 주무르며 비마르를 향해 입을 열었다.

"그거 가져와."

비마르가 두껍게 싼 회지 묶음과 황벽색 종이 하나를 백한에게 내밀었다. 붉은 경면 주사로 두껍게 찍힌 정구품 정만인의 인장이 또렷했다. 총관서 공격을 위한 군호와 교위 백한에게 지시할 내용이 적힌 군령장이었다.

"준비해. 사흘 뒤 축시에 움직일 거야."

"……결국 승인을 받아냈나?"

만인은 고개를 끄덕였다.

"너무 서두르는 게 아닐까. 가뱃날 이후로 결정해도 늦지 않을 듯한데."

"배고픈 표범이 배부른 사자를 잡아먹는 법이지."

"선봉대는?"

대답은 돌아오지 않았다.

백한은 붉은 회지 묶음을 풀었다. 대초명적과 화살대를 동시에 장착할 수 있도록 만든 동개시복*이 나왔다.

"병마사께서 자네에게 하사하셨어."

병마사와 만인이 이것을 준다는 것은 총관서를 습격할 부대가 백한이라는 뜻이었다. 내보이는 만인의 잇바디 사이로 검은 숨이 퍼졌다. 이번에도 저들이 짜놓은 판에서 백한이라는 말은 잘 움직여주어야 한다. 백한은 활집을 내려놓고 병마사의 대궐을 향해 세 번 절했다.

"……고려군이 알기라도 하면?"

"걔네들을 외곽에서 막을 걸세."

"뭐? 고려군이 우리와 합세한다고?"

"응. 동계에 상주하는 병력만."

만인은 벌써 주변의 고려군도 포섭한 상태였다.

"대남성 밖에 주둔한 총관의 병력들은 어찌하려고?"

---

* 활과 화살을 함께 장착하는 활집. 동개_{筒介}는 화살을 넣는 가죽 통, 시복_{矢服}은 활을 보관하는 가죽 통이다.

"그것도 고려군이 맡기로 했네. 교위 진중해 부대가 나설 거야. 넌 걱정하지 말고 그저 평소처럼 치고 들어가기만 하면 돼."

만인은 발을 까닥거리며 비스듬히 앉아 있었다.

전날 비가 왔기 때문에 좁쌀만 한 자갈들이 자그락거렸다.

"……기왕 이렇게 된 거, 잘하겠네."

불꽃이 퍼덕거렸다.

백한은 무언가가 자신을 사로잡고 있다는 느낌을 받았다. 만인은 필요 이상으로 느긋하다. 가끔 웃기도 한다. 뒤에서 나무처럼 서 있는 저 비마르는 속도 알 수가 없다.

백한은 알 수 없는 중압감에 속이 뒤틀리는 것 같았다.

만인이 부르는 소리에 문득 정신이 들었다.

그는 품에서 작은 주머니를 꺼내고 있었다.

노란 잣이었다. 그는 그것을 손바닥에 담아내 백한에게 내밀었다.

백한은 사양했다.

잣을 씹으며 만인이 말했다.

"얼굴이 복잡해 보이는데?"

"……전투가 시작될 참이니."

"그래, 넌 싸움 앞에서 늘 돌처럼 가라앉았지."

그는 웃고 있었지만 백한의 얼굴과 가슴을 찌를 듯 쏘아보고 있었다. 백한은 살갗에 소름이 돋고 온몸에 털이 주뼛 섰다. 막사 뒤에서 커다란 측백나무를 가르는 바람 소리가 울렸다. 기왓장을 인 것처럼 뾰족하고 곧게 선 비늘 모양의 잎들이 두 사람 사이에 눈꽃처럼 조각조각 떨어졌다.

"물어볼 게 하나 있는데."

만인이 무쇠 화로에 장작 한 개를 던져 넣으며 말했다.

"뭔가?"

"우리 진 내부에서 총관서와 밀지를 주고받는 자가 있는 것 같던데 혹시 알고 있었나?"

"……몰랐네."

"별제사 이후 우리에게 들어온 고려 측 문서가 고스란히 총관 쪽으로 흘러갔어."

"어떤?"

"이를테면 속량 문서 같은 것도. 여, 가져와봐."

비마르가 품에서 종이를 꺼내 바쳤다.

만인은 그것을 불김에 비췄다.

"진법이나 우리의 병참선 배열이 새어 나갔고, 또 곤이나 창의 개수까지도 고스란히 나갔군."

"……그게 내 쪽인가?"

"글쎄. 딱히 증거는 없어. 너희가 대남성을 가장 가깝게 호위하고 있는 기동 부대니 이쪽이 아닐까 하고."

"내 부대는 아니야."

"하긴 선봉 돌격대인데 그러면 안 되겠지. 그런데 경로가 좀 특이해서 말이야."

그는 남은 잣을 입에 털어 넣고 손을 비빈 뒤 화로 앞으로 비스듬히 허리를 숙였다. 바닥에는 작은 나무상자가 놓여 있었다. 만인이 뚜껑을 열고 상자를 백한 앞으로 툭 걷어찼다. 상자가 넘어지면서 보자기로 싼 둥근 물건이 데구루루 굴렀다.

검은 머리. 숙지의 시녀 소향이었다.

"얘가 왔다갔다했더군."

숨을 들이켰다. 등줄기가 젖어갔다.

"혹시 아는 얼굴이야?"

"……모르는 일이다."

"그래? 그렇군. 저거 치워라. 냄새난다."

비마르가 쪼그리고 앉아 수급을 보자기에 쌌다.

만인이 의자에서 일어서서 다가왔다.

"누군지는 내가 알고 있으니 걱정하지 마."

만인은 백한이 차고 있는 칼을 빼 들었다. 카랑거리는 소리가 났고 백한은 눈을 꼭 감아버리고 말았다.

점성 없는 물 같은 것이 얼굴에 흩뿌리듯 튀는 것을 느꼈다.

다시 눈을 떴을 때는…… 등을 숙인 비마르의 몸에서 머리가 떨어져나간 뒤였다.

잘린 면에서 부글거리며 거품이 솟다가 폭발하듯 피가 뿜었다.

걸쭉한 피가 백한의 얼굴과 망토를 적셨다.

"얘였어, 첩자가."

피 때문에 눈을 깜빡거렸다.

"이놈이라고."

만인의 입에 여전히 반쯤 잣이 들어 있었다. 잿불이 사납게 타오르면서 만인의 그림자를 길게 늘어뜨렸다. 만인은 비마르의 망토 자락을 들고 칼을 닦은 다음 백한에게 돌려주었다.

"조심하자, 교위."

만인의 몸에는 핏방울 하나 묻지 않았다. 그는 흠뻑 피를 뒤집어쓴 백한을 요리조리 바라보며 잣을 오물거렸다.

"아마도 공격할 날짜가 저쪽으로 넘어가지 않았을까 해. 날을 바꿔야겠어. 내일 날을 다시 잡아보자고. 그런데 표정이 왜 그래?"

"아…… 아니야."

"첩자를 찾아냈는데 기뻐하지도 않네?"

"아무 문제 없어."

"좋아."

만인은 어둠 속으로 걸어갔다. 느릿느릿 그를 따라 빛이 밀려왔다. 처음에는 검어서 아무것도 보이지 않았다. 한참을 응시하니 호위 무사들 수십 명이 주위에서 대기하고 있었다. 그들은 卍 자가 적힌 깃발을 들고 만인을 에워쌌다. 만인은 그들 속으로 자취를 감추었다.

"아, 참."

저쪽에서 무사들이 물결처럼 퍼지며 앞을 텄다.

만인이 다시 시야에 드러났다.

"성모 뱃속에 있는 거 말이야."

타닥거리는 불길으로 보이는 만인은 혀로 잇몸을 이리저리 닦아내고 있었다. 호박빛 나는 턱이 요란하게 움직인다.

"너 아니지?"

"대체 무슨 소릴 하는 거야?" 일부러 큰 소리를 냈다.

만인은 반 어둠 속에서 우두커니 서 있었다.

"저 시체 치워줄까?"

"……내가 하마. 이제 가라……."

"내일 잘 다녀와라."

만인이 떠나자 백한은 들고 있던 활집을 살폈다. 더듬거리는 손이 주체할 수 없이 떨렸다. 눅눅하게 말려 감빛이 도는 고래 가죽은 아교 냄새를 풍기고 있었다. 활줄도 분홍빛 융복과도 푸른 철릭과도 어긋나지 않도록 남빛으로 물을 들였다.

이상했다. 특이하게 좁고 긴 통가죽 두 개를 아래위에 덧댔다. 두 개의 통가죽은 아교를 먹인 다섯 개의 가는 줄로 연결했고 아래쪽 가죽 겉면에는 독을 담은 병을 보관할 수 있게 작은 주머니를 두 개나 만들어 달았다. 백한은 가장자리가 우둘투둘한 두 개의 주머니 중 하나의 덮개를 열어보았다.

작은 밀서가 들어 있었다.

땀이 가죽에 뚝뚝 떨어졌다.

숙지부터 죽이고 시작한다.

밀서에는 그렇게 씌어 있었다.

* * *

저녁 안개가 자줏빛으로 엉겼다.

그 빛은 구불구불 꿩의 바다로 이어졌다.

호수는 잔잔하고 담박했다. 표면 위로 비치는 붕루월의 기와와 기둥은 흐트러짐이 없다. 붕루월은 희한한 건물이었다. 성의 일부였던 망루가 누각으로 바뀌면서 흉벽과 보도는 사라지고 망루를 받치는 석벽 기단만 홀로 남았다. 굳건한 석벽 건물은 정자가 아니라 요새처럼 보였다. 둑처럼 깊게 파인 저지대 쪽 기단 아래로 작은 돌문이 있었다. 언뜻 보면 바위처럼 보였는데 비탈로 내려가면 들어가는 입구를 짐작할 수 있었다.

운두가 낮은 푸른 갓을 쓴 숙지가 입구 앞에 섰다.

문을 열자 좁은 지하 계단이 나왔다. 칠흑으로 가득찬 계단은 마치 깊게 판 우물 같았다. 아닌 게 아니라 둘린 벽돌의 외벽은 깊은 물속이다. 오른손으로 벽을 더듬었다. 바늘 하나 들어갈 틈 없이 촘촘하게 쌓아놓은 벽돌마다 눅눅한 습기가 달라붙어 있었다.

숙지는 차분하게 발을 옮겼다. 계단의 간격이 일정했기에 넘어지지 않았다. 맨 아래까지 내려온 그녀는 가득한 공간 한가운데서서 덕지덕지 올라붙은 녹조 덩어리의 물비린내를 맡았다.

거기서 기다릴 작정이었다.

그때 위에서 돌문이 열리는 소리가 났다. 꺼뭇한 사내의 무릎노리가 내려오는 것이 보였다. 숙지는 벽을 보고 돌아섰다. 발소리가 석벽으로 둘러쳐진 지하 공간에 가득 들어차다 멈추었다.

그가 뒤에서 골똘히 지켜보고 서 있다는 것을 느꼈다. 목덜미로 느끼는 기운이었지만 그는 거칠게 숨을 몰아쉬고 있었다. 그에게

서 백단향 냄새가 났다. 그리고 서늘한 기운.

사내는 칼을 빼 들고 있었다. 숨소리에 결의가 들어차 있었다.

숙지는 일부러 몸을 돌린 것이다.

일부러 얼굴을 보지 않았던 것이다.

사내의 숨소리만 들으면 모든 것이 알 수 있으리라 판단했다.

그가 자신을 어떻게 하려는지.

그녀는 눈을 꼭 감았다.

아닌 줄 알았는데 역시.

살기殺氣가 풍겼지만 그 속에는 어떤 망설임 같은 것이 있는 것 같았는데…….

그녀는 이제 똑똑히 알 것 같았다.

이자가 자신을 죽이러 왔다는 것을.

등뒤에서 번뜩이는 칼날이 천천히 움직이고 있었지만 그녀는 용기를 내 마지막 말을 했다.

"……이 아이는 예언된 자입니다. 병마사의 씨가 아니라는 이유로 죽어야 한다면 하늘을 거스르는 일입니다. 부디 낳게만 해주세요. 기르려 하지 않겠습니다."

칼이 내려올 것이다.

바람이 일었고 사내가 숙지의 어깨를 잡고 휙 돌렸다. 위에서 스며드는 빛줄기가 서 있는 두 사람의 얼굴을 비췄다.

"뭐라 그랬소?"

백한의 손은 그녀만큼이나 떨고 있었다.

숙지는 매몰차게 돌아섰지만 갓 밑에 악다문 턱이 몰강스럽게 실룩거리고 있었다. 백한은 그 표정이 무엇을 말하는 것인지 알았다. 오랫동안 함께했던 여자다.

그것은…….

두렵다는 뜻이었다.

"……방금 병마사의 아이가 아니라고 하셨습니다. 그게 무슨 뜻입니까?"

"당신이 관여해선 안 되는 일입니다."

그날 백지의 집 담장에서 외면하며 서 있던 숙지의 모습과 같아 화가 치밀었다.

"내가! ……언제부터 내가!"

백한이 소리 질렀다.

"당신에게 알 바가 아닌 대상이 되었습니까? 이미 하찮아진 겁니까?"

무작스럽게 잡은 손이 숙지의 어깨를 흔들었다.

"한 번도…… 한 번도 잊은 적이 없소! 나는…… 한 번도 당신을 보냈다고 생각해본 적이 없었다고! 비역질까지 참아가며 거기 그…… 대남성 외곽을 떠나지 않았던 것은…… 당신이 그곳에 있었기 때문이었소! 그 수모를 참아가며…… 박마가 되고자 한 것도…… 당신 때문이오. 당신이 성모였기 때문에! 나는 당신을 지켜야 한다고 생각했소. 그런데 관여하지 말라니!"

숙지가 백한을 또렷하게 바라보았다.

"그렇다면…… 이 아이의 박마가 되어주세요."

백한은 입을 닫았다. 보삭하게 부은 눈덩이와 그 아래에서 잔드

근히 흔들리는 눈동자를 가만히 노려보았다. 그는 비로소 알았다. 그녀는 애초부터 죽을 생각으로 오지 않았다는 것을. 이 눈에 살고자 하는 의지가 가득했다. 그녀는 아무것도 두려워하지 않고 있었다.

"……나는 파문당했습니다. 그리고 성모는 박마를 지정할 수 없습니다."

숙지가 고개를 강하게 저었다.

"꼭 박마가 성모를 찾을 필요는 없다고 했습니다. 성모가 박마를 찾는 것도, 해인을 찾는 것도 가능하다고 했습니다."

"누가…… 그러던가요?"

"이것을 주신 분."

숙지는 품에서 작은 비단으로 감은 물건을 꺼내 보였다.

그녀가 비마르와 평와산 오량집에 찾았을 때 들고 있던 붉은 비단으로 감은 물건이었다. 숙지는 비단을 풀었다. 그것을 바라보던 백한은 칼을 떨어뜨릴 뻔했다.

이 문양.

백지의 간찰들 사이에 끼여진 그 도깨비 그림이 새겨져 있었다. 표면에는 세 마리 용이 꼬여 있다. 그리고 문양. 측면 반닫이에 정교한 도깨비 문양은 백지의 책에 끼어 있던 종이에 그려진 문양과 똑같았다. 백지 선생이 북방의 현자로부터 기다리는 물건. 승려 의상이 만들었다는 해인함이었다.

그것을 숙지가 가지고 있었다니.

"누가 이걸 주었다는 겁니까?"

숙지는 팔관회 때 받았다고 말했다.

"대팔관회 때 받았다구요?"

대팔관회가 벌어지던 해라면 숙지가 처음으로 여진의 숲에 들어왔을 무렵이다.

머리를 얻어맞은 기분이었다.

"아, 아버지?"

아버지를 간호한 사람은 그녀다.

숙지는 아버지에게서 이 해인함을 받은 것이다. 백지는 북쪽의 현자에게서 해인을 받았다고 했다. 그자는 자신의 소중한 것을 희생해가면서 해인을 지켜냈다고 했다. 유출될 뻔한 해인을 돌려받은 백지는 기약의 증표로 상자를 그에게 맡겼다고 했다.

백지가 말한, 백지가 선망한 현자가 바로 아버지라니.

부족의 어머니가, 부족의 아이들이 봉욕되는 것을 외면하면서까지 그가 지키고자 했던 것은 바로 해인이었다. 자신의 소중한 것을 외면하면서 죽은듯 감싸 안고 있던 술 궤짝 속에는 해인이 들어 있었다.

"그분께서는 저더러 박마를 찾으라고 당부하셨어요."

"당신이 그 말을 이해했다고?"

숙지는 고개를 끄덕였다.

해인함을 받아들였다는 것은 이해했다는 소리다.

"그때는 정만인이 찾아오지 않았을 때요. 당신도 나도 당신이 성모라는 것을 몰랐을 때요."

"아니, 알고 있었어요. 대남성 안에서 박마를 만난 적이 있었던

걸요."

백지다.

총관의 말과 달리 백지는 이곳 동계에서 숙지를 만났다는 뜻이
다.

"백지 선생이군. 좋소. 당신은 그가 당신의 박마라는 것을 알면
서도 만인을 따라갔다는 겁니까?"

숙지는 대답처럼 자신의 배를 쓸었다. 아직 판판하고 들찬 배
였지만 그녀의 흰 손은 무언가 가득 든 것처럼 조심스럽게 움직였
다. 그녀가 고개를 들었다. 눈에 물기가 서려 있었다. 그 눈동자는
옛날 자신을 바라보던 따뜻한 눈이 되어 있었다.

백한은 어렵게 입을 뗐다.

"만인의…… 아이입니까?" 목소리는 초조함이 섞여 있었다.

"정녕 그렇습니까?"

바르르 떠는 그녀의 입술은 소리 없이 무언가를 말하고 있었다.
숙지는 미안해요, 미안해요, 라고 말하고 있었다.

— 서, 설마.

눈빛을 읽은 백한은 휘청거렸다.

바로 백지 선생이었다.

숙지가 백지 선생의 아이를 품었다.

"어떻게 그럴 수가."

박마가 성모와 관계를 갖다니. 해서는 안 될, 있어서도 안 되는
일이다. 백지가 머리가 돌았다 해도 왜 그런 식이었는지 도무지
알 길이 없었다.

대체 이들 사이에 무슨 일이 있었던 것일까?

사랑……했던 것일까?

물을 수 없었다.

숙지가 강제로 당했다면 마음이 덜 아플 것 같았다. 그녀가 비단을 싼 상자를 안고 백지의 집으로 찾아왔던 그날은 아이를 가진 직후였을 것이다. 숙지는 아이의 주인을 만나기 위해 찾아왔던 것이다. 분노가 치솟았다.

'백지란 놈, 대체 무슨 일을 벌인 건가.'

똑똑, 어디선가 물 떨어지는 소리가 울렸다.

어두웠지만 그녀의 눈을 볼 수 있었다. 씁쓸하고 처연한 눈이었다. 서글픔이 밀려왔다. 자신을 바라보고 있는 숙지의 눈동자가 피를 먹은 듯 자줏빛으로 번졌다. 거칠게 숙지의 손을 잡았다.

"가십시다. 총관께서 당신을 찾으십니다."

"아니요. 아버지가 무엇을 바라는지 알고 있어요. 저는 가지 않아요."

"가지 않으면 당신은 죽습니다."

"가면 이 아이는 아버지에게 죽습니다."

숙지가 백한의 옷자락을 와락 잡았다.

"여진의 숲에서 통갈락의 족장님은 진인이 태어나는 것만이 문제를 푸는 열쇠라고 했습니다. 그분은…… 저에게 해인을 맡을 박마를 찾으라 하셨어요. 당신이 되어주세요. 당신이 이 아이를 지켜주세요. 이 아이가 진짜 아기장수가 될 수 있도록 도와주세요."

백한은 숙지를 뜯어보았다.

그리고 깨달았다.

숙지의 가슴에 백한은 이제 없다는 것을.

"무서워졌어요. 그날 이후부터 백지 님을 만날 수 없었어요. 운명이란 것이 제게는 늘 야속했어요. 주변을 아우르기만 할 뿐 한 번도 확신을 준 적이 없었어요. 그렇게 살아온 인생이었어요. 그래서 당신은 보지 않으려 했던 거예요. 저도 당신에게 그랬잖아요. 당신에게 확신을 주지 않았어요. 당신이 싫어서 거절했던 것은 아니에요. 미안하고 염치가 없는 말이지만 먼저 사랑한 분이 있었기에 당신을 받아들일 수 없었어요. 이제 부탁하고 싶어요. 당신의 운명에 나의 운명을 넣어주세요. 저와 이 아이를 지켜줄 박마는 당신밖에 없어요."

어쩌면 그 말이 옳다.

박마가 성모를 찾을 필요는 없다.

성모가 박마를, 성모가 해인을 찾아도 된다.

그렇다면…….

내가 될 수도 있다.

박마는 선택된 것이 아니다.

누구든 성모를 지키는 사람이 진정한 박마다.

박마가 되리라. 사랑받지 못해도 좋다. 그녀를 지킬 수만 있다면.

그것이 사모하는 여자를 지키고 나를 세우는 일이다.

오직 숙지를 지킬 것이다.

백한은 무릎을 꿇고 숙지를 향해 접호를 올렸다.

"운명이라는 것이…… 그것이…… 애초부터 정해진 것이 아니라고 말해주신다면 제가 해인을 가져오겠습니다."

숙지는 백한을 박마로 선택했다.

* * *

백지의 집은 황량하기 그지없었다.

질그릇이 굴러다니고 간찰을 넣어두던 큰 궤도 금구 장식이 떨어져나가고 경첩도 너덜거린다. 찢어진 휘장을 걷으며 둘러보던 백한은 그만 선생이 아끼던 팔진도 병풍을 밟아버렸다.

대청마루로 나와 가만히 섰다.

트인 마당 너머로 바위 평원이 보였다. 물이 콸콸 떨어지는 보리아리 계곡은 산사태로 민둥한 언덕이 되었다. 깃발을 올리던 수련장도 키만큼 자란 풀 때문에 끝이 어디까지인지 가늠할 수 없었다.

백한은 방에서 부서진 탁자와 키 큰 머릿장을 들어내 대청마루 한가운데 쌓았다. 좀 위태로웠으나 그런대로 몸무게를 지탱할 만했다. 천장에 팔을 뻗어 홈을 더듬었다. 낑낑거리는 시간이 흘렀다. 손에 먼지투성이 책 한 권이 잡혀 나왔다.

지극탑마

그자가 완성했던 책이다. 꼽재기가 풀풀 날았다.

필사본을 만들지 않았기에 이 책은 오직 정본뿐이었다. 백지가 청진으로 떠난 후 여러 박마들이 이 책을 찾았지만 누구도 찾을 수 없었다. 백지는 이 공간에 책을 숨겨두었다.

책을 안고 마루에 앉았다.

일전에 박마 사당에서 본 것보다 훨씬 두꺼워졌다. 군데군데 검은 쥐똥이 줄줄 떨어졌다. 필체는 졸박했다. 정제되고 평형적인 질서를 추구했던 백지의 성격이 보이는 듯했다. 글씨에서 보이는 그런 것도 밉다는 생각이 들었다. 기전체 형식으로 나열된 칸에는 시기마다 태어난 성모의 이름과 지명, 성모의 상지제尚志齋*가 빼곡하게 채워나갔다.

숙지 이전의 성모는 경상도 지방의 정용랑精勇郞**박시우의 딸이었다. 그 성모는 왜구의 배 안에서 태아를 사산했다. 지금으로부터 이십삼 년 전의 일이다. 그해는 성모가 죽지 않았지만 아기장수가 사산되었기에 중양성이 태백성의 위쪽에 떴다고 적혀 있었다. 그리고 태어난 성모가 숙지였다. 첫 장의 도표 맨 아래에 숙지의 이름이 있었다. 이것만으로 백지는 숙지를 알고 있었다는 게 확실해졌다.

'왜 그랬을까?'

그자는 그때까지도 성모를 찾지 못해 다른 박마들의 빈축을 샀다. 성모를 찾았음에도 왜 찾지 못했다고 했을까?

---

* 높은 뜻을 기리는 기록.
** 경찰의 업무를 맡고 있는 금오위의 정용 6령 중 하나.

모든 것이 석연치 않았다.

더는 읽고 싶은 마음이 사라져 먼 하늘을 바라보았다. 푸른 하늘에 빼곡히 들어찬 구름이 빠르게 지나고 있었다. 달빛이 사라졌다 드러나는 것이 시간이 이동하는 것 같았다. 그럴 때마다 마당에 핀 해당화와 자목련의 붉은 빛이 꺼무께하게 변하다 원래의 색으로 돌아왔다. 웃기다고 생각하지만 백지가 조금 그리워졌다. 길게 자란 잡초 사이로 돌다리처럼 박혀 있는 항아리들이 보였다. 그자가 묻어놓은 장독들이었다. 처음 만났을 때 그는 조청을 담그고 있었다.

삭히지 않으면 맛볼 수 없다!

감옥에서 자신을 조롱하던 백지의 표정이 떠나지 않았다. 여진인이 들었던 고려인 스승의 마지막 말.

삭히지 않으면 맛볼 수 없다.

대체 그 말의 의미는 무엇일까. 타락했지만 뛰어난 박마였다. 그가 해인을 얻었을 때 누구도 의심하지 않았다고 한다. 그런 백지가 이상한 몰골이 되어 죽어버렸다. 아무리 생각해도 이해할 수 없다. 그가 성모를 범하다니.

감히 숙지를 범하다니.

운명은 눈으로 예단할 수 없는 것.

이제 어떻게 해야 할까?

부처님과 조사는 예부터 사람을 위하지 않았거늘
고금의 납승들은 그것을 찾아 앞을 다투어 달려만 가네.

소리에 놀라 뒤를 돌아보았다.

오래뜰 앞에 검은 옷을 입은 승려가 서 있었다. 가끔 백지 선생을 찾아오던 늙은 박마다.

"그렇게 괄시를 당하던 너도 아쉬운 것이 있나 보구나."

그의 주장자가 달빛 아래서 철렁철렁 쇳소리를 냈다.

기억이 났다.

그의 법명은 무각이었다.

그가 보필했던 아기장수는 태어나지도 못하고 죽었다고 한다. 아쉽게도 쭉정이였다. 그후 무각은 불가에 귀의하여 염소를 키우며 은둔했다. 아기장수가 태내에서 소실되거나 영아로 사망하면 박마는 따라 죽지 않아도 된다.

"네 스승이 담근 장맛은 고려 땅에서 최고지. 종종 이렇게 와서 주인 없는 독을 열고 퍼 간다네."

"해주에서 여기까지 장을 가지러 오셨단 말입니까?"

"자네들이 없으니 나라도 그 맛을 보아줘야 하지 않겠나."

무각은 마루 귀퉁이에 앉았다.

굽이 닳아 낙엽처럼 납작한 나막신 위로 보이는 두툼한 발등에는 허연 더뎅이가 잔뜩 묻어 있다.

"그래, 좀 알아낸 것이 있느냐?"

"알아낸 것이라니요?"

"놈, 놀라긴. 무언가를 찾으러 온 것이 아니더냐? 스승을 추억하러 온 것이라면 적어도 저 글씨를 저리 두지 않았겠지."

그는 대들보의 현판을 가리켰다. 종신불퇴終身不退라고 쓰인 스승의 글씨는 반으로 쪼개져 가로기둥 아래에서 대롱거리고 있었다.

"그래, 그 책을 안고 무슨 생각을 했느냐?"

"백지란 자는 성모를 찾지 못한 것이 아니었습니다. 그는 성모를 찾았음에도 지키지 않았습니다."

"백지란 자라니, 말조심해라."

"그를 증오합니다. 그는 성모를 범했습니다. 그는 박마직과 해인을 만인에게 줘버렸습니다. 그는 애초부터 정신이 혼미한 자였습니다. 그를 미치도록 증오합니다."

무각은 빠르게 흘러가는 구름을 바라보았다.

"꿩의 바다에 살았다고 했지?"

백한은 고개를 돌리고 갈라진 섬돌 사이 흙바닥을 쳐다보았다.

"……돌덩이 같았겠구나. 이 땅에서 여진인은 늘 차별받으니까. 지역이 어디냐?"

"우수리 강 유역에서 자랐습니다." 시퉁하게 말했다.

"그렇다면 염소나 양을 키워보았겠군."

"그렇습니다. 젖은 생명이었으니까요."

"염소를 지킬 때는 말이야, 울타리에 가두는 것만이 능사가 아니야. 때로는 풀어두어야 더 안전하다는 것을 염소나 양을 키워본 사람이라면 다 알지."

무각은 둥글둥글한 턱에 촘촘하게 박힌 수염을 손톱으로 긁어댔다.

"짐승은 가두고 막는 것만 능사가 아닐세. 특히 관리해야 하는 놈들은 더 그렇지. 어떠냐? 꽤 중요한 일 아니더냐?"

이 뚱뚱한 노인은 무슨 말을 하고 싶은 걸까, 백한은 지겨운 한숨을 내뱉었다.

울뚝하니 턱을 내밀었다.

"그자는 성모를 범했습니다. 저는 지금 그걸 말하고 있는 것입니다."

"백지는 필시 무언가 두려운 것을 보았을 게다."

"두려운 것?"

"……그는 나쁜 것으로부터 성모를 보호하려 했었다."

"흥."

"흥이라니, 이놈!"

백한도 지지 않고 대거리를 쳤다.

"어떤 이유라도 박마는 성모를 범할 수는 없습니다."

"그것이 성모를 지키려 했던 행동이라면?"

"네?"

무각은 백한을 바라보더니 고개를 들고 구름을 보았다. 달빛 서린 하늘은 깊고 푸르다. 습기 찬 바람에 뻣뻣하게 늘어진 노인의 눈썹이 살랑거리고 있었다. 무각이 천천히 입을 뗐다.

"이전의 성모는 경상도 지방의 정용랑 박시우의 딸이었어. 그녀는 아기장수를 잉태한 채로 납치되고 말았지. 매 사냥에 나섰다가 왜구에게 잡힌 것이었는데 다행히 뒤늦게 추격한 추밀원사 내장군 이상직의 군선에 의해 바다 한가운데에서 구출되었지. 안타깝게도 뱃속 태아는 이미 죽은 뒤였다고 해. 성모는 무사히 집으로 돌아왔지만 또 원인 모를 이유로 유명을 달리했지.

아기장수가 사라졌지만 접호한 박마는 운 좋게도 목숨을 부지할 수 있었어. 성모가 사산했던 것이고 결과적으로 태어나지 못한 아기장수를 모신 것이 되었으니 따라 죽지 않아도 되었어. 그 박마는 남은 삶을 은둔해야만 했지. 그것이 박마의 법이니까. 그런데 말이야, 박마는 하나의 의심을 떨쳐버릴 수 없었어. 임신한 성모가 왜 박마의 도움을 받지 않고 매를 안고 사냥터에 갔던 것일까? 박시우의 딸은 걸걸한 성격의 호녀였다고는 하나 사내들이 벌이는 말馬잡이 싸움에 끼어들 만한 입장은 아니거든. 알아보니 고아 먹일 들고양이를 사냥하려던 것이라고 했어. 들고양이는 척추병에 잘 듣거든. 그럼 누가 필요로 했던 것일까? 고양이는 지아비가 먹을 것이었어. 그 지아비는 혼례 다음날부터 줄곧 죽은듯 드러누워 잠만 자고 있었거든. 성모는 지아비에게 먹일 약을 구하려다 사산한 거야. 얼마나 멍청한 박마인가? 그 지경에 이르도록 눈치도 못 채고 방치했으니. 구사일생으로 돌아온 성모도 원인 모를 이유로 죽어버렸으니 박마는 그저 허탈할 뿐이었지. 그즈음 자리 보전하던 지아비도 종적을 감추었다더군. 몇 달을 시체처럼 누워 있던 자가 감쪽같이 사라진 거야. 이상하지 않아? 아내가 죽자 어디론가 사라진 지아비라."

"……무슨 말씀을 하려는 것입니까?"

"지아비란 자는 봉화 금 씨였는데 성품이 조용하고 기품이 있었다고 알려진 자지. 퇴락한 귀족의 자제였다고 해. 박마도 성모의 혼례에 관여했기 때문에 출신 정도는 알고 있었거든. 그런데 말이야, 박마는 뒤늦게 그 지아비의 출신이 이상하다는 것을 알았어. 사당에 놓아둘 성모의 초상화를 가지고 금 씨들이 모여 사는 마을에 들렀다가 문중에 그런 사람이 없다는 것을 알았던 게지. 박마는 무언가가 잘못되었다고 느꼈어. 그래서 조사를 시작했지. 아, 그전에 뭔가 짚이는 게 있었기 때문일지도 몰라. 아, 자갈길을 걸었더니 목이 마르구나. 저기 가서 물 한잔 떠 오게……."

우물물을 달게 마신 무각은 입을 훔치며 어둑한 그늘 속에 숨은 사당을 쳐다보았다.

"저기, 아직도 잠겨 있나?"

"떠난 이후로 가보지 않았습니다."

"너무 퇴락했군. 왕실의 탄압으로 원로원도 흩어졌고 이젠 누구도 대뢰를 안고 저 문을 열지 않겠지. 어디까지 했었지? 그래, 박마가 지아비를 조사했다고 했지. 그전에 하나 물어보자. 박마가 해인을 손에 넣어야 하는 이유를 너는 아니?"

"해인을 성모의 몸에 인식한 이후 해인이 손상되거나 파괴되면 그 성모의 영혼은 영원히 성모로만 윤회하기 때문입니다."

백한은 총관에게 들은 이야기를 했다.

"그래, 맞았어. 하지만 그게 다가 아니지. 더 무서운 게 있어."

"더 무서운 것?"

"무서운 것은 해인에게는 혼을 바꾸는 기능이 있다는 것이야. 해인을 가진 자가 성모를 임신시키면 그자의 혼이 성모의 태아로 들어간다네. 이건 태아가 오염되는 것이어서 아주 위험한 거야.

예언의 아기장수가 다른 이의 영혼으로 바뀐다는 것이지. 하늘의 질서가 꼬이는 거야. 그래서 아기장수가 잉태될 때까지 해인은 박마가 보관하는 걸세. 박마의 존재 이유가 바로 거기에 있지. 물론 가인假印을 해야 하지만."

"가인?"

"근처에 있는 바위나 집 벽에 법계도를 미리 새겨놓는 것을 가인이라고 부르지. 가짜 인장을 찍어 하늘을 속이는 것이야. 상대자가 합방 전에 가인을 한 후 해인을 들고 성모를 범하면 혼이 바뀌는 거야. 하나 여태껏 그런 식으로 해인을 쓴 자는 없었어. 해인을 그렇게 사용하다간 큰일나지. 교합이 일어나는 즉시 성모의 상대자는 가사 상태에 들기 때문이지. 사람들이 죽은 몸인 줄 알고 묻어버릴 테니까. 그것은 사술邪術이야. 옛 시대에 현인들이 태령胎靈을 달랠 때 잠시 사용했던 방법이었어."

깊은 기침 후 쿵쿵 목다심을 한 무각은 바가지를 들어 입을 헹궜다.

두 가지를 알았다.

성모의 몸에 해인을 인식한 후 해인을 상하게 하면 성모의 혼이 성모로만 윤회한다는 것과, 누가 가짜로 다른 곳에 인식이란 행위를 하고 해인을 가진 채 성모와 관계를 맺는다면 그자의 혼이 성모의 태아로 들어간다는 것이었다. 그 순간부터 태아가 날 때까지 그의 육신은 가사 상태에 빠지게 된다.

"하던 얘기로 다시 돌아가보지. 지아비란 사내는 그 사술을 쓰고 있었던 거야. 당시 성모가 살았던 집 동남쪽에는 자그마한 산이 있었지. 사람들은 그 산을 미녀봉이라고 불렀네. 그런 지명의 산을 뒤지면 반드시 젖샘이 있고 남근석이 박혀 있어. 박마는 혹시나 싶어 미녀봉에 올라 남근석의 뿌리를 파보았지. 역시 예상대로 표면에는 정교한 법계도가 새겨져 있었어."

"지아비가 가인을 한 것이군요."

"그래. 전말은 이랬어. 운 좋게 해인을 구한 그자는 박마를 속이고 성모에게 접근해서 사술을 감행했어. 그런 후 가사 상태에 빠져 누워 있었던 거야. 아이가 태어날 때를 기다린 거지. 지아비가 그렇게 누워 있자 성모는 그에게 먹일 고양이라도 잡기 위해 사냥터에 나갔다가 왜구의 배에 납치되었던 거야. 알겠나? 혼이 들어가야 할 태아가 왜선에서 사산되는 순간 그자의 혼은 원래의 몸으로 돌아갔을 테고 가사 상태에서 깨어났겠지. 놈은 실패한 거야."

"그자가 백지 선생과 무슨 관계가 있습니까?"

"……그 사내가 다시 나타났어."

"네?"

"이전 성모인 정용랑의 딸을 임신시킨 사내가 얼마 전 다시 성모를 찾았단 말일세."

"뭐라구요?"

혼란스럽고 복잡했다.

장마철 강물처럼 거칠게 말을 쏟아내던 무각은 마당 구석을 손으로 가리켰다. "가서 곡괭이를 가져와."

백한은 영문을 몰라 뚱하니 무각을 바라보고 있었지만 늙은 중은 사당만 뚫어지게 쳐다보았다. 이마에 칼날처럼 깊은 주름이 패인 채였다.

곡괭이를 받아든 무각은 사당을 향해 저벅저벅 걸어갔다. 소리와 함께 판장문이 짜개졌다. 거미줄 사이로 검퍼런 박마상이 어둠 속에 숨어 있었다. 무각은 거대한 청동상을 한참 동안 노려보다 제단에 무릎을 올리고 몸을 싣더니 곡괭이를 쳐들었다. 곡괭이가 청동상 얼굴을 가린 네모난 비단을 벗겨냈다.

"마, 맙소사."

박마 무사는 얼굴이 없었다.

이마도 눈도 볼도 없다. 세밀한 굴곡을 자랑하는 몸매와 달리 얼굴만은 무언가에 의해 밋밋하고 반반하게 갈려 있었다. 그저 코의 오뚝한 돌출만이 남아서 중심이 어딘지 알게 했다.

"저, 저게 뭐죠?"

"청동을 갈았다. 아니, 녹였을지도 모르지."

"갈다니요?"

"누군가가 저렇게 가인假印을 해놓은 거야. 불을 가져와라."

불을 붙이자 사물들이 긴 그림자를 등지고 웅장한 모습을 드러냈다. 역시 말대로였다. 쇠까귀 같은 것으로 무사의 이마와 볼을 전부 깎아내고 그 자리에 붉은 먹으로 무언가를 써놓았다.

법계도의 문양.

서늘한 것이 백한의 등을 타고 쭉 미끄러져 내려왔다.

"알겠니? 그자가 저렇게 해놓았지. 저건 성모의 몸으로 들어가겠다는 선언이야."

머릿속에서 무언가가 슬슬 풀리기 시작했다.

백지가 성모를 찾았음에도 원로회에 공표하지 않았던 이유가 이것 때문이라면…….

무각이 고개를 끄덕였다.

"그래. 이제 등경의 불처럼 분명해졌니? 네 스승, 백지에게는 언젠가부터 치명적인 병이 있었는데 바람이 몸을 건드려도 각혈한 다는 위반胃反(위암)이었지. 이상하긴 했어. 박마의 선식을 행하는 백지가 위장에 탈이 나는 것도 그렇거니와 위반은 기력이 상쇄되 면 종종 까무러치긴 해도 정신까지 혼미해지지는 않아. 하나 백지 의 상태는 점점 심해져갔지. 어쨌든 그 상태로는 천하의 백지라도 아기장수를 보필할 수 없었어. 어느 날 그가 나에게 와서 그 옛날 정용랑의 딸과 혼인했던 지아비의 인상착의를 물어갔어. 몇 달 후 백지는 잘 담근 술이 있다며 나를 부르더군. 찾아가니 그는 내 팔 을 이끌고 대남문 광장으로 데리고 가는 거야. 심양으로 파견 갔 다던 자기 상좌 놈이 거기에 있다면서. 그 상좌를 본 나는 깜짝 놀 라고 말았어. 그는 그 옛날 정용랑의 딸과 혼례를 치른 사내였어. 그놈이 백지에게 약을 먹이고 있었던 거야."

눈이 아파왔다.

들어마시는 숨이 폐부를 콕콕 찔렀다.

백한은 모든 것을 이해할 수 있었다.

그 상좌는…….

만인이었다.

조로는 오래전에도 샤카의 원액을 구해주었다고 했다. 그 시기는 정확하게 만인이 백지를 수발하던 시기와 일치했다. 만인은 그때 샤카의 독으로 백지를 상하게 한 것이다. 불빛에 서린 무각의 얼굴은 형형했다.

"내가 백지와 인연이 깊지만 이 집을 드나든 것은 오래된 일이 아니지. 그 시점은 상좌란 놈이 양위를 받아서 백지의 품에서 떠난 뒤라서 나도 그놈을 몰랐던 게야. 내가 이곳을 한참 드나들 때는 자네가 백지를 보필하고 있었지. 때는 이미 늦었고 규칙에 의해 해인은 그 상좌의 손에 들어가버린 후였어."

"……그렇다면 말입니다."

백한은 급하게 침을 삼켰다.

"그는 만인이 아닌 다른 박마에게 해인을 양위할 수도 있었지 않습니까? 왜 굳이……."

"처음 내가 말했지. 염소나 양은 풀어놓아야 해. 큰 것을 위해 작은 것은 줘야 하지. 그 상좌 놈은 교활한 짐승이야. 짐승을 막겠다고 울타리를 치다간 위험해진다는 것을 백지는 누구보다 잘 알았던 거야. 해인을 양위하자마자 보란듯 저 박마의 상에 가인이 되어 있었어. 원래 박마는 성모를 지키는 자들이고 늘 위험을 맞서는 자들이지만 요즘 같은 시절에는 그런 자를 상대할 만한 인물이 없다네. 최고의 박마인 백지조차도 감당하지 못했으니까. 백지는 박마 역사 이래 최고로 힘든 상대를 만난 거야."

"그래도 스승님이 성모에게 한 행동은 도무지 이해가지 않습니다. 어떻게 임신을……."

"박마로서 백지가 할 수 있는 유일한 방법은 성모를 임신시키는 것이었어. 그 짐승이 아기장수가 되지 않게 하려면 그 방법밖에 없었지. 그러기 위해서는 먼저 자신의 손에서 해인을 버려야 했네. 해인을 들고 있다간 백지 자신의 혼이 성모의 몸에 들어가버릴 테니까. 그래서 서둘러 양위했던 것이지."

그럴지도 모른다.

하지만 숙지는 백지를 사랑했다고 말했다. 백지가 오염을 막기 위해 숙지를 품었대도 숙지는 백지를 다르게 받아들였다. 그즈음이었을 것이다. 그녀가 자신의 청혼을 받아들이지 않았을 때, 그때는 이미 백지를 가슴에 품었던 때다.

"양위받은 그 짐승은 어쩌면 조금은 우쭐해졌을 테고 긴장을 놓았을지도 몰라. 들어보니 해인을 몽고인들에게 한동안 빼앗겼다고 하더군. 백지는 그 틈을 노려 성모를 임신시키는 데 성공했어. 성모와 아이를 지킬 믿을 만한 박마도 찾아야 했겠고. 그는 분주하게 전국을 돌아다녔지."

그렇다면 비마르의 일도 이해가 되었다. 백지는 만인에게 넘긴 박마직을 파하고 비마르를 인가한 것이었다. 비마르가 숙지를 호위하고 백지를 찾아온 것이나 만인이 비마르를 첩자라고 둘러씌워 죽인 것도 그 때문이다. 비마르가 죽자 숙지는 자신과 아기를 지킬 박마가 없다고 울분을 토했다. 모두 그런 뜻이 숨겨져 있었다.

그렇다면…….

백한은 그 이후에 벌어진 일은 생각하기 싫었다. 숙지를 지키겠다고 줄기차게 인가를 졸라댔던 자신이 떠올라서였다. 백지는 불쌍한 여진인을 그렇게 농락했다. 감옥에서 자신을 바라보던 백지의 눈. 입을 벌리지 말라고 다그치던 숨. 아닐 거로 믿고 싶지만 모든 것이 밤하늘의 달처럼 사실이었다. '넌 인간이 아니다.' 그렇게 말했던 자. 이제 백한에게 백지는 숙지를 빼앗은 자에서 자아를 빼앗은 자로 바뀌어 있었다.

"스승님이 인가한 박마는 비마르였군요. 뒤듬바리는 나였고. 어리석고 둔하고 거친 바보가 여기 있었군요."

놓아버리듯 혼자 중얼거렸다.

"벌을 다루던 자 말이냐?"

백한은 무각의 입에서 비마르의 이름이 나오자 흠칫 놀랐다.

"비마르를 아십니까?"

"알지. 벌을 다루던 비쩍 마른 자라면. 그가 일부분 박마직을 수행했었지. 하나 틀렸어. 그자도 만인을 속이기 위한 장치일 뿐이야. 착하고 충실했지만 박마감이 못 되는 자였어, 그놈은."

"그럼 누구입니까?"

늙은 박마는 백한의 어깨에 두툼한 손을 올렸다.

"백지가 왜 살육의 전장을 자원했는지 아직도 모르겠나?"

"단단히 미쳤던 거지요."

"바보 같은 녀석."

"네?"

"……씻김굿을 했던 거야."

"씨, 씻김굿?"

"너의 한을 씻어주기 위해."

무각의 두꺼운 입술이 닫혔고, 백한은 그다음 말을 기다리고 있었다.

"네 스승은…… 네 스승 백지는 너를 후계자로 선택하고 있었어. 하지만 네놈은 몸에 고인, 그 황룡사의 석축 기단보다 더 딱딱한 응어리를 풀어야만 박마가 될 수 있었어."

사욕邪慾.

백지가 소리쳤던 그 말이다.

"……풍주의 전투는 네가 담고 있는 더러운 욕망의 응어리들을 지우게 하는 굿판이었어."

백한은 신음이 터졌다.

"마, 맙소사."

그가 첫 번째로 질타했던 백한의 욕구는 어머니와 부족인들을 능멸한 집단에 대한 복수였다. 백지는 그것을 사욕이라고 했다. 모든 것이 또렷해졌다. 그것은 백지가 기어코 살육의 현장에 가고자 했던 것을 이해해야만 되는 문제였다. 그는 시간이 없었을 것이다. 거들어야 했다. 제자를 위해 씻김의 장소를 선택하고 한을 풀어주어야 했다. 사사로운 감정들을 버리고 깨끗하게 정화된 몸으로 임무를 수행하라는 뜻이었다. 자신은 이미 성모에게 씨를 준 몸, 박마가 될 수 없다. 그는 그렇게 숙지를 보호하는 역할을 백한에게 맡긴 것이었다.

"진정…… 저 같은 놈을 박마로 인정하셨던 것입니까?"

"오, 불쌍한 여진인. 그렇게 자학하지 말거라. 이 땅에 너를 사랑하는 사람이 한 명도 없었을까? 버림받아 마땅한 사람은 없다. 네 스승은 널 아꼈다. 백지가 의지할 수 있는 사람은 오직 너뿐이었어. 내가 장담하지. 그의 진짜 후계자는 자네야."

"……어째서, 어째서 스승님은 직접 말씀하시지 않았을까요? 알았다면 최선을 다해 도울 수 있었는데."

"보호하려 했던 것이지."

"보호……."

"말해버리면 보호하지 못한다."

백한은 희읍했다.

전장에서 보았던 스승의 눈빛을 잊을 수 없다. 그 순간만큼은 냉담함이 없었다. 그는 분노에 젖어 활개를 치던 자신의 옆에서 흥을 돋우듯 함께 칼춤을 추어주었다. 얼음처럼 대했던 행동도 동계를 떠나 전국을 유람했던 것도 이해가 갔다.

백한은 손을 어디에 둘지 갈피를 잡지 못하고 양손을 허둥거리다 얼굴을 감싸고 말았다. 눈물이 줄줄 흘렀다.

지금까지 왜 그것을 몰랐단 말인가.

왜 이 지경이 되었단 말인가.

사건의 전말을 알아서도, 자신이 어리석었다는 것을 깨달아서도 아니었다. 이 순간 백지가 그리웠기 때문이다. 입술을 꾹 다물고 숨을 삼키려 했지만 북받쳐오는 기운에 정신을 차릴 수 없었다. 무각은 백한의 얼굴에 눈물이 굴러떨어지는 것을 잠자코 바라보았다.

"저 청동 박마상의 본래 얼굴을 본 적이 있느냐? 아마도 없을 테지. 쓸데없는 말인지도 모르겠다만 저 박마상은 너를 아주 닮아 있었단다."

모든 게 고요하고 밤은 움직이지 않았다.

바쁘게 흐르던 구름도 어느새 멈췄다.

"……대사님은 정만인의 내막을 어찌 그리 잘 아십니까?"

무각은 시선을 바꾸고 달을 쳐다보았다.

"정용랑 박시우의 딸을 지키던 박마가 바로 나였으니까."

* * *

홑집에 누운 노인은 여전히 숨을 쉬고 있었다.

얇은 숨이 새어 나오는 입에서 죽음의 냄새가 났다. 하루 두 번 옆 움막에 사는 아이가 와서 백미탕에 원미를 넣고 끓인 미음을 입술에 흘려준다고 했다. 그가 종일 먹는 것은 그것뿐이었다. 백한은 마지막으로 아비를 보러 온 참이었다. 그의 몸뚱이는 며칠 버려둔 시체 같았다. 동족을 팔고 가족을 죽이고도 목숨이 참으로 질긴 자다. 숲에 사는 여진인들이 그를 죽이지 않은 것은 순전히 백한의 아비란 이유 때문이었다.

그래도 한때는 부족을 다스렸고 칭송을 받던 자였다. 북방의 부족들을 아우르고 고려와 대등한 협상을 했던 사람이었다. 한때는 그를 존경했다. 어린 백한에게 땅의 끝, 해가 지는 너머를 보여준 사람이었다. 그 너머에 통갈락 조상의 땅인 고려가 있었다. 그는 고려의 물과 바다를 설명해주었다. 부족의 늙은 자들은 아버지를 숭모했었다. 가장 용기 있고 정직한 사람이라는 뜻인 '달군' 칭호를 처음으로 받은 사람도 아버지였다.

숙부의 계략이었다고는 하나, 여자들과 아이들을 바친 그의 행위는 용서받을 수 없다. 그때 우수리에서 목을 잘렸대도 부당한 일은 아니다. 어머니와 아낙들과 아이들이 능욕을 당할 때 낡은 궤짝만 껴안고 부들부들 떨고 있던 자였다. 달군이라면 목숨을 걸고 부족을 지키고 가족을 지켰어야만 했다.

주워 온 사시나무처럼 길쭉한 아비의 엄지발가락이 움직였다. 기력이 저것밖에 되지 않는다고 생각하니 한숨이 나왔다.

'……정녕, 당신이었습니까?'

백지가 선망했던 북쪽의 현자가 바로 이 노인이다. 아버지는 오직 해인을 지키기 위해 자신의 소중한 것을 바쳤다.

백한은 오늘 안에 숙지를 데리고 국경을 넘어야 했다. 만인은 공격 날짜를 바꾸지 않았다. 백한의 여진 기병대를 포함한 만인의 여섯 부대는 예정대로 내일 밤 거병할 것이다. 집결은 자시, 봉화대의 신호를 받고 실행하는 것은 축시였다.

백한의 부대는 총관서 공격에 참여하지 않을 것이다. 그들은 거병과 동시에 말머리를 돌려 꿩의 바다 붕루월 초입에 집결한다. 거기서 백한이 숙지를 데리고 나타나면 배를 띄우기로 되어 있었다.

빠져나가는 방법은 세 가지였다. 대남성문을 지나는 것. 꿩의 바다로 배를 띄우는 것. 좁은 동주성을 넘어 화계산으로 달리는 것이다. 그동안 신중히 고민했다. 대남성의 첫 문은 인시에 열린다. 성문 밖에는 전날 밤에 들어오지 못한 상인들이 노숙한다. 그들도 끼니를 해결해야 하는지라 그때쯤이면 관문을 통과하기 위해 몰려들고 있을 것이다. 무턱대고 그들과 섞일 순 없었다.

서북쪽 출입구인 동주성은 병마사의 관할 지역이고 경계가 삼엄하기로 유명하다. 넓은 평야였지만 달릴 길이 좁고 아침 논에 물을 대는 농부도 많다. 금방 눈에 띈다.

가장 빠른 것은 배였다. 부대원들은 배를 저어본 적이 없지만 어떻게든 호수를 건너면 동해로 가는 길을 만날 수 있을 것이다. 단 노출되면 포위되기도 쉬웠다.

백한은 먼 길이지만 꿩의 바다를 건너 숲에 은신하기로 했다. 가뱃날이 가까워졌고 숲에 살던 사람들도 축제 준비에 바빠질 터였다. 눈에 띄지 않고 태백산 등선을 넘을 수 있을 것 같았다.

커다란 행장을 묶어 쌌다. 속에는 무쇠솥 하나, 철령탄 두 개, 비단신 두 켤레, 그릇 두 개, 무명천 한 마, 붓, 벼루, 이틀 치 먹을 쌀과 은전 등이 들어 있었다. 여자에게 필요한 것이 무엇인지 몰라 집히는 것만 잡았다. 동개시복에 꽂아둔 대초명적도 꼼꼼히 점검했다.

아비가 크게 숨을 들이마셨다.

쭈글쭈글한 눈꺼풀이 닫힌 아비는 고단해 보였다. 머리카락이 삐쩍 마른 어깨에 착 달라붙었고 손톱만큼이나 큰 종기들이 가슴 이리저리에 부어 있었다. 늘어진 아비의 발 앞에서 백한은 이마를 바닥에 박고 한참 동안 흐느꼈다.

* * *

맹장지 밖으로 대나무가 흔들리자 숨을 멈추었다.

수, 수, 수.

담장에 굳은 흙들이 푸슬푸슬하게 날리며 소리가 흩어졌다.

잠입한 지 한 식경이 넘었고 닭이 울 시간이었다.

조급해졌다. 비단 커튼 너머로 그가 자고 있었다.

엉뚱한 곳을 뒤지느라 시간을 꽤 허비했다. 병마사의 집무실에
는 후박나무로 된 금고가 있었다. 문서와 은전을 두는 곳이었다.
거기에 없다면 해인이 있을 곳은 오직 만인의 방뿐이었다.

분명 이 방 어딘가에 있다.

다시 바람이 불고 대나무가 울었다.

장문갑 위에 익숙한 것이 눈에 들어왔다. 조로가 준 거통환을
담은 청록색 호리병이다. 품 안에 챙겨 넣었다. 필요할 때가 있을
지도 모른다.

그때 침상의 만인이 뒤척이며 등을 돌렸다. 동시에,

철커덕.

만인이 품고 있던 칼이 침상 바닥으로 떨어졌다. 장탁자의 그늘
에 숨은 백한은 꼼짝 않고 숨을 삼켰다. 입안에 공기를 넣고 이와
이가 부딪히지 않게 대여섯 번을 오물거렸다. 그렇게 숨을 쉴 동
안 만인은 더는 뒤척이지 않았다.

더 기다릴 시간이 없었다.

세 군데를 확인했다. 향꽂이, 퉁소, 수석 아래.

없었다.

방에 있는 가구들을 다 뒤지다간 들킨다.

움직임이 흐트러질수록 공기의 흐름이 탁해지고 상대는 결국

인기척을 느끼고 만다. 마지막 한 곳만 더 확인하고 없으면 자리를 뜨자고 생각했다. 의걸이장, 삼층 탁자, 서견대, 병풍 아래, 산호 필통, 청유리병, 백담요 밑, 서등, 매장梅欌, 바둑판.

저것들 중 한 곳에 있다.

나라면 어디에 숨겨놓았을까?

온 신경을 모으고 어둠 속 한 곳을 가만히 응시했다.

저곳!

백한은 본능이 알려주는 서견대書見臺*를 마지막 탐색지로 결정했다. 저곳에 없으면 실패다. 저곳으로 가려면 갑창에서 밀려오는 공기의 흐름을 타고 움직여야 했다. 고려인들은 이민족의 냄새를 금방 알아차린다.

그는 숨을 크게 들이쉬고 천천히 몸을 옮겼다. 광목에 기름을 먹인 장판지가 미끄러워 긴장되었다. 열린 분합문을 통해 밀려드는 공기가 급박해지자 흐름이 바뀔 동안 방 한가운데에 우뚝 멈춰 서야 했다.

해인은 저민 소뿔에 그림을 그려 장식한 서견대 밑 길쭉한 홈에서 찾아냈다. 표면이 툭툭하고 질박했다. 살품을 뒤적여 아버지의 집에서 찾아낸 함을 꺼냈다. 작은 틈도 없이 딱 맞았다. 총관이 준 가짜 해인을 진짜가 있던 자리에 끼워 넣고 돌았다.

모로 누운 만인이 이쪽을 보고 있었다.

피가 머리로 쭉 솟아올랐다.

---

* 책을 읽고 글을 쓰는 책상.

움칫, 피하려다 발을 곱디디며 어깨가 설핏 장문갑 모서리에 닿았다. 장문갑이 기울어지기 시작했다. 가까스로 그것을 잡았다. 서책 두어 권이 바닥에 떨어졌지만 소리가 크지 않았다. 문갑에 달린 옥 노리개가 소불알처럼 덜렁거렸다.

누운 만인은 말이 없었다.

맑은 얼굴은 달빛을 받고 등롱처럼 환하게 떠 있었다.

숨소리가 공기를 타고 흘렀다. 낮게 코를 곤다.

그가 눈을 뜨고 자는 것을 깨닫자 백한은 길고 낮은 숨을 쉴 수 있었다.

곧 닭이 울 것이다.

경비병이 순찰할 시간은 이미 지났다. 이제 모든 것이 완벽했다. 돌아가야 한다. 그쯤에서 백한은 다시 멈칫했다.

가져갈까.

가짜 해인이 거슬렸다.

그것은 진짜와 구분하지 못할 만큼 정교했다. 하지만 노련한 만인이라면 가짜에서 뿜는 기운쯤은 단박에 알아차릴 것이다. 없느니 못한 물건이다.

그는 만인의 서견대 아래에 끼워둔 가짜 해인을 꺼내 품에 넣은 후 회랑을 지나 바깥쪽 쪽문을 통해 밖으로 나왔다.

* * *

그녀는 누각 위에서 기다리고 있었다.

수면은 퍼덕거리는 물고기 떼가 가득 들어찬 것처럼 반짝이고 있었다. 그 빛은 숙지의 아눔에도 가득 고여 이리저리 움직여댔다.

"말은 서벽 곡물 창고 밖에 매어놓았습니다."

대초명적을 꽂은 동개시복을 등에 비껴 멘 백한은 행장을 바닥에 내려놓았다. 두 개의 해인과 해인함은 동개시복 곁에 난 세 개의 독약 주머니에 각각 넣어두었다.

"가십시다."

숙지는 고개를 끄덕였지만 쉽사리 발을 떼지 않았다.

초조하지 않다면 거짓말이다. 잡힌다면 길어야 오늘밤이다. 지금쯤이면 저쪽도 해인이 사라졌다는 것을 알았을 터다. 알았다면 만인은 어떻게 움직일까? 총관서? 아니면 이쪽?

예측이 틀리지 않는다면 그는 우선 사대문만 봉쇄할 것이다. 총관서 공격은 고려군도 합세하기 때문에 연기할 수 없다. 백한은 거기에 모든 것을 걸었다. 시간이 자기편이라고 믿는 수밖에 없었다. 만에 하나, 그가 총관서 공격을 포기하고 해인을 찾기로 했다면…….

불리하다. 군사를 푸는 시간과 이만 호가 모여 있는 대남문 중심가를 수색하는 데 반나절, 그 이후는 병력이 모두 대남성벽으로 둘러싸인 이 외곽 지역을 훑을 것이다. 서두르지 않으면 금세 잡히고 만다. 지금 떠나야 한다. 호수 초입에서 기다리고 있는 부하들도 위험해진다.

"이러고 있을 시간이 없습니다."

백한은 숙지의 손을 잡고 끌었다.

백한의 손등 위로 숙지의 다른 손이 올라왔다. 숙지는 아픈 표정을 짓고 있었다. 백한은 비척비척 옆걸음을 치다가 그만 그 손을 놓고 말았다.

"우리, 무기고로 내려가요."

"무슨 소립니까?"

숙지는 무심히 석축을 내려가 지하 계단이 있는 쪽문 쪽으로 걸었다. "요도 챙겨오셨나요?"

백한은 행장에서 무명천을 꺼내 보였다.

"덮을 것만 챙겼습니다. 깔아야 하는지?"

쩔쩔매는 백한을 보자 숙지는 빙긋이 웃었다.

"아니에요."

그녀는 백한의 볼을 살짝 쓸어주었다. 예전 그 손길이었다. 백한은 눈물이 날 뻔했다. 숙지는 직접 무명천을 바닥에 깔았다. 손바닥으로 잔 돌덩어리와 울퉁불퉁한 벽돌 바닥의 거친 것들을 바스러뜨린 다음 일어서서 입고 있던 비단치마를 풀었다. 치마는 부풀듯 둥글게 퍼지다 요 위로 반듯하게 깔렸다.

"보여주세요, 해인을."

매고 있던 동개시복을 벗고 달린 독약 주머니 중 하나에서 해인함을 꺼냈다. 해인은 달라져 있었다. 만인의 방에서 본 회백질의 은빛은 온데간데없고 지금은 짙은 청록을 머금었다.

"이것이군요."

"당신께…… 이것을 바치게 되면 그 아이는 아기장수가 됩니다."

"······인식印植부터 해야 하는 거죠?"

"이럴 시간이 없습니다."

"밤에 나서요. 가배철이라 병사들도 바쁠 겁니다."

숙지는 독하게 마음먹은 것 같았다.

두 눈은 모질고 악착스러웠다. 지금은 떠나야 하는 것이 옳다. 재촉하고 싶었으나 잡아당기는 숙지의 인력에 무너져버렸다. 그래, 어떻게든 되겠지. 군사가 몰려오면, 그땐 그때였다.

"자, 인식이란 거, 어떻게 하는 거죠?"

"······보통 입천장이나 발바닥에 찍습니다."

백한도 그렇게만 알고 있다. 인식은커녕 이제까지 해인을 본 적도 없다.『지극탑마』를 몰래 훔쳐 읽은 것이 고작이었다.

해인의 장면에 옻나무에서 뽑아낸 수액을 굳혀 만든 아교나 사슴 기름을 녹이고 거기에 암채라는 돌가루를 섞어 만든 풀을 묻힌 후 불에 달구어 신체 아무 곳에 살을 지진다. 깊지 않게, 겉면만 살짝 대면 묘하게도 붉은 자국이 찍힌다. 이것이 인식이다. 성모가 인식하면 반나절에서 하루나 이틀, 길면 일주일까지 경련을 치르게 된다. 하늘에 이 몸을 사용하겠다고 허락을 받는 것이라 할 수 있다. 아기장수를 잉태할 수 있도록 성모의 자궁은 주먹만 하게 수축할 것이며 핏속에 있던 독소를 땀으로 배출시킨다.

"······숨기기 싫어요. 제가 볼 수 있는 곳에 해주세요."

숙지는 치마 위에 다소곳이 앉더니 허벅다리 안쪽을 드러내 보였다. 다리속곳 안쪽, 치골과 허벅살이 접히는 부분에 잔물잔물한 주름이 보였다. 거기서 상큼한 사향이 올라왔다. 늘 맡았던 냄새다.

"나의 박마가 되어주세요."

결국 고개를 끄덕이고 말았다.

마시려고 채워 온 대나무 통의 물로 손을 씻었다. 그 물로 숙지의 허벅지를 적셨다. 투박한 손바닥이 찰박거리는 소리를 내며 피부를 쓸었다. 서글퍼진 백한은 긴 숨을 뱉으며 마른 혀로 이뿌리를 핥았다. 성스럽다면 성스러운 의식이었다. 집중해야 했다.

무명으로 살을 깨끗하게 닦았다. 칼로 철령탄을 깎고 가루를 내어 바드름한 그릇 안에 담았다. 성모의 눈이 맵지 않도록 챙겨 온 미숫가루를 오목하게 뿌렸다. 가져온 함백초도 뿌렸다. 연기를 맡으면 잠시나마 고통을 잊을 수 있을 것이다.

말아둔 회지를 펴 불을 붙였다. 좁고 높은 천장까지 연기가 피어오르기 시작했다. 연기에 가려 숙지의 얼굴이 보이지 않자 오히려 잘됐다고 생각했다. 불편하지 않을 것이다. 해인을 비단 천에 곱게 놓아두고 상자를 다시 활집에 쑤셔넣은 다음 대초명적을 하나 꺼내 들었다. 두루미 깃으로 만든 살깃 아랫부분에 불길을 대고 아교를 녹였다. 법계도가 파각된 면을 향해 걸쭉하게 녹인 아교를 떨어뜨렸다.

그렇게 여섯 개의 화살을 모두 녹였다.

"이걸…… 입에."

맨드라미가 그려진 어머니의 표범 가죽을 목에서 풀어 숙지에게 건넸다. 그녀는 가죽을 바라보다가 결심한 듯 어금니 안에 집어넣어 물었다.

"……시작합니다."

숙지가 조심스럽게 다리를 벌렸다.

허벅지가 파들거렸다. 달래듯 살을 팽팽하게 당긴 후 달군 해인을 조심스럽게 눌렀다. 숙지가 신음을 삼켰다. 더 깊게 눌러야 할 것 같았지만 그쯤에서 힘을 뺐다. 흐릿한 연기 사이로 숙지의 이마가 일그러졌다. 괜찮으냐고 묻자 숙지가 백한의 팔뚝을 잡아당겼다. 희고 풍풍한 살이 눌리면서 해인이 그녀의 허벅지에 깊이 박혔다. 그녀는 그를 받아들이듯 하고 있었다. 어쩔 수 없이 손에 힘을 주었다. 숙지가 가죽을 씹으며 고통스럽고 새된 소리를 내질렀다. 벌어진 콧구멍에서 달곰한 향이 났다. 백한은 눈을 꼭 감았다.

"……목숨 바쳐 지키겠습니다."

백한은 웅크리고 앉아 있었다.

숙지의 이마에 흐르는 땀을 수건으로 닦았다. 까뭇한 무릎마디에 붙어 있는 흙을 쓸고 혹 벌레들이 모여들까 눈질을 멈추지 않았다.

숙지는 누워 있었다.

구슬을 삼킨 이무기가 꿀떡꿀떡 트림하며 변형을 맞듯 그녀의 몸도 변하고 있었다. 불 아궁이처럼 펄펄 끓어대는 열 때문에 숙지의 속바지를 제외하고 나머지를 벗겨버렸다. 인식한 자리는 오긋하고 진한 낙인이 선명했다. 진물이 딱딱하게 굳을 때마다 물을 흘려 없앴다.

멀리서 들려오는 커다란 포성에 몸을 일으켰다. 석벽 상단의 좁은 틈으로 밖을 내다보았다. 대남성 광장 쪽 하늘에서 불그스레한 연기가 피어올랐다. 불이 올랐다는 것은 공격이 시작되었다는 것을 의미했다.

'전광석화겠지.'

이제 저들이 이곳을 찾는 것은 시간문제다.

백한은 자리로 돌아와 널어놓은 숙지의 옷을 만져보았다. 눅눅했다. 짜니 살포시 물기가 배어났다. 숙지의 땀이다. 불을 피우기 위해 부검지들을 긁어모으던 백한은 그만 주저앉아 얼굴을 감싸버렸다. 후회가 밀려왔다. 해인 같은 것을 가져오지 말았어야 했다. 그냥 숙지와 멀리 떠났어야 했다. 뀡의 바다가 금빛으로 물든 아침녘에 기절한 그녀는 해가 질 때까지 깨어나지 못하고 있었다.

오면 죽는 수밖에. 죽더라도 지키는 수밖에.

그렇게 된다면 살 생각을 하지 않기로 했다. 말하고 보니 한심해졌다. 운명을 만든다는 것이 쉽지 않다. 각오는 했다. 그런데 이렇게 반나절도 안 되어 낙담할 것이 뭔가.

죽겠다니…….

죽더라도 지키겠다니…….

죽으면 지키지 못한다.

박마가 되기로 결심한 것 아닌가. 그럼 죽겠다는 생각을 버려야 한다. 박마는 아기장수가 죽을 때 함께 따라 죽는 것이다.

어쩌면 백지의 말이 옳았다.

'돌덩이를 안고 사는 놈.'

백한은 어금니로 혀를 꽉 깨물며 반드시 살리고 살자고 마음먹었다.

그때 공간을 감싸고 있는 알 수 없는 기운을 느꼈다. 서늘하고 기분 나쁜 악기惡氣. 회지에 불을 붙였다. 주위가 어슬어슬해지자 백한은 일순간 허리를 꼿꼿하게 펴고 무르춤해졌다.

숙지의 배 위로……

시퍼런 구렁이 한 마리가 똬리를 틀고 있었다.

자깝스럽게 흔드는 녀석의 꼬리는 숙지의 길고 굵은 허벅지를 더듬더니 해인을 인식한 자리를 툭툭 친다. 늘어났다가 줄어드는 함함한 몸뚱이에 피는 비늘 빛은 땀구멍이 오그라들 만큼 선명했다. 동개시복 어딘가에 단도를 넣어두었다는 기억에 팔을 등뒤로 더듬었다.

샤악.

날카로운 쇳소리가 났다.

조금이라도 움직인다면 단숨에 숙지의 허벅지에 이빨을 박아 넣을 태세였다. 꼼짝달싹할 수 없었다. 턱을 내린다거나 조금이라도 시선을 돌린다면 저 뱀은 공격할 것이다. 그는 뱀을 노려보며 팔을 뒤로 꺾어 오른손 손가락들을 움직여 분주히 허리춤을 더듬었다. 동개시복에 달린 세 개의 독약 주머니들을 찬찬히 뒤졌다. 우선 손에 잡히는 것은 해인함이다. 그럼 그 옆에 해인 두 개가 있다. 네 번째 손가락. 가장 민감하고 훈련된 그 감촉으로 두 개의 해인을 더듬었다. 어느 것이 가짜이지? 가짜, 가짜를 잡아야 했다. 맑은 표면과 따뜻한 온기가 있는 것이 만져졌다. 진짜다. 건너서 다음 주머니에 든 것은 차갑고 냉랭했다. 어깨를 움직이지 않으려 노력하며 차가운 것을 꺼냈다. 조용하지만 불같은 숨이 몰아나왔다. 오직 저 이빨을 깎아버려야 한다는 생각뿐이었다. 녀석은 숙지의 젖가슴과 겨드랑이 안쪽을 부드럽게 훑었다. 가끔 아가리를 세우며 쉬쉬거리기도 했다. 보란 듯 숙지의 몸을 희롱했다.

살린다. 반드시 살린다.

백한은 천천히 뱀 앞으로 왼팔을 내밀었다.

몸에 살기를 담지 않으며 천천히, 천천히.

샤악.

녀석이 대가리를 쳐들었다. 피부에서 뿜는 더운 온기가 녀석의 싸늘한 코를 자극한 모양이다.

물 테면 물어라.

백한의 손가락이 녀석의 혀까지 가까워졌을 때…….

녀석은 혀를 감추고 동작을 멈추었다.

손목을 비틀며 잡았다.

목의 아랫부분을 잡을 수 있었다. 동시에, 독너울이(송어) 잡는 바늘같이 길고 굽은 이빨이 엄지손가락이 시작되는 부위에 박혔다. 뱀의 눈이 가늘어졌다. 그도 어금니를 깨물었다. 가슬가슬한 껍질 안쪽의 오돌오돌한 뼈를 부러뜨릴 작정이었다. 목이 졸린 녀석은 황홀경에 빠진 채 온 힘을 다해 독을 안으로 뿜어 넣고 있었다. 녀석은 알을 낳는 물고기처럼 세차게 꼬리를 뒤틀어댔다. 백한의 손이 점점 보랏빛으로 물들어갔다. 들고 있는 해인을 아가리와 이빨 사이에 끼워 넣고 밤 껍데기를 까듯 아가리를 위로 젖혔다. 뱀은 늘어졌다. 백한은 해인을 활집에 넣고 숙지 옆으로 몸을 꼬푸렸다.

* * *

얼마나 지났을까, 눈을 떴다.

쿠엑.

그는 한 덩이 묵 같은 피를 게워냈다.

돌아보니 불씨를 만들었던 회지 뭉치는 싸늘하게 꺼져 있었다. 맞은편에서 누군가가 자신을 바라보고 있었다. 숙지였다. 그녀는 치마를 몸에 둘둘 감았다. 백한은 몸을 일으키려 했으나 말을 듣지 않았다. 숙지는 그런 그를 쳐다보기만 했다. 어스름하게 보이는 숙지는 하루 만에 폭삭 늙어 있었다. 삶을 초월한 눈이었다.

"숙지…… 황아……. 아니, 서, 성모님."

"……쉿!"

숙지가 손을 입에 가져갔다.

그 순간 대여섯 개의 누런 횃불이 켜졌다.

쉿소리가 들리며 주위가 밝아졌다. 고개를 돌리니 검은 갑옷을 입은 무사들이 백한과 숙지 주변을 에워싸고 있었다. 이들이 언제부터 와 있었고 또 숙지는 언제부터 그렇게 앉아 있었던 것일까.

"선봉장이 사라져서 좀 힘들었어."

돌계단 위 어둠 속에서 익숙한 소리가 퍼졌다. 둥글고 좁은 공간인지라 만인의 목소리는 딱딱했다. 횃불을 든 상당수가 눈에 익은 자들이었다. 가장 잔인한 자들만 데리고 왔다.

숙지의 팔을 잡고 일어나 석벽 쪽으로 밀어넣고 앞에 섰다.

등뒤로 숙지가 새록새록하고 있었다. 백한은 숙지를 더 깊이 감추고 등에 맨 동개시복을 왼쪽 겨드랑이에 끼었다. 숙지가 백한의 허리를 잡았다. 백한이 두려워한다는 것을 알고 있는 손길이었다. 그녀는 그 두려움을 나누기 위해 손에 힘을 주고 있었다.

"포근하게 계십시오."

그렇게 말했지만 뱀독이 퍼진 몸은 둔하기 이를 때 없었다. 물린 손이 얼굴만큼 퉁퉁 부었다. 턱을 젖혀가며 감각을 살리려 애썼지만 좀처럼 몸에 힘이 들어가지 않았다. 팔을 뒤로 뻗어 숙지 너머 석벽을 조용히 쓸었다. 벽돌에 스민 앙금이 진득하게 만져졌다. 젖은 알갱이들이 바슬바슬 떨어졌다. 동개시복에서 꺼낸 진짜 해인을 석벽 너설의 어느 홈에 숨겼다.

"모를 줄 알았니? 찾는 데는 최고인 네가 숨는 데는 최악이구나. 아직도 이곳에 남아 있었을 줄이야."

"저자들을 밖으로 내보내!"

"그럴 수 없지. 널 찾겠다고 한걸음에 달려온 애들이야."

백한은 어깨를 더 꾸부정하게 낮추었다. 겨드랑이에 낀 동개시복에서 대초명적 두 개를 뽑아 양손에 하나씩 잡고 무사들을 둘러보았다.

"모두 위로 올라가!"

"애들아, 물러서지 마라. 알겠지?"

"……다들 물러가라고!"

그러자 기에 질린 무사 하나가 칼을 접고 뒤로 물러섰다. 낮이 익은 여진족 소년이었다. 저놈이 왜 내 선봉대에 끼지 않았을까?
아마도 어린 마음에 급식이 더 좋은 만인의 부대에 남았을 터다.
바보 같은 녀석.

휙 소리가 나더니 바람이 일었다.

소년은 짚단처럼 무릎을 꿇더니 땅에 머리를 박았다.

"어허, 참. 물러서지 말아야지."

소년의 목덜미에는 만인의 도끼가 박혀 있었다.

"찾아라, 여자가 가지고 있을 것이다."

검은 허공에서 내려오는 소리에 무사들이 앞으로 다가왔다. 형
광을 뿜어대는 그들의 눈은 오직 숙지를 노리고 있었다. 대초명적
두 개를 돌려 가장 가깝게 보이는 자의 목에 박았다. 두툼한 목에
서 피가 뿜어 나왔다. 그 피가 숙지에게 닿지 않도록 등을 뒤로 밀
었다. 일기죽거리며 한 걸음 더 나아가자 무사들이 부채꼴 대형으
로 퍼졌다.

백한은 쓰러진 놈이 떨어뜨린 횃불을 주워 발 앞 흙바닥에 깊숙
이 꽂았다.

"봐라, 해인은 내 손에 있다!"

백한은 총관이 만들어준 가짜 해인을 만인이 볼 수 있게 쳐들었
다.

"내보내라. 아니면 이걸 깨뜨려버릴 테다!"

"해인은 깨지지 않아."

오냐, 백한은 침을 삼키고 대초명적의 활촉으로 그것의 잘똑한
부분을 내리찍기 시작했다. 캉캉 소리가 울리고 활촉과 부딪힌 해

인의 몸에서 이리저리 요란한 빛을 튀겼다. 백한의 손바닥이 온통 피로 물들었다.

돌계단 위에서 나지막하게 소리가 튀어나왔다.

"……모두 올라와."

검은 가죽 신발들이 사라지자 만인의 목소리가 울렸다.

"정말 그걸 깨겠다고?"

"그래, 깨버리겠어. 어차피 성모가 임신했고 이제 이것은 봉인되어야 할 물건. 이참에 깨버리는 것도 나쁘지 않아!"

"진정하라구. 대체 왜 이러는 거야? 날 실망시키지 않겠다고 약속했잖아, 백한."

"흥. 배고픈 표범이 배부른 사자를 잡아먹는 법이지."

"지금 박마 흉내를 내고 있는 거니? 넌 박마가 아니잖아."

"그래, 통갈락 출신은 박마가 될 수 없지. 생각해보니 다 풀리더군. 스승님은 내가 통갈락이란 걸 모르고 있었어. 내가 통갈락이란 것을 아는 사람은 너뿐이었지. 넌 그래서 나를 스승님께 보낸 거야. 내가 아무리 노력해도 박마가 되지 못한다는 것을 알고 한 짓이야. 그건 스승님에게 헛된 희망을 품으라고 한 짓이었어. 스승님을 중독되게 만든 것도 네놈 짓이지? 넌 나와 스승님을 모두를 비참하게 만들었어."

위에서 껄껄껄 웃는 소리가 들렸다.

"재미있군. 내가 스승님을 중독시켰다는 증거가 있니?"

"스승님의 정신이 도드라졌을 때가 바로 풍주 전투 직전이었어. 그때 넌 뭘 하고 있었지?"

"알잖아. 난 당시 왕이 도하(원나라의 수도)에서 환국할 때 국경의 호위를 맡았어. 그래서 풍주 전투에 따라가지 못했잖아."

"웃기기 마. 난 똑똑히 기억해. 넌 그때까지도 섭攝 자를 얻지 못했어. 왕의 환국 호위를 맞을 품계가 아니었지. 넌 그곳에 가지 않고 여전히 이곳 동계에 남아 있었던 거야. 네가 만든 음식을 먹고 스승님의 몸이 상했고 내가 보낸 약으로 스승님은 망가지고 있었어."

백지가 죽었다는 소리에 옷자락을 잡은 숙지의 손이 바르르 떨렸다. 백한은 그 손을 다부지게 꽉 잡았다.

"이전의 성모도 네가 죽였어. 안 그래?"

화살 두 개가 날아와 백한의 어깨에 연달아 꽂혔다.

숙지가 비명을 질렀다. 편전片箭*이었다. 고려인들이 들고 다니는 작은 화살이다.

백한은 고통을 참으면서 숙지를 더 깊이 감추었다.

"……네놈은 애초부터 박마니 성모니 하는 것이 중요하지 않았어. 네 몸을 바꾸기 위해 숙지에게 씨를 뿌릴 생각뿐이었지. 그런데 스승님이 그것을 막고 말았지. 스승님은 성모인 숙지에게 자신의 씨를 주어 너에 대응한 거야!"

다시 화살 두 개가 백한의 오른쪽 가슴에 박혔다.

"부! 백한."

모두 수긍한다는 의미의 화살이었다.

---

* 대나무를 반으로 쪼갠 화살. 통아桶兒라는 대롱에 넣어서 쏜다.

숙지가 자꾸 등을 밀었지만 백한은 꼼짝 않고 서 있었다.

박힌 화살을 뽑아내려는 그녀의 손을 잡고 자신의 허리에 감아주었다. 젖가슴이 닿은 등에서 따뜻한 온기가 전해졌다. 그것만으로 충분했다.

"……숙지가 임신했으니 더는 지킬 필요가 없었지. 넌 새로 태어나는 성모가 필요했고 그러기 위해서는 탓잡고 숙지를 죽여야만 했어. 기존의 성모가 죽어야 새로운 중앙성이 뜨니까. 그래서 총관과 전투를 벌이려 했던 거야. 숙지를 죽일 빌미가 필요했으니까. 네놈은 새로운 세상을 바란 것이 아니었어. 사술로서 오직 네 혼을 바꾸려는 심산이었을 뿐!"

다시 화살이 날아왔고 오른쪽 허벅다리에 꽂혔다.

"부! 부! 부!"

만인이 히쭉거렸다.

"좋은 해석이다. 자. 그만 해인을 내놔. 우리 시간이 없다야."

"닥쳐."

"사실 좀 측은하더라. 그렇게 노력했는데 넌 인가를 받지 못했지. 그래, 박마 놀이를 해보니 어때? 즐거웠니?"

"인가 따위, 중요하지 않다. 난 이 여자를 지킨다!"

"해인을 가지고 네 종족을 구하고 싶다 했었나? 어쩌니. 지금 잔인한 고려군들이 네 마을을 포위하고 있는데. 고향의 동족은커녕 근처의 수하들부터 위험하게 생겼어."

위에서 칼로 벽을 긁는 소리가 났다.

"넌 묻혀두기 아까운 놈이야. 자지도 달고……. 순순히 해인을 넘기면 너도, 숲의 여진인들도 해치지 않겠다. 약속하지. 강을 건너기 위해 기다리는 네 부하들도 살려줄게. 그럴 뜻이 없다면 몰살시키겠어. 선택해. 이것이 내가 베푸는 마지막 여지야."

지령음이 울렸다.

석벽이 흔들렸다. 공간 밖에서 나는 소리였다.

"어라, 벌써 시작된 모양이네. 저거 붕루월 초입에서 널 기다리던 네 부하들이 몰살당하는 소리야. 거봐, 나도 시간이 없다 했잖아. 내가 축시까지 나타나지 않으면 조명포를 쏘게 되어 있어. 탄이 호수 위로 퍼지면 인근에 매복한 고려군들은 즉각 숲에 불을 지를 거야. 고려군들 독이 잔뜩 올랐던데. 어쩔래? 빨리 결정해. 해인을 주면 곱게 사라질게. 조명포도 안 쏘게 하고."

백한의 허리가 부들부들 떨렸다. 그것이 옷을 잡고 있는 숙지에게 고스란히 전달되었는지 숙지가 살포시 등을 쓰다듬는다.

계단 위에서 둥근 물체가 백한의 발 앞으로 떨어졌다.

총관의 머리.

"총관이 죽을 때 딸내미를 찾더라."

숙지가 비명을 질렀고……

그것을 신호로 천장에서 서너 명이 박지르며 뛰어내렸다. 떨어지는 누가 무릎으로 백한의 등을 찧었고 그 바람에 숙지와 백한의 사이가 벌어졌다. 화살을 휘둘러 놈의 목을 그었다. 다른 놈이 화살을 낚아채려 하자 방향을 바꾸며 등을 굽혔다. 덮치려던 자가 머리 너머로 튕기며 꼬꾸라졌다. 놈의 배에 화살을 쑤셔넣고 높게 해인을 쳐들었다.

"……다가오면 깬다."

대여섯 발의 화살이 날아왔다.

"다가오면, 다가오면……!"

고슴도치가 된 백한은 온몸으로 숙지를 막았다. 발에 무엇이 채였는지 그만 앞으로 넘어졌다. 대초명적을 지팡이처럼 짚고 일어났다. 화살 하나가 더 날아와 허구리에 박히자 백한은 모지락스럽게 위를 노려보았다. 뒤에서 숙지가 느껴졌다. 다부지게 잡은 그녀의 손이 희미해졌다. 아기를 지키겠다는 어미의 절박이 전해진다고 생각했는데…….

"그만, 이제 그만요. 나의 박마가 되어줘서 고마워요."

숙지가 백한의 등에 따뜻하게 입을 맞추었다.

포기한 것 같은 소리.

돌아보니 그녀는 꺼지고 있었다. 어스름에 보이는 그녀의 입언저리에는 기름처럼 걸쭉하고 윤기 흐르는 액체가 흘러내린다. 숙지가 손에 들고 있는 것은 활집에 넣어두었던 거통환병. 포달스럽게 고함을 지르던 백한은 정면으로 고개를 돌렸다. 그는 만인을 노려보며 활촉으로 해인의 몸통을 두드려 깨기 시작했다.

"그, 그만둬!"

가짜 해인은 좀처럼 깨지지 않았다. 겨우 노력한 탓에 법계도가 새겨진 인면에 사선으로 빗기며 반이 떨어져나갔다. 백한이 두 조각을 각각을 양손에 잡고 높이 쳐들었다.

"봐라, 깬다고 했지. 씹할, 넌 이제 끝이다."

가짜였지만 저놈에게 최고의 고통을 주고 싶었다.

그때.

양손에서 강한 빛이 퍼졌다. 절단된 면에서 뿜어 나오는 빛은 둥글고 좁은 지하 공간을 따라 뻗어 오르더니 꺼지듯 사라져버렸다. 일순간 거기 있던 자들 모두 무르춤했다. 백한도 어안이 벙벙한 채 자신의 손을 쳐다보았다. 해인 주변으로 쾡한 형광이 깜부기며 휘돌다 서서히 꺼지고 있다.

"어, 진짜 깨졌네."

만인이 모습을 드러냈다.

검누런 관자놀이에는 짜증이 배어 있었다. 백한도 의아했다. 가짜라면 방금처럼 빛이 퍼질 리 없다.

아,

피가 바뀌는 기분이 들더니 그제야 정신이 까무룩해졌다.

그 뱀의 아가리를 꺾었을 때…….

"가짜인 줄 알았는데……."

아가리를 쪼갤 때 밀어넣은 것이 진짜 해인이었다. 동개시복의 주머니에서 바뀐 것이다. 믿었던 손가락의 감각이 그만 실수를 저지르고 말았다. 그렇다면 석벽에 끼워둔 것, 그것이 모조품이었다. 오, 맙소사. 진짜를 깨버렸다.

밖에서 펑펑 탄을 쏘는 소리가 울렸다.

망연자실한 만인은 이제 깨죽거리지 않았다.

"상관없다. 법계도가 파각된 인장만 훼손되지 않으면 인식하는데는 문제없겠지. 어, 어. 야! 뭘 하려는 거야!"

백한은 해인을 입에 꾸역꾸역 밀어넣었다. 뱀독으로 둔해진 기도는 아무런 감각이 없었다. 딱딱한 것이 좀처럼 내려가지 않자 그는 용을 쓰며 깰깰거리는 소리를 냈다. 식도가 터지며 피가 올라왔지만 그 피를 모조리 되삼켰다.

"이제 내 뱃속에 있어. 가져갈 테면 가져가."

백한은 충혈된 눈을 부라리며 툭툭 배를 쳤다. 만인의 눈이 난추니같이 반짝였다. 얼음 같은 살기를 품은 눈언저리가 해삼의 내장같이 넘실거리다가 한순간 형광으로 퍼졌다.

"미친 새끼, 배를 가를 수밖에 없겠구나."

무사 대여섯 명이 내려오는가 싶더니 어느새 수십 명이 우르르 몰려와 좁은 공간을 가득 차지했다.

"씹할, 다 덤벼. 다 내려오게 해! 다 상대해줄 테니까!"

만인의 고갯짓에 두 명이 포박 줄을 들고 다가왔다. 그놈들에게 대초명적을 날리자 하무를 뱉으며 주저앉았다. 그 자리에 다른 놈들이 밀려왔다. 마지막 남은 한 개의 화살.

간절히 기도하면서 만인을 향해 화살을 던졌다. 그것은 만인의 볼에 스치며 벽을 깨고 떨어졌다. 열댓 명이 만인을 감쌌다. 그중 한 명은 등에 깃발을 꽂았다. 붉은 卍이 수놓인 만인의 깃발. 지난날 자객에게 당한 이후 그는 호위하는 무사들을 늘렸다.

"다냐? 다 내려온 거냐? 이게 다냐고!"

온몸에 고슴도치처럼 화살을 박고 비슬거리는 백한은 가쁜 숨을 톺으며 뚝뚝 끊기는 고함을 질러댔다. 백한의 발 앞에는 박아둔 횃불이 탁탁거리고 있었다. 백한은 그 짐승을 골똘히 노려보았다. 그동안 저 눈을 쳐다보기가 힘들었다.

이제 똑바로 볼 수 있다.

뚫어지게 볼 수 있다는 것은 나를 바로 세웠다는 것이다.

박마 따위…….

되지 않아도 좋다.

속에서 묘한 트림이 자꾸 올라왔지만 억지로 삼켜 내렸다.

폐 깊은 곳에서 올라오는 그르렁거림.

"……그만 끝내자. 애들아, 저놈의 배를 갈라라."

만인의 신호에 무사들의 일제히 칼을 들고 날아들었다.

횃불에 서린 백한의 눈은 푸르게 변해 있었다.

백한은 숨겨둔 철령탄을 꺼내 발 앞에 박아놓은 불송이에 갖다 댔다.

* * *

눈을 뜨니 귀틀집의 좁은 방안이었다.

어디선가 바람이 들어와 어깨가 오스스했다. 고개를 돌리자 비스듬히 열어놓은 문틈으로 아이가 낙엽을 말리는 것이 보인다. 골 건이 한 밭고랑에는 흑염소 서너 마리가 풀을 뜯고 암탉들 사이로 박새가 통통거린다. 새뜻한 빛을 보고 있자니 눈이 시렸다.

"……깨어났구나."

마루에서 소리가 들렸다.

몸을 일으켜 문을 밀었다. 마당을 쓸던 아이가 무춤하게 이쪽을 보았다. 툇마루에 앉아 있는 무각의 커다란 등이 보였다. 그는 고개를 들더니 눈을 찡그리며 내리쬐는 햇볕을 바라보았다. 색바람에 산란한 빛은 따뜻한 온기를 가졌다.

"……이미 한 계절이 지났다. 깨어난 걸 보니 옳은 체력을 가진 모양이구나."

백한이 앉은 채로 궁둥이를 한 짝씩 옮기며 툇마루로 나아갔다. 무각은 소도리로 나무속을 파내는 데 여념이 없었다. 앉은 주변으로 잘게 부스러진 나무오리들이 지저분했다. 붕어톱과 깎낫도 보였다.

무각이 깎고 있는 박나무 토막은 한 손에 딱 들어갈 만한 둥근 모양으로 귀족들이 차고 다니는 패찰처럼 생겼다. 손때가 묻어 거뭇했지만 무각의 두툼한 손놀림이 움직일 때마다 하얗고 날카로운 선이 생겼다.

"자, 또 하나 완성되었다. 어떠냐? ……증표란다. 나도 아직은 실력이 녹슬지 않았구나."

무슨 소리인지 알 수 없었다.

"박마가 성모를 찾을 때는 말이다, 방법이 있는 거란다. 이것에 열을 가한 다음 성모의 이마에 대고 쪼개면 돼. 자, 이렇게."

그는 두 손으로 박나무를 잡고 반으로 쪼갰다.

"어때? 성모의 이마 앞에서 한다면 나무임에도 불구하고 타오르듯 재가 되어 바스러진단다."

무각이 두꺼운 턱을 실룩거리며 이를 드러내며 웃었다.

"받아라."

그는 만들어 놓은 패찰을 내밀었다.

"기억해라. 이 굵직한 나무 패찰이 회지처럼 단번에 타오르면 그 여자는 분명한 성모야."

주는 것을 받아 멀뚱히 바라보았다. 둥근 나무판에는 정묘한 두더지 한 마리가 새겨져 있었다. 무각은 소맷동에 묻은 먼지를 풀풀 털더니 일어서서 마당으로 걸어갔다. 그는 수많은 장독 언저리에 서서 뒷짐을 진 채 햇볕을 쬐기 시작했다. 지붕처럼 뒤덮여 있는 찰피나무의 두툼한 잎들 사이에서 싱그러운 가을빛이 몽글거리고 있었다.

"해인을 깼더구나."

무각의 촘촘한 수염 위로 두툼하게 솟은 광대가 끽끽거리면서 늘어졌다.

"성모가 죽으면 새로운 성모가 태어나지. 그러나 그들은 각자 다른 사람들이었어. 이제는 그렇게 되지 않는다. 지금부터는 하나의 영혼이 성모로 윤회할 것이야. 총관의 딸은 이 땅의 유일한 성모가 되었다. 그 여자는 진짜 아기장수를 낳을 때까지 그 윤회에서 벗어날 수 없다. 영원히 성모로만 태어나는 거지."

마당을 쓸던 아이가 낙엽 한아름을 거두어 사라졌다.

"참으로 기구하다. 네놈도 영원히 아기장수를 출현시켜야 할 운명인가 보다. 확실히 백지는 성공한 모양이구나."

"네?"

"박마가 하늘의 뜻을 받들려면 사욕에 물들지 않을 만큼 청화되어야 한다고 한 말 기억하지? 네 몸 안에는 굳은 돌덩이 두 개가 있었다. 그것을 제거하지 않으면 넌 박마의 뜻을 이을 수 없었어."

박마.

아슴푸레하게 떠오르는 단어였다.

"일전에 백지는 너의 응어리진 돌덩이를 녹여주고 떠났다. 첫
번째는 복수의 돌덩이였지. 그것은 네놈이 풍주에서 내돌리던 칼
질로 풀렸다. 두 번째 돌덩이는……."

무각은 다가와 다시 툇마루에 걸터앉더니 손에 헝겊을 둘둘 감
고는 끈치톱에 낀 가루를 소제하기 시작했다.

"두 번째 돌덩이는 정인情人이었지."

"정인?"

"돌려주려 했을 것이다."

"……돌려주다니요?"

"백지는 성모를 너에게 돌려주려 했던 거야."

무각은 생각하는 듯 이맛살을 찌푸리더니 쩝쩝 입맛을 다셨다.

"너, 내 얼굴을 기억 못 하지?"

그랬다.

무각 대사는 친근하지만 큰 가면을 쓴 사람 같았다. 그는 낯설
고 환했다. 굵고 부드럽게 감기는 목소리는 무각이 틀림없었다.
하나 그의 얼굴도, 키도 도무지 떠오르지 않았다. 저렇게 포대화
상처럼 두툼했던 것인지, 수염이 저렇게 짧고 검었었는지도 도무
지 기억이 나지 않았다. 그리고 보니 백지의 얼굴도, 정만인의 얼
굴도, 비마르, 총관, 조로의 얼굴도 도무지 기억나지 않는다.

군령장에 찍은 인장처럼 선명한 것은 오직 숙지의 얼굴뿐이었

다. 노을빛이 고인 이마를 오므리며 웃는 주름, 가선에 새겨진 눈물이랑이, 눈물을 흩뿌리며 무너지던 턱과 어깨, 오직 그것만 기억이 났다.

"너는 이제 죽지 않는 몸이 되었다. '서쪽을 보는 자'가 되었단 말이다! 불사는 죽었다 깨어나면 이전에 알았던 사람의 얼굴을 기억하지 못한다. 몰랐지?"

분명 철령탄이 터졌고 지하 공간은 무너졌다. 각막이 타기 전 허연 분광 사이로 본 것은 모두가 쓰러지던 모습이었다. 그런데 자신은 이렇게 죽지 않았다.

"불사가 되다니요?"

"백지가 무언가를 네게 강요한 적이 없었니?"

순간, 유성처럼 지나가는 것이 있었다.

청진의 감옥에서 백지가 했던 그 말.

삭히지 않으면 맛볼 수 없다!

……조청.

백한은 조청을 먹었을 뿐이다.

"아마도 그건 불사의 약이었을 게야. 내게도 저렇게 장독이 많은데 내가 장을 얻기 위해 그 척박한 동계까지 갔다고 생각하니? 확인하려 했던 것이다. 샤카의 석청은 무서운 독이지만 다른 식으로 관리하면 약이 되지. 백지는 만인이 보낸 독으로 불사의 약을 만들었던 거야. 그는 너라면 가능하다고 판단했을 게다. 그 여자에 대한 네 집착이 시대를 거슬러도 족할 만큼 강하다고 보았던 게지."

"……죽지 않는 몸이라."

희망이 생겼다.

"이제 너는 수많은 시대를 살며 여자를 찾을 소명을 받았다. 너는 여자를 보호하기 위해 떠돌아야 할 게야. 백지가 너의 두 번째 돌덩이를 제거해준 거야. 가서 그 아이를 찾아라. 윤회를 풀고 영원히 자유롭게 만들어주어라 하고."

백한은 고개를 들고 하늘을 쳐다보았다.

찰피나무에서 누렇게 바랜 둥근 나뭇잎들이 눈처럼 떨어지고 있었다. 넓고 새빨갛게 물든 단풍들이 눈물로 어룽져 보였다.

저 나무는 다시 잎이 돋을 것이다.

반복하고 반복할 것이다.

숙지는 어디선가 다시 태어나 있을 것이다.

백한은 손으로 가만히 쓸었다.

저 나무처럼 살아야 할 자신의 가슴을.

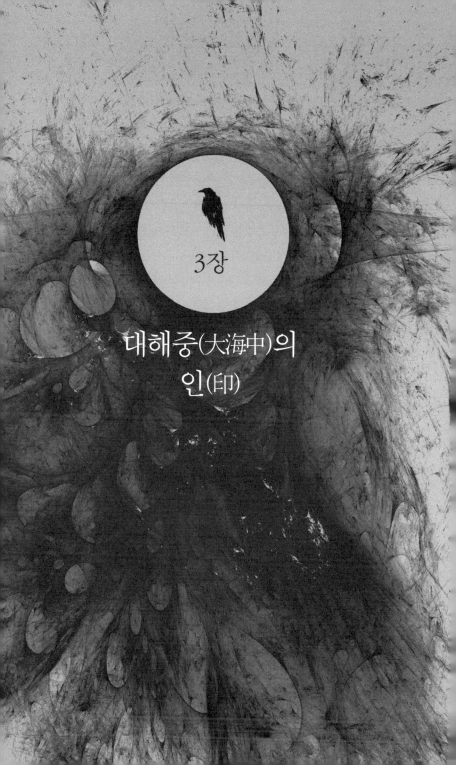

3장

대해중(大海中)의
인(印)

천지불인 天地不仁
── 정만인

1887년 정해丁亥, 고종 24년
운현궁

고약할 만치 연무가 탁한 밤이다.

운현궁 뒷담 쪽문에 이르자 만인은 흘깃 뒤를 돌아보았다. 뿌옇게 어둠을 밝히는 석등 뒤로 습기를 잔뜩 먹은 공기가 비처럼 가라앉고 있었다. 자시가 넘었고 야경꾼도 돌지 않는 시간. 이 시간에 뒷문으로 들어오라는 지시는 요즘 대원군이 도통 잠을 자지 못한다는 뜻이다.

그는 품속에서 호패를 꺼냈다.

좁고 반들거리는 배나무 표면에는 庚辰(1580년)生 鄭萬人(경진생 정만인)이라고 적혀 있었다. 정유재란이 끝난 후 부역자 명단에 이끌려 만든 호패이니 이 조각을 지닌 지도 벌써 이백팔십 년이 넘었다. 그는 이름의 가운데 글자를 살포시 눌러보았다. 모서리에서 날카로운 칼날이 튀어나왔다. 네 치 반. 이 정도면 심장을 뚫고도 남을 길이다.

이미 알아버렸다면 흉부를 찌르리라.

호패 뒷면에는 칼로 삐뚤삐뚤하게 새겨놓은 탑이 있었다. 대원군은 이 다섯 개 옥개석 탑을 분명히 기억하고 있을 것이다.

'그때보다 더 영악해졌을까?'

기억에 남아 있는 오달진 흥선의 눈매를 떠올리며 만인은 입언저리를 쓸었다.

이십사 년 전에도 지금처럼 야밤에 그를 만난 적이 있었다.

흥선은 무당집 제단 앞에 덩그러니 앉아 있었다. 원래의 집은 종로에 있었지만 수하 조성하가 순라군 두 명을 죽인 사건에 연루되어 한동안 몸을 피하던 시기였다. 등불에 서린 흥선의 얼굴은 몹시 초조해 보였다.

"시키는 대로 그 절에 불을 지르고 불상을 해체했네. 이제 좌향을 알려주게."

"필요 없습니다. 아무렇게나 모셔도 됩니다."

흥선이 묘한 표정을 지었다. "체백을 아무렇게나?"

"네. 상관없습니다."

만인이 담담하게 말하는 순간,

흥선은 바람처럼 팔을 뻗어 만인의 상투를 잘라버렸다. 머리가 부채처럼 퍼졌고 만인은 목이 잘리는 줄 알았다. 흥선이 죽젓개같이 가느다란 팔뚝으로 만인의 목을 대차게 밀었다.

"개새끼야, 날 속였니?"

환멸이 섞인 눈.

만인은 홍선의 눈동자를 보았을 때 검은 바둑알이 떠올랐다. 쌍꺼풀 속에 콕 들어앉은 저 바둑알은 상대의 어디를 보는지 알 수 없을 만큼 탱탱하게 부풀어 있었다.

"네놈 말만 믿고 멀쩡한 절 하나를 없앴다! 그런데 이제 와서 좌향을 모른다고?"

홍선의 가늘고 어슷어슷한 경기도 말 속에 초조함이 가득찼다.

그는 용이다. 수채를 덮어쓴 채 몸을 웅크리고 있는 용. 만인은 영조의 현손이며 이선(사도세자)의 증손인 그가 하늘에 오를 날이 머지않았다는 것을 알았다.

'납작 엎드리십시오.'

홍선을 처음 만났을 때 만인이 뱉은 말도 그런 뜻에서였다. 그해 겨울, 만인은 홍선에게 덕산 상가리에 있는 가야사를 알려주었다.

'이 대에 걸쳐 왕을 낸다는 천자지지天子之地로 늦어도 십일 년 후인 계해년에는 발복할 땅입니다.'

만인은 홍선에게 가야사에 그의 아비 이구*의 묘를 이장하라고 귀띔했다.

---

* 남연군. 인조의 차남 인평대군의 6세손으로 홍선대원군 이하응의 아버지. 사도세자의 아들인 은신군의 양자로 입적되었다.

홍선은 '나더러 역적이 되게 하려는가'라고 소리치며 머금던 술을 만인의 얼굴에 뱉어버렸지만 그 탱탱한 바둑알 같은 눈동자에선 희열이 요동쳤다. 일 년 후 홍선은 결국 해냈고 시신을 이장하기 전에 무당집으로 만인을 부른 것이었다.

"……구체적으로 말해라."

"대적광전 앞에 석탑들이 몇 개 있었을 겁니다. 그중 오층석탑입니다. 아마 그 자리가……."

그 말에 홍선은 다시 뚱하게 쳐다보았다. "뭐, 아마?"

만인은 허둥대듯 자신의 호패를 꺼내 칼로 오층 모양의 탑을 새겨 내밀었다. 이름을 걸고 거짓이 없다는 맹세였다.

"그런데 좌향은 필요 없다?"

좁은 무당집 거적에 앉은 홍선의 입꼬리가 묘하게 찢어졌다. 사람을 의심할 때마다 보이는 특유의 버릇이었다. 만인은 옷매무새를 가다듬었다.

"……나리, 패철을 믿지 않아도 됩니다. 그 자리는 금계포란형金鷄抱卵形이라 따로 좌향이 없습니다. 아무 방향으로나 눕히십시오. 다른 탑들은 건드리지 말고 오층석탑이 있는 자리만 확인하시고 그 자리에 써야 합니다. 그곳이 천자가 날 자리입니다."

"좌향이 필요 없다는 건 여전히 이해할 수 없는데?"

"그렇게 불안하시면 동쪽으로 머리를 두십시오. 알이란 세우지만 않으면 자연히 부화가 됩니다. 설마 시신을 세워 묻으시지는 않겠지요?"

"오호."

의심의 기미가 가신 흥선은 만인이 새긴 오층탑을 똑똑히 기억해두려는 듯 눈동자를 날카롭게 조였다. 그렇게 신라의 고찰 가야사는 불타 없어졌고 그 자리에 흥선군의 아비 이구가 묻혔다.

그로부터 정확하게 칠 년 후 흥선군은 둘째 아들을 낳았고, 다시 십일 년 후 그 아들은 왕이 되었다.

모든 것이 만인의 말과 같았다.

'……오래전의 일이군.'

과거를 회상하던 만인은 호패를 품속에 넣고 쪽문을 밀었다. 약속된 대로 문은 열려 있었다. 들어가자 사랑채로 통하는 중문의 석돌 아래에 작은 돌멩이 두 개가 놓여 있었다.

'날카롭겠지. 필시.'

그는 돌을 줍기 전에 공기를 한껏 들이마셔 폐에 집어넣었다.

'어쨌든 만나보면 알겠지.'

돌멩이를 비벼 소리를 냈다.

끼익.

기다렸다는 듯이 문이 열렸다.

하얀 얼굴의 사내가 머리를 내밀고 이리저리 살폈다. 대원군을 따르던 새끼 거덜 중 하나였다. 수상한 자가 없다는 것을 확인한 새끼 거덜은 그를 안으로 들어오게 한 후 문 밑으로 갸름한 나뭇개비를 끼웠다.

"이쪽으로. 노안당에서 기다리고 계십니다."

"가지."

앞서 걷던 만인은 문득 이상한 기분이 들어 뒤를 돌아보았다.

보이는 것은 사방등을 들고 따라오는 새끼 거덜과 축축한 뒤란의 땅에 고인 안개뿐이다. 담장 밖 어디에선가 짐승이 썩고 있는지 왜바람을 타고 썩은 달걀 냄새가 일어나고 있었다.

만인은 턱을 갸웃거렸다.

'이상한데.'

새끼 거덜은 고개를 숙인 채 사방등을 바닥으로 낮추었다.

축축한 습기의 어둠 속에서 만인이 길을 더 자세히 볼 수 있도록.

* * *

대원군은 말린 무를 씹고 있었다.

옆에는 꿀이 담긴 종지가 놓여 있었다. 만인은 문 앞에서 조용히 계수배를 올렸다. 대원군은 쥐젖이 거뭇하게 핀 광대 위로 어둠 가득 담긴 눈을 부릅뜨고 만인을 찬찬히 살피고 있었다. 호패를 꺼내 대원군 앞으로 밀었다. 표면에 새긴 오층탑이 뚜렷하게 보이도록.

그제야 대원군의 표정이 밝아졌다.

"이 호패, 어찌 잊겠는가."

그는 고개를 들고 대원군을 올려보았다.

예상했던 것보다 더 늙어 있었다.

"이것 봐라? 얼굴에 이끼 하나 없구만. 자네 어찌 하나도 늙지 않았나?"

"송구합니다."

그는 억양이 강한 북쪽 사투리를 뱉으며 머리를 조아렸다.

"임자년에 만났으니 벌써 이십 년이 넘었군."

"성하께서도 무고하셨습니까?"

"무고해? 호마를 타고 백액호를 쏘았던 몸이 이렇게 오이나 파는 신세가 되어버렸는데? 허, 인두겁을 비껴 보던 네놈의 눈도 다 썩은 모양이다."

만인은 속으로 풋, 하고 웃었다.

노장행老將行*이라.

어처구니가 없었다. 납치되어 천진에 유폐되었던 그가 이노우에와 이홍장의 합의로 다시 송환된 것은 재작년 팔월이었다.

지금도 그는 감금 상태다.

안으로 말린 수염 속에 숨은 대원군의 입술이 삐쭉거렸다.

"……달걀에도 뼈가 있다는 말이 맞는 모양이야. 일어나는 모든 일이 내게서 어긋난다."

물론이겠지. 그럴 수밖에 없다. 일찍이 이 노인은 매 한 마리를 잡았다. 하나 그 매는 잡으라는 사냥감을 잡지 않고 되레 주인의 눈알을 파먹고 말았다. 대원군과 왕후 사이의 갈등은 이미 청포전 상인을 통해 온 세계에 퍼졌다. 이 늙은이는 아직도 모르고 있다. 왕후는 매가 아니라 봉황이다. 남은 여생 대원군은 필패必敗할 것

---

* 늙은 장군의 노래. 왕유의 시. "걷다가 호마를 빼앗아 타고 산속의 백액호를 활로 쏘아 죽인다"는 문장이 있다.

이다. 세간은 그를 비군비신非君非臣이라 칭송하지만 비겁이 강한 사주라 사실 왕도 신하도 되지 못할 팔자다.

대원군이 대뜸 말했다.

"자미원을 대라."

올 것이 왔군, 만인은 생각했다.

"지난번 네가 잡아준 자리 덕분에 왕실을 지킬 수 있었다. 그런 데 이대지지二代之地라 좀 아쉽구먼. 난 증손에게도 오문삼조* 의 길을 걷게 해주고 싶은데."

이 늙은이는 자신의 자손이, 이 대의 제왕으로 끝날 것이 아니라 만세까지 왕좌를 이을 수 있도록 자미원의 위치를 알려달라는 것이다.

짐작한 바다.

의지할 것이라고는 그것밖에 없겠지.

자미원은 북극 소옹좌 부근에 있는 혈맥으로, 칠십억 인구를 다스릴 왕이 태어난다고 예언된 전설의 자리였다. 세계를 통틀어 그런 자리는 오직 하나, 조선땅에 맺혀 있었다. 하나 자미원의 주인은 하늘이 낸다.

대원군은 이맛살을 찌푸렸다.

"외국에서 돌아와보니 모든 것이 비루하기 그지없다. 마음 같아

---

* 주례에 나와 있는 궁궐의 문. 임금이 사는 궁은 고문皐門, 고문庫門, 치문稚門, 응문應門, 노문路門이라는 다섯 개의 문이 있어야 한다.

서는 진전眞殿*에 걸린 어진들과 종묘의 신주들을 죄다 긁어내 태우고 싶은 심정이다. 백성들도 슬슬 난을 일으킬 생각이 있어 보인다. 미리 내가 나서서 막아야 하지 않겠는가."

만인은 좀 웃긴다고 생각했다.

정치력을 잃어버린 그가 이제 신神의 힘을 빌리려는 것이다. 어차피 나라는 기울었다. 풍수의 힘만으로 정세가 역전될 수 있을까. 처음에는 그도 개혁가였다. 하늘도 어찌하지 못할 것 같았던 장김壯金(안동 김씨)의 구름을 걷은 자가 바로 그였다. 그러나 십년의 섭정 동안 그에게도 권력은 달았던 모양이다. 보다 못한 왕이 계유년에 그를 내치고 친정을 선포하자 겨우 포위되어 물러났지만 거기서 운이 끝나지 않았는지 임오년의 군란이 다시 그를 간지럽혔다. 그는 지금 재기를 노리고 있었다.

"자미원에 내가 들어가겠다."

"주인이 있는 자립니다."

"그것도 하늘이 정한 것이냐?"

"당연한 것 아닙니까."

"당연하다고?"

만인은 눈을 굴리며 대원군을 요리조리 살폈다.

칠흑 같은 노인의 눈에 무서운 욕기慾氣가 고여 있었다.

"자미원의 주인은 하늘이 정합니다."

"그렇다면 덕산의 가야사도 불태우지 말았어야지. 명당이란 것

---

* 왕의 어진을 봉안한 사당.

이 하늘이 주는 것이라면 지금의 왕은 어찌 설명할 것인가?"

그 말에 만인의 얼굴이 굳어졌다.

저 말은 만인이 대원군의 아비 이구의 무덤을 인위적으로 옮겨 준 것을 두고 하는 말이었다. 지금의 왕은 그 명당의 힘 때문에 나왔다.

"다른 자리를 봐드리겠습니다."

"바다도 청탁淸濁을 가리지 않거늘 하늘이야 말할 게 무엇 있겠나. 주인이 있다면 먼저 쓰는 자가 주인이지."

"정 그러시다면 산도山圖를 드리겠습니다."

산도는 자미원을 표기한 지도를 말했다.

"그것을 본다고 내가 알겠나. 자, 분명하게 하지. 오늘 하루 여기서 자고 날이 밝는 대로 직접 안내해라."

"정녕 천지불인天地不仁이라는 말을 모르십니까?"

천지불인이라는 말이 나오자 대원군은 잠잠해졌다. 푹 꺼진 눈은 움직이지 않았지만 무를 씹으며 오물거리는 턱은 여전히 요란스럽다.

대원군도 잘 안다. 명당은 욕심을 내는 자에게 돌아가지 않는다는 법을. 음택풍수에 관해서라면 그도 신풍에 속했다. 양반가 중에서 그만큼 산서를 많이 읽은 이도 없다.

"흥."

만인은 그 틈을 놓치지 않았다. 고개를 숙이며 빠르게 입을 열었다.

"대신 다른 방안이 하나 있습니다."

"교활하게 이랬다저랬다 하지 마라."

턱 하고 목이 막혔다.

지금 만인은 대원군에게 그것을 말할 참이었다. 이 순간을 위해 이십 년을 공들이지 않았던가. 이 밤, 그는 이 말을 위해 온 것이었다. 그런데 대원군이 무심히 넘기려 하고 있었다. 뱀 같은 늙은이 같으니라구.

만인은 못 들은 척 계속 말을 이었다.

"세 가지가 필요합니다."

"듣기 싫다, 하늘과는 거래하지 않겠다. 시시한 조건 따위 들먹이지 마라!"

젠장.

이 노인네, 생각보다 더 완고하다.

그럴 만도 했다. 과거 가야사를 없앨 때 그는 몇 차례 번거로움을 겪었다. 가평의 전답과 지금 이 땅도 팔아치웠다. 절을 불태운 사실 때문에 왕실과도 사이가 소원해졌다. 그때야 젊었고 절박한 처지였기에 대가를 각오했지만 지금은 처지가 다르다는 태도다. 일찌감치 하늘을 한번 무시해본 적도 있겠다. 처지도 그때와 달라졌고 무엇보다 이것저것 따질 만큼 한가롭지도 않다는 것이다. 그러니 지관이 내뱉는 복잡한 조건 따위 무시하고 싶은 것이다. 칠십 평생 본능 하나만으로 싸워온 자다. 이 말만은 듣지 말라고 본능이 말해주는 것이다.

"낮은 곳을 밟지 않고 어찌 높은 곳을 오르려 하십니까?"

"뭐시라?"

"다른 것도 아니고 자미원을 원하고 계시지 않습니까? 그것이 개나 소나 쓰면 되는 것이라 생각하셨습니까?"

기린 향로의 입에서 피어오르던 연기가 멈췄다.

대원군은 불쏘시개를 집어 들다 만인을 노려보았다.

"개나 소나?"

"네."

만인은 바닥에 이마를 박은 채 한참 동안 가만히 있었다. 딸깍, 대원군이 화로에서 재를 덜어 향로에 담고 뚜껑을 닫았다.

"좋다……. 말하게."

"우선 사역하는 장정들이 철기鐵器를 지니지 말아야 합니다. 지기地氣는 철에 민감하게 반응합니다. 잘못 건드렸다가는 땅속에 고인 왕기가 철을 타고 빠져나가버립니다."

"목 가래를 준비하지."

"두 번째는…… 쌀 이백 섬을 내놓으십시오."

대원군의 눈이 가늘어졌다. "자네에게?"

만인이 살짝 기를 찬 후, 계속했다.

"반드시 사대문 밖 사람들이어야 합니다. 도성 내에 사는 자들은 안 됩니다."

"덕을 베풀라는 것이군. 물탐物貪을 비워야 지기地氣가 명경지수처럼 보일 터, 좋아. 사대문 밖 고아들에게 쌀을 나누어주지."

욕지기가 나왔다.

쌀 한 섬은 구전으로 다섯 냥. 이백 섬이면 천 냥이다. 무려 도성의 천만 명이 먹을 양이었다. 책임이야 다른 놈에게 있었지만 임오년에 그가 이 정도를 풀었다면 배고픈 군기병들이 그런 처참한 난을 일으키지 않았을 것이다. 어차피 불쌍한 그들은 대원군의 불쏘시개가 아니었던가. 그랬다면 외국인들이 한양에서 날뛰지도 않았을 것이다. 군란이 끝났을 때도 그는 자신을 도운 군병들에게 조 한 말 내놓지 않았다. 그는 나라의 도륙을 바라본 죄가 있다.

사실 이 늙은이보다 더한 것은 왕후 년이었다. 민 씨들 안중에는 백성이 없었다. 이 씨의 사촌이 되지 말고 민 씨의 팔촌이 되라는 소리까지 있을 정도다. 백성들은 밭도랑이나 산골짜기에 쭈그리고 앉아 울부짖고 있는데 그들은 오직 권력을 유지하기 위해 외국인들에게 돈을 마구잡이로 뿌리고 있었다. 역시 왕조는 이백 년 전 임진년 때 망하는 게 좋았다.

"마지막으로…… 이놈의 개인적인 청이 있습니다."

무를 씹던 대원군의 입이 묘하게 올라간다.

노인은 오호, 이건 좀 재미있는 소리군, 이라는 표정을 지었다.

"기억하실는지 모르겠으나 덕산의 제왕 자리를 아뢸 때 일이 잘되면 괄시하지 않기로……."

"그랬던가, 내가? 언제?"

만인은 품에서 각서 한 장을 꺼냈다.

시백時伯(이하응의 자)이라는 인장이 뚜렷하게 찍혀 있었다.

이럴 줄 알고 확답을 받아놓았다. 당시 흥선군은 '아무렴, 천자가 날 수 있다면'이라고 중얼거리며 흔쾌히 투인套印을 꺼내 인장을 찍었다.

"이노옴, 어디서 수작질이냐."

"모른 척 마십시오. 운궁 성하의 도장이 분명합니다."

대원군이 담배를 물었다.

만인이 무릎걸음으로 다가가 불을 붙였다.

"좋다. 말해봐, 원하는 것을."

"합천에 가야 합니다."

"합천?"

"네."

"거긴 뭣하러?"

"장경각 안을 한 번만 볼 수 있게 해주십시오."

"해인사의 장경각 말인가?"

"해인사의 장경각 맞습니다. 그곳에서 하룻밤 지내고 싶습니다."

장경각은 고려대장경을 보관하고 있는 해인사 경내의 건물 두 동을 말했다.

"하룻밤 잔다고, 거기서?"

대원군의 눈초리가 사납게 솟았다.

만인은 머리를 더 깊숙이 조아렸다. 이쯤에서 내막을 알아차리지 않았을까 걱정이 되었기 때문이다. 대원군도 해인에 관한 지식쯤은 가지고 있을 터였다.

자연스럽게 다른 곳으로 관심을 돌려야 했다.

"……그럴 만한 분명한 이유가 있습니다."

과거에도 그랬지만 해인을 가장 적극적으로 노리는 자들은 왜인들이었다. 만세일계의 왕족을 받들어야 하는 그 나라 장군에게 있어 새 나라를 준다는 해인은 뿌리치기 힘든 신물이었다. 왜란 후에도 적게는 수십, 많게는 수백 명의 왜인들이 울산과 부산 인근에 상륙해서 사찰을 뒤져댔다. 황금으로 중과 토벌대를 회유하기도 하고 때로는 고찰을 소실시키며 윽박지르기도 했다. 해인 때문에 왜란이 다시 일어나리라는 소문도 파다했다. 하나 유림은 해인을 애써 외면했다. 그래서 전국의 중들은 유림과 왜인 들에게 심한 거부감을 보여왔다.

해인은 홍경래의 난이 일어났을 때 금산에서 잠시 나타났다가 합천의 해인사로 들어가버렸다. 그때부터 해인사는 고을 수령도 함부로 들어갈 수 없는 신성한 곳이 되었다. 그곳을 출입하기 위해서는 왕 이상의 권력이 필요했다.

만인은 과거 경종, 정조, 순조 등의 왕에게 교지를 얻어낸 적도 있었지만 매번 해인사 일주문 앞에서 거절당했다. 더 강력한 권력이 필요했다. 왕이 낮고 주변이 높을수록 권력도 날카로운 법. 지금이 그때였다. 조선땅에서 해인사 경내에 들어가게 할 수 있는 자는 오직 흥선대원군뿐이었다. 서원을 철폐하며 천만 유생들을 박해하는 대원군이다. 하물며 중들이야.

만인은 이 순간을 위해 흥선군의 자식을 왕으로 만들었던 것이다.

"뭐지? 자네가 그래야 하는 이유가?"

"성하께 자미원을 안내하려면 그래야 합니다."

"허튼짓할 생각 말게."

"아, 씹할, 젠장맞을."

난데없는 욕지거리에 대원군이 눈을 동그랗게 떴다.

"뭐? 씹할? 젠장맞을?"

대원군은 어이없다는 표정으로 만인을 쳐다보았다. 만인은 노인의 눈을 또라지게 노려보며 고래고래 소리를 내질렀다.

"왜요? 뭐가요? 성하는 급살을 아십니까? 자미원은 급살이 지나는 자리입니다. 그 자리에 발을 딛는 순간, 제 몸은 삶은 찹쌀처럼 부풀다 터질 것이란 말입니다. 죽이려면 지금 죽이십시오. 오늘 숨이 붙어서 이 방을 나간다면 당장 바다 건너로 도망쳐버리고 말겠습니다. 저는 운궁 성하 때문에 죽기 싫습니다!"

"장경각에서 하룻밤을 자면 급살을 면한다던가?"

"팔만 판의 경판을 하루 만에 읽는다면 능히 화를 면할 수 있습니다."

"하루 만에 경판을 읽는다고?"

"……아니면 전 안 합니다."

말이 될까.

온종일 앉아 읽는대도 삼십 년은 걸릴 것이다.

만인은 조바심을 버리고 계획대로 밀고 나가기로 했다.

"절대로, 안 합니다. 지금 죽이십시오."

귀뚜라미 소리가 사라졌다.

열어둔 장지창 너머로 비가 내리기 시작했다. 선선한 기온은 가을로서는 더 바랄 것이 없는 밤이다.

대원군은 씹던 무를 손바닥에 뱉어냈다.

"쓰군."

간파한 것일까?

계획이 발각되면 도주는 없다. 짧게 흐르는 시간 동안 만인은 바닥만 응시했다. 그의 시선이 고인 자리에 날을 품은 호패가 놓여 있다.

대원군이 담뱃대로 놋재떨이를 탕탕 쳤다.

"그러지. 경판을 상하게 하지 말게."

* * *

해인사 승려들은 서찰에 굽실거리지 않았다.

그들은 표독한 표정을 지으며 서찰을 발겨버렸다. 그래도 대원군의 인장은 무시할 수 없었던 모양인지 머무를 방 하나를 내주는 것으로 명을 대신했다. 만인은 화가 머리끝까지 치밀었지만 달리 마음먹었다. 결계가 쳐진 선문禪門에 몸을 들인 것만도 어딘가. 천천히 기회를 보기로 했다. 언제까지 떠나라는 언질은 받지 않았으니 그것으로도 반은 성공한 셈이었다.

해인사는 낮에도 철저하게 외부인의 출입을 통제했다. 통감부에서 경판에 관심을 가진다는 소문이 돈 후부터 경계가 더욱 삼엄해졌다. 며칠은 잠만 잤고 며칠은 홀린 듯 가야산을 돌아다녔다. 그렇게 하릴없이 소일하던 어느 날, 한 젊은 중이 흰 천으로 싼 네모난 물건을 품에 안고 장경각으로 총총히 올라가는 것이 들어왔다. 모습이 불안해 보여 한참을 지켜보니 아니나 다를까, 결국 품고 있던 것들을 와르르 바닥에 떨어뜨린다.

경판들이었다. 여남은 개 정도.

경판들은 석돌 계단을 구르며 시끄러운 소리를 냈다. 그는 벌겋게 달아오른 채 부들부들 떨고 있었다. 만인은 달려가서 그것들을 주워주었다.

중은 답례도 없이 수다라장 안으로 들어가버렸다.

계단에서 서성거리고 있으니 얼마 후 그가 모습을 드러냈다. 초조한 기색은 사라졌으나 홍조는 여전히 남아 있었다. 자세히 보니 갓 아이 티를 벗은 미소년이었다.

"경판들은 무사한지요?"

"잊어주세요."

만인은 어깨를 실룩거렸다.

"뭐, 본 사람은 없습디다. 공부를 위해 탁인拓印 좀 했기로서니 잘못될 게 있나요? 보지 못하게 하는 게 잘못된 게지."

그 말에 중의 얼굴이 조금 밝아졌다.

"……경판은 징출해서 장책할 수 없게 되어 있습니다."

"그래, 잘 베껴두셨나요?"

중은 대답 대신 다소곳이 합장했다.

"혜수라고 합니다. 본사는 해인사이고 거주 사찰은 청량사이며 은사는 지두 스님입니다."

혜수라는 이름을 가진 청량암의 젊은 주지는 자신을 경판승이라고 소개했다. 만인은 쾌재를 불렀다. 해인사의 승려들은 일 년 또는 이 년을 주기로 돌아가면서 대장경이 보관된 장경각(수다라장, 법보전) 안의 관리를 전담해야 했다. 그런 임무를 맡은 승려를 경판승이라 부른다. 경판승은 매일 새벽과 저녁으로 장경각 안에 들어가서 예불을 올려야만 했다.

"……들어갈 때마다 경판 한두 개를 숨겨 와 몰래 읽곤 했는데, 인판의 글씨가 반대이다 보니 답답해서 결국은 찍어보게 되었습니다. 겁을 버린 제 잘못이 죽어 마땅하지만 부탁하건대 부디 어디에도 말하지 말아주십시오."

"아니요, 아니요. 진리에 목마를 나이지요. 어린 나이에 그렇게 탁마하시는 모습을 보니 이 사람은 크게 자괴감이 오릅니다."

"하, 민망합니다."

혜수는 매끄러운 볼을 발그레하게 붉혔다.

기분이 좋아진 그는 점잖지 못하게 허리를 이리저리 개웃거린다.

만인은 칭찬의 강도를 높였다.

"부럽습니다. 스님. 부처의 말씀에 둘러싸인 채 선정에 들면 능히 서너 생은 앞당길 수 있겠습니다."

"당치않습니다. 물物에 반응하는 것은 옳지 않습니다."

요사 너머에서 북소리가 울렸다.

혜수가 깜짝 놀라 소리가 나는 쪽을 돌아보았다.

"아, 판각전 예불이 늦었습니다. 그럼."

그는 괴색 가사를 휘날리며 총총 계단 아래로 사라졌다. 좁고 하늘거리는 발걸음을 보며 만인은 음, 하고 입술을 한번 핥았다.

저녁 안개가 가야산을 축축하게 적시려 하고 있었다.

혜수 뒤로 부처가 뚜렷한 그림자를 받으며 빛을 흘리고 있었다. 청량암의 불상은 유난히 몸이 풍만했다. 거친 돌이었지만 화불은 화려하기 그지없었다. 청량암은 해인사의 여덟 개의 말사 중 가장 외진 곳에 있었다. 비취색 억새밭 속에 들어앉은 한 동짜리 법당은 고졸한 맛이 났다.

만인은 본존불 뒤로 흰 천으로 덮어놓은 것들이 궁금하던 참이었다. 혜수가 물을 뜨러 나가자 그는 빠르게 기어가서 천을 뒤집어보았다. 대장경 경판이 기왓장처럼 켜켜이 쌓여 있었다. 끈으로 대여섯 개씩 묶어놓은 것도 있다. 끈마다 딱지가 붙어 있었다. 딱지에 적힌 것은 일본인 이름들이었다.

'이 중놈, 대장경을 팔아먹고 있었구나.'

혜수는 행주로 질그릇을 닦은 후 다완에 무엇인지 모를 흰 가루를 넣고 찻술로 조심스럽게 갰다. 찻물 흐르는 맑은 소리 위로 혜수가 얄궂게 미소를 지었다.

조르륵.

마셔보니 생강차였다.

만인은 틀림없다고 생각했다.

'어쩐지 예쁘장하다 했더니.'

중은 절대로 생강차를 마시지 않는다. 향이 세고 양기가 살아나기 때문이다. 이쯤 되면 더 망설일 필요가 없겠다. 혜수가 한 모금 삼키고 잔을 내려놓을 때 만인은 다짜고짜 다가가 혜수의 입에 혀를 깊숙하게 밀어넣었다. 만인의 굵은 수염 사이로 터지는 더운 숨이 보드라운 혜수의 얼굴을 조금씩 달아오르게 했다. 혜수는 놀라지도 않고 밀고 들어온 만인의 굵은 혀를 빨아댔다.

'처음부터 비역질하는 놈일 줄 알았다.'

만인은 혜수의 법복을 헤집었다. 빳빳하게 선 혜수의 양물은 헐렁한 자색 바지 안에서 튀어나올 듯 발기해 있었다.

"……입술 맛을 보는 것도 참 오랜만이군. 수도를 열심히 해서 그런지 살덩이가 아주 말랑하네그려."

만인이 그렇게 말하자 중이 나가려는 만인의 혀를 다시 제 입안으로 빨아당겼다. 그가 혜수의 다리 사이를 더듬는 순간, 젊은 중의 허리가 반동하더니 그만 가운데가 축축하게 젖어버렸다.

"이런."

민망해진 혜수의 볼이 발그레해졌다.

"젊어서 그런 것이니 부끄러워하지 마시오. 자, 부처님이 없는 곳으로 가세다."

만인은 혜수의 군자裙子(승복 바지)에 스며드는 정액을 쓸며 부드럽게 말했다.

* * *

"법보전에서 한 식경 정도, 수다라장에서는 두 식경이 소요됩니다. 확인할 것이 있다면 그동안 끝내야 합니다. 저녁에는 시무승들이 호위하러 오니 시간은 길지 않습니다."

혜수가 불안한 모습으로 말했다.

"오래 걸리진 않네."

장경각은 수다라장과 법보전, 두 건물을 함께 일컫는 말이나.

수다라장이 아래 건물이고 법보전이 상위에 있는 건물이다. 법보전은 경판과 함께 불상까지 안치되어 있고 수다라장은 경판만 보관되어 있다. 법보전에 들어서자 만인은 가벼운 욕지기를 느꼈다. 공간 가득 고인 냄새는 시큼하고 개운했다. 지랄 맞은 이 냄새는 인간들이 청정하다고 하는 사향이다. 그는 수건으로 코를 막았다.

혜수는 법보전의 불상 앞에 앉았다.

비로자나불.

좋은 몸이었지만 더러웠다. 왼팔은 금칠이 벗겨졌고 주름진 허리 부분은 곰팡이가 파르라니 덮었다.

중놈들이란.

필시 대장경도 저 부처만큼 낡고 좀 슬었으리라.

설핏 내부를 면밀하게 살폈지만 좁은 공간에는 비녀 하나 숨길 만할 데가 없어 보였다. 그렇다면 숨길 곳은 이곳이 아니라 공간이 긴 수다라장이다. 만인은 코를 막고 입구 쪽에 서서 혜수의 경이 끝나기를 기다렸다.

두 사람은 아래 건물인 수다라장으로 향했다. 날이 희붐해지며 어느새 동이 트고 있었다. 수다라장은 가운데 통로를 기준으로 왼쪽 서가와 오른쪽 서가로 나뉘었다. 혜수는 양 서가에 모두 들어가 경을 외워야 한다고 말했다. 두 사람은 먼저 왼쪽 서가로 들어갔다.

혜수가 거적을 펴고 앉아 경을 외기 시작했다.

인연을 따라 자아를 집착하는 것이 비량(非量)이라. 隨緣執我 量爲非.

바닥의 상태를 확인했다. 소금과 횟가루가 섞인 검은 흙이었다. 처음에는 바닥에 묻혀 있을 가능성이 크다고 생각했지만 막상 들어와보니 아니다. 딱딱한 지반을 파고 묻어놓았을 리 없다. 동이 트면서 광창으로 빛이 쏟아지듯 밀려들기 시작했다. 광창으로 몰려드는 햇살 때문에 장방형의 길쭉하게 늘어선 판가板架(선반)들이 마치 꽃을 피울 것 같았다.

빛이?

다른 판가들은 광창의 빛과 같은 방향으로 늘어서 있었지만 한 판가만 정면을 향해 있었다. 따라서 뻗어오는 광창의 빛도 그 판가만 고스란히 받고 있었다.

발걸음으로 그 판가의 가로 길이를 재보았다.

서른여덟 걸음 반. 만인은 중간 지점인 열여덟 걸음 반의 위치에 섰다.

살창을 바라보았다. 가야산 남쪽에서 떠오르는 해가 서서히 모습을 드러내고 있었다. 원래 수다라장과 법보전은 지어질 때부터 해를 고려했다. 습기나 해충을 막기 위해 광창을 통해 빛이 내부를 온전하게 비추게끔 설계되어 있었다. 바로 아래 건물인 대적광전과 축을 나란히 두지 않은 이유도 대적광전의 그림자를 받지 않아야 했기 때문이다. 따라서 빛이 들어오는 지금 이 시각은, 수다라장 안에 있는 모든 대장경이 고스란히 햇볕을 받아야만 했다.

그런데 좀 이상했다.

'왜 이 판가만 빛을 받지?'

만인은 판의 위아래를 꼼꼼히 훑었다. 판가의 선반 폭이 다른 판가보다도 넓은 것도 수상했다.

'저 빛이 알려주는 것이라면? 그것이 도구를 이용해야 한다면?'

머릿속에 무언가가 스쳤다.

법보전의 부처!

수다라장을 뛰쳐나가 법보전으로 올라갔다.

안치된 목조 불상을 뜯어 뒤집었다. 불상 바닥에는 둥글게 뗀 자국이 있었다. 복장유물을 넣은 흔적이었다. 주먹으로 자국을 밀었다. 구멍이 뚫리더니 부처의 몸안에서 낡은 종이가 나왔다.

中和三年癸卯此像夏節柒金着成

(중화 3년 여름에 금을 입혔다.)

중화 3년이면 계묘년. 이 불상은 신라 때 만들어졌다. 손을 더 깊이 넣었다. 역시 북두칠성 모양의 놋쇠 장식이 잡혀 나왔다. 길이는 한 자 반, 손끝에서 팔꿈치까지 되었다.

'이런 게 있을 줄 알았지.'

다시 수다라장으로 내려와 문제의 판가 앞에 섰다.

태양의 고도가 점점 높아지자 내부가 다시 어둑해졌다. 판가들도 어둠으로 들어갔다. 혜수의 독경은 높아져갔다.

여덟 가지 큰 번뇌와 변행과 별경 중의 혜(慧)와 탐욕과 어리석음과 아
견과 아만이 서로 따르느니라. 八大徧行別境慧 貪痴我見慢 相隨

그때 광창에서 사라지던 빛이 반대로 꺾였다. 남중하는 햇살이
방향을 바꾼 것이다. 광창으로 달려가 밖을 내다보니 대적광전의
용마루 그림자 때문이었다. 태양이 더 높아지면서 앞 건물인 대적
광전의 용마루가 빛을 빗기게 한 것이다.
만인은 자기도 모르게 탄성을 질렀다. 공간 안에 모든 판가가
환하게 빛을 받고 있지만 조금 전까지 홀로 빛을 받던 그 판가만
다시 어둠에 들어앉아 있었다.

항상 심사하고 사량하여 아상(我相)이 따라서 중생이 밤낮으로 혼미에
빠지며 恒審思量我相隨 有情日夜 鎭昏迷

두리번거리며 발로 바닥을 이리저리 비볐다. 살창 바로 아래 흙
바닥에서 작은 홈을 하나 찾아냈다. 네모난 석돌이 박혀 있었다.
'그럼 그렇지.'
표지석이다.
이 자리에 서 있으라는 것이다. 석돌 앞에 섰다. 살창으로 들어
오는 햇살에 비스듬히 북두칠성 장식을 가슴께로 들어보았다. 빛
은 장식의 일곱 개 구멍을 통과하며 어두운 그림자가 드리운 판각
의 부분들을 비추고 있었다. 만인은 일곱 개의 빛이 가리키는 경

판들을 골라냈다.

경판을 회랑 가운데로 가져와 혜수가 앉아 있는 등뒤에 나란히 놓았다.

만인은 품에서 밧줄을 꺼냈다.

이제 피만 바치면 된다.

괴색 가사를 걸친 채 독송을 외고 있는 혜수의 굽은 등이 처연하게 보였다. 혜수는 의식적으로 만인을 보지 않으려는 듯했다. 그는 그저 눈을 감고 목탁을 치며 낭랑하게 소리를 높인다.

네 가지 미혹과 여덟 가지 큰 번뇌가 상응하여 일어나며 6전식은 제7식이 오염과 청정의 근거가 된다고 하느니라. 四惑八大相應起 六轉 呼爲 染淨依

만인은 천정을 가로지르는 들보 뒤로 줄을 던졌다.

들보를 넘어 내려온 줄 끝에 고리 매듭을 지었다. 매듭은 혜수의 머리 위에서 대롱거렸다. 만인은 혜수의 하얀 뒤통수를 가만히 응시했다. 의식하기라도 하듯 혜수가 목을 길게 늘이기 시작했다.

'이놈, 자기가 죽을 것을 아는가?'

천천히…….

줄이 아래로 드리워졌다.

환희지의 초심에서는 평등성이고, 무공용행에서는 아집(我執)을 항구히 부수느니라. 여래가 타수용신을 나투니 십지 보살이 가피를 받느니

라. 歡喜初心 平等性 無功用行 我恒摧 如來 現起他受用 十地菩薩所被機

탁.

혜수의 턱밑에 줄이 걸렸다.

당겼다.

목탁이 떨어졌다. 중의 엉덩이가 바닥에서 들렸다. 잉어처럼 꿈틀거리는 몸부림. 혜수는 생각보다 치열하게 거부했다.

'얼른 죽어라.'

만인은 어깨에 힘을 주며 밧줄에 몸을 실었다. 혜수의 몸이 빙글 돌았고 만인과 눈이 마주쳤다. 혜수의 눈에서 분노와 회염悔念이 들락거렸다. 그곳에는 악惡을 바라보는 공포가 서려 있었다.

만인은 궁금해지기 시작했다.

대체 어떻기에?

응? 내 표정이 어떻기에?

만인은 입을 벌려 치아를 보여주었다. 혜수의 얼굴이 더 험악하게 일그러졌다. 나를 보는 것이 죽음의 고통보다 더 무서운가?

혜수는 몇 번 대롱거리다 늘어졌다.

마치 부처를 죽이는 것 같았다. 줄을 어깨에 걸고 비껴 허리에 돌렸다. 천천히 살창까지 이동했다. 혜수의 몸은 무거웠다. 줄 끝을 살창의 마디에 묶은 후 혜수 쪽으로 다가갔다. 혜수의 발이 만인의 명치 근처에서 대롱거렸다.

신발을 벗기고 단도를 꺼내 왼쪽 발가락 하나를 잘라냈다. 날이 뼈에 걸려 잘 들지 않자 입으로 살점을 끊어냈다. 만인의 볼이 피로 시뻘게졌다.

　이윽고 송골송골 맺힌 피가 바닥으로 똑똑 떨어졌다. 혜수의 종아리에도 칼집을 냈다. 상처에 입을 대고 힘껏 빨았다. 뭉클뭉클한 핏덩이들이 입안 가득 들어올 때쯤, 그는 재빨리 종아리의 윗부분을 명주실로 동여맸다. 피가 몰린 혜수의 다리가 시퍼렇게 부어오르자 빠르게 무명실을 끊었다.

　고인 압력이 터지며 분수처럼 피가 뻗었다.

　피는 발뒤꿈치를 타고 소금과 석회가 섞인 바닥으로 떨어졌다. 숯, 횟가루, 소금, 등이 섞인 흙바닥은 꿀꺽꿀꺽 맛있게 피를 받아먹고 있었다. 피가 떨어지는 바닥에 곱게 구덩이를 만들었다. 피는 석회로 굳은 단단한 지반에 고이기 시작했다. 만인은 살창으로 걸어가 햇살이 들어오는 적당한 자리에 앉았다.

　'이제 고이다 넘치기만 하면 된다.'

* * *

　똑똑 떨어지던 피가 넘쳐 이윽고 길을 만들었다.

　살아 있는 뱀처럼 꿈틀거리며 언틀먼틀한 바닥에 흐르는 피는 일곱 개의 경판을 놓아둔 곳으로 방향을 잡았다. 마치 알고 가는 것 같았다. 경판들이 놓인 바닥이 경사가 더 높았음에도 피는 그쪽으로 역행하고 있었다.

　핏줄기는 네 번째 경판으로 스며들었다.

　경판은 마치 화선지가 물을 먹듯 피를 빨아들였다.

그 경판을 낚아챘다.

경판을 든 손이 떨리고 있다. 흥분 때문이 아니었다. 경판 자체가 진동하고 있었다. 견디다 못한 만인이 그것을 다시 바닥에 놓았다. 경판은 마치 전율하는 여자의 등골처럼 흙바닥에서 자르르 흔들렸다.

해인이 피를 먹는다더니.

흥분이 밀려왔다.

만인은 그 자리에 서서 성기를 꺼내 수음을 했다.

자극이란 이런 것이다. 서슬 어린 금기를 깨는 것, 이 얼마나 감동적이더냐. 이보다 더 심한 것이 있다면 또 달려가서 부수어버리리라.

'아, 완벽한 날이다.'

그의 손이 빨라지고 허리 아래에서부터 여명처럼 흥분이 밀려올 때쯤……

어디선가 바람이 일었다.

건조한 모래 냄새와 더불어 따라오는 비릿하고 시큼한 땀냄새. 눈을 떠보니 검은 그림자가 가깝게 서 있었다. 눈을 다시 깜빡였을 때,

그림자는 만인의 머리 위로 팔을 휘젓는가 싶더니 만인의 목에 무언가를 씌웠다.

굵은 밧줄.

붕 하고 만인의 몸이 뜬다.

피가 목 아래로 내려오면서 덜미에서 강한 압박이 밀려왔다. 땅을

딛지 못한 두 다리가 요망스럽게 요동쳤다. 불뚝거리는 아랫도리에서 꾸역꾸역 정액이 튀어나왔지만 느낄 수 없었다. 줄을 당기며 웃고 있는 자는 운현궁을 안내해주던 대원군의 새끼 거덜이었다.

터지지 못할 숨이 나왔다.

'이하응, 이놈이…….'

대원군이 시켜서 왔느냐고 묻고 싶었지만 소리가 나오지 않았다. 새끼 거덜은 흰 눈을 번뜩이며 기괴한 표정을 지었다. 늘어진 인중이 묘하게 말리며 눈이 더 크게 열렸다. 만인을 쳐다보는 그 눈동자는 서서히 쪼그라들면서 마치 아이를 어르는 표정이 되었다.

쭈. 쭈. 쭈.

그 모습에 만인은 그만 혀를 깨물고 말았다.

이 사내,

가늘고 얄팍한 턱을 가진 이 새끼 거덜.

누군지 알 것 같았다. 운현궁에 발을 디뎠을 때 시퍼런 안개 사이로 느껴졌던 알쏭했던 낌새는 사방등을 들고 따라오던 이놈 때문이었다. 이놈은 오랜 세월 동안 자신을 방해하고 있다.

"말하지 마라. 기 빠져나간다." 새끼 거덜이 말했다.

만인의 폐 속에 들어앉은 공기는 점점 탁해져갔고 피가 위로 치오르기 시작했다. 꾸르륵 꾸르륵 기도를 따라 올라오다가 압박에 막히며 다시 내려간다.

'아, 그때 더 매조졌어야 하는 건데.'

묵직한 힘이 경추 동맥을 압박했다. 온갖 힘을 다해 소리를 질러댔지만 몸만 기우뚱거리며 앞뒤로 요동칠 뿐이었다.

'아, 아. 안 되겠다.'

황홀해지더니 눈이 감겼다. 안구의 실핏줄이 터지면서 생겨난 비말은 검은 어둠 속에서 아름다운 그림처럼 퍼져나갔다.

두두둑.

만인의 목이 부러지고 몸이 늘어졌다.

요도에 걸려 있던 정액이 마저 흘러내렸다.

이하응의 새끼 거덜은 자르르 떨고 있는 판각을 집어 들었다. 품에서 애체(안경)를 꺼냈다. 옻칠한 피나무로 만든 둥근 테에는 가늘게 간 흑수정이 끼워져 있었다. 밝은 빛은 투과되지 않고 형체만 보이도록 만들어진 애체였다.

경판을 무릎에 대고 내리쳐 반으로 쪼갰다. 돌배나무로 만든 경판이 갈라지며 경첩이 우수수 떨어졌다.

속에서 석돌같이 두툼한 해인이 나왔다. 사선으로 반이 갈린 면은 손때가 묻어 반들반들했다. 이글거리며 열이 오르더니 서서히 빛을 발한다. 순간 빛은 경판들을 무너뜨리듯 수다라장 내부에 퍼져 나갔다. 수다라장의 모든 형체가 그 빛에 삼켜져 사라지고 있었다. 그는 애체를 착용한 얼굴을 해인 가까이 댔다.

"저런, 저런. 깨워서 화가 났던 것이구나."

그는 품에서 붉고 고김살이 많은 종이를 꺼내 해인을 감쌌다. 빛은 사그라지지 않으려는 듯 발하다 억센 손길에 막혀 꼬깃꼬깃 싼 종이 속으로 사라져버렸다.

수다라장의 회랑 한가운데에 중이 목을 달고 있었다.

옆에는 만인의 시체가 그 비슷하게 떠 있다.

중의 모습은 처연했지만 만인의 형태는 심하게 추하다.

부러진 목은 뱀처럼 늘어졌고 이마가 가슴에 맞닿아 있었다.

* * *

육 년 뒤,

1893년 계사癸巳, 고종 30년. 겨울

전라도 금구현 원평. 보리 마을.

구들이 슬슬 익은 모양인지 쩍쩍 갈라지는 소리가 들렸다. 한구석에는 아이 하나가 이불자락 끝을 덮고 곤히 잠들어 있었다. 아이는 이 봉놋방을 내어준 주막녀의 막냇동생이었다.

농민군의 서포西布* 교단 지도자로 남접을 이끄는 서장옥은 가운데 놓인 커다란 쇠화로를 뒤적였다. 넣어둔 숯덩이들이 벌겋게 불을 먹기 시작했다. 장옥은 부손에 불시울 서너 개를 올려놓고 그중 가장 작은 잿불 한 개를 집어 들었다.

"피울 텐가?"

화로 건너에 앉아 있는 김개남은 아무 대답도 하지 않았다.

---

* 동학의 무리는 포布라고 불렸다. 2대 교주 최시형을 중심으로 한 법포法布와 서장옥을 중심으로 한 서포西布가 있었다.

단죽(담뱃대)에 불을 붙인 장옥은 깊게 한 모금 빨며 개남에게 핀잔을 주었다.

"이틀 뒤면 모임인데 대도소에서 보면 되지 무슨 급한 용무길래 야밤에 여기까지 들이닥친 건가?"

개남은 눈을 감고 있었다. 턱을 당긴 채 꼿꼿하게 허리를 펴고 앉은 그의 벽 그림자는 마치 아이 하나가 우두커니 서 있는 것 같았다. 아무리 제자이지만 장옥은 이자가 어려웠다. 그의 무뚝뚝함은 장터에 걸어놓은 무쇠솥 못지않다.

어제까지만 해도 군산에 머물고 있던 개남이 야밤에 불쑥 찾아온 것은 다름 아닌 전봉준의 전갈 때문이었다. 봉준은 장옥뿐 아니라 개남에게도 똑같은 편지를 보냈다고 한다.

"급히 드릴 말씀이 있으니 계신 곳으로 찾아가겠습니다."

개남이 이렇게 서둘러 움직인 것을 보면 봉준이 꺼낼 내용이 여간 민감한 게 아닌 모양이다.

구들의 온기가 올라오자 몸이 나른해졌다.

장옥이 보은 쪽 교도들이 집회를 준비하고 있다는 소식을 듣고 이곳 원평으로 들어온 것은 그저께 밤이었다. 그때부터 오늘까지 그는 개남의 애첩이 운영하는 이 주막에서 머물고 있었다.

장옥은 두툼한 솜이불 아래로 손을 밀어넣고 실눈으로 개남을 쳐다보았다. 감은 개남의 눈꺼풀 안에서 눈동자가 쉴 새 없이 움직이고 있었다. 장옥은 개남이 필시 봉준과 오늘밤 무언가로 심한 싸움을 벌일 것 같다는 짐작을 했다.

개남은 다부진 어깨에 허리가 긴 사내였다.

서장옥은 도강 김 씨 중 개남처럼 기가 센 자는 여태 보지 못했다. 농민군에 삼걸三傑(전봉준, 손화중, 김개남)이 있다지만 사람들은 단연 김개남을 최고로 쳤다. 개남국왕이라는 별명이 있을 정도다. 그것은 그것대로 틀린 말이 아니었다.

'역시 인걸은 지령인가?'

개남은 태인 출신으로 농민군 서포의 총관령이었다. 태인은 이곳 금구의 원평과 더불어 호남에서 농민군의 세가 가장 큰 지역이다. 어릴 때부터 그는 통이 컸다. 또래들이 수박이나 참외를 훔칠 때 그는 돼지와 송아지 따위를 훔쳤다. 신묘년에 동학의 2대 교주 최시형이 태인에 왔을 때도 여름옷 다섯 벌을 바치고 입도했다. 삼베는 두 필이면 사역을 면할 만큼 귀한 것이다.

접두가 된 그는 부대를 정통으로 만들고자 했다. 수하 포군들에게 주문이나 궁을가 따위를 강요하지도 않았다. 오직 힘과 기개. 그것으로 지휘했다. 그래서 믿는 자들은 완벽히 충성했으나 어중간한 농민들은 호불호가 분명했다. 어찌되었건 그의 부대는 강했다. 그는 아직 패한 적이 없다. 여포의 환생이 있다면 두말할 것도 없이 그일 것이다. 글도 꽤 읽어 조선의 병서를 섭렵했다고 전해지나 장옥은 그의 학문이 어디까지인지 알지 못했다. 다만 초서를 휙휙 갈기는 솜씨가 자유로운 것을 보면 소문이 크게 틀린 것은 아니다.

거친 게 흠이라면 흠이었다. 일단 행동하면 이리 같고 곰 같았다. 어찌된 기개세인지 사람 죽이는 것이 풀 꺾는 것보다 쉬운 사내다. 작년 삼례에서 관리 김교우의 집을 습격했을 때도 혼자 열

두 명을 찢어발겼다. 사실 베어야 할 놈은 김교우 한 명 정도였지만 그는 닥치는 대로 죽였다. 개남은 아이와 여자까지 모조리 마당에 늘어놓았고 모두가 보는 앞에서 스무 구의 몸통을 개들에게 먹였다. 말은 금강 위쪽 관리들에게 본보기를 주기 위해 그랬다고 했으나 개남이 죽은 자의 창자를 목에 감고 대의소 주변을 밤새 돌아다닌 행동은 아무리 생각해도 이해하기 어려웠다. 본 자에 따르면 피 범벅인 개들이 줄줄 따라다녀 흡사 등활지옥으로 돌아가는 아귀 부대 같았다고 한다.

범아재비.

사람들은 그를 그렇게 불렀다. 확실히 그는 다른 구도舊道*들과는 정신이 다르다. 늘 불안해했고 타인을 조롱했으며 분노를 조절하는 데 장애가 있었다. 장옥은 그에게서 늘 살기를 느꼈다. 그는 살기로 사람들을 따르게 한다.

그때 방문이 열리고 전봉준이 들어왔다.

"소피가 얼 만큼 춥군요."

전봉준이 들썩이며 김개남 옆에 앉았다. 장옥은 봉준을 따뜻하게 바라보았다.

"가까이 오시게. 이제 막 불이 올랐다네."

"여기서도 따뜻합니다. 늦어서 죄송합니다."

고창 당촌 출신으로 개남보다 두 살 아래인 봉준에게는 부드러움이 있었다. 미끈하게 생긴 개남과 달리 짜부라진 눈과 얇은 입

---

* 동학에 들어간 지 오래된 교도.

을 가진 봉준의 외모는 보잘것없었지만 그는 머리가 살아 있고 상대의 눈을 보고 말할 줄 알았다.

경진년이었을 것이다. 장옥이 은적암에서 수도하던 시절 개남의 손에 이끌려온 봉준을 처음 본 순간 장옥은 큰 돌을 발견했다고 생각했다. 사실 기개는 개남만 못했다. 아니, 작은 체구였기에 그만하면 충분했다. 이 땅에서 기개로 개남을 이길 자는 없다. 장옥이 봉준을 성의껏 키운 이유는 단 하나, 개남이 가지지 못한 것이 봉준에게 있었기 때문이다. 지략이었다. 봉준은 한번 들은 것을 절대로 잊지 않았다. 포덕문, 궁을가. 격검가, 강신주 등을 두 달만에 외워버린 그였다. 성격도 호탕해서 빈농 출신이 가지는 특유의 꿀리는 기색 따윈 없다. 기가 약한 것만 빼면 지도자가 되기에는 개남보다 이자가 나았다.

'개남의 기개를 반만이라도 봉준에게 넣어주면 좋으련만.'

그때까지만 해도 개남과 봉준은 죽이 맞았다. 그러나 접두의 반열에 오른 뒤부터 둘은 소원해졌다. 몇 번의 전투를 치르면 흔히 나타나는 현상이었다. 개남은 타협하기 좋아하고 세객의 기질이 농후한 봉준을 점점 못마땅하게 여기는 것 같더니 결국 지난 정월 보은에서 열린 첫 번째 집회에서 봉준이 동도 대장으로 승격하자, 완전히 멀리해버렸다. 봉준 또한 물불을 가리지 않고 제멋대로이며 포악스러운 개남을 옹천쯤으로 생각했다.

동학의 양 줄기 중 하나인 서포 교단의 지도자 서장옥은 자신의 두 제자를 지금 불 앞에 두고 앉아 있었다.

"그래, 모이자고 한 이유를 설명해보시게."

장옥의 말에 전봉준은 자신의 두 손등을 나란히 펴 보였다. 약파는 장돌뱅이 짓을 한 탓인지 무척 거친 손이었다. 봉준은 그 손바닥을 곱게 붙여 장옥에게 깊숙이 예를 표했다. 교도들이 보고를 올리는 자리에서 늘 행해지는 궁궁을을ㄹㄹ乙乙 의례였다. 장옥이 고개를 끄덕이자 봉준이 입을 열었다.

"보은 장안마을에 주석한 법헌(최시형)께서 곧 전국의 교도들을 그곳으로 소집할 것이라고 합니다."

"들었네. 아마도 운집이 상당하겠지."

"법헌께서는 서포가 결집의 중심에 서주길 바라시는 것 같습니다."

"우리가?"

"네."

"아무래도 우리가 강경하단 것을 아시고 경계하는 것이겠지."

"그렇습니다. 주류가 벌이는 행사이니 우리도 일단은 그 집회에 합류하는 게 좋겠습니다."

"무슨 소린가, 그리하지 않기로 이미 합의하지 않았나!"

장옥은 그런 말이라면 가차없다는 듯 무뚝뚝하게 말했다.

"그랬지요. 하나 그들과 세를 규합해서 함께 한양으로 진격한다면 사실 유리한 점이 더 많습니다."

"거야 당연한 걸 모르나. 하나 법포들은 한양 진격을 원치 않아. 그들은 관리들과 충돌하는 것을 두려워하고 있어."

동학교들 간에도 갈래가 있고 처지가 달랐다. 본줄기라고 할 수 있는 법헌 최시형의 법포法布들은 선대 교주 최제우의 신원을 회복

하는 데 주를 둔 온건한 무리였다. 반면에 서장옥의 서포들은 한양 진격을 최우선 과제로 삼았다. 서포들은 외국군 철수와 민 씨 척결을 주장하며 보국안민을 기치로 내세웠다.

교주 시형은 "천기를 드러낼 때가 아직 오지 않았다"며 서포들의 움직임을 차단했다. 장옥, 봉준, 개남 등의 서포들은 그 말을 비겁하다고 보았다. 나라는 이미 넘어간 상태였다. 여름이 되기 전에 대규모의 일본 군대가 인천으로 들어온다는 첩보가 있었다. 그전에 한양을 접수하지 않으면 법포든 서포든 간에 자신들, 동학당으로 인해 동학을 믿지 않는 무고한 백성까지 다칠 것은 불 보듯 뻔했다. 이미 경기 지방의 관군들은 동학교 색출을 빌미로 아이어른 할 것 없이 사천여 명을 죽인 상태였다.

시형은 각 도의 접주들에게 통유문을 내려 갈라진 무리의 세를 모으려 했다. 그러나 가장 강경한 서장옥 휘하의 서포들은 그런 시형의 틀을 벗어나 독자적으로 움직일 심산이었다. 그런데 봉준은 지금 다시 그들과 합치자는 소리를 하는 것이다.

봉준은 단죽에 담뱃잎을 꾹꾹 채우며 말했다.

"지금 성상님이 하신 말씀이야 당연합니다. 하나 그들 말도 일리가 있습니다. 충청도와 경기도의 관리들은 전라도의 것들과는 기력이 다를 것입니다. 그들은 38식 소총도 병졸마다 소유하고 있고 탄약과 포도 민 씨의 지원을 받아 훌륭합니다."

서장옥이 역정을 냈다.

"그런 건 이미 각오했고……. 이봐, 해몽(전봉준). 이제 와서 왜 자꾸 그런 소릴 하나? 늦기 전에 우리만이라도 창의를 일으키자고 맹세하지 않았나."

"그랬지요. 그랬습니다. 이제 와서 딴소리를 하자는 게 아닙니다. 인명이 상하지 않고 위로 진격할 수월한 방법이 있어서 그렇습니다. 규모는 더 크게 세우고 말입니다."

"수월한 방법이라니?"

"대규모가 한 명도 죽지 않고 한양으로 올라가는 방법."

"그게 뭐지?"

봉준은 입술을 한번 다셨다. "해인을 바치는 것입니다."

봉준의 말에 장옥은 개남을 흘깃 쳐다보았다.

그때까지도 개남은 여전히 눈을 감고 있었다.

봉준은 개남을 의식하지 않고 장옥만을 쳐다보며 말을 이었다.

"국태공 측에서 전갈이 왔습니다. 칠 년 전 해인사에서 사라진 해인을 돌려주면 한양으로 북상하는 길을 뚫어주겠다고."

장옥이 눈을 부릅떴다.

"해인이 우리 쪽에 있는 것을 대원군이 어찌 아는가?"

"대원군은 자신을 속이고 해인사에 잠입해서 해인을 훔쳐간 자를 찾고 있었습니다. 그러다가 해인이 우리 쪽에 들어왔다는 소문을 들은 모양입니다."

그 말을 듣고 있는 건지 아닌지 개남은 그저 부처처럼 꼿꼿하게 앉아 있었다.

해인은 개남이 가지고 있었다.

몇 해 전 그가 부리는 포사접장 중 하나가 해인을 구해 와서 개남에게 바쳤다. 해인은 임진년의 난 이후 오랫동안 해인사에 봉인

되어 있었으나 만인이라는 자가 대원군을 속이고 잠입해서 훔치려 했다. 그런 만인을 개남의 수하가 제압하고 빼앗아 온 것이다. 대원군은 그자를 잡기 위해 길길이 날뛰었지만 결국 찾아내지 못했고, 그것이 동학군의 손에 들어갔다는 것을 알고 지금 줄을 대려는 것이다.

동학교도들 사이에서는 해인이 범아재비 김개남의 손에 들어갔다는 소문은 이미 파다했다. 동학교도들은 환호했다. 해인이 이쪽에 들어왔으니 자신들은 절대로 죽지 않을 것이라고 믿었다.

서장옥의 비릿한 눈치에도 개남은 아랑곳하지 않았다. 그는 모른 척 눈을 꾹 감고 있었다.

'이자, 정녕 왕이 되려는 심산인가.'

소문은 무성했다. 해인의 주인은 결국 황제가 된다고 한다. 본명이 기범인 그가 이름을 개남으로 바꾼 것도 바로 그 해인 때문이란 말도 있었다. 개남開南이란 남쪽을 개벽한다는 뜻이었다. 오래전 서북에서 창의했던 홍경래도 해인을 얻지 못해서 죽은 것이라는 말도 함께 떠돌았다. 아닌 게 아니라 개남이 남조선 신앙에 심취한 것은 사실이었다. 세상을 바꿀 진인은 무장, 영광, 정읍의 남쪽 해도에서 출현한다는 남조선 신앙은 파다하게 퍼졌다. 그는 그것을 굳게 믿었다. 그의 부대가 금강을 건너지 않은 것도 그런 이유였다.

"대원군은 뱀 같은 자인데. 간계가 아닐까?"

"이틀 전 이준용(대원군의 손자)의 밀사가 직접 찾아왔으니 틀린 말은 아닐 겁니다."

"세부 조건은?"

"동학교를 국교의 갈래로 나눠서 유학과 동등하게 대우하겠다고 했습니다. 교도 중 죄 없이 살육되거나 투옥된 자는 모두 신원할 것이라고도 약조했습니다. 이것은 법헌 쪽의 요구와도 부합됩니다. 이걸로 법포들을 설득할 수 있겠지요. 그래서 보은 집회에 참가해서 이 문제를 상의하자는 것입니다. 어려운 조건이 아닙니다. 우리가 해인을 바치기만 하면 됩니다."

단죽을 깊게 빤 장옥은 결심한 듯 개남에게 시선을 돌렸다.

"기범, 이제 자네 뜻에 달렸군."

비로소 개남이 눈을 떴다. 뜨고 보니 삼백안이었다.

벽에 기댄 듯 다소 뒤로 빠진 채 앉아 있는 개남은 전봉준의 뒤통수를 노려보았다. 개남이 입을 열었다.

"국태공이 그렇게 말했다고? 해인을 바치고 한양으로 와서 자신을 세우라고?"

"자네만 결심하면 되네." 전봉준은 돌아보지 않고 말했다.

"그러니까 나보고 해인을 내놓으라는 거잖나?"

"그것만이 우리 모두 평안해지는 길이야."

"너는 병법을 한 줄도 읽어보지 않았구나. 무릇 군대는 사기다. 포군들이 죽창 하나만 들고 끈끈히 모여 있는 것도, 비처럼 내리는 총알에 물러서지 않는 것도 오로지 그 신물에 대한 믿음 때문이야. 그런데 그것을 넘겨줘? 궁궁을을만 외운다고 총알이 몸을 비껴간다던가? 또 그것을 주면 저들이 순순히 길을 내어줄 것 같은가?"

그러자 전봉준은 어깨를 돌리고 개남을 돌아보았다.

개남의 눈에서 불이 뿜어 나오고 있었지만 그것을 바라보는 봉준의 눈은 지렁이처럼 가늘어졌다.

봉준의 입에서 낮은 질문이 나왔다.

"포군들은 누구를 위해 싸우는가?"

개남은 질문에 답하지 않았다.

봉준이 턱을 비틀며 개남에게 다시 물었다.

"대답해라. 포군들은 보국안민을 위해 움직이는가, 아니면 자네를 왕으로 만들기 위해 움직이는가?"

장옥이 끼어들었다. "그만, 그만. 감정으로 싸우지 말게. 지금 두 사람 대화가 계속 어긋나네. 맞추시게."

개남은 봉준을 노려보았다.

"넌 유독 밀사와 대화하는 것에만 능통하더구나. 네게 다녀간 그놈이 대원군의 첩자인지 법포의 첩자인지, 아니면 왜놈의 첩자인지 어떻게 믿어?"

"뭐시라!"

전봉준이 눈썹을 세모로 만들며 이빨을 드러내기 시작했다.

장옥은 저 둘의 입다툼을 말려야 한다고 생각했다. 그는 팔을 뻗어 개남 쪽으로 완전히 열리려는 봉준의 어깨를 닫았다.

"해몽, 우선 대원군의 인장을 받아 오게. 오늘 한 말을 고스란히 글로 쓰고 대원군이 서명한 문서를 가져오면 개남은 고려해보는 걸로 하지. 그동안 개남은 해인을 내게 맡기게."

그러나 봉준과 개남은 듣고 있지 않았다. 둘은 서로 노려보며 으르렁거리기 시작했다.

"네 이놈, 그걸 가졌다간 사악해질 거야."

"운명이다. 나한테 오게 되어 있었던 거다."

"뭐라?"

"흥, 손 기운에 익어버린 물고기는 아무리 놓아주어도 발목 언저리에서 맴돌 뿐이지." 마지막에 가서는 개남이 빈정거리기 시작했다.

"둘 다 닥치래도!"

장옥의 고함에 그제야 두 사람은 입을 닫고 바닥을 바라보았다. 장옥은 둘을 번갈아 노려보며 이를 세웠다.

"지긋지긋하네. 두 사람, 다시는 내 앞에서 싸우지 말게. 그리고 다시 말하지. 기범은 분란을 일으키는 해인을 여기에 두고 떠나게. 알겠나?"

방구석에 누워 있는 아이는 이 살기를 느끼지 못하는지 여전히 잠에서 깨지 않는다.

문이 열리며 주막녀가 상을 들고 들어왔다. 회선이란 이름의 주막녀는 일 년 전 봄부터 개남을 수발들고 있었다. 요리 솜씨가 좋았고 성격도 차분해서 장옥도 이 고장에 오면 늘 회선의 주막에 머무르는 게 좋다.

회선은 방안 가득 고인 살기를 모르는 것인지 아니면 느끼면서도 모른 척하는 것인지, 다짜고짜 아래위 이 층으로 관이 난, 대야처럼 생긴 놋쇠 받침대를 화로에 걸어 올렸다. 받침대에는 연통처럼 둥글게 난 두 개의 관이 있었는데 그중 아래에는 검은 탄화들이 가득 들어 있었다. 회선은 시선을 내리고 굴뚝처럼 연기가 빠지는 골을 화로 가운데 오도록 맞춘 다음 받침대 상단의 관에 신선로를 걸었다. 신선로 안에는 양 천엽과 썬 꿩고기, 파, 부추, 대추, 생강 등이 있었다. 회선은 거기에 장국을 붓고 뚜껑을 닫았다. 소리지른 것이 미안해진 장옥은 음식에 시선을 꽂으며 말을 돌렸다.

"시장하니 먹고 하지."

장옥은 회선이 가져온 중국식 수저인 화자시를 봉준과 개남의 쟁반 앞에 두었다.

"술은?"

장옥의 물음에 회선은 말없이 밖으로 나갔다.

그녀는 술병과 커다란 송이를 담은 그릇을 가지고 들어왔다. 장옥이 술을 따르는 동안 두 사내는 아무 말이 없었다. 회선은 수시로 불을 살폈고 뚜껑을 열고 수저로 내용물에 국물을 끼얹었다. 연기가 피어오르고 장탕 끓는 소리가 나자 그녀는 자리를 잡더니 도마를 깔고 버섯을 썰기 시작했다. 장옥은 여자의 얼굴을 살폈다. 탕이 끓으니 시중은 필요 없었다. 사내들끼리 할 얘기가 있는데 그녀는 나가려 하지 않았다. 개남도 그녀를 내보내지 않았다. 논쟁의 주제가 주제인 만큼 주막녀가 듣기는 민감한 내용이다. 하나 총관령의 애첩이고 자신도 믿는 여자이기에 장옥은 달리 별말하지 않았다.

"먹어도 될까?"

장옥의 말에 회선이 뚜껑을 열어주었다.

향긋한 국물 향이 오르자 개남은 그제야 잔을 비웠다. 서장옥은 그의 잔을 채워주었고 자신의 잔도 채웠다. 세 명 중 술을 마시지 않는 자는 봉준뿐이었다. 봉준은 뜨겁게 달구어진 신선로만 뚫어지게 응시하고 있었다. 구석에 누운 아이는 깊은 잠에 빠져 있었고 겨울밤 봉놋방 안에는 국물 끓는 소리와 버섯 써는 소리가 가득했다.

탕은 맛있었다.

시원하고 진했다. 누룩 향 가득 풍기는 술도 긴장을 녹이는 데 일조했다. 여자는 식성이 좋은 개남에게 고기를 많이 덜어주었다. 봉준은 무언가 깊은 생각에 빠진 얼굴로 찔끔찔끔 국물만 마셔댔다. 밥그릇을 깨끗하게 비운 장옥은 술병에 술이 조금밖에 남지 않았다는 것을 깨달았다. 대부분을 마신 개남의 얼굴이 귀신처럼 붉다. 장옥도 그만큼 마셨다.

"술을 더 내올 수 있나?"

완고한 개남의 눈빛을 무너뜨리기엔 술만 한 게 없다고 생각했다.

"냉면이 있으면 한두 그릇 삶아 오고."

회선은 썰어놓은 버섯을 신선로 안에 넣고 도마와 칼을 안고 밖으로 나갔다.

겨울밤 아닌가, 장옥은 개남을 보며 시시하게 웃어 보였다. 안주도 훌륭하고 방도 따뜻하다. 이런 달큼한 법주라면 생각 외로 대화가 잘 풀릴 수도 있겠다 싶었다. 더군다나 술을 마시지 않은 봉준까지 잔을 비우자 장옥의 얼굴에 커다란 미소가 번졌다. 장옥은 연거푸 두 잔을 내리 비우고 턱을 들었다.

"어떤가. 해인을 바쳐도 좋고 그리하지 않아도 좋네. 원래 없었던 계획이니 없었던 일로 해도 좋아. 다만 자네 두 사람이 쌓아놓은 감정은 오늘 이 자리로 싹 푸시게."

남은 술을 모조리 개남의 잔에 채울 때 문이 열렸다. 회선의 손에는 술병 대신 쇠로 만든 작은 부지깽이가 들려 있었다. 그녀는 무릎을 꿇고 앉더니 부지깽이로 향로를 파기 시작했다.

"술은? 술을 가져오라니까."

회선은 화로의 불더미에서 작은 불시울 하나를 집어 들었다. 그리고 관 아랫부분에 가득 든 탄화에 불을 갖다 댔다.

순간,

전봉준의 얼굴이 하얗게 질리며 허리를 벌떡 세웠다.

"으…… 으악."

놀란 개남도 일어서려 했다.

"자…… 잠깐. 앉게, 앉아! 해몽, 자네도 움직이지 마!"

숯인 줄 알았던 탄화들은 염초와 무쇠 조각들이었다.

신선로는 그야말로 화약을 품은 틀이었다. 장옥이 흥분한 봉준을 말리면서 이게 무슨 짓이냐는 표정으로 회선의 얼굴을 쳐다보았다.

"움직이지 말고 모두 가만히 있어요."

회선은 낭랑한 목소리로 좌중을 진정시켰다. 갸름한 얼굴에 균형 잡힌 눈 코 입이 반듯하게 일자를 그리며 세 사람을 노려보고 있었다. 장옥이 다급하게 화로 쪽으로 손을 뻗자 회선은 여우처럼 날카로운 눈을 쳐들고 불시울을 신선로의 아래쪽 관에 바짝 갖다

댔다.

"내 말 안 들려요? 조금도 움직이지 마요. 내가 이 속에 불덩이를 집어넣는 순간 이 주막은 단번에 날아갑니다."

서장옥과 봉준은 개남을 쳐다보았다. 개남도 자신의 애첩이 무슨 짓을 하려는 것인지 모르는 듯 눈만 껌벅이고 있었다.

개남이 회선에게 물었다. "임자, 이게 무슨 짓인가?"

"무슨 짓으로 보이나요?"

"미쳤는가?"

"개소리 말고 손은 무릎에 올려놓고 등을 벽에 붙여요, 셋 모두!"

회선과 개남의 얼굴을 두루 살피던 서장옥은 폭약을 방안에 들고 들어온 것이 회선이 단독으로 벌이는 일임을 알아차렸다.

회선은 개남을 돌아보며 뚜렷한 소리를 냈다.

"당신, 해인을 내 앞에 내놔요."

회선이 들고 있는 자그마한 불시울에서 탁탁 불티가 튀었다.

* * *

"너 이년, 대원군의 첩자였나?"

개남이 회선을 노려보며 말을 던졌다.

회선은 입술을 꼭 깨물었다.

"지금 기분이라면 대원군이 아니라 왜놈의 첩자라도 그리 나쁜 건 없군요."

"누군지도 모르는 여자를 애첩으로 키우다니, 자네도 병법을 헛 읽었던 모양이군."

봉준이 개남에게 눈을 흘기며 가래 끓는 소리를 냈다.

"뭐시라?"

서장옥은 두 사람이 다시 으르렁거리는 이 상황이 마음에 들지 않았다. 게다가 미친 여우가 하나 더 붙었다. 그는 정리해야 할 의무를 느꼈다. 더군다나 개남은 술을 많이 먹은 상태였다. 애첩이라고 믿었던 동지가 뒤통수치는 것을 가만히 두고 볼 위인이 아니다. 장옥은 우선 여자를 진정시켜야겠다는 생각에 회선을 보며 입을 열었다.

"이보오, 대체 이게 무슨 짓이오?"

그 순간 회선은 부지깽이로 불덩이를 공중에 띄우더니 다시 노련하게 잡았다. 개남과 봉준이 으아악, 비명을 지르며 빠르게 고개를 젖혔다.

"뭐야! 이 무슨 장난인가!"

개남이 곰 같은 고함을 내질렀지만 회선은 묘한 미소를 지었다.

"미친 것은 당신들이야."

회선은 각자의 칼을 모두 꺼내라고 말했다. 장옥은 품고 있는 단도를 꺼냈고 개남은 지닌 것이 없다고 말했다. 장옥의 칼을 빼앗은 회선은 구석에 둔 장옥의 짐꾸러미에서 침통과 약병까지 모조리 꺼내 문밖으로 던지고 문을 닫았다.

회선은 전봉준을 향해 부지깽이를 들어올렸다.

"품에 차고 있는 총을 바닥에 내려놓아요."

봉준은 마지못해 총을 꺼냈다. 후장식 일제 권총으로 장전되지 않은 것이었다. 총알은 따로 주머니에 들어 있었다. 회선은 총의 상태를 알고 있는지 총만 그의 품에서 분리하는 것으로 끝냈다.

"우릴 죽일 셈인가?" 장옥이 물었다.

"때에 따라선 그럴 수 있지요."

"왜 해인을 가지려 드나?"

"당신들은 내 동생을 죽였으니까."

"도, 동생이라니."

"칠 년 전 당신들이 해인사에 잠입시켜놓은 꼬마 중을 기억하지 못해요?"

장옥은 그제야 회선이 무슨 말을 하는 것인지 깨달았다. 장옥이 개남을 쳐다보며 물었다. "그 아이가 이 여자의 동생이었소?"

개남은 대답하지 않고 그저 충격받은 얼굴로 회선을 노려보기만 했다. 그 계획은 세 사람이 모두 관련되어 있었지만 개남이 주도한 것이었다.

당시 개남은 유독 해인에 관심이 많았는데 어느 병서에서 해인이 해인사에 숨겨져 있다는 내용을 본 모양이었다. 그는 봉준을 데리고 은적암으로 장옥을 찾아왔고 장옥에게 경비가 삼엄한 해인사에 들어갈 방안을 물었다. 최시형이 유가 쪽 사람이라면 서장옥은 불가에 능통했다. 금단의 해인사에도 일손은 필요했다. 해인사의 중들은 외지인은 거부했지만 어린아이들만은 선별해서 받아들인다는 것을 장옥은 알고 있었다. 장옥은 잘 아는 승려의 주선으로 어렵사리 해인사에 줄을 댈 수 있었고 개남이 보낸 동몽(어린 동학도 아이)을 해인사에 넣어주었다.

어수선하던 때였다. 최제우의 죽음 이후 교단은 점점 의식과 정비를 따지며 분열되는 양상이었고 장옥은 그들을 모을 매개가 필요하던 참이었다. 해인이라면 좋은 묘수라고 생각했고 적극적으로 동참했었다.

그때 합천으로 보낸 아이가 회선의 동생이었다니.

김개남도 기억이 난 모양인지 입을 크게 벌렸다.

"혜수가 임자 동생이었나? 그 아이의 죽음은 어쩔 수 없었어. 내 수하가 뒤따라갔을 땐 이미 목이 매달린 상태였어."

회선은 시종일관 낮고 차가웠다.

"당신들은 내 동생을 실컷 이용해먹고 시신조차 찾지 않았어."

서장옥은 달랐다.

"그곳은 알다시피 쉬 접근할 수 없는 곳이었어. 사실 계획을 중단하고 아이를 빼내려 했었어. 들어간 지 몇 년이 지나도록 해인을 찾아내지 못하고 있었으니까. 그래서 돌아오라는 영지令紙를 보냈는데 그 아이 스스로 연락을 끊어버린 거라구."

"닥쳐요. 해인사의 중들이 암묵적으로 왜놈들에게 경판을 넘기고 있었던 사실을 당신도 알았잖아요? 내 동생은 그것들을 수거해서 제자리에 갖다두고 중들 몰래 경판을 복제해서 열심히 바꿔치기하고 있었어요. 대체 그 애가 무슨 잘못을 했나요?"

"우리도 나중에 알았다고. 우리가 죽인 것도 아니잖아."

개남이 투덜거렸다.

"당신들이 죽였어요. 집어넣을 수 있었다면 빼낼 수도 있었어.

사람이 하늘이라고 내내 부르짖더니, 그 아이는 하늘이 아니었나
요?"

장옥은 그 일을 똑똑히 알고 있었다.

해인을 찾는 일이 더디게 될 때쯤 만인이라는 떠돌이가 대원군
을 속여 해인사에 잠입했고 아이(혜수)의 피를 이용해서 해인을
찾는 데 썼던 모양이었다. 뒤늦게 도착한 개남의 수하가 만인을
제압하고 해인을 되찾아 왔지만 동몽은 이미 죽어 있었다고 했다.
처음 이쪽에서도 대원군이 동학군 쪽을 견제하려고 정만인을 보낸
것이라고 여겼지만 만인을 찾기 위해 길길이 날뛰는 대원군의 모
습에서 그도 당했다고 파악했다.

구들이 점점 끓고 있었다. 이마에서 턱까지 벌겋게 상기된 개남
은 사자처럼 여자를 노려보았고 하얀 여자는 뱀처럼 흔들거렸다.
가장 왼쪽에 앉은 봉준만 차분해 보였다. 그는 졸아가는 탕물을
바라보고 있었다. 신선로 아래 설치된 관에 가득 담긴 무쇠와 화
약들은 이글거리는 화로의 숯덩이 근처에서 아슬아슬하게 틱틱 튀
었다.

개남이 벽에 기댄 등을 조금씩 움직이려 하자 회선은 그를 향해
불덩이를 던졌다. 개남이 얼굴을 숙였고 회선은 벽을 맞고 바닥으
로 떨어진 불송이를 느긋하게 다시 집었다.

"움직이지 말라고 했을 텐데요."

"그만해. 미쳤나!" 장옥이 소리친 상대는 회선이 아닌 개남이
었다.

장옥의 기개에 개남은 살짝 움츠렸다. 회선은 장옥을 쳐다보며

말했다.

"중들은 가마에 사람이 들어가면 도기 질이 좋아진다고 믿는 옹기장이들에게 소간 열 부를 받고 내 동생 시신을 넘겨버렸어요. 그 아이는 그렇게 옹기 만드는 가마에 들어가서 흔적도 없이 사라졌다구요."

장옥은 만만찮은 충격을 받았다. 그 당시 개남은 장옥에게 혜수를 법도대로 정성껏 장례를 치렀다고 보고했다. 하지만 그것은 거짓 보고였다.

회선은 불덩이를 빙빙 돌려댔다. "자. 그만하고."

세 사람 모두 급하게 침을 삼켰다. 혹 화탄이 부지깽이에서 미끄러져 떨어지기라도 한다면 그다음은 없었다.

"지나간 일에 구구절절 얽매이진 않겠어요. 당신들이 내 동생을 이용해서 해인을 얻었으니 그것을 내 앞에 내놔요."

"칠 년 전 일인데 그동안 말하지 않다가 이제 이러면 어떡하자는 거야?"

개남의 말에 장옥도 더했다.

"개남이 어려웠다면 내게 찾아와 한마디라도 해줬다면⋯⋯."

회선은 셋 중에 장옥에게 제일 큰 원한이 있다는 표정을 지으며 암캐처럼 노려보았다.

"말했다면, 당신은 시신을 구해 올 수 있었나요? 게다가 이 모든 것은 바로 당신 때문에 벌어진 일이에요."

"나. 나 때문이라고?" 장옥이 눈을 부릅떴다.

불덩이를 집은 회선의 부지깽이가 자는 아이 쪽을 가리켰다.

"저 아이가 왜?"

"저 아이가 지금 자는 줄 아세요?"

장옥은 회선의 막내가 방에 누워 있는 것에는 아무런 의심도 두지 않았다.

"자는 게 아니었나?"

"저 아인 지금 식물인간이 되어 있어요. 바로 이 방에서 자다가!"

장옥이 급하게 이불을 젖혔다. 열한 살짜리 소년은 의식이 없었다.

—아.

구들 중독이다. 흔히 있는 일이었다. 아이는 구들의 틈으로 새어 들어온 연기에 질식해서 중독된 것이다. 연기는 맛도 향도 없다. 자다가 그것을 마시면 대부분 죽어 나갔고 운이 좋으면 심장만 뛰는 반병신이 되곤 했다. 겨울이 되면 한 가족이 모두 송장으로 변하는 집들이 마을마다 생겨나곤 했다.

"그때 일 때문에?"

"그래요. 그때 일 때문에."

장옥은 작년 가을에 한 달가량 회선의 주막에서 시간을 보낸 적이 있었다. 이곳을 선택한 이유는, 군비를 마련하기 위해 떠돌아 다니던 개남은 일이 끝나면 반드시 이 주막에 들렀기에 그와 접촉하기도 쉬웠고 믿는 제자의 근거지라 숨기에도 최적의 장소였기 때문이다. 그러나 그해 개남과는 만날 수 없었고 마냥 먹고 자고 하며 보냈다. 그렇게 더운밥을 얻어먹다 보니 몸이 부끄러워진 탓

도 있어 그는 남원으로 떠나기 직전 주막의 구들을 황토로 깨끗하
게 손봐준 일이 있었다. 굳이 그럴 것 없다고 말리는 회선을 밀어
내고 흙을 개고 삽질을 했었다. 아무래도 그 공사가 탈이 난 것이
분명했다.

아이가 죽지 않아 다행이지만 저런 경우 영원히 깨어나지 못한다.

"어, 어떻게 이런 일이."

회선은 장옥을 보며 입술을 움직였다.

"그런 일이 벌어지고 말았네요. 당신이 멀쩡한 구들을 고친다고
뜯어내다 틈을 열어버린 거예요."

봉준과 개남의 축축한 시선이 장옥에게 쏠렸다.

"임자. 나는, 나는……."

"자책 같은 건 부질없어요. 내 동생 목숨을 대가로 얻은 해인이
니 나에게 내놓아요. 그것으로 저 아이를 살리겠어요."

"해인이 이 아이를 어떻게 살린단 말이오?"

봉준이 물었다.

"나도 귀가 있어요. 바닷물도 말려버린다는 해인만 있으면 이
아이도 깨울 수 있다고 들었어요."

개남이 투덜대듯 말했다.

"임자가 잘못 알고 있어. 해인에게 그런 힘은 없어."

"그런 힘도 없는데 대원군이 간절하게 그걸 찾나요? 또 당신은
내놓지 않으려 하고?"

세 사람은 아무 말을 할 수가 없었다.

"내게 남은 핏줄은 저 아이 하나예요. 당신들이 필요하다고 해

서 밤새 목화송이 모자도 만들었고 목검을 가지고 군사 훈련도 했어요. 착한 둘째를 가야산의 중으로 밀어넣고 저 아이 하나만 안고 이리저리 당신들을 따라다닌 저예요. 이유는 별것 아니었어요. 좋은 세상이 오길 바랐을 뿐. 하찮은 이 몸뚱어리 안에도 하늘이 가득 들어 있다는 당신들 얘기가 무척 좋았어요. 그런데 돌아온 것은 시신도 없는 동생의 죽음이었죠. 그래도 참았어요. 이 모진 세상에 그렇게 처참하게 죽은 사람이 어디 그 아이 하나뿐이었겠어요. 해서 참았어요. 그런데 이제 저 아이마저 저렇게 되어버렸네요. 내 안에는 하늘이 없나 봐요. 그런데 궁을 기도나 하고 있으라고? 흥. 어림없어요. 이제 찾아야겠어요. 당신들은 내 동생 목숨 값으로 얻은 그 해인을 나에게 내놔야 해요."

"기범, 해인을 건네주게."

서장옥의 말에 개남은 기분 나쁜 표정을 지었다.

"당장 이 여자에게 줘!"

서장옥의 눈에서 핏발이 솟았다.

"하늘은 인간 안에 있는 법. 인간을 그런 식으로 이용하고도 도를 이룬다고 할 수 있겠나. 난 자네들을 그렇게 가르치지 않았어, 내놓게!"

"지금은 없소."

개남이 돌을 던지듯 숨을 내뱉었다.

서장옥이 놀라 눈을 크게 떴다.

"없다니, 항상 품고 있지 않았나?"

"나를 따르는 포사 접장이 가지고 있습니다."

"태물 장수 말이군." 봉준이 입을 비죽거렸다.

장옥은 입맛을 다셨다.

그자는 개남의 수하였다. 만인이 해인사에 잠입했을 때 그를 제압하고 해인을 빼앗아 온 개남의 수하가 바로 그 태물 장수였다. 평소에는 태물을 파는 장수로 위장하고 전국을 돌아다니며 한양과 일본군의 동향을 개남에게 보고하는 민첩한 자였다. 좋지 않았다. 그는 교단을 위하지 않고 오로지 개남만을 위해 움직였다. 어쨌든 해인은 개남이 믿고 있는 수하의 손에 있는 것이 분명하다.

"그럼 어쩌지?"

그때 회선이 개남을 차갑게 쳐다보았다.

"그가 이곳으로 온다고 했던가요?"

"으, 음. ……오고 있을 거야."

태물 장수도 지금 주막으로 오는 길인 모양이었다.

"그럼 기다리지요."

회선의 눈은 조금도 흔들리지 않았다.

개남은 태물 장수를 찰떡같이 믿고 있었다. 장옥은 그가 대원군의 새끼 거덜이었음을 잘 안다. 한때 대원군이 해인을 숨겨두고 있다고 여긴 개남은 자신의 심복을 대원군의 새끼 거덜로 위장시킨 적이 있었다. 장옥은 태물 장수의 생김새를 알지 못했다. 그자가 물어오는 정보는 꽤 가치가 있는 것들이었다. 개남 부대가 유리하게 움직이는 것에는 이 태물 장수의 정보가 크게 작용하고 있었다. 둘은 늘 바다 근처나 외딴 절에서 수행자 없이 대면하며 정보를 나눠 가졌다.

개남과 회선, 두 사람을 소개해준 자도 태물 장수였다.

밖에서는 바람 소리가 붕붕 났다. 봉놋방에는 잠시 밀려든 한기가 돌면서 호롱불이 잠시 흔들렸고 구석에 쌓아놓은 시래기의 큼큼하고 비린 냄새가 올라왔다.

"그거 진짜 터지나?"

개남이 눈썹 하나를 올리면서 회선을 보며 삐딱하게 물었다.

딱 보니 여자의 감정을 긁어볼 심산이었다.

"왜요? 궁금하면 터뜨려볼까요?

"잠자코 있게." 서장옥이 개남을 향해 낮게 으르렁거렸다.

"원래 태인 출신들은 의심이 많지요. 안 그런가?"

개남의 이죽거림에 회선은 아무 대답을 하지 않았다.

"가짜를 가지고 와서 겁주는 거 아닌가 모르겠어."

회선은 옆에 있던 호롱불을 집어 들었다. 그런 후 부지깽이로 잡고 있던 탄화를 그대로 호롱불에 갖다 댔다.

"맙소사."

"아, 그만!"

장옥이 소리쳤다.

순식간에 탄화에서 부지직거리는 소리와 함께 누런 불이 바르르 떨며 솟아올랐다.

"뭐, 뭐하는 짓이야!"

회선은 부지깽이를 휘둘렀고 탄화 조각이 윗목의 벽으로 날아갔다. 벽에 부딪히는 순간 펑, 커다란 소리가 나며 자욱한 연기와 더운 기운이 방안을 휘몰며 휩쌌다. 모두가 귀를 막고 고개를 숙였다. 연기가 사라지자 흙벽에는 커다란 구멍이 뚫려 있었다. 가장자리가 시커멓게 탄 구멍 너머로 부엌의 차가운 공기가 방 안으로 밀려 들어왔다. 회선만 단정히 자리에 앉아 있었다.

"이번엔 당신 가랑이 사이로 하나 던져볼까요?"

개남이 허우적거렸다.

"그만해. 임자, 자네가 나한테 이러면 안 돼. 내가 이 주막을 자네에게 내준 것도, 어렵게 솥을 걸고 자네를 데리고 다니는 것도 다 큰 뜻이 있어서야. 이번 거사만 끝나면 자네는 다른 사람이 되어 있을 거라고."

"당신이랑 나를 엮으려고 하는 그자의 속셈을 모를 줄 알아요?"

"속셈이라니?"

"그 태물 장수, 나를 당신에게 넘긴 거였어. 해인을 가지고 내 몸에서 당신의 아이를 낳을 심산인 거 모를 줄 알았나요?"

"임자도 순순했잖아."

개남이 따지듯 대들었다.

"말했듯이 하늘이 인간이라는 동학의 사상에 감동했기 때문이에요. 그것은 내 의지였다구요. 성모니 박마니 하는 태물 장수의 고리타분한 놀음에 당신은 놀아날지 몰라도 나는 안 그래요. 나는 당신에게 몸을 주고 아기장수 따위를 낳을 생각은 추호도 없어요."

"성모라니?" 봉준이 놀라 고개를 들었다.

"저 총관령에게 물어보세요."

봉준이 개남을 바라본다. "기범, 자네 박마를 만난 게야?"

개남은 돌처럼 무겁게 앉아 있었다.

봉준은 모든 걸 알았다는 듯 빈정거렸다.

"그랬군, 그 태물 장수가 박마였군. 들리는 소문이 틀린 게 아니었어."

"내 일에 왈가왈부하지 마라."

"정녕 왕이 되려 하나, 개남?"

"그만하라고 했다."

"아니라면 쓸데없이 박마 따위를 왜 교단에 끌어들이나?"

"파리가 상투 끝에 앉았거나 말거나."

서장옥도 합세해서 개남을 노려보았다.

"비꼬지 말고 해몽의 물음에 대답하게, 그게 사실인가?"

개남이 붉은 볼을 들썩이며 말했다.

"나는 세상을 바꾸어야 한다고 생각하오."

"자네가? 아니면 우리가?" 봉준이 바로 따졌다.

봉준의 말에 개남은 잠시 입을 닫았다.

"대답하시게." 장옥도 거들었다.

"썩은 균이 몸에 죄다 퍼졌는데 팔만 자른다고 살아나나? 허튼소리지. 개벽하듯 한 번에 바꾸어야 해. 그게 한울님의 뜻이오. 해인을 내게 주신 것도 하늘의 뜻이라고."

"닥쳐! 생파리같은 새끼야!" 봉준이 내질렀다. "태인의 범아재비가 제 씨를 왕으로 만들기 위해 지극한 도를 버렸구만. 잘 들어. 김개남. 왕이 될 생각일랑 절대로 하지 말아라. 이 세상에 개벽이란 없다. 천지가 진동하는 일도 없고 단번에 세상이 바뀌는 일도 일어나지 않아!"

그러자 개남도 붉은 대춧빛 볼을 실룩거리며 엉덩이를 들었다.

"썹할, 나보고 방금 뭐라 그랬어? 생파리?"

"소견머리 없고, 옹졸하고, 그저 깊은 촌구석에서 눈 부릅뜨고 메부수수하게 웅크리기만 하는 부엉이 새끼가 왕이 된다고?"

"이 새끼가."

"넌 머리가 없어. 대가리를 쓸 줄 모른다고. 왕 하나가 바뀌면 세상이 바뀐다고 생각하는 거야? 허, 박마라니……. 그런 소문 때문에 유림들까지도 모조리 들고 일어나 우리를 공격하는 거야."

"그럼 네놈은 이 전투를 왜 벌이고 있나?"

"우리가 한양으로 진격하는 이유는 썩은 무리를 도려내고 나라의 근간을 씻자는 것이야. 근간만 있다면 거기서 다시 싹이 나고 줄기가 뻗는 법. 그 박마란 자가 그러던가? 한 번에 모든 걸 바꾸어야 한다고? 자네가 저 밀물처럼 밀려오는 양놈들을 어떻게 막을 수 있단 말인가? 그 잘난 해인을 쥐고 손바닥을 펴면 먹구름이 밀려오고 함포로 무장한 그들의 전함이 단번에 뒤집힌다던가?"

"닥쳐라. 보고도 모르나? 곳곳이 너무 많이 썩었다. 단칼에 모든 것을 바꾸지 않으면 헌 자루에 술을 담는 것과 같다. 난 그것을 자를 칼을 지녔다!"

"오호, 그 믿는 칼 님이 바로 해인이시구만. 정신 차려. 이 어리석은 오입쟁이야! 누구나 그 자리에 있으면 변해. 진짜 바뀌어야 하는 것은 위정자가 아니라 백성이어야 해. 진짜 칼은 해인 따위가 아니라 농민의 각성이야. 농민이 각성하면 왕도 자연스럽게 정도를 가는 거야. 그래서 우리가 귀한 피를 흘리면서도 희망을 가지며 움직이는 거라고!"

"각성? 어디로 진군하는 것도 이리저리 싸워대며 결정 하나 못 내는 자들이 무슨 농민을 각성시켜? 궁궁을을 따위나 외면서 낫 들고 돌아다니게 하는 게 각성인감? 임금 귀싸대기를 때려가며 궁을가를 외우게 하면 세상이 좋게 바뀌나? 너야말로 쥐알봉수 같은 놈이야. 솔직하게 말해. 넌 지금 나를 시기하고 있는 거야. 안 그래? 해인이 내 손에 있으니 배알이 꼴리다 못해 뒤틀리는 모양이지?"

"해인은 악을 부른다고 했어. 당장 버려!"

"허, 그 소린 또 뭐야? 마치 중이 머리끄덩이 잡고 싸운다는 얘기 같군. 누가 그래? 난 처음 듣는데? 이래 봬도 난 승승장구중이야."

"승승장구? 아직 전투다운 전투는 하지도 않았다. 해인으로 왕이 된다고? 네놈이 그걸 가지고 놀다가는 왕은커녕 우리를 모조리 위험에 빠뜨릴 거야."

"자지 꿈이 좋을지 불알 꿈이 좋을지 누가 아나?"

봉준이 벌레 보듯 개남을 노려보았다.

"박마가 네놈에게 해인을 바치면서 저 여자의 몸에 아기장수의 씨를 심어달라고 부탁한 건가? 허, 굳이 왜 그렇게 하나? 그냥 네가 그 해인으로 아기장수가 되면 되지, 응? 뭣하러 해인을 의지하며 회선의 몸에 아이를 심느냔 말이야? 내가 보기에 진인이 태어난다 해도 네놈은 그 아이마저 시기할 거야."

"그 입 닥쳐라, 해몽. 한 번만 더 지껄이면 신선로를 엎어버리겠다."

"자지 꿈이 좋을지 불알 꿈이 좋을지? 흥, 자루나 뺏기지 마, 이 새끼야."

"다들 그만해!"

장옥이 소리쳤다. 여태껏 냉철함을 유지하던 그였다.

개남이 열기를 잃지 않고 눈을 돌려 장옥을 노려보았다.

"나는 절대로 해인을 내놓지 않습니다. 당신도 그리 아시오."

"박마가 자네를 단단히 꼬드긴 모양이군. 이보게, 회선. 그자가 임자를 보고 성모라 부르던가?"

"그랬어요."

"다들 잘 들어. 태물 장수는 위험한 자야. 절대로 만나서는 안 되네."

장옥이 노기를 섞으며 다그쳤다. 봉준도 거들었다.

"옳습니다. 저 기범이 단단히 미친 것을 보니 아주 위험한 자가 분명하군요."

"맞아. 그자는 개인의 욕망에 이끌려 오직 해인만 집착하는 자야. 그런 자에게 하늘이니 사람이니 하는 것 따윈 없어. 당장 해인을 이리 내놓게. 그리고 회선 자네는 뒷길로 나가 고향으로 돌아가."

그러자 회선은 길쭉한 팔을 수평으로 휘저어 장옥의 귀싸대기를 갈겼다.

무언가 떨어지듯 주위가 적막에 싸였다.

"지금 누가 누구에게 명령하는 거예요? 다들 정신 차려요. 우린 태물 장수가 오길 기다리는 중이에요. 성모든 뭐든 그런 거 따윈 상관없어요. 난 저 아이만 살리면 돼요." 그녀는 이번엔 개남의 뺨에 한차례 손바닥을 내리 붙였다. "당신, 그래서 해인을 내놓지 않겠다고? 태물 장수가 와도 과연 그럴까요?"

세 사람은 한동안 조용해졌다.

회선으로부터 가장 멀리 떨어진 봉준은 긴장이 쌓였는지 아까부터 총을 만지작거리고 있었다.

"그거 이리 내놓아요. 날 쏘려면 지금 쏘던가."

"총알도 없는 거 그냥 내 앞에 두겠네."

전봉준은 총을 바닥에 내려놓았다. 회선은 더 말하지 않았다. 아무렴 상관없다는 표정이었다. 그녀는 이미 이 방안의 모든 것을 내려놓은 얼굴이었다. 오직 해인이 오기만 기다리고 있었다.

얼마간 그런 시간이 지속되었다.

어깨를 움직인 것은 장옥이었다. 그는 단죽을 집어 들었다.

"담배 정도는 피워도 괜찮겠지?"

"마음대로 하세요."

"임자도 빨 텐가?"

"전 피우지 않겠어요."

"피워. 내 거 먼저 써."

"치워요."

"자, 담담해 보여도 심장 뛰는 소리가 여기까지 들리는군. 긴장할 때는 담배만 한 게 없지라."

회선은 표정 없이 장옥의 단죽을 쳐다보았다. 자꾸 거부하면 정말 긴장하고 있는 것으로 보일까 싶어서인지 느긋하게 고개를 끄덕였다.

"그럼 붙여봐요."

장옥은 담뱃잎을 엄지손가락으로 꾹꾹 눌러 넣으며 눈을 이리저리 굴렸다. 그는 봉준이 무슨 생각을 하고 있는지 짐작했다. 봉준은 지금 회선이 들고 있는 부지깽이와 자신의 거리를 가늠하고 있었다. 회선이 장옥에게 단죽을 받을 때 들고 있는 부지깽이를 문 쪽으로 쳐내버리겠다는 것이다. 그렇게 되면 자신이 끓고 있는 탕국물을 쏟아붓고 화로를 구석으로 밀어버리면 사태는 끝낼 수 있다. 장옥은 봉준이 잘해주길 바랐다. 장옥이 불을 붙인 단죽을 회선에게 내밀자 그녀는 단죽을 받기 위해 손을 뻗었다.

"어허, 불이 꺼지네. 어여, 빨아당겨."

회선은 들고 있는 부지깽이를 탄화 쪽으로 더 가까이 내민 다음, 손을 바꿔 잡았다. 그리고 목을 앞으로 내밀고 빨면서 담배를 받았다. 이제 봉준이 발을 화로 사이로 밀면서 저 부지깽이를 당수로 쳐올리면 된다.

장옥의 눈이 반짝였다.

그 순간 문이 열리고 태물 장수가 안으로 들어왔다.

* * *

태물 장수는 모두의 시선을 한몸에 받자 잠시 멈칫했으나 찬바람이 밀려드는 것에 미안해하며 서둘러 문을 닫았다. 그런 다음 서장옥에게 예를 올리고 메고 있는 짐을 내려놓고 윗목에 앉았다. 개남은 모든 게 틀렸다는 듯 얼굴을 찌푸렸다.

　"거기 말고 저리 두 사람 사이로 가서 앉으세요."

　회선의 말투에서 강한 압박을 느낀 그는 고개를 들었지만 여전히 앉은 자리에 그대로 무릎을 꿇고 있었다.

　"어서요!"

　회선이 부지깽이를 들어 보였다.

　눈치가 빠른 자였다. 그의 눈에서 돌아가는 공기를 깨닫는 탄성이 퍼졌고 그는 서둘러 서장옥과 김개남 사이로 가서 앉았다. 방 가장 안쪽의 자리였다. 그가 앉자 누워 있던 아이가 장옥의 시선에서 가려졌다. 태물 장수는 신선로 아래로 설치된 둥근 관에 담긴 탄화들을 유심히 바라보았다.

　"이거 폭약입니까?"

　"그렇다네."

　장옥이 침울하게 말했다.

　"터지면 웅덩이가 생기겠는데요."

　"자네가 가지고 있는 해인을 이 여자에게 주게."

　태물 장수는 자신이 고립된 것을 알고 표정을 딱딱하게 바꾸었다. 예의 보였던 공손함과 숙이는 태도가 사라졌고 석상처럼 반듯하고 침울한 얼굴이 되었다.

　그는 회선을 바라보았다.

"성모님, 이러시면 안 됩니다."

"내가 지금 장난하는 걸로 보여요?"

"해인은 박마가 보관하는 물건입니다. 성모님은 총관령 어른과 노력하여 세상을 바꿀 진인을 출현케 하는 데 집중하셔야 합니다."

태물 장수는 타이르듯 말했다. 주변 사람들은 중요치 않다는 자세였고 사랑하는 사람을 꾸짖는 말투였다.

"설명했지만 도무지 듣지를 않아."

개남이 태물 장수에게 중얼거렸다.

"성모님, 이미 접호를 올릴 때 충분하게 설명드렸다고 생각합니다. 여기서 이러시면 안 됩니다."

태물 장수는 슬픈 눈으로 회선을 바라보며 사정하듯 웅얼거렸다.

장옥은 그의 얼굴을 노려보았다. 기분 나쁜 사내다. 서포의 포두들이 이렇게 당황스러운 일을 당하고 있는데 이놈은 그저 이 여자만 숭배하고 있었다. 그가 탄화들을 돌멩이 보듯 여기는 모양새도 몹시 무엄했다. 오늘 자신은 상점의 요강처럼 이놈 저놈에게 모두 치이고 있었다. 가장 고통스러운 욕을 당해야 할 대상은 자신이 아니라 이자여야 마땅하다. 애초부터 장옥은 이자가 위험하다고 여기고 있었다. 그는 개남을 왕으로 만들려는 속셈부터 힐문을 받아야 했다. 개남이 기범에서 이름을 고친 것도 이자의 조언에 따른 것이었다. 봉준 말대로 교단이 일어난 것은 누구를 새롭게 왕으로 옹립하려는 것이 아니었다. 우리가 반외세, 반봉건의 기치를 들고 수많은 피를 흘린 이유는 바로 왕의 간신들을 제거하기 위함이다. 교단은 역성혁명을 원하지 않는다. 우리의 바닥에는 오직 사람과 하늘이 있을 뿐이다. 하나 저자와 개남은 그것과는 다르게 움직이려 하고 있다. 새 왕을 만들려는 것.

그는 허옇고 긴 얼굴을 가졌다. 어딘가 정연한 구석이 있었고 두 눈에는 알 수 없는 치밀함이 고여 있다. 해인사에서 만인을 매달고 해인을 빼앗은 놈. 그놈이 지금 개남에게 붙어서 해인을 성모의 몸에 찍고 아기장수를 낳게 하려는 심산이었다. 장옥은 이 태물 장수가 오랫동안 본 것처럼 익숙했다.

회선은 봉준에게 태물 장수의 몸을 뒤지라고 말했다.

태물 장수의 품에서는 정교한 문양이 박힌 조그만 상자 이외 아무것도 나오지 않았다. 회선은 문 앞에 둔 짐꾸러미까지 뒤지게 했지만 해인은 없었다.

"해인을 내놔요."

"날 죽이십시오."

"난 아기장수를 낳는 여자가 아니에요."

"이제 때가 되었습니다. 지금 이 생에 반드시 그래야만 합니다. 당신을 위해서."

"좋아요. 하라는 대로 할 테니 먼저 해인을 보여줘요."

"그것은 제가 가지고 있는 것이 안전합니다."

회선은 봉준을 바라보았다.

"총알을 채워 넣으세요."

그녀의 말에 전봉준은 눈을 찌푸리며 의외라는 듯 고개를 들었다.

"어서 총을 장전해요."

그가 허리춤을 뒤적여 붉은 주머니 하나를 꺼냈다. 안에서 황동빛 둥근 탄환 네 개가 나왔다. 봉준은 총알 한 개를 장전했다. 회선은 봉준이 자신을 쏘지 못하리란 것을 잘 알고 있었다. 총알이 이쪽으로 발사된다면 그녀가 들고 있는 부지깽이의 양끝이 벌어질 것이고 물려 있는 숯덩이는 그대로 화약 속으로 떨어진다.

회선은 봉준에게 명령했다.

"그 사람을 쏘세요."

세 사내가 눈을 부릅떴다.

"그자를 쏘라구요. 지저분해져도 좋으니 머리통을 겨누고 쏘세요."

이게 무슨 소린가. 서장옥은 주변을 둘러보았다. 총을 든 봉준의 눈이 이해할 수 없다는 듯 흔들리고 있었다. 개남은 정말 여자가 미쳤다는 것을 깨달은 표정이었다. 서장옥은 태물 장수를 바라보았다. 태물 장수는 회선이 봉준에게 쏘라고 하는 상대가 자신임을 느꼈는지 천천히 고개를 들고 여자를 바라보았다. 회선의 표정은 상을 들여올 때처럼 편안했다. 말과 행동 속에는 조금의 흔들림이 없다.

"쏘지 못하는군요."

그녀는 대답할 시간을 주지 않았다.

"좋습니다. 이래선 안 되겠어요. 마지막으로 조건을 드리지요. 셋을 세겠어요. 그다음은 없어요. 부지깽이에 걸린 숯이 떨어집니다."

"하나."

봉준은 회선을 노려보았다.

"둘"

봉준의 손이 떨리고 있었지만 총구는 여전히 바닥을 향해 있었다.

"셋!"

순간 봉준이 총을 들어올렸다.

그때였다.

옆에 있던 개남이 전봉준의 얼굴을 내리치고 총을 집어든 다음 서장옥을 향해 방아쇠를 당겼다. 매캐한 연기가 피었고 서장옥의 뒤통수에서 튀어나온 걸쭉한 것들이 벽에 흠뻑 발렸다. 이마에 조 그맣고 동그란 구멍이 난 서장옥의 얼굴은 점점 기울어졌다. 장옥의 고개가 누운 아이의 발 근처에서 건들거렸고 코에서 피가 뚝뚝 흐르고 있었다. 아이는 소리를 듣지 못한 것처럼 여전히 꼼짝 않고 누워 있다.

개남은 총을 집어던졌다.

전봉준이 턱을 쓸면서 허리를 폈다.

"젠장할, 너무 아프잖아."

"뭐 어때?"

개남은 딱딱한 표정으로 서장옥의 시신을 노려보며 무뚝뚝하게 입을 열었다.

"되었어. 우리가 죽였어."

봉준은 급하게 일어나 열구자에 설치된 관을 들고 밖으로 내갔다. 회선이 탄화를 집은 부지깽이를 놓고 쓰러지듯 옆으로 누워버렸다. 태물 장수는 화로를 넘어가 회선을 안았다.

개남이 태물 장수를 쳐다보며 물었다. "이자, 확실한가?"

태물 장수는 고개를 끄덕였다.

개남은 자신의 주먹을 어루만지며 중얼거렸다.

"놀라운 일이야. 서장옥이 칠 년 전 대원군을 속이고 해인사에 잠입해서 혜수를 죽인 정만인이었다니, 아직도 믿기지 않는구먼."

회선이 일으켜졌고 태물 장수는 빠르게 다가가 그녀에게 물을 먹였다.

그것을 지켜보던 개남이 무뚝뚝하게 말했다.

"자네의 계략이 없었다면 우리 모두 큰일날 뻔했어. 이런 귀신 같은 자를 속이는 게 쉽지 않지."

그리고 봉준을 돌아보며 말했다. "계획대로 놈을 잡았으니 어서 대원군에게 전갈을 보내. 그리고 저 아이를 제중원에 보내준다는 대원군의 약속은 틀림없겠지?"

"그러네. 서양식 병원에서 치료하면 의식이 돌아올 수 있다고 하니 틀림없을 거야."

"좋아. 이제 개벽이다."

개남의 어깨에서 우두둑거리는 소리가 났다.

만인의 얼굴이 조금씩 검게 변하고 있었다. 근육이 쪼그라들면서 입이 점점 벌어지고 허연 이가 우스꽝스럽게 드러났다. 비스듬히 기울어진 만인의 몸은 마치 아이의 발에 입을 맞추는 것 같았다.

아이는 아무렇지 않게 누워 있었다.

* * *

일 년 후
1894년 갑오甲午, 고종 31년
태인, 회문산 기슭.

뒤를 돌아보았다.
저것들은 혼령들이었다.
우금치에서 죽고, 금산에서 죽고, 청주에서 죽은 혼령들은 피를 흘리며 비적비적 따라왔다. 더러운 두정피갑을 걸친 사내, 종이 갑옷을 입은 사령, 머리가 터진 중, 썩은 눈알을 대롱거리는 해골 대가리들은 급기야 기괴한 소리까지 내기 시작했다.
만인은 허연 숨을 뱉으며 자드락길을 달렸다.
겨울 달빛은 서리 먹은 공기를 뚫고 곡수리 언덕을 비추고 있었다. 스산한 구름도 따라온다.
—시신을 종석이 초가에 두겠네. 관아에 그렇게 전하게.
품 안에는 호장戶長 임병찬의 서찰이 있었다.
새벽이 오기 전에 전주 감영에 있는 관찰사 이도재에게 서찰을 전해야 한다. 돈헌 임병찬은 옥구 출신으로 지난 대흉년 때 쌀을 풀었던 인물이다. 성품이 곧고 기개가 있어 최면암(최익현)과 함께 제소리를 낸다는 호남의 몇 안 되는 선비다. 그는 일찍이 병인년에 향시에 합격했지만 임금이 능멸받는 세상이 싫다며 관직에 나가지 않고 고향 태인의 종송리에 은둔하고 있었다. 조선에서 가장 강직한 그가 오늘 엄청난 일을 저질러버렸다. 서찰 안에 그 전말이 고스란히 담겨 있다.

임병찬이 만인을 부른 것은 잠자리에 들기 직전이었다.

임병찬은 다짜고짜 물었다.

"검을 아는가?"

"『조선세법朝鮮勢法』과 『기효신서紀效新書』는 훑은 적이 있습니다만."

"의외로군."

방안은 무거운 냉기로 가득했다. 입술이 찢어질 만큼 춥다. 만인은 고개를 들어 임병찬의 얼굴을 살폈다. 그의 입술은 탁하게 말라 있었다. 덮어둔 천을 걷고 차가운 뭇국을 바치자 그는 생각 없다는 듯 손을 내저었다.

"개남이 패했네."

어디선가 푸득거리는 종이 소리가 났다. 건조한 그 소리는 장지문의 찢어진 틈으로 찬바람이 들어오는 소리다.

"군내에는 이미 그를 색출하려는 관졸들이 깔렸습니다. 도성의 관군들도 고부로 집결하고 있다고 합니다."

"그래, 그가 여태 그곳에 있었으면 위험했을 뻔했네. 그전에 잘 데리고 왔지."

지금 뒷집 두용이의 마구馬廏에는 남원 부사와 고부 군수를 효시한 죄로 특급 수배가 내려진 태인 접두 김개남이 숨어 있었다.

"그의 검이 부러졌어." 그는 아쉬운 듯 탄성을 냈다.

9월 12일, 금구 원평에서 사태를 지켜보던 전봉준은 삼례에 사천여 명의 농민군을 집결시켰다. 2차 봉기였다. 법포들을 겨우 설득하여 손병희가 이끄는 부대와 연합 전선을 펼칠 수 있었기에 가능한 움직임이었다. 그러나 막상 농민군은 일본군의 화력에 속수무책이었다. 결국 우금치에서 크게 패한 봉준은 순창으로 도망갔다가 정읍에서 행방이 묘연해졌다.

그 전투에 참여하지 않았던 개남의 부대는 10월 14일 전주로 향했다. 전봉준이 서울로 치올라가던 그 시기에 개남의 목적지가 전주였던 이유는 "사십구 일을 머물러 있어야 혁명을 성사시킬 수 있다"고 하는 해인의 참서 때문이었다.

남문복기남조선

南門復起南朝鮮

남조선 신앙은 그를 독단으로 몰아넣었다. 아니, 해인 때문일지도 몰랐다. 10월 16일, 전주에 도착한 개남은 고부 군수 양필환, 남원 부사 이용헌, 순천 부사 이수홍 등의 목을 자른 후 23일에 금산을 점령했다. 해인의 뜻이었는지 개남의 부대는 실로 무적이었다. 23구경 장총으로 무장하고 있다던 관군도 도망가기 바빴다. 11월 10일 금산 진잠, 11월 11일 회덕 신탄진을 접수하자 개남은 잠시 숨을 돌렸다. 봉기한 지 사십구 일이 되려면 아직 열흘가량을 기다려야 했다. 한양에서는 관군과 일본 공사 이노우에가 보낸 군대가 내려오는 중이었다. 그들의 군세는 만만치 않았다. 결국 개남은 사십구 일을 채우지 못하고 11월 13일, 새벽 회덕과 문의 방면에서 청주성을 공격하였다. 결과는 참패였다. 그는 그곳에서 칠만을 잃어버리고 쫓기다가 옆 고을 서영기 집에 숨었다.

"어떻게 생각하나?"

임병찬이 쇠 가는 소리를 냈다.

만인은 '무슨?'이라며 고개를 쳐들었다.

"개남이 전봉준과 함께 서울로 북상했더라면 어땠을까? 그랬다면 저리되지 않았을 텐데."

임병찬은 개남의 실패가 두고두고 아쉬운 모양이었다.

"개남은 호걸이 틀림없지만 정연한 구석은 없지요."

"손병희나 이용구, 전봉준 등과 세력을 규합하며 종횡했다면 성공했을 텐데. 왜 그는 불보라처럼 단독으로 움직였을까?"

만인은 아무 대답을 하지 않았다.

그것은 해인 때문이다. 사십구 일을 채우지 못하고 움직인 것이 패전의 중요한 이유란 것을 만인은 잘 알고 있었다.

피신한 개남이 옆 고을에 머물고 있다는 소식을 들은 임병찬은 서둘러 사람을 보냈다.

—때를 봐서 남해로 피신할 자금을 대겠네. 서둘러 이쪽으로 오시게.

몸을 숨기기엔 평야 한가운데 위치한 서영기의 집보다 회문산 절벽이 돌아내린 이곳이 더 안전했다. 임병찬은 오랜 친구인 개남에게 자신의 집을 비워주고 자신은 거처를 옮길 생각이었다. 개남은 그 제의를 흔쾌히 수락했고 비복 하나를 데리고 온 것이 그제, 보름날이었다.

"……그가 남쪽의 기운을 올바로 받지 못한 것일까."

"그건 유가儒家가 할 소리가 아닌 것 같습니다."

만인이 딱딱하게 내뱉었다.

"뭐라?"

"나리께서는 소심하기가 그지없군요."

임병찬은 만인을 뚫어지게 쳐다보았다.

중처럼 파르라니 깎은 만인의 머리가 은은하게 빛을 발했다.

임병찬은 이상하다고 생각하던 참이었다. 푸른빛이 도는 이마, 꽉 다문 입술 위로 깊게 파인 인중, 그리고 저 숨결. 혀 짧은 소리를 내며 자신보다 오래 산 것처럼 말할 때마다 그는 묘한 괴기함을 느꼈다.

"자네, 대머린가? 아니면 민머리인가?"

"대머리라서 밀었습니다."

"좋지 않군. 신체는 부모에게서 받은 것이거늘."

임병찬은 질책하려다 그만두었다. 그런 말을 하려고 부른 것이 아니었다.

"개남을 어디로 피신시켜야 할까? 남해도 불안하고. 저 친구가 다시 도모하겠다고 벼른다면 호남에 근거를 두어야 하는데, 그러기엔 상황이 너무 좋지 않단 말일세."

친구를 피신시키는 것은 위험한 일이다. 자고로 도피자가 산 적은 있어도 숨긴 자가 살아남은 일은 없다.

"드려야 할 말씀인지 모르겠으나⋯⋯."

"하게. 자넨, 나랑 같이 죽을 사람이 아닌가?"

같이 죽을 사람? 그 말에 만인은 피식 웃음이 나왔다.

매화가 피었을 무렵, 동학 무리들을 피해 돌아다니다가 전주 향고에서 태조의 어진을 옮기고 있던 그를 처음 만났다. 만인이 '썩은 선비들처럼 어찌 글만 읽을 수 있겠습니까?'라고 말했을 때, 임병찬의 검은 눈이 자신을 심복으로 삼기로 마음먹었다는 것을 알고 있다. 그때부터 만인은 줄곧 이곳 임실의 임병찬의 집에서 그를 위해 먹을 갈았다.

"그럼 한마디 올리겠습니다."

심지에 벌불이 하얗게 고여 있다.

그 빛이 반드르르한 만인의 머리를 타고 유영하듯 마구 움직였다.

"불을 좀 꺼도 되겠습니까?"

임병찬이 고개를 끄덕이자 만인은 호롱의 불을 끄고 무릎걸음으로 다가갔다.

"나리께선 이를 중시하십니까? 의를 중시하십니까?"

어둠 사이로 내려앉는 만인의 낮은 목소리에는 탁하고 마른 먼지 냄새가 섞여 있었다.

파락, 파락.

외짝 여닫이문 한쪽에 구멍이 뻥 뚫려 있었다. 그 좁은 틈으로 들어오는 황소바람에 늘어진 문풍지가 크게 파닥거렸다.

"⋯⋯그게 무슨 말인가?"

"왜 사사로운 이_利에 집착하십니까?"

"집착?"

"조잡스러울 정도입니다."

"……음."

"어진 자로서 부모를 저버린 자가 없고 의로운 자로서 임금을 무시한 자가 없었습니다."

"지금 농민군이 임금을 무시한단 뜻인가?"

만인은 속으로 '됐다'고 외쳤다.

"그들은 충_忠을 내걸지 않았습니다."

"……그거야 청군이 임금을 잡고 있으니."

"농민군은 청군이나 일본군보다 법궁(임금이 사는 궁궐)을 적대시합니다."

"그렇지 않다! 그들은 외세를 배격하려는 것이다. 적어도 개남은 그런 사람이다. 내가 잘 안다."

"당치 않습니다. 그런 뜻이 있을 리 없습니다. 백번 양보해서 그렇더라도 사마귀가 수레를 막는 격입니다."

임병찬과 김개남은 동향의 막역지우였다. 왜놈과 되놈을 저주하는 것은 둘 다 의지가 같다. 그러나 깃털이 같은 놈들끼리 모이는 법. 임병찬과 김개남은 깃이 다른 자들이었다. 임병찬은 뼛속까지 위정_{衛正}으로 무장한 유생이었지만 김개남은 왕조를 뒤집으려는 혁명 분자였다. 임병찬 같은 유자들의 눈에 동학은 서양 오랑캐의 천주학과 크게 다르지 않았다. 동학은 노자처럼 세속을 초탈한 경지도 없었고 불교처럼 심오한 이치도 없다. 구질구질하게 서학의 천당과 지옥을 하늘과 인간으로 바꾸어서 터무니없는 말로 화와 복을 지껄인다고 생각했다.

애초부터 둘은 가고자 하는 방향이 달랐다.

임병찬의 고민은 따로 있었다. 그는 친구를 배신하는 것이 무엇보다 고민이었다. 그것은 의로운 일이 아니라고 생각하고 있었다.

체면일 것이다.

"……저들은 살자고 일어난 거야. 범에게 먹을 것을 찾아주는 못된 것은 민 씨들이네."

"그 말씀도 천한 선비 같습니다. 칙령은 민 씨들에게서 나옵니다. 이理만 추구하면 만승의 천자를 시해하는 자는 천승의 제후일 것이고, 천승의 제후를 시해하는 자는 필시 백승의 대부에서 나올 것입니다. 개남을 잡아 의義를 세우십시오."

임금을 바꿀 수 있다는 사상은 원래 맹자의 논리였지만 만인은 오히려 그 말을 빌려 임병찬에게 개남을 죽이라고 제의했다.

임병찬은 오랫동안 말을 잇지 않았다.

숨이 격해지고 있었지만 둘은 꼼짝도 하지 않은 채 얼굴을 마주 대고 있었다. 만인은 가라앉는 어둠 속에서 임병찬의 어깨가 흔들리고 있다는 것을 알고 있었다. 저런 얼굴을 하는 것은 당연하다. 지금 친구를 살리자고 모색한 자리에서 되레 죽이라는 소리를 들었다. 당황해야 그의 천성이다.

구멍으로 바람이 몰려왔다.

불을 끈 것은 바람이 들어오기 때문이다.

바람은 어둠 속이라야 분명하게 느낄 수 있다.

임병찬이 겨우 입을 뗐다.

"자네, 날 어찌 보고 그런 말을……."

"사사로운 정은 훗날 배신의 칼날이 됩니다. 나리께 도움이 되지 않습니다."

파닥파닥,

문풍지 소리.

겨울바람이 방안을 휘돈다. 돌장판도 차갑게 식은 지 오래다.

"사람을 보내 개남이 숨어 있는 곳을 관에 알리십시오. 그리 대단한 척하실 필요 없지 않습니까?"

"……그 도듬문을 좀 여미어주게."

드디어 임병찬은 바람을 막기로 했다.

* * *

임병찬이 불을 켰다.

불빛에 드러난 임병찬은 어둠 속에서도 한 번도 감지 않았던 것처럼 사납게 눈을 뜨고 있었다.

만인은 그만 입을 크게 벌리고 말았다.

앉아 있는 임병찬의 뒤로 무언가가 뚝뚝 떨어지고 있다.

천장을 올려다보았다.

덕지덕지 붙은 굴피들 사이로 누렇게 때가 입은 천장 한쪽이 부풀어 처져 있었다.

'젖었다!'

발라놓은 한지가 불룩하게 아래로 늘어진 것을 보니 뭔가 무거운 것을 올려놓은 게 분명했다. 피는 거기서 떨어지고 있었다.

"드디어 살이 터진 모양이군."

임병찬은 천장을 보며 입맛을 쩝쩝 다셨다. 비가 새듯 붉은 피가 임병찬 등뒤로 뚝뚝 떨어진다.

"……이미 의를 좇으셨군요."

임병찬의 얼굴에는 신의 깊은 선비의 위엄은 온데간데없었다. 의외였다.

그는 이미 두용이 집에 은거하고 있던 개남을 벤 것이었다.

이건 만인도 생각지 못한 결과다.

임병찬은 묘한 콧소리를 내며 인중을 찌그러뜨렸다.

"공경대부의 지위가 아님에도 임금의 곡식을 얻어먹은 지 이미 여러 해 흘렀네. 어찌 내 가만히 있을까. 저 목이라도 바쳐야지. 힝."

허, 만인이 혀를 찼다.

그래도 말은 바로 해야지. 저 말은 틀렸다. 그는 임금의 곡식을 얻어먹은 게 아니라 농민의 곡식을 얻어먹고 있었다. 억지로 명분을 찾으려니 저런 비루한 소리가 나오는 것이다. 만인은 마주앉은 천한 선비의 입냄새를 피하며 몸을 일으켰다.

"시신을 어디에 둔 것입니까?"

"이엉 아래 두긴 했네만……."

온돌을 때지 않은 이유를 알겠다. 차가운 바람을 그냥 두는 이유도 알겠다. 삼한의 반을 호령하던 태인 접두 범아재비 김개남은 이렇게 천장의 들보 아래 거죽에서 썩어가고 있었다.

"이제 어찌해야 좋을까?"

"서둘러 전주 감영에 알려야 합니다. 나리께서는 저 시체를 두용이 집 마구로 다시 갖다 두십시오. 관군에게는 그저 시신만 수습해 가라고 말해두면 됩니다."

임병찬은 단죽을 꺼내 불을 붙였다.

"피울 텐가?"

만인도 단죽을 꺼냈다. 냄새를 지우는 데 담배만 한 것이 없다. 그러고 보니 아까부터 썩은 비린내가 올라오는 것 같았다.

"조심할 것이 있습니다, 나리."

임병찬은 불을 붙이다 말고 만인을 쳐다보았다.

"나라에서 녹을 내릴 것입니다. 절대로 받지 마십시오."

임병찬은 그 말이 무슨 뜻인지 잘 알고 있었다. 그래야 민심이 임병찬을 적으로 두지 않을 것이다.

"지금부터 저 시신은 관군에게 즉시 참살당한 것이며, 임금의 명에 의해 토막 난 것입니다."

임병찬은 고개를 끄덕였다.

"자네가 가주게."

"네, 제가 가야겠습니다."

"읍성에 관찰사 이도재가 있을 것일세."

"나리의 뜻을 소상하게 전하겠습니다. 그는 오히려 감사하게 생각할 것입니다."

임병찬은 다시 고개를 돌려 천장을 쳐다보았다.

"워낙 거물이니 천하의 이도재라도 살려서 한양으로 보낼 수는 없겠지."

"그럼요. 관군 입장에서도 큰 부담이었을 겝니다. 살려서 올려보낸다 해도 이송중에 분명히 개남을 빼돌릴 자가 나올 것이니 지금 죽이는 게 옳았습니다."

두둑.

천장에서 물러진 종이가 찢어졌는지 연달아 두어 방울이 떨어졌다.

"근데 나리."

만인은 잠시 머뭇거리며 작게 어금니를 부딪쳤다.

"뭔가?"

"개남에게는 심복이 하나 있었을 텐데요."

"그놈은 뒷방에 묶어두었네."

임병찬은 단죽에 불을 붙이며 말했다.

"그놈도 자네가 처리하게. 그리고 서두르게나. 새벽 전까지는 감영에 도착했으면 하네."

* * *

뒷방의 문받이턱을 넘자 고약한 군둥내가 끼쳤다.

만인은 기름등에 불을 붙였다.

냉골 바닥에 누워 있는 자는 예상한 대로 태물 장수였다. 두 다리가 으깨져 있었다. 펑퍼짐하게 두른 바지에서 고약한 냄새가 났다.

보자.

만인은 앉자마자 주변을 둘러보았다. 바닥에는 태물 장수가 평소 몸에 지니고 다니던 바늘집이 눈에 들어왔다. 갑을 열어보니 굵은 대바늘 대여섯 개가 들었다. 머리카락을 다섯 모숨으로 나누고 줄로 각기 묶은 다음 바닥에 대고 대바늘로 단단히 고정했다. 커다란 목침을 목덜미 아래로 밀어넣자 목이 꺾이며 태물 장수의 턱이 높이 섰다. 만인은 호롱불을 그의 턱 위로 가져갔다.

"……부탁이다, 그냥…… 죽여라." 태물 장수가 사정했다.

"그래, 네가 모신 자가 지붕 위에서 저렇게 몸이 터져 있는데 넌 이제 어쩔래?"

"……아기장수가 죽으면…… 박마도…… 따라 죽는다."

"지랄하고 자빠졌다. 하루살이 같은 놈."

"……어떻게 살아난 거야. 물레방아…… 절굿공이 아래…… 네놈의 부서진 머리를 박아두었는데."

"그것 때문에 고생 좀 했다. 씹할, 깨어나면 머리가 박살나고, 또 깨어나면 박살나고, 아주 죽는 줄 알았다."

만인은 또 생각하니 대견한 듯 흐뭇하게 웃어 보였다.

그러자 태물 장수가 끽끽거리기 시작했다.

"하루살이는 네놈이었군."

"웃어? 웃을 여유가 아직 있나 보군."

불붙은 심지에서 뜨거운 기름이 태물 장수의 코 안으로 뚝뚝 떨어졌다. 우어어어어. 만인은 호롱 뚜껑을 열고 아예 기름을 콧구멍에 붓기 시작했다. 살이 타들어가면서 벌건 힘줄이 녹아든다.

"해인은?"

"……먹었어." 코가 뻐끔하게 파인 태물 장수가 흐무러지듯 말했다.

"회덕에서 사십구 일 동안 저 소 같은 놈을 붙잡고 있었던 게 너지? 저놈이 저렇게 된 이유는 바로 너 때문이었어."

"……그가 욕심을 부린 탓이다. 종국에는 왕이 되려 했어."

"거봐, 혁명하는 자도 금세 헌 자루가 될 뿐이라니까."

"닥쳐라."

"회선이 방에서 전봉준이와 김개남이를 끌어들여 날 조진 건 꽤 멋진 계략이었어. 그러나 넌 인간들의 욕심을 너무 가볍게 보았구나. 그들을 믿다니."

"……이번에는 성공했어야 했어."

"숙지 그년은 어떻게 되었나?"

"숙지 그년?"

"회선이 말이야."

"성모에게 그런 식으로 말하는 것을 보니 너 지금 완전히 짐승 쪽이 된 모양이군."

"중앙성이 아직 뜨지 않았어. 그건 성모가 죽지 않았다는 거지. 회선이란 년, 용케 살아 있나 보군. 그때 숯덩이를 쳐들고 보기 좋게 날 속였을 때 꽤 당돌했어. 여태 비리한 여자로만 태어나다 그런 당찬 모습을 보니 감회가 새로웠다고나 할까. 그래, 그런 년도 돼봐야지. 그런데 뭐냐, 네놈은? 박마란 놈이 성모 곁에 붙어 있지 않고 여기서 왜 이러고 있는가? 지금 여기 누워 있다는 것 자체가 실패한 거라고. 아마 그년도 난리통에 요리조리 피해 다니고 있는 모양인데 내 장담하지. 앞으로 삼 년을 채 살지 못할 거다."

"숙지는 회임에 실패했어."

"저런, 쓸모없는 몸이 돼버렸네. 그렇다면 빨리 죽여버려야겠군."

태물 장수는 부은 눈덩이를 벌리며 만인을 노려보았다.

"네놈이 죽지 않듯 나도 죽지 않는다. 난 영원히 너를 따라다닐 것이다!"

"닥치고 해인이 있는 곳을 말해."

그러자 태물 장수가 만인을 보고 비웃듯 중얼거렸다.

"놈. 불안 가득한 눈은 여전하군."

정만인은 그 말에 몹시 기분이 나빠졌다. 약해빠진 놈이 불사의 삶을 살더니 이제 느긋함까지 배웠다. 언제나 자신의 계략에 놀아나던 놈이 아니었던가.

만인은 태물 장수의 턱을 움켜잡았다.

"됐고, 해인을 돌려주고 이제 편히 떠나."

"먹었다니까."

만인은 방 한구석에 버려진 그의 짐을 뒤지기 시작했다. 자줏빛 보자기에는 환을 만드는 약연과 작은 맷돌이 들어 있었다. 그 외에도 낡은 수첩, 총알을 담은 주머니, 붓 세 필, 단도가 나왔다. 해인은 없었다.

만인은 환을 담아둔 상자를 한동안 뚫어지게 쳐다보았다. 의미를 찾는 것 같았다.

그것은 해인을 보관하던 상자다.

"마지막으로 묻는다. 어디에 두었나?"

"먹었어."

"그래?"

보자기에서 꺼낸 태물 장수의 칼을 세워 그의 단전을 푹 찔렀다. 태물 장수는 고통스럽게 등을 이리저리 비틀었다.

"움직이지 마. 움직이면 피가 새."

만인은 구석에서 긴 천을 찾아내 칼 환도막이 부분을 동여 묶은 다음, 태물 장수의 허리 아래로 두세 번 휘감아 돌리고 칼자루 감개에 묶었다. 칼은 배에 수직으로 박혀 단단히 고정되었다. 그러는 와중에 피고름이 만인의 소매에 묻었다. 소매를 흘겨보며 찝찝한 표정을 짓던 만인은 태물 장수의 더러운 장삼을 찢어서 그의 목 아래를 감았다. 태물 장수의 배가 물컹거리며 크게 한 번 위로 부풀었다. 배 위로 피가 뱄지만 흐르거나 넘치지는 않았다.

태물 장수는 폭풍처럼 거칠게 숨을 내쉬고 있었다.

"걱정하지 마. 혈을 잡아놨으니 중초中焦에는 피가 안 돌아."

만인이 남은 기름을 코에 흘려 넣으려 하자 그가 두렵다는 듯 고개를 흠칫했다.

"고통스럽긴 한 모양이군."

"자…… 잔인하게 굴지 마라."

그는 남은 기름을 모조리 태물 장수의 코에 쏟아부었다.

태물 장수의 녹아버린 코에서 역겨운 연기가 피어올랐다. 만인이 오랫동안 다양한 고통을 주었지만 태물 장수의 대답은 그저

'먹었다'는 말뿐이었다. 남은 기름을 다 부어도 그는 정신을 잃지 않았다.

"질긴 놈이네. 네가 좋아하는 거 가지고 왔다."

만인은 품에서 뱀을 꺼냈다.

그는 화투장을 째듯 뱀의 머리를 눌러 아귀를 벌리고 검지를 후벼파서 들어간 이빨을 빼냈다. 그러나 태물 장수는 예상과 달리 몸부림을 치지 않았다.

"어라, 놈. 뱀을 무서워하지 않네?"

만인이 뱀 아가리의 튀어나온 이빨을 그의 허벅지에 박아 넣었다. 태물 장수는 더는 소리칠 기력이 없었는지 그저 뱀을 멍하니 쳐다보기만 했다.

태물 장수는 얼마 버티지 못하고 다시 기절했다.

* * *

호롱불이 서서히 꺼지려 하고 있었다. 만인은 심지를 뽑아 우묵하게 뚫린 태물 장수의 얼굴에 박아 넣고 불을 붙였다. 그는 늘편하게 앉아 침을 묻혀가며 수첩을 차근차근 훑기 시작했다. 서포의 김개남 부대가 이동한 경로와 군량을 빼곡하게 기록해놓았다. 마지막 장에 언문으로 '즙희緝熙*를 삼키다'라고 적혀 있었다. 놀란 만인이 급하게 수첩을 접으며 태물 장수를 돌아보았다.

---

* '매우 밝게 빛난다'는 뜻.

'이 새끼, 진짜 삼켰나?'

허리에 묶어둔 천을 풀었다.

꽂혀 있던 칼을 뽑아 반달 모양으로 배를 갈랐다. 손을 넣고 이리저리 내장을 휘저으니 위장 속에 딱딱한 것이 만져졌다. 위장을 가르자 비단으로 싼 길쭉하고 네모난 물건이 나왔다.

해인이었다.

"정말 삼켰군. 햐, 이 새끼."

만인이 허탈해했다.

가방에서 담비 가죽을 꺼내 그것을 둘둘 말았다.

태물 장수는 숨이 끊겨져 있었다.

만인은 옷을 걸치고 일어났다. 서둘러야 했다.

장지문 밖에서는 나무판을 때리는 빗소리가 요란하다.

'이 무슨, 겨울밤의 비인가.'

조금 전까지도 달이 휘영청했던 하늘이다.

우수수수.

빗소리 사이사이로 수수가 부러지는 소리가 시끄러웠다.

뒤이어 연하게 날 피리 부는 소리도 들린다.

석연치 않았다. 여긴 고지대의 언덕이다. 수수밭이 있을 턱이 없다. 소리는 발소리 같기도 했다.

'관군들이 집 주변을 에워싸고 있는 건가?'

만인은 불을 끄고 장지문을 살포시 열었다.

쏴아.

떨어지는 빗발.

오래뜰 앞에는 수많은 그림자가 비를 맞고 서 있었다. 어둠이
눈에 익자 분명히 보였다. 仁(인)과 義(의)를 새긴 깃발 한 쌍. 자
욱한 연무 사이로 엉기적거리는 그들의 모습.

처참했다. 수건으로 눈을 가리거나 피가 밴 거적을 두른 자들은
화승총을 어깨에 걸치고 반쯤 잘려나간 얼굴을 덜렁거리면서 죽
창을 짚고 비칠거리고 있었다. 작달막한 말뚝같이 서 있는 그들은
입구에서 골목 고샅까지 가득 들어찼다.

'혼령들이구나.'

귀를 기울이니 낮은 소리로 무언가를 웅얼거린다.

　북쪽 바람을 타고 산을 넘을 때까지
　열심히 징검다리를 놓으세.
　그가 삼한으로 갈 수 있도록
　열심히 징검다리를 놓으세.

농민군이 전투에 임할 때 외운다는 행송이다.

만인은 혀를 찼다. 이것들은 청주성 공격 때 죽은 개남의 군사
들이었다.

'그래, 그곳에 수수밭이 있었지.'

그들은 임병찬의 초막 마당으로 절름절름 들어오려는 기색을
보였다. 죽담 너머로 아직 들어오지 못한 놈들도 이리저리 대가리
를 흔든다.

두령의 시신이 초막 천장에 걸려 있으니 그걸 찾아온 것일까.

설마.

만인은 품 안의 해인을 만지작거렸다.

'저 새끼가 또 수작을 부린 건가?'

이 해인이 진짜라면 저 귀신들은 이 주변에 얼씬도 못 해야 옳다. 해인은 귀신을 쫓는 가장 확실한 물건이기도 하다. 만인은 피묻은 해인을 툇마루 앞으로 가만히 밀어보았다. 마당에 서성이던 귀신들은 내미는 팔에 몇 걸음 뒤로 물러나는 것 같더니 금세 다시 다가왔다. 태물 장수가 입은 옷을 몽땅 벗겨 마당으로 던져보았다. 그러자 녀석들은 환장한 늑대처럼 그것 주위로 몰려들었다.

'피 때문이구나.'

해인에 묻은 태물 장수의 피가 저들을 부르는 것이다. 만인은 문지방 너머로 손을 뻗어 툇마루 한구석에 놓여 있던 국밥 쟁반에서 술병을 잡고 방문을 닫았다. 쌌던 비단으로 해인의 표면에 묻은 피를 닦아낸 다음 남은 술로 깨끗이 씻었다. 피를 닦은 비단마저 마당에 던져주고 해인을 화각 상자에 담았다.

천천히 툇마루로 나왔다.

밝은 달빛이 기다렸다는 듯 어깨에 닿는다.

'아니, 비가 왔었는데…….'

다시 방으로 들어가보았다. 화살이 떨어지듯 세찬 비가 쏟아진다. 다시 툇마루에 나와 섰다. 휘영청 달이 보인다.

'탁한 기운 때문에 공간이 바뀌는 모양이군.'

참 더러운 땅이다.

불행한 자들이 더러운 땅에서 한을 뿜으며 사는구나.

그래, 요즘이라면 저것들이 이 동네 저 동네를 떠돌 만하다. 왕이 불러들인 청군과 왕비 년이 불러들인 일본군은 사냥하듯 사람을 죽이고 있었다. 그들이 지나는 고을마다 시체가 산을 이룬다. 지금 정읍과 임실, 전주 지역은 그저 장대 한 자루만 쥐고 있어도 저들에게 무참히 살육당한다. 동학당 시체보다 아낙과 아이들의 시체가 더 많았다. 과거 임진년이나 병자년 때보다 더 고달픈 요즘이었다.

마당으로 나갔다.

임병찬의 방에는 불이 꺼져 있다.

혼령들이 비트적거리며 만인에게 몰려왔다. 해인함을 휘두르자 녀석들은 수꿀하게 몸을 옹송그린다.

서두르자.

예전에 봐둔 하조도 근처 무인도로 갈까 생각했지만 전주 감영이 있는 쪽으로 몸을 돌렸다. 개남의 주검은 수습해야겠다고 결심했다. 무모했지만 용맹하고 대견한 자였다. 기개만으로 보자면 가장 아기장수에 가까웠던 인물이었다.

만인은 뒷문으로 나와 달렸다.

혼령들이 절름거리기 시작했지만 그의 걸음을 따라올 수 없었다. 내달리니 어느새 숲이 열렸고 넓은 언덕길이 나왔다. 차가운 달빛에 그림자가 선명했다. 뒤를 돌아보았다. 혼령들은 보이지 않았다. 멀리 우뚝 솟은 굴밤나무 아래로 임병찬의 초막이 어스름하게 보일 뿐이었다.

— 냄새나는 놈들.

그때 무언가가 그의 어깨에 올라탔다.

툭.

투, 툭.

그렇게 하나씩 올라타는 느낌이 들었다. 처음에는 무겁지 않았는데 여러 번 반복되자 뚝 하고 허리가 휘었다. 누군가 다리를 잡았다. 중심을 잡지 못한 만인은 딱딱하게 언 땅에 턱을 찧고 말았다. 싸리비 같은 손 하나가 머리를 눌렀다.

툭, 툭.

여기저기에서 그림자가 휘어지더니 그의 몸 위로 올라탔다. 어느새 나타난 혼령들이 그의 몸을 누르고 있었다. 혼령들은 이놈 저놈 가릴 것 없이 그의 몸을 덮었다. 차가운 바닥에 볼을 대고 인상을 쓰던 만인은 언 땅으로 무언가가 돌처럼 데구루루 구르는 것을 똑똑히 볼 수 있었다.

임병찬의 머리였다.

죽은 자들의 거친 손은 만인의 몸 이곳저곳을 더듬었다.

정만인은 해인을 삼키려 애를 썼다.

태물 장수가 해인을 뱃속에 감추고 있었던 이유를 비로소 알 것 같았다. 봉분처럼 겹겹이 올라타는 혼령들에 묻혀 만인의 모습이 더는 보이지 않았다.

겨울 하늘에 떠 있는 달은 팽창할 듯 부풀어 있었다.

임신할 수 없는 성모

— 윤심덕

1926년 병인丙寅, 8월 4일 오전 2시

조선 해협

연락선 도쿠주마루

사관 복장을 한 백한은 일등실 복도를 뛰었다.

복도 맨 끝 방 207호의 철제 알루미늄 손잡이를 밀었다. 문이 열려 있었다. 불이 꺼진 방안에는 향수 냄새가 진하게 고여 있다.

사향의 맵고 알싸한 냄새.

백한은 들고 있던 손전등을 내던지고 벽을 더듬어 불을 켰다. 붉은 천으로 싸놓은 두 개의 침대에도 사람이 누운 흔적은 없었다. 침대 사이 바닥에는 포개듯 놓인 커다란 여행용 가방 두 개가 있었다. 남자의 것과 여자의 것이다. 살펴보니 둘 다 자물쇠로 꽁꽁 채워져 열리지 않았다. 이동용 서랍 위에 갓을 씌운 스탠드도 온기가 없다. 둥글게 개켜놓은 수건과 물잔 두 개도 사용하지 않은 채 고스란히 놓여 있었고 고객용 실내화도 시모노세키 항을 출발할 때와 다름없이 그대로다. 다만 옷걸이에 남자용 줄무늬 데일리 재킷과 여성용 클로슈 모자가 걸려 있는 게 보였다. 재킷 주머니에는 현금 150전과 금시계 그리고 메모지가 나왔다.

이 메모를 발견하신 분은 짐 가방을 아래 주소로 보내주시기 바랍니다.
전남 목포부 북교동 김수산, 경성부 서대문정 2정목 273번지 윤수선.

김수산은 불사 정만인이 이 배를 탈 때 사용했던 이름이고 윤수선은 숙지가 동경에서 종종 쓰는 가명이었다.

'큰일났다.'

백한은 혈관에서 피가 요동쳤다.

좁은 복도로 나와 두리번거렸다. 삼등석은 모두 찼으니 갑판 아니면 빈 객실일 것이다. 이번 항로에서 일등석의 빈 객실은 총 다섯 개였다. 3층과 4층에 각각 두 개씩 그리고 지금 그가 있는 2층의 복도 맞은편에 한 개가 있었다. 조타실로 달렸다. 열쇠를 가지고 움직여야만 시간을 절약할 수 있을 것 같았다. 조타실에는 일본인 조장이 담배를 피우며 앉아 있었고 승조원 한 명이 키를 잡고 있었다. 그는 조장의 물음에 답하지 않고 벽에 걸린 통을 열어 비상 열쇠 꾸러미를 들고 내달렸다.

4층 두 번째 객실의 문이 잠겨 있지 않았다. 시모노세키에서 출발할 때부터 아무도 예약하지 않은 가장 크고 화려한 객실이다.

두 사람은 거기에 있었다. 이들은 자신들의 객실에는 짐만 둔 채 지금 다른 방에 들어와 있었다.

문을 열고 안을 들여다보던 백한은 천천히 문을 닫았다.

그는 복도 끝으로 가서 전압선이 연결된 상자를 열고 복도를 비추는 실내등을 모조리 껐다. 다시 객실 앞에 와서 섰다. 힘을 조절하며 무거운 문을 밀었다. 불이 켜 있지 않은 방안에서 두 사람은 부둥켜안은 채 마주보고 서 있었다. 창가로부터 흐르는 빛을 받은 그림자가 바닥에 길게 늘어나며 바라보는 백한의 발밑까지 이어져 있었다.

어둠이 가득 들어찬 객실에서 들리는 얇은 신음.

객실 안에서는 끔찍한 일이 벌어지고 있었다.

숙지는 고개를 돌리려 하는 사내의 얼굴을 감싸고 자꾸 자기를 바라보게 하고 있었다. 시선을 외면하려는 사내의 움직임은 수동적이었지만 끝까지 그럴 것 같진 않았다. 숙지의 둔부 치마 어귀를 꽉 움켜잡고 있는 그의 손에 힘이 배어 있다는 것이 말해주고 있다.

"한 번만 키스해주세요."

숙지의 신음에 만인은 배려 가득한 어조로 그래선 안 된다고 충고했다.

"제발 한 번만요. 키스라도 나누고 싶어요. 오늘이 당신과 저의 마지막 날이 되는 거잖아요."

사내도 약간 흐느끼는 것 같았다.

"당신을 느끼게 해주세요, 네?"

숙지는 매달리고 있었다.

두 팔로 그의 목을 감은 숙지는 사내의 거부에도 기어이 그의 입술을 찾아 물었다. 두 사람은 흐느끼기 시작했다. 긴 입맞춤이 끝나자 숙지는 그의 품에 얼굴을 묻었다. 창가로 들어오는 빛에 담긴 그녀의 긴 목은 둥글게 말려갔다.

백한은 눈을 꼭 감고 말았다.

회한이 밀려왔다. 그토록 간절하던 숙지가 지금 저 짐승에게 애원하고 있다.

이런 일이 있을 수도 있구나.

눈물이 밀려 나왔다.

이번 생의 숙지는 만인을 지극히 사랑하고 있었다.

중양성은 1897년에 떴고 그해 평양에서 숙지는 다시 태어났다.

기생의 딸이었다. 기생은 딸을 백한에게 넘겼고 백한은 어린 소나무를 키우는 육종업자 윤석호에게 주었다. 윤석호는 숙지를 심덕이라 이름 지었다. 심덕은 경성여자고등보통학교 사범과를 우등으로 졸업했고 선생이 되었다. 그녀의 첫 발령지는 강원도 원주였다. 심덕은 진홍의 카르마를 잊지 못했던지 교사 생활을 그만두고 성악을 공부하기 위해 총독부 관비 유학생의 신분으로 동경으로 유학을 떠났다. 백한은 조선에 남아 다음 말을 준비하고 있었다. 아오야마가쿠인을 거쳐 우에노 공원에 있는 동경 음악학교 성악과에 입학한 그녀는 단번에 스타가 되었다. 조선에서는 물론이고 일본의 조선인들도 그녀의 노래를 듣기 위해 구름같이 몰려들었다.

만인이 숙지에게 접근했다는 정보를 얻었을 때 백한은 다소 난감했다. 당시 만인은 일본 유학생 신분을 하고 있었다. 그것은 백한에게 있어 그동안 겪어보지 못한 새로운 난관이었다. 백한은 쉬이 일본으로 건너갈 수 없었다. 뱃삯을 구하기도 여의치 않았고 일본어를 능숙하게 구사하지도 못했다. 간신히 조선과 일본을 오가는 연락선에 승무원으로 취직할 수 있었고 수시로 일본과 조선을 오가며 숙지의 동태를 살폈다.

숙지는 동경에서 유학생들과 잦은 교우를 가졌다. 숙지에게 호감을 품었던 조선인 유학생들은 대부분 장가를 든 자들이었다. 만인도 기혼자로 행세했다. 숙지는 호남의 지주 아들이자 희곡을 쓰는 자로 분한 만인에게 끌린 모양이었다. 두 사람이 교제한 것은 1925년, 작년 여름부터다.

"……사랑해요."

"……사랑해요. 사랑해요."

그녀는 울부짖고 있었다.

백한은 흠뻑 젖은 손바닥으로 얼굴을 쓸었다.

이마 언저리에서부터 통증이 핏줄을 타고 해일처럼 내려간다. 사랑한다는 숙지의 말이 들릴 때마다 두개골 안에서 수십 개의 바늘이 요동치는 것 같았다. 이 깊은 압박은 거통환으로도 멈출 수 없는 것을 잘 안다.

질투.

그것은 질투였다.

오래전 동계 땅에서 만인에게 느꼈던 왜소한 감정들이 올올히 치솟았다. 그를 극복하고 완전히 홀로 섰다고 생각했는데…….
긴 생을 이어오면서 인간이 가지는 갖은 감정들도 모두 통달했다고 믿었는데…….

그는 질투라는 낮고 골 깊은 감정을 없애지 못한 채 부들거리고 있었다. 숙지에 대한 간절함. 그것이 크면 클수록 수반되는 지저분한 것들이 추악하게 살아 오르는 모양이었다. 이런 상태로 박마가 되려 했다니. 이런 내가 박마들을 모질게 질책했다니. 그는 자학하고 의심했다.

숙지가 만인의 눈을 보며 물었다.

"그 꿩의 바다에서 당신과 헤어진 후에 저는 어떻게 살아왔던 걸까요?"

백한은 핏기가 가시는 것 같았다.

꿩의 바다.

만인이 그녀의 등을 두들기며 말했다.

"당신은 늘 고통 속에 머물러 있었소."

"그 이후의 삶은 아무 기억도 나지 않아요."

"그렇겠지."

"……하지만 늘 당신과 함께였던 거죠?"

"그랬소. 늘 나와 함께였었소."

훔쳐보는 백한의 눈에서 선명한 빛이 퍼졌다.

그는 문을 닫았다.

복도 벽에 기대 뛰는 가슴을 움켜쥐었다. 지금 숙지는 놀라운 말을 했다. 꿩의 바다. 이번 생의 숙지는 과거 꿩의 바다에서 있었던 일들을 기억하는 모양이었다. 백한은 기뻐 입을 다물지 못했다. 얼마나 원했던 것인가. 오랜 세월 그녀를 찾아다니면서 숙지가 과거를 기억해주길 바랐던 것이 몇 번이었던가.

이번 생이 바로 고대하던 그 생이었다.

마음을 진정시킨 그는 다시 문을 밀고 안을 들여다보았다.

"그토록 오랜 시간이 흐르고 이제야 제가 당신을 알아보는군요."

"나도 이런 일이 정말 있을 줄 몰랐다오."

검은 두 사람의 얼굴이 다시 붙었다.

다른 여자보다 머리 하나가 더 큰 숙지는 만인과 키가 엇비슷했다. 격정적인 키스를 하는 두 사람의 고갯짓을 지켜보는 백한은 혀를 말고 낙심한 채 복도 객실에 우두커니 서 있는 것 말고는 달리 아무것도 할 수 없었다.

그것은 그의 것이어야 했다. 그것은 자신과 슬픈 호수의 이야기였다. 그녀는 자신의 등에 기댄 채 숨을 끊었다. "나의 박마가 되어주세요"라고 애원하며 바라보던 간절한 눈동자도, 퍼지는 노을을 가득 담고 찡그리던 솜털 같은 이마도, 수염을 쓸어주며 이리저리 옮겨가던 부드러운 손도 모두 호수의 물빛 아래에서 일어났던 일이다. 그것은 오롯이 그의 것이었다. 새벽길 떠나면서 자신을 기억하지 말아달라고 쏘아붙이던 무서운 눈빛까지도 이렇게 기억하고 있는데.

한 번만, 단 한 번만이라도 느끼고 싶었는데.

지금 그것을 자신이 아닌 저 짐승이 느끼고 있다.

당신을 껴안고 있는 자는 세월을 거스르며 당신의 몸을 이용하려던 악마요. 제발, 숙지!

저 짐승이 쏘아대는 비 화살을 온몸으로 막으며 그녀를 지켰던 것은 자신이었다. 동족의 처절함과 바꾼 사랑이다. 그런데 지금 누구한테 꿩의 바다의 그리움을 토로하고 있는 것인가.

그는 가슴이 크게 부풀리며 격정에 빠졌다.

그녀를 안고 흐느껴야 할 사람은 바로 자신이어야 했다.

백한은 신음하며 혀를 물었다.

냉정해야 했지만 몸이 말을 듣지 않는다.

숙지를 조선으로 데리고 가야 하는데.

그는 퀭한 눈을 자꾸 비벼댔다. 혈관 곳곳에서 통증이 퍼지며 근육으로 층층이 올라왔다. 머리카락들이 올올이 서며 팽팽해졌다.

나는 박마다. 이런 감정들로 흔들려서는 안 되는데.

저 짐승에게서 그녀를 떼야 하는데.

그는 눈을 마구 비벼댔다.

* * *

백한은 갑판으로 달렸다.

그믐을 사흘 앞둔 여름의 밤바다는 칠흑처럼 어두웠다. 시모노세키 항을 떠나 부산으로 향하는 연락선 도쿠주마루는 별들을 헤치고 유유히 흐르고 있다.

백한은 철제 기둥을 잡으며 이리저리 갑판 위를 헤맸다. 선미에는 아무도 없었다. 마른세수를 했다. 얼굴에서 끈적끈적한 점성이 느껴졌다. 양손을 펼쳐보았다. 손바닥에 페인트가 가득 묻어 있었다. 손금과 지문의 형상들과 어우러진 붉은 손바닥. 피일까, 페인트일까. 환각이다. 백한은 이 환각이 통증 때문이란 것을 알고 있었다. 과거 이순신의 기도처에서도 그랬다. 그는 정신을 잃지 않아야 했다. 숙지를 찾아야 했다.

선체 앞부분에서 그들을 찾을 수 있었다. 두 사람은 손을 맞잡은 채 난간에 서서 바다를 바라보고 있었다. 흰 셔츠와 흰 바지를 입은 정만인은 숙지의 어깨를 돌리고 자신을 바라보게 했다.

"나도 당신과 고통을 함께하겠소."

"불필요한 일이에요. 저 하나만 떨어지면 되는걸요."

"아니오. 함께 떨어집시다."

"정말 그래주시겠어요?"

"물론이오. 당신이 느낄 고통을 생각하면 난 견딜 수가 없소. 저 차가운 바닷속에서 당신의 마지막을 내가 꼭 안을 거요. 불사의 몸을 가진 나는 다시 살아나겠지만, 그래서 또 혼자 남아 울부짖겠지만, 그래도 이 순간만큼은 당신과 함께 죽겠소."

"사람들의 우리의 죽음을 알까요?"

"편지를 써놓았소. 우리 짐은 승무원이 고향으로 보내줄 것이오."

"……난 다시 태어나는 건가요?"

"아마 그렇게 되겠지. 그리고 다시 내가 당신을 찾겠지."

"내가 다음 생에서도 당신을 알아볼까요?"

"글쎄."

"이생이 건너가는 생인 줄 몰랐어요. 하지만 기뻐요. 당신을 다시 만나게 되어서. 그것만으로도 이생은 저에게 충분히 의미 있어요."

숙지는 행복한 표정을 지어 보였다.

만인은 슬픈 얼굴로 그녀를 바라보았다.

"아마 다시 태어나면…… 당신은 나를 기억할 수 없을 거요."

"괜찮아요. 그러지 못한다 해도."

"수면제 같은 거로 편하게 보내고 싶소만."

숙지가 말을 잘랐다.

"추하고 부질없는 몸뚱이를 남기기 싫어요. 이게 좋아요."

밧줄을 매어놓은 철제 기둥 옆에 숨어 지켜보던 백한은 냄새에 서성거리는 고양이처럼 이리저리 몸을 흔들었다. 사태를 파악해야만 했다. 대체 둘은 왜 갑판으로 나온 것일까? 저 짐승이 무슨 말을 했기에 숙지가 스스로 목숨을 끊으려 하는 것일까?

만인은 숙지의 새 몸을 원하고 있다. 저 짐승은 숙지가 다시 태어나주길 바라는 것이다. 직접 죽이지 않고 스스로 죽게 하려는 것이다. 그러나 숙지는 죽을 이유가 없다. 힘들게 사랑을 기억해 냈는데 여기서 죽으려 하다니…….

빈 객실에서 밀회를 나누던 두 사람은 함께 갑판으로 나왔다. 객실의 복도에서 그들을 지키던 백한은 잠시 배의 상층부에서 배회하다가 곧장 갑판에 나왔다. 지금 숙지의 말을 들어보면 그녀는 당장 바다에 빠질 참이었다.

숙지가 천천히 난간 위로 오르기 시작했다.

만인이 그녀가 뛰어내릴 수 있도록 허리를 잡아주었다.

기계음이 가득 고인 갑판의 난간에 우뚝 선 숙지는 크게 숨을 들이마셨다. 입고 있는 물방울무늬의 마른 깃이 가오리의 지느러미처럼 바람에 춤을 추었다. 일렁이는 파도를 뒤로 한 채 숙지가 기쁨 가득한 얼굴로 만인을 돌아보았다. 만인이 중얼거렸다.

"뒤따라가겠소. 고통스럽지 않을 거요."

숙지가 뛰어내리려는 순간,

둔탁한 소리와 함께 만인의 무릎이 꺾였고 숙지의 몸이 바다로 떨어졌다. 숙지는 눈을 감았고 커다랗게 입을 벌렸다. 그러다가 우뚝 솟은 것처럼 몸이 정지했고 그 바람에 치마가 심하게 뒤집혔다. 어두운 바다에 떠 있는 숙지가 위를 쳐다보았다. 숙지의 손을 잡은 사람은 백한이었다. 엉클어진 머릿결 사이로 부릅뜬 숙지의 눈동자가 어떤 의지를 보이더니 당황스러운 떨림으로 얼룩져갔다. 그녀의 눈동자 속에 비치는 우직하고 강한 백한의 얼굴은 힘을 쓰고 있었다. 여진인의 팔뚝에서 힘줄이 솟아오를 때마다 그녀의 몸은 조금씩 위로 오른다.

두 사람은 갑판 안쪽으로 떨어졌다.

백한은 떨어진 곳으로 기어가 주저앉았다.

만인을 본 숙지는 기계가 갈리는 비명을 질렀다. 쓰러진 만인의 셔츠는 피로 흥건했다. 칼이 꽂힌 등은 온통 붉은색이다. 그녀는 피를 막으려는 듯 만인의 상체에 달려들었다. 백한은 비틀거리며 걸어가 숙지를 밀치고 만인의 몸을 어깨에 짊어진 다음 난간에 걸쳤다. 만인의 상체는 널어놓은 가죽처럼 난간 밖으로 쳐졌고 백한은 그의 허리끈을 붙잡은 채 숙지를 똑바로 바라보았다.

"그 사람, 내, 내려놓으세요."

"이자는 박마가 아닙니다."

숙지가 부들부들 떨고 있었다.

"제, 제발 내려놓으세요."

"당신은 속고 있는 거라구요!"

"제발 그이를 살려주세요."

백한은 기절한 만인의 머리카락을 잡고 얼굴을 들어 숙지에게 보였다.

"잘 보시오. 이놈 이름은 정만인, 오백 년을 넘게 당신을 따라다닌 악마요. 당신을 이용해서 죽지 않는 자신의 몸을 바꾸려 했던 짐승이라구요!"

숙지는 멍하니 백한의 얼굴을 쳐다보았다.

"……당신, 당신은 누구세요?"

"숙지!"

고함을 지르는 백한의 눈동자가 그녀를 할퀴어댔다.

"나를 모르겠소?"

"누, 누구기에 우리에게 이런 짓을 하는 거예요?"

"숙지! 숙지! 숙지!"

소리에 놀라 숙지가 눈을 부릅떴다.

"상대를 부르면서 친다던 꿩의 종덩굴을 모르겠소? 그 종덩굴 꽃을 당신의 조그만 손에 감싸주며 벌벌 떨던 어떤 꿩을 모르겠소? 나의 바다에서, 당신이 그렇게 좋아했던 그 바다에서 당신의 박마가 되겠다고 맹세한 어떤 하얀 꿩을 정말로 기억하지 못하는 것입니까? 당신의 고통을 끊기 위해 수백 년을 날아다니고 있는…… 이 사람을 정녕 모른단 말입니까?"

백한이 울부짖었다.

휘몰아치는 바람에 두 사람의 머리카락이 이리저리 요동치고 있었다. 엉클어진 머리칼 사이로 숙지의 커다란 눈이 백한을 골똘히 쳐다보고 있었다.

"……그래요. 기억나요."

"기억나요. 당신이 누군지……."

백한은 이를 꽉 깨물고 눈을 내리깔았다. 눈물이 어룽거려 숙지의 얼굴이 잘 보이지 않았기 때문이다.

"여진족 무사. 하얀 꿩의 백한. 정말 당신이군요."

숙지가 슬픈 표정을 지어 보였다.

"그이를 내려놓고 얘기해요."

눈을 훔치고 고개를 든 백한은 정수리를 한 대 얻어맞은 것처럼 멍했다. 숨이 막혔다. 숙지의 눈은 연달아 난간에 반쯤 걸린 만인을 살피고 있었다.

"이자는……."

"지금, 칼에 찔렸잖아요!"

숙지가 날카롭게 소리쳤다.

낯설었다. 저 눈, 저 이마, 한 번도 기억하지 못한 표정이다. 세월을 비껴 오면서 한 번도 떠올리지 않았던 모습이다. 숙지는 이상하고 악착스럽고 낯선 표정으로 백한이 아닌 만인만을 쳐다보고 있었다. 모든 것이 다시 무거워졌고 잊고 있었던 고통이 살아 솟구쳤다. 백한은 허리끈을 부여잡은 손에서 힘을 스르륵 뺐다.

숙지의 비명과 함께…… 만인의 몸이 검은 바다 아래로 사라졌다.

숙지가 난간으로 달려갔다.

백한이 멍하게 뒤를 돌아보았다. 숙지는 흰 포말이 일렁이는 바다 저편을 보면서 미친듯 울부짖고 있었다. 바람이 그녀의 울음을 어둠 속으로 흩어지게 했다.

"그자는…… 짐승입니다. 그간…… 당신과 나는 그자로 인해 헤아릴 수 없는 고통을 받았……."

숙지는 듣지 않고 있었다.

그녀는 펄럭거리는 치마를 걷으며 난간에 올라서려 했다.

"뭐하는 짓이오, 숙지!"

난간에 올라선 숙지는 뒤를 돌아보았다.

승무원 옷을 입은 백한은 따귀 맞은 표정을 지으며 멍하니 서 있다. 숙지는 백한을 보며 입술을 움직였다. 바람 소리에 들리지 않았으나 그녀가 무슨 말을 중얼거리는지 분명하게 알 수 있었다.

"개새끼, 다시 태어나도 당신만은 기억해서 꼭 저주할 거야."

그녀는 그렇게 말했다. 그리고ㅡ.

그녀의 몸이 바다 아래로 사라졌다.

움직일 수 없었다.

백한은 갈수록 심하게 부들거리고 있었다. 온 힘을 쥐어짜 주먹을 쥐어보았지만 근육 사이사이에 밴 더러운 고통이 더 물크러져 나오기만 했다. 더듬거리며 주머니에 든 플라스틱 약통을 꺼냈다. 거통환은 한 알도 없었다. 백한은 약통을 떨어뜨리고 가슴을 움켜쥐었다. 고약한 냄새를 동반한 헛구역질이 목에서 새어 나왔다. 어지러웠다. 먼 곳에 박힌 수많은 별이 뭉그러지며 빙빙 돌았다. 날 기억해주었는데. 날 알아봐주었는데. 숙지가 왜 그런 말을 했을까?

그때였다.

누가 어깨에 손을 올렸다.

백한은 고개를 돌렸다.

붉은 피가 흥건한 셔츠에 흰 바지를 입은 사내.

파도에 휩쓸려 간 만인이었다. 그의 머리와 옷은 흠뻑 젖어 있었다.

"마…… 만인."

정만인의 한 손에는 백한이 등에 박았던 칼이 들려 있다.

만인은 백한의 어깨를 움켜잡더니 다른 손에 들고 있던 칼로 백한의 목을 바람처럼 그었다.

* * *

눈을 뜬 백한은 꼼짝할 수 없었다.

몸을 옥죄고 있는 밧줄은 칼 손잡이에 둘러친 매듭처럼 가슴에서 발목까지 촘촘하게 묶여 있었다. 그는 뚜껑이 열린 관 속에 누워 있었다. 관 바닥은 두꺼운 솜을 깔아 푹신했다.

바닷바람에 옷깃이 펄럭였다. 조금도 고개를 움직일 수 없었다. 검은 하늘에는 모래를 뿌린 듯 별들이 펼쳐져 있고 배의 상층부 선각을 이루는 타원형 격벽 너머로 탐조등도 빛을 뿌리고 있다. 시선으로 쌓아놓은 화물 상자들이 눈에 들어왔다. 이곳은 선미 같았다.

하늘을 가리고 얼굴 하나가 나타났다.

만인이다. 그는 백한의 숨결을 살피고 있었다. 그가 칼로 그었던 목에는 두꺼운 수건이 무언가에 칭칭 감겨 있었다.

"정신이 드나?"

힘들게 목을 들고 길게 빼보니 왼쪽에 미끈한 재질의 관 뚜껑이 보였다. 그러자 상처에서 덥고 축축한 피가 목덜미 아래로 흘러넘어왔다. "움직이지 말라고 말했다." 만인이 그렇게 말하며 관 바닥에 깔아놓은 솜뭉치 하나를 둥글게 말아 상처를 댄 수건과 관 사이에 끼워 압박해두었다.

"내가 네 목을 찢지 않았으면 넌 돌변했을 거야." 만인은 팔을 움직이며 그렇게 중얼거렸다.

백한은 터질 듯 그를 노려보았다.

"나를 관에 넣고 어쩌려는 거야?"

만인은 대답 대신 옅은 미소를 지어 보였다. 그의 생각은 백한이 생각한 것과 다르지 않을 것이다. 그는 이 관을 깊은 바다에 넣어 자신을 수장할 속셈이다. 폐에 물이 들어오면 바닷속에서 숨을 잃을 것이다. 그리고 다시 깨어나면 다시 폐에 물이 고일 것이고. 그렇게 익사하고 살아나며 고통을 맛볼 것이다.

백한도 과거 그 언젠가 이 방법을 생각해보지 않은 것은 아니다. 하나 결국 뜨게 되어 있다. 시간이 걸릴 테지만 언젠가 가라앉은 몸은 수면 위로 올라오고 육지를 찾게 된다. 불사의 몸을 심해에 수장한다는 생각은 봉인하겠다는 뜻이 아니다. 고통을 주겠다는 뜻이다.

백한이 육지로 올라오기까지는 꽤 오랜 시간이 걸린다. 만인의 눈은 그사이 성공하겠다고 말하고 있었다. 백한은 거기까지 생각하자 눈을 찔끔 감았다. 그가 성공하든 자신이 성공하든 이제 와서 무슨 의미가 있을까? 입술에서 소금기가 느껴졌다. 피곤했고 지쳤다. 몸이 녹듯 아늑해진다. 백한은 처음으로 쉬고 싶다는 생각을 했다. 머리를 관 바닥 깊숙이 내리고 하늘을 보았다. 별들이 총총했다. 운명이란 것을 생각했다. 언제까지 계속될까.

'한동안 깊은 잠에 빠져보는 것도 좋을까.'

백한은 더운 숨을 뱉었다. 중양성이 뜨는 서쪽은 관 때문에 보이지 않았다. 보지 않아도 새로운 별이 떴으리라.

"중양성이 떴군." 관 밖에서 만인의 목소리가 났다. "성모는 다시 태어났겠지."

"언제까지 이럴 건가? 그런 식으로 계속 성모를 죽이다간 그녀의 혼이 흩어질지도 몰라. 깨진 유릿조각을 아무리 정확히 맞춘대도 틈은 벌어지게 되어 있어."

시선으로 만인의 얼굴이 들어와 하늘을 가렸다. 그는 이마로 떨어지는 젖은 머리카락을 손으로 천천히 쓸며 말했다.

"오늘 숙지와 나의 일은 너에게 무척 잔혹했을 것 같군."

"그랬어."

"그랬을 테지. 넌 백한이었으니까."

"밤이 아름답군."

두 사람은 푸르스름하게 퍼지는 동쪽 하늘을 보았다.

밤바다의 여운은 그들에게 모처럼의 안식을 제공하는 것 같았다. 만인이 턱을 움직이며 입을 열었다.

"이번 생의 숙지는 임신할 수 없는 성모였어. 태어날 때부터 자궁이 막힌 몸을 받았지."

"그래서? 그래서 죽인 거라고 변명을 하고 싶은 게냐? 가련한 영혼을 잔인하게 꼬드겨서 그렇게 바다에 넣은 게냐? 휴, 대체 이게 몇 번째냐?"

"이런저런 일이 많았던 것 같군. 너도 이제 지치는 모양이니."

"내가 막고 있다는 게 아직도 느껴지지 않아? 난 필사적이야. 정만인, 너는 절대로 숙지의 몸에 들어갈 수 없어. 나는 포기하지 않아."

만인은 조금 슬픈 눈이 되어 백한을 내려다보았다. 바람을 맞아 늙수그레해진 그의 범령이 더욱 비장하게 쳐졌다.

"숙지가 죽은 게 슬픈가?"

"사악함의 도를 넘었어. 그녀를 행복하게 만들어서 죽이다니."

"……그녀가 기꺼이 죽겠다고 했어. 고통스러운 삶을 더 이어가고 싶지 않다고. 그녀 스스로 결정한 일이야."

"그녀가 과거를 기억하면 더 괴로워진다는 걸 넌 몰라. 난 늘 이번 같은 날을 기다렸지만 한편으로는 정말 이런 날이 올까 봐 두렵기도 했다."

만인도 이해한다는 듯 고개를 끄덕였다.

"……나도 이렇게 웃을 수만은 없는 기분이야. 숙지가 전생을 기억한 적은 처음이었거든……. 그녀는 이번 생에 나의 존재와 자신의 과거를 분명하게 기억했어. 네 말대로 몹시 슬퍼하더군. 자신이 아기장수를 잉태할 수 없는 몸이란 것을 말하더군. 이 생에는 해인이 있어도 아무 소용이 없기에 우리는 다음을 기약한 거야."

"우리는?"

"그래, 우리는 사랑하는 사이였으니까."

북이 터지듯 백한의 안에서 진동과 통증이 차올랐다.

"너희가 사랑하는 사이라고?"

"그래. 백한. 네가 생각하는 것보다 더 강하게."

백한은 으르렁거렸다.

"오늘 그녀는 네놈이 아니라 나를 기억했어야 했어. 네놈은 나를 사칭했어, 정만인. 숙지는 네놈을 나로 알며 떠난 거야. 알아?"

백한은 울먹이기 시작했다.

"그런 일이 다시 일어날 것 같아? 그녀가 다음 생에 또 알아볼 것 같으냐고? 넌 그녀를 속였어. 그렇게 불쌍한 혼을 속이는 게 얼마나 큰 죄인 줄 알아? 그녀가 가엾어. 불쌍해. 안쓰러워. 나는 그런 그녀의 이마조차 만지지 못했어……. 나는 죽지 못하는 네놈을 죽이고 싶을 만큼 증오해!"

소리치는 백한을 바라보는 만인의 얼굴은 알 수 없는 체념으로 가득했다.

"아직도 내가 정만인으로 보이나, 백한?"

백한은 그 말을 이해하지 못했다.

"뭐라고?"

"태물 장수로 분해 수백 년 동안 그렇게 너의 뒤를 따라 다녔는데 아직도 내가 만인으로 보여?"

백한은 무슨 소린지 이해할 수 없었다. 이 짐승이 입에서 뱉는 어조들이 생각 외로 낮다는 것만 느끼는 참이다.

"백한, 나는 말이다…….."

"이, 이런…… 씹할."

백한은 그 중얼거림을 막듯 필사적으로 고래고래 소리를 내질렀다.

"개 같은 새끼! 짐승! 총냥이! 아둑시니!"

"나는 만인이 아니야, 백한."

"닥쳐!"

"병마사의 낭장 정만인은 오래전 네가 붕루월에서 철령탄으로 죽였잖아."

그렇게 말한 사내는 입을 다문 백한을 조용히 바라보았다.

"그렇게 다짐을 받는데 넌 아직도 삭지 않았구나. 불쌍한 여진인 같으니…….."

백한은 위에서 말하는 자를 물끄러미 바라보았다.

깨끗하고 까다로운 눈, 코, 입의 조합.

남쪽 지방의 세련되고 명료한 말투.

백한은 자꾸 눈이 감기려 했다. 강한 냄새가 밀려오듯 머릿속에서 무언가가 자꾸 바뀌고 있었다. 지지 말아야 했다. 이제는 저 악마의 얼굴을 똑바로 봐야만 했다.

보이는 저 뚜렷한 눈빛.

정연한 어깨와 늘어진 귀.

어디서였지? 저 얼굴을 본 곳은?

백한은 턱을 갸웃거리면서 초점을 잡으려 애썼다. 자신을 보는 사내는 태물 장수의 모습이 되다가 다시 물처럼 퍼지더니 인중과 아미가 겹쳐지면서 점점 스승 백지의 얼굴로 바뀌어간다.

"어떻게 다, 당신이⋯⋯."

"이제 나를 알아보겠나, 만인?"

"뭐? 마, 만인?"

푸르스름한 빛을 받고 있는 백한의 이마가 점점 벌어지고 있었다.

백지가 담담하게 그의 이마를 손바닥으로 누르며 진정시켰다.

"성모의 몸을 오염시키려던 정만인은 바로 너잖아. 네가 바로 정만인이야, 백한."

* * *

"넌 발작이 일 때마다 만인으로 변했어. 그것은 해인을 품고 있었기에 일어난 부작용이야. 해인은 귀물이자 악물. 의상께서 왜 해인함을 만들었는지 너는 몰랐구나. 해인을 몸에 함부로 지녀서는 안 돼. 해인은 반드시 의상의 해인함에, 도깨비 문양으로 계를 치고 곡옥으로 마감한 상자 속에 보관하지 않으면 귀물의 마성에 금세 놀아나지."

"수, 수작 부리지 마라."

"넌 해인의 작용으로 백한과 만인으로 왔다갔다했던 거야."

"흥, 유치한 서양 연극 같은 소리군."

"너는 이 배 안에서도 그녀를 범하려 했었어."

"그게 무슨 소리야!"

"네 손을 봐."

백한의 양 손바닥에는 붉은 페인트가 논의 갈라진 흙처럼 굳어 있었다. 백지는 하늘을 가리켰다.

"저기, 보이나?"

그가 가리키는 곳은 회색 증기가 피어오르는 연락선의 거대한 굴뚝이었다. 굴뚝을 받치고 있는 연락선의 거대한 연료 탱크 아래에는 붉은 페인트로 쓰인 커다란 문양이 보였다.

법계도.

사람보다 큰 법계도의 문양이었다.

"네가 한 짓이야. 오늘 넌 이 배 안에서 사술을 행하려 했어."

"말도 안 돼!"

"넌 승선한 우리를 객실로 안내해주었어. 팁을 줘도 받지 않더군. 넌 급하게 할 일이 있었던 거야. 나는 네 정체를 애초부터 알고 있었어. 하지만 오늘은 전생을 기억하는 숙지와의 마지막날이었어. 그래서 방을 바꾼 거야. 숙지와 나는 기억을 추억할 시간이 필요했거든. 넌 민첩하게 움직이고 있었지. 저곳까지 올라가서 가인을 만들고 갑판으로 내려왔지. 우리는 서둘러 갑판으로 나와야만 했어. 우리 주변을 맴돌던 넌 숙지가 삶을 단념하려 하니 불안해진 거야. 안 그래? 숙지가 임신할 수 없다는 것을 몰랐던 네게 숙지는 여기서 죽으면 안 되는 것이었지."

"거짓말이야!"

백한은 짐승처럼 이를 갈았다.

부릅뜬 눈에 박힌 동공은 흰자위를 잡아먹으며 먹처럼 퍼지고 있었다. 결국 앞을 보지 못하는 듯 허공을 이리저리 둘러보다가 시선이 법계도가 그려진 연료 탱크를 지날 때 눈을 꾹 감아버렸다.

"넌 언제나 만인보다 한발 늦었지. 만인은 늘 백한보다 앞서갔어. 왜 그런 일이 일어난 거지? 네가 백한이었을 때는 한 번도 만인을 만난 적이 없었기 때문이야. 네가 만인이었을 때는 늘 나를 만났지만……."

백한이 짐승 같은 소리를 질러댔다. 어둡고 깊은 곳에서 오랫동안 감춰져 있던 그것이 강력하게 꿈틀거리며 여러 장면들이 지나갔다. 영리한 이순신은 백한에게 그런 말을 했었다.

—늘 그자가 당신보다 먼저 닿았던 거군요. 당신은 늘 그자보다 늦었던 거고. 그게 아니라면 성모가 당신과의 연인보다 그 정만인

이란 자와의 인연이 강했던 것일까요?

　백한이 입을 벌리며 캬악, 뱀 같은 소리를 냈다. 거품이 입아귀를 타고 흘러내렸다. 백지는 품에서 침통을 꺼냈다. 그는 백한의 이마에 수십 개의 침을 찔러 넣은 다음 엄지로 그의 명치를 몇 번 눌렀다. 그럴 때마다 백한은 거칠고 쉰 소리를 토해내며 고통에 힘겨워했다.

　"곧 괜찮아질 거다. 삼릉침이다. 예전에 남해에서 내가 이걸 쓰자고 했을 때 넌 안 된다며 고집을 부렸지. 꽤 진지하고 절박한 눈이었어. 네가 함백초를 쓰기 위해서는 내가 삼릉침으로 숙지를 살리지 못하게 막아야 했던 거지. 삼릉침이 쇠한 기력을 올리는 데 도움이 된다는 것을 넌 잘 알고 있었어."

　백한의 입에서 거품이 끓듯이 솟아 나왔다. 동막에 고여 있던 먹빛도 이제 눈썹과 광대까지 번졌다. 백한은 햇빛에 노출된 흡혈귀처럼 고통스러워하며 꿈틀거렸다. 백지는 빠른 손놀림으로 백한의 몸 이곳저곳에 침을 쑤셔넣었다.

　"돌아와라. 다시 만인으로 돌아가면 안 된다."

　그의 울음 때문에 멀리 선수 쪽 조타실에서 문이 열리고 조장이 밖으로 나왔다. 그는 바다 아래를 한번 쳐다본 후 들어갔다.

　"그렇게 울부짖지 마라. 안다, 네가 수백 년 동안 견딜 수 없는 이 통증을 안고 살아왔다는 것을. 나는 그 몸에 들어앉은 두 인격이 오롯이 해인의 부작용 때문이라고 보지 않는다. 내면에 있는 삶의 고통을 벗어나고 싶은 본질적 자아와 사랑하는 여자를 구하고자 하는 희생적 자아가 충돌했기 때문이었지. 그것이 만인과 백한을 만들어낸 거야. 혼자 그것과 싸우며 감내했던 세월을 생각하면 가슴이 미어진다. 그래서 나는 지금 아주 슬프다."

백지는 분주하게 손을 움직였다. 관의 하단과 뚜껑이 접촉되는 면을 일일이 쓸면서 홈이 분명한지 꼼꼼히 살폈고 뚜껑의 안쪽 면의 두께까지 살폈다. 관에 아무 이상이 없다는 것을 확인한 백지는 백한의 발 부분에 손을 밀어넣고 관 바닥을 더듬어 무언가를 찾았다. 솜뭉치 사이에서 팔뚝만 한 고무 호스가 잡혀 나왔다.

"어디까지 온 건지, 또 어디로 가야 할지 이제는 고민하지 말거라."

백지는 장갑을 꼈다. 그는 관 아래로 뚫어놓은 구멍 안쪽을 장갑을 낀 손으로 둥글게 쓸면서 크기를 가늠했다. 그런 다음 허리춤에서 칼을 꺼내 고무 호스의 끝을 비스듬히 잘라내고 관에 난 구멍에 끼워 넣었다. 준비해놓은 공업용 테이프로 호스와 구멍 사이의 틈을 안팎으로 면밀하게 막았다. 그의 머리카락은 이제 바닷물이 아니라 땀으로 젖어 있었다.

"……모든 것이 나로 인해 시작된 것이다. 너를 이렇게 만든 것도, 그 여자를 윤회하게 한 것도 어찌 보면 나의 욕심이었다. 너는 몰랐지만 숙지가 여진의 숲에 정착하기 전부터 우리는 사랑하는 사이였다. 당시 진짜 정만인은 세상을 차지하려는 야심을 가진 인물이었다. 해인의 사술을 알고 있던 만인은 성모의 몸에 들어가서 스스로 진인이 되기 위해 정용랑의 딸에게 시도하려다 실패하고, 그다음에는 성모인 숙지에게 접근했지. 다시 말하지만 그는 꿩의 바다 붕루월에서 네가 터뜨린 철령탄에 죽었다."

"당신은 백지가 아니야. 스승님은 청진의 감옥에서 죽었어!"

백한은 믿을 수 없어 울부짖기만 했다.

백지는 백한의 이마에 검지를 누르며 달랬다.

"조청은 나도 먹었다. 그것을 만든 게 나였으니까. 네가 백한이었을 때 느꼈던 고뇌는 나의 것이기도 했다. 당시 아무도 그 짐승을 감당할 수 없었다. 나는 숙지를 지키기 위해 불사의 몸이 필요했다. 만인의 계획은 점점 성공에 가까워져 갔으니까. 놈과 대적하다 죽으면 수백 번이라도 다시 살아나서 그를 막아야만 했다. 그러나 만인의 기세는 갈수록 강해졌고 혼자 막기엔 역부족이었다. 그래서 난 너에게 조청을 먹였지. 어쩌면 이 모든 게 나의 두려움에서 시작된 것이다. 너무 두려워진 탓에 내 운명을 너에게 맡겼던 것인지도 모르겠다. 그렇게 모든 게 끝나고 넌 혼자 남았지. 너는 고통스러운 불사의 몸을 버리고 싶다는 욕구가 일 때면 그토록 증오하면서도 닮고 싶었던 정만인이 되어 숙지를 오염시키려 했고, 거통환을 먹고 목을 째가며 통증을 가라앉히면 다시 숙지의 윤회를 자책하는 박마로 살아왔지. 나는 그런 너를 수백 년 동안 쫓아다녔다. 아니 만인으로 변하는 너로부터 숙지를 보호하려 했다. 내가 너라는, 또 다른 짐승을 만들어버린 거야."

통증은 사라졌다.

고슴도치처럼 침들을 이마에 꽂은 백한은 트림을 길게 한 번 삼켰다. 그는 이후 꼼짝하지 않았다. 박제처럼 두 눈을 부릅뜨고 하늘만 바라볼 뿐이었다.

백지는 일어나더니 갑판 한가운데 오두막처럼 솟아 있는 작은 시멘트 건물에 들어갔다. 그곳은 기계실의 환풍구였다. 환풍구 안에는 배수펌프와 둥근 계기판이 달린 십자형 쇠파이프가 돌출되어 있었다. 그는 안에서 긴 철제 스프링 호스를 끌고 나왔다. 스프링 호스는 환풍구 안 쇠파이프의 한쪽 구멍과 연결되어 있었다. 쇠파이프 상단에는 밸브 손잡이가 있었다.

　"폭주하는…… 너를 꼭 되돌리고 싶었다. 네가 아둑시니가 되어 영혼을 잃고 들판을 떠돌아다니는 것을 볼 때마다 내가 악마를 풀어놓았구나, 하고 자책했다. 회한의 눈물도 흘렸다. 그래, 너는 아무 잘못이 없다. 이순신의 섬에서도 김개남의 주막에서도 내가 너를 가혹하게 봉인하지 못했던 것은 방법이 없었다기보다 애처롭게 여긴 것이 이유다. 하지만 이제는 그럴 수 없을 것 같다."

　백지는 지름이 큰 스프링 호스 안에 고무 호스를 밀어넣고 테이프로 납작하게 둘러서 둘을 하나로 이은 다음 장갑을 벗고 입으로 테이프를 뜯었다.

　"이 호스는 갑판의 기관과 연결되어 있다. 이제 밸브를 돌리면 네가 누운 관 안으로 일산화탄소가 들어올 거야. 고통스럽지 않아. 아무런 맛도 냄새도 없어. 개남의 주막 은신처에서 구들 연기에 질식한 아이를 보았을 때 문득 그런 생각이 들었다. 너를 죽일 수 없지만 영원히 잠들게 할 수는 있겠다, 라고……."

　백지는 허리를 펴고 일어섰다.

　그는 눈썹을 오므리며 턱을 저었다.

　"인사는 하지 않겠다. 널 바다에 버리거나 어딘가에 묻지 않아.

난 이 관을 내 옆에 둘 참이다. 내가 어디에 가든 넌 나와 함께다. 너는 이 속에서 영원히 잠들 뿐이야."

천천히 관 뚜껑이 움직였다.

백지의 마지막 말이 관 속으로 들어왔다.

"미안하다는 말을 할 수 없을 정도로 슬프다. 너를 그런 짐승으로 만든 나도 언젠가 큰 대가를 치를 것이다."

밤하늘의 별이 점점 어둠으로 갈라지고 있었다. 둔탁한 소리와 함께 시끄럽던 기계음도, 공활하던 바람 소리도 사라지고 있었다. 백한은 있는 힘을 다해 어깨를 돌려보려 했지만 몸은 말을 듣지 않았다. 솜으로 싸인 몸은 공중에 붕 떠 있는 것처럼 아무 느낌이 없었다.

에필로그
— 노숙인

2010년 8월
광화문 광장, 이순신 동상 앞

물줄기가 오르자 아이들이 다시 몰려나왔다.

바닥에 심어놓은 물구멍은 정확히 365개였다. 장군의 동상을 기준으로 직사각형으로 격자를 맞춘 형태의 물이 솟구치고 있었다. 물줄기는 이십 분가량 지속되다 십 분을 쉬었다.

이 위대한 장군은 열두 척의 배로 23전 23승을 했다. 그래서 공무원들은 이 분수를 '분수 12.23'이라고 이름 지었다.

쏴아. 탁, 탁, 탁.

철썩. 쏴, 쏴, 쏴.

따끔한 물소리가 진동했다. 물줄기는 늦여름에 익고 있는 대파밭 같고 투명하게 솟은 옥수수 군락 같다. 한꺼번에 아스팔트를 때리는 소리. 자르르자르르 휘감는 매미 소리, 울리는 버스의 경적. 그 공간을 타고 퍼지는 시큼한 락스 냄새와 먼지 냄새가 여름 노을빛에 섞여 물방울과 함께 퍼진다.

키가 작은 녀석들은 가운데에서, 큰 녀석들은 가장자리에서 제각기 키에 맞는 물기둥과 놀았다. 한 녀석이 손바닥으로 물기둥을 비끼자 가랑이를 벌리고 물줄기에 사타구니를 갖다 대고 있던 녀석이 물을 맞았다. 쏟아지는 물세례에 정신을 못 차리는 아기를 안기 위해 엄마가 달려가고 있었다.

은은한 조명이 보랏빛으로 바뀌면서 물줄기가 멈추었다.

높이 솟던 물줄기가 하려다 만 손짓처럼 힘없이 떨어진다.

정적이 몇 초간 흘렀다.

아이들은 아쉬운 듯 물을 털며 자신들의 진영으로 흩어졌다.

그사이 차도르를 쓴 세 명의 이란 여성이 사진을 찍었다.

손자의 얼굴을 닦던 할머니도 자리에 앉아 선글라스를 벗고 물기를 닦았다. 이동 시간을 체크하며 지나가던 경찰 두 명이 아이스크림을 물고 있는 여대생들을 힐끔거렸다. 셔터를 누르느라 정신이 없는 삼십 대 여자의 티셔츠 속으로 검은 브래지어가 그대로 드러났다.

높은 돌 화단에 남녀가 앉아 있었다.

"덥다. 서점에 들어갈까?"

사내가 여자에게 말했다.

"그냥 있자. 곧 해가 지잖아. 금방 시원해질 거야."

여자가 대답했다.

사내는 분수 건너 쪽에서 이쪽을 보며 앉아 있는 수많은 사람을 노리며 쉴 새 없이 두리번거렸다. 소란스러운 광장의 인파들이 몹시 거슬리는 눈빛이었다.

여자는 가방에서 타월과 바나나 우유를 꺼냈다. 흠뻑 젖은 아이가 다가오자 여자는 환하게 웃으며 빨대 꽂은 바나나 우유를 건넸다.

"이제 그만 집에 갈까?"

사내는 이번에 아이에게 물었다.

사내의 걱정스러운 말에 머리가 흠뻑 젖어 있는 아이는 어림도 없다는 듯 반대쪽으로 몸을 돌리며 정신없이 빨대를 빨았다. 사내가 계속 재촉했다.

"엄마랑 아저씨랑 집에 가자, 응?"

"내버려둬, 오랜만에 왔는데."

여자가 핀잔을 주자 사내는 들고 있던 선글라스를 쓰며 포기한 듯 말을 내뱉었다. "사람들이 너무 많으니까."

"여름이니 당연하지."

"차가 턱을 받고 이 안으로 돌진해 올 수도 있어."

그 말에 여자는 사내를 묘하게 쳐다보았다.

"그런 걱정도 해?"

사내는 입을 다물었다.

와아.

다시 물이 솟았다.

아이는 빨대가 꽂힌 우유를 든 채 분수대로 달려갔다.

* * *

"뭔 차들이 이리도 많은가 말이다."

그는 서울역에서 여기까지 걸어서 왔다. 오는 길은 덥고 고생스러웠지만 길을 막는 자는 없었다. 해가 긴 탓도 있었지만 늦은 시간인데도 이순신 장군 동상 앞 분수대에는 많은 아이가 뛰어놀고 있었다.

"시팔, 더운데 잘도 처노는구만."

노숙인은 검은 장우산과 메고 있던 침낭을 바닥에 던지고 장군의 동상을 가만히 쳐다보았다. 허리에 감고 있던 오리털 파카는 여전히 풀지 않은 채였다. 손목에 차고 있던 테니스 보호대에는 아식스라는 글씨가 선명하다.

그는 한참 동안 이순신의 얼굴을 노려보다가 고개를 몇 번 끄덕거렸다. 턱수염을 손으로 한번 쓸었다. 길고 꿋꿋한 수염이 손에 한 움큼이나 잡혔다. 면도한 지도 오래되었다.

그는 털썩 주저앉았다.

그러자 주변에 있던 몇 명이 자리에서 일어섰다. 그가 풍기는 악취는 여간해서는 맡을 수 없는 것이었다. 그는 끙끙거리며 등산화를 벗었다. 작년 겨울 맨홀 아래에서 주운 등산화 바닥에는 굳은 시멘트가 덕지덕지 붙어 있었다. 등산화를 벗고 감고 있는 비닐을 풀었다. 두 겹으로 꽁꽁 싸맨 양말은 찰싹 붙어 잘 떨어지지 않았다. 양말을 다 벗은 그는 다음 바지를 벗었다. 빨간 내복이 드러났다. 지켜보던 어른 몇 명이 아이들을 거두며 일어섰다.

"웃기냐? 겹겹이 껴입었다고, 욕할 테면 실컷 해라. 여름이라도 이 정도가 아니면 노숙할 수 없단다. 시팔 것들아."

서울역 광장 시멘트 바닥은 여름이고 겨울이고 상관없이 한기가 돈다는 것을 저들은 모른다.

"으이차, 오늘은 물놀이 피서다."

요즘은 녹색인지 그린인지 하는 정책 때문에 지하철에서도 에어컨을 시원하게 틀지 않는다. 그나마 냉 바람이 쾰쾰 나오는 자리는 모두 임자가 있었다. 그래서 이곳을 찾아왔다.

"넓고 좋구만."

그는 벗어놓은 파카 주머니에서 참외 한 개와 과도를 꺼냈다. 소주병을 챙기는 것도 잊지 않았다.

"나도 물놀이 한번 해보자. 씹새끼들아."

빨간 내복의 노숙인은 취한 듯 중얼거리며 아이들이 노는 분수 한가운데로 들어갔다. 막상 들어가자 물줄기와 뛰어다니는 아이들 때문에 정신이 없었다.

철퍼덕 물구멍 사이에 앉았다.

마치 폭포 속에 들어온 느낌이다. 딱딱하게 굳은 머리카락이 조금씩 젖어갈 때쯤 칼을 들고 느긋하게 참외를 깎기 시작했다.

내복도 몸도 얼굴도 시원하게 젖었다.

분수가 멈추었다.

아이들이 흩어졌다.

물줄기가 사라지자 시선이 그에게 쏟아졌다.

분수 한가운데에서 고약한 악취를 피우며 앉아 있는 노숙인. 사람들은 그를 동물원 원숭이를 보듯 그를 응시하고 있었다.

그 자리에는 그 말고 한 사람이 더 있었다.

바나나 우유를 손에 쥔 아이는 아직 물기둥이 나오지 않는데도 두 팔을 벌린 채 빙글빙글 돌고 있었다. 비끼는 노을에 눈이 부신 아이는 눈을 감고 있다가 살짝 떴다. 내려 보고 있는 장군님의 얼굴이 빙글빙글 돈다. 행복해진 아이는 두 팔을 점점 올렸다. 초록색으로 물들어 가는 하늘과 넘어가는 태양과 시작되는 검푸른 어둠과 장군의 얼굴이 반반씩 돌아가고 있었다. 어둠으로 사그라지는 상록수색 구름 사이로 자르르 흔들리고 있는 별을 보는 사람은 아무도 없었다.

노숙자는 칼을 바닥에 내려놓고 참외를 한입 베어 문 다음 소주병을 시원하게 들이켰다. 흰 손잡이의 과도는 물줄기가 나오는 분수 구멍에 비스듬히 박혀 있었다.

다시 보랏빛이 번졌다. 물기둥이 샘솟기 시작한다.

와아.

아이들이 소리를 질렀다.

주룩주룩.

쏴아.

일제히 물이 솟아올랐다.

구멍 위에 놓인 과도는 물의 힘을 받고 하늘 높이 솟아올랐다.

공중에 솟은 칼은 녹색 하늘과

넘어가는 태양과

시작되는 검푸른 하늘과 장군의 얼굴 가운데로 빙글거리며 돌았다.

그리고 천천히 떨어진다.

칼은

바나나 우유를 든 아이의 목에 그대로 박혀버렸다. 아이의 엄마가 비명을 지르며 자리에서 일어났다. 동시에 택시 하나가 방지턱 대용으로 꾸며진 돌 화단을 넘어 여자 쪽으로 향하고 있었다.

노숙인은 사라지고 없었다.

해안

초판 발행 2017년 5월 25일

지은이 차무진
펴낸이 염현숙

책임편집 임지호 | 편집 지혜림 이송
표지디자인 이경란 | 본문조판 이보람
저작권 한문숙 김지영
마케팅 우영희 정진아 김혜연 | 홍보 김희숙 김상만 이천희
제작 강신은 김동욱 임현식 | 제작처 상지사

펴낸곳 (주)문학동네
출판등록 1993년 10월 22일 제406-2003-000045호
임프린트 엘릭시르

주소 10881 경기도 파주시 회동길 210
문의 031-955-8892(편집) 031-955-8896(마케팅) 031-955-8855(팩스)
전자우편 editor@elmys.co.kr
홈페이지 www.elmys.co.kr

이 도서의 국립중앙도서관 출판시도서목록(CIP)은 서지정보유통지원시스템 홈페이지(http://seoji.nl.go.kr)와 국가자료공동목록시스템(http://www.nl.go.kr/kolisnet)에서 이용하실 수 있습니다. (CIP제어번호: CIP2017010474)